# EL RETRATO DE DORIAN GRAY Y OTROS RELATOS

Plutón Ediciones

*Oscar Wilde*

# EL RETRATO DE DORIAN GRAY Y OTROS RELATOS

**TRADUCTOR: BENJAMIN BRIGGENT**

© Plutón Ediciones X, s. l., 2024

Diseño de cubierta y maquetación: Saul Rojas Blonval

Edita:    Plutón Ediciones X, s. l.,

          E-mail: contacto@plutonediciones.com
          http://www.plutonediciones.com

I.S.B.N: 978-84-10233-13-3
Depósito Legal: B-7217-2024


Impreso en España / Printed in Spain

# ESTUDIO PRELIMINAR

Oscar Wilde nació un 16 de octubre de 1854 en Dublín, Irlanda, en el seno de una familia anglo irlandesa. Su madre, Jane, escribió poesía e inculcó en sus hijos su amor por las letras. Su padre, William, era un exitoso doctor y reconocido filántropo. Oscar fue educado en casa durante los primeros nueve años de su vida, rodeado de libros y de un ambiente festivo y social donde se congregaban muchos pensadores irlandeses importantes de la época, como los escritores Sheridan Le Fanu, Charles Lever y Samuel Ferguson. También aprendió francés y alemán gracias a su nodriza y a su institutriz, respectivamente.

Recibió una educación formal entre 1864 y 1871 en la Portora Royal School, en Enniskillen. Allí sobresalió por su ingenio mordaz, su lectura rápida, su facilidad con el griego y el latín, y su amor por los clásicos, y gracias a sus logros académicos aseguró una beca para continuar con su educación en el Trinity College de Dublín.

En sus dos años en el Trinity College sobresalió en sus estudios, especialmente en todos los temas relacionados con la Grecia antigua. Ganó becas, medallas académicas y una reputación de intelectual y esteticista que lo acompañaría siempre. Continuó su educación en el Magdalen College, Oxford, durante cuatro años más. Aquí profundizó en su estudio de la literatura clásica de Grecia, y en el movimiento esteticista propulsado por John Ruskin. También continuó con la escritura de poesía que venía practicando desde sus días en el Trinity College y hasta ganó el premio Newdigate por su poema *Ravenna*.

Para 1881 Oscar Wilde disfrutaba de su vida de soltero en Londres. Volvería a Irlanda solo un par de veces más durante el resto de su vida. Se dedicó a participar en concursos literarios y convocatorias de ensayos, hasta que finalmente, a los 27 años publicó su primer libro: *Poemas*, que recopilaba sus primeros poemas, revisados y expandidos por el propio Wilde. El libro no tuvo muy buena recepción de los críticos, pero siempre mantuvo un lugar especial en el corazón del autor, y fue suficiente para mantener la llama de las letras viva en él.

Durante 1882 viajó por todo Estados Unidos, impartiendo charlas sobre la estética y el arte, y cómo nuestra vida debía ser una expresión más de la belleza y de la creación artística. Recibió fuertes críticas en algunos círculos intelectuales por considerar ridículas sus ideas, y más viniendo de un hombre que apenas había publicado un delgado tomo de versos, pero el autor fue generalmente recibido con los brazos abiertos gracias a su verbo veloz, sus modales impecables y todo el acto que llevaba a cabo durante sus charlas, que solo servía para aumentar su fama de excéntrico e interesante.

En 1883 vivió unos meses en París, gracias a las regalías de su viaje por Estados Unidos, y al éxito de su obra de teatro *La duquesa de Padua*. En 1884 contrajo matrimonio con Constance Lloyd, a quien conoció unos tres años antes, y con la que tuvo dos hijos: Cyril y Vyvyan. Sin embargo su matrimonio empezó a desmoronarse después del segundo embarazo de su esposa, cuando Wilde desarrolló una repulsión incontrolable por el cuerpo de Constance por los estragos producidos por el embarazo.

Entre 1885 y 1887, Wilde contribuyó como periodista, con ensayos y artículos, en diferentes diarios de Londres con los que desarrolló su prosa a un paso más rápido del que tenía hasta el momento. Luego, a mediados de 1887 se convirtió en el editor de la revista *The Woman's World*, a la que convirtió en una publicación respetada e innovadora durante su liderazgo. Ahí también desarrolló aún más su prosa hasta que en 1888 publicó *El príncipe feliz y otros relatos*, y para 1891 ya había publicado dos recopilaciones más de cuentos cortos: *El crimen de Lord Arthur Savile y otras historias* y *Una casa de granadas*. Para este momento ya Wilde se había aburrido de sus labores periodísticas y se dedicó a piezas más largas y profundas para explorar sus inquietudes sobre la belleza y la estética. Estos escritos se convirtieron en ensayos que publicó en revistas especializadas y también recopiló algunos en un volumen llamado: *Intenciones*.

En 1891 publica su primera y única novela, *El retrato de Dorian Gray*, como ampliación y edición de una historia corta publicada un año antes en *Lippincott's Monthly Magazine*. Fue duramente criticado por las implicaciones homosexuales de la historia en su primera versión y se propuso a terminarla y mejorarla como una defensa de la libertad artística y la expresión personal, que expresa muy claramente en el prefacio. Sin embargo, mantiene su energía creativa y la concentra esta vez a otro género: el teatro.

Entre 1892 y 1895 escribió cinco obras de teatro, entre las que se incluyen *Un marido ideal, La importancia de llamarse Ernesto* y *Salomé*, todas con distintos grados de calidad y éxito pero manteniendo un estilo mordaz que le aseguró el éxito de taquilla varias veces y una vida holgada económicamente, rodeado de la crema y nata de la sociedad londinense.

Pero su suerte cambiaría radicalmente al final de este periodo dorado por una querella legal contra el marqués de Queensberry que arruinaría su reputación y lo llevaría a la quiebra. Además, gracias a este juicio se le condenó por los crímenes de sodomía y grave indecencia, por los que pasó dos años preso en la cárcel de Reading, donde escribió *De Profundis*, una larga carta a su amigo íntimo y amante Lord Alfred Douglas, donde se arrepiente de los comportamientos que lo llevaron hasta ahí y traza su despertar espiritual y de contrición.

Al salir de la cárcel en 1897 escribiría *La balada de la cárcel de Reading*, un poema que le trajo un modesto éxito, pero Wilde perdería las ganas de escribir completamente un tiempo después, dedicando sus últimos días a la bebida, en el exilio y en la pobreza en Francia.

Oscar Wilde murió el 30 de noviembre de 1900 en la ciudad de París, donde descansan sus restos.

En el presente volumen está recopilada su novela más famosa: *El retrato de Dorian Gray*, y los siguiente relatos: *El crimen de Lord Arthur Savile, El Fantasma de Canterville, La esfinge sin secreto, El modelo millonario* y *El retrato del Sr. W. H.*

## El retrato de Dorian Gray

En el mes de julio de 1890 aparecía la primera versión de la obra *El retrato de Dorian Gray* en la revista *Lippincott's Monthly Magazine*, que se editaba simultáneamente en Londres y Nueva York. Oscar Wilde escribió el manuscrito de trece capítulos en solo seis meses. Ante la controversia desatada por su publicación, recibida por unos con elogios a su moralidad y por otros con ataques a su supuesta perversidad, Wilde se vio obligado a escribir siete capítulos más y el texto completado de esta forma, salió a la luz como libro en 1891, con un prefacio en el que el autor teorizaba sobre su arte e intentaba defenderse de las acusaciones. Un comentarista del *Daily Chronicle* decía a propósito de la obra: "Se trata de un relato engendrado por la literatura leprosa de los decadentes franceses, un libro venenoso cuya atmósfera exhala los olores mefíticos de la podredumbre moral y espiritual".

A lo que Wilde contestaba en su prefacio, diciendo que: "los libros no son moralizantes ni inmorales sino buenos o malos y el artista no tiene simpatías éticas."

Por su parte, Luis Antonio de Villena, prologuista oficial en España de Wilde aplaude su paganismo. Sin embargo, no lo hicieron así sus jueces, que tomaron algunas páginas del autor como prueba para condenar a Wilde a dos años de trabajos forzados por homosexual. El ingenuo Wilde se había querellado contra el marqués de Queensberry, padre de su querido Alfred Douglas, por haberlo calificado de sodomita, y el desgraciado querellante, por muy buen escritor que fuera, acabó cumpliendo con dos años en la cárcel, por meterse con la aristocracia de la época.

¿Se trata *El retrato de Dorian Gray* de un libro inmoral? Para su época y según para quien quizás sí. Con un argumento sencillo narra el extraordinario caso de un pintor enamorado de la belleza del joven Dorian, al cual retrata en un cuadro maravilloso, que a su vez provoca la pasión narcisista del efebo admirado de su propio esplendor. Dorian se dedica a apurar a fondo el cáliz de los placeres, mientras que es el cuadro el que envejece. Toda la acción gira alrededor de la conducta de Dorian y su relación con los cambios de apariencia del retrato.

La historia de Dorian Gray es digna de una tragedia griega clásica. En la cárcel de Reading, Wilde escribirá: "Quien se halla en estado de rebeldía no puede recibir el perdón, pues en la vida, como en el arte, el estado de rebeldía obstruye los canales del alma y no deja penetrar en ella el soplo del cielo". *El retrato* fue escrito con toda el alma de su autor y a diferencia del *dandy* de la ficción que se rebela contra su propio retrato, Wilde accederá a la conversión gracias a la intervención de Robert Ross, su verdadero amigo, desoyendo los cantos de sirena de Wotton, el mefistofélico amigo de Gray. Ross lo saluda quitándose el sobrero a pesar de la conducta que lo ha llevado a la cárcel; y ese gesto hará meditar a Wilde que escribirá: "Abrió para mí todas las fuentes de la piedad, me arrancó de la solitaria amargura del destierro para ponerme en armonía con el gran corazón herido y roto del mundo".

Wilde combina en su novela como técnica narrativa la escenificación con el punto de vista de un narrador, y frecuentemente hace que el carácter de los personajes influya en el tono del lenguaje, en especial, lord Henry, aunque su importancia sea inferior a la de Dorian. Es la novela inglesa portavoz del decadentismo que precisamente su autor prefirió llamar simbolista, concepto con el que hizo fortuna y en la que se mezclan sabiamente como recursos el teatro, la música y la pintura, siguiendo los cánones del "arte por el arte" del crítico y dibujante inglés John Ruskin (1819-1900), en su famosa obra *Las Siete lámparas de la arquitectura*.

Hoy en día, *El retrato de Dorian Gray*, la única novela dentro de la ecléctica obra de Oscar Wilde, es un referente de la literatura mundial: por sus temas, sus ideas y su propuesta estética, y ha sido interpretada un sinnúmero de veces por diversas manifestaciones artísticas en sus más de cien años de existencia, otorgándole en el proceso, un sitio de honor dentro de la cultura popular del siglo XXI.

# EL RETRATO DE DORIAN GRAY

# Prefacio

El artista es el dios de cosas bellas.

Mostrar el arte y ocultar al artista es la finalidad del arte.

El crítico es el que puede traducir de un modo distinto o con una materia diferente su impresión ante las cosas bellas.

La más alta, así como la más baja de las formas de crítica, es una especie de autobiografía.

Los que encuentran sentido feo en cosas bellas están corruptos sin ser encantadores. Esto es una falta.

Los que encuentran significados bellos en cosas bellas son cultos. A estos les queda la esperanza.

Existen los elegidos para quienes las cosas bellas solo significan belleza.

Un libro no es, en modo alguno, moral o inmoral. Los libros están bien o mal escritos. Esto es todo.

La aversión del siglo XIX por el Realismo es la rabia de Caliban al no ver su propio rostro en un espejo.

La aversión del siglo XIX por el Romanticismo es la rabia de Caliban al no ver su propia cara en un espejo.

La vida moral del hombre forma parte de los temas para el artista; pero la moralidad del arte consiste en el uso perfecto de un medio imperfecto.

Ningún artista desea probar nada. Incluso las cosas ciertas pueden ser probadas.

Ningún artista tiene simpatías éticas. Una simpatía ética en un artista constituye un amaneramiento imperdonable de estilo.

Ningún artista es morboso jamás. El artista puede expresarlo todo.

Pensamiento y lenguaje son para el artista instrumentos de un arte.

Vicio y virtud son para el artista materiales de un arte.

Desde el punto de vista de la forma, el modelo de todas las artes es el del músico. Desde el punto de vista del sentimiento, el oficio de actor es el modelo.

Todo arte es, a la vez, superficie y símbolo.

Los que buscan bajo la superficie lo hacen a su propio riesgo.

Los que intentan descifrar el símbolo lo hacen también a su propio riesgo.

Es al espectador, y no a la vida, a quien refleja realmente el arte.

La diversidad de opiniones sobre una obra de arte indica que la obra es nueva, compleja y vital.

Cuando los críticos difieren, el artista está de acuerdo consigo mismo.

Podemos perdonar a un hombre el haber hecho una cosa útil mientras que no la admire. La única disculpa de haber hecho una cosa inútil es admirarla intensamente.

Todo arte es completamente inútil.

Oscar Wilde

# Capítulo I

Todo el recinto se encontraba rodeado e impregnado de la exquisita fragancia de las rosas, y apenas el tenue aire veraniego avanzó jugueteando entre los arbustos del jardín arrastró consigo hasta la puerta, que estaba abierta de par en par, el denso almizcle de las lilas y el perfume más suave de los abrojos rosados floridos.

Tendido sobre el sofá de tela pérsica, lord Henry Wotton fumaba incesantemente, como estaba habituado, al mismo tiempo que observaba desde una esquina de su cómodo asiento el resplandor de las sedosas y delicadas flores color miel de un laburno con temblorosas ramas, que daban la impresión de no poder soportar el peso de una belleza tan renovada; por momentos, el vuelo de pájaros efímeros, atravesando las amplias cortinas de seda de *tusor* que estaban corridas ante la ventana, regalaba a la vista un fantástico juego de sombras, recreando una especie de instantáneo efecto japonés que lo llevaba a pensar en esos pintores de Tokio de rostros de lívido jade que, a través de un arte indispensablemente estático, buscaban manifestar la esencia del movimiento y la velocidad. Hasta allí llegaba el murmullo ensordecedor de las abejas, que en su avance entre las crecidas hierbas o volando incesantemente alrededor de las bayas llenas de polvo de una extendida madreselva hacían que la calma fuera todavía más avasallante. Londres, con su confuso bullicio, quedaba atrás como el eco lejano de las notas de un órgano antiguo.

Colocado en un caballete que estaba en el medio de esta estancia se destacaba un cuadro de cuerpo entero de un joven de impresionante belleza y algo más alejado, pero frente a él, se encontraba sentado el pintor Basil Hallward, quien había desaparecido unos años antes suscitando un gran revuelo público que había originado un sinnúmero de comentarios, raras y misteriosas suposiciones.

Mientras el pintor observaba la hermosa figura generada con gran destreza y sutileza por la habilidad creadora de su genio de artista, una sonrisa de placer se esbozó en su cara y se mantuvo en ella. Y de inmediato, como poseído por una fuerza invisible, tembló y, cerrando los ojos, puso sus dedos sobre los párpados, como queriendo atrapar en su cabeza algún extraño sueño del que temiera regresar.

—Basil, sin duda alguna, esta es tu mejor obra, es lo mejor que has pintado en toda tu vida —dijo lord Henry con languidez—. Deberías mandarla el año que viene a Grosvenor. La Academia es muy grande y ordinaria. Todas las veces que he ido allí, siempre había tanta gente que no me ha sido posible mirar los cuadros, lo que era terrible o, al contrario, había tantas pinturas que no pude ver a la gente, lo que era todavía peor. Considero que Grosvenor es verdaderamente el único y mejor lugar.

—Creo que no la voy a enviar a ningún sitio —respondió mientras echaba la cabeza hacia atrás con su habitual y extraño gesto que producía risa en sus amigos de Oxford—. No, no la mandaré a ningún lado.

Lord Henry lo miró haciendo una mueca de sorpresa, al tiempo que arqueaba las cejas a través del humo azul que salía de su grueso cigarrillo haciendo caprichosa figuras que se entrelazaban en una red de finas espirales.

—¿Por qué no la enviarás a ninguna parte? ¿Por qué, mi apreciado amigo? ¿Tienes algún motivo? ¡Ustedes los pintores son unas personas muy extrañas! Hacen todo para obtener reputación y, cuando la adquieren, pareciera como si desearan desprenderse de ella como sea. A mí me parece que es algo muy tonto, porque considero que lo único peor en el mundo que el que hablen de uno es que no digan nada. Una obra como esta, un retrato de asombrosa belleza como este, te pondría por encima de todos los jóvenes de Inglaterra y les produciría muchos celos y envidia a los viejos, si es que acaso son capaces de sentir alguna emoción.

—Sé que te vas a reír de mí —contestó el pintor—, pero la verdad es que no puedo exponerla. He dejado en ella mucho de mí mismo.

Lord Henry se reía, estirándose en el sofá.

—Te lo dije, sabía que te reirías, pero de todas formas es totalmente cierto.

—¡Mucho de ti mismo en ella! Realmente, Basil, palabra que no pensé que fueras tan vanidoso; no logro ver parecido alguno entre tu fisonomía llena de energía y de rasgos marcados y tu cabello negro como el carbón, con ese bello y joven Adonis, que parece creado de delicados pétalos de rosa y de marfil. Ya que, y disculpa mi sinceridad, mi apreciado Basil, él es el propio Narciso, y tú… Por supuesto, buen hombre, tienes una expresión inteligente y todo eso. Pero, la belleza, la verdadera belleza, termina donde comienza la expresión intelectual. Es la intelectualidad en sí misma un modo de exageración que destruye la armonía de cualquier fisonomía. Tan pronto se siente uno con el propósito de pensar, uno se vuelve pura nariz o todo, frente, o algo así de feo. Observa todos los hombres que han triunfado en profesiones eruditas, ¡son todos perfectamente horrorosos! Excluyendo, lógicamente, a los hombres de la Iglesia, porque en la Iglesia no piensan. Si te das cuenta, un obispo repite a los ochenta años lo que le enseñaron a decir cuando era un muchacho de dieciocho, y el resultado natural de esto es que tiene siempre un aspecto delicioso. Ahora bien, tu joven y misterioso amigo, cuyo nombre, por cierto no me has mencionado jamás, pero cuyo retrato me fascina verdaderamente, nunca piensa. De esto estoy completamente seguro. Se trata de una bella criatura sin cerebro, que podría ser capaz de sustituir a las ausentes flores del invierno y refrescarnos la inteligencia en verano. Por favor, Basil, no te halagues: bajo ningún concepto te pareces a él.

—No me has entendido, Harry —respondió el artista—. Por supuesto que no me parezco a él. Lo sé perfectamente. La verdad, lamentaría parecerme a él. ¿Encoges los hombros? Te hablo con sinceridad. Existe una fatalidad que pesa sobre toda superioridad física e intelectual, cierta fatalidad que sigue, a través de la historia, los pasos vacilantes de los reyes. Es mejor ser similar a nuestros compañeros. Así, los feos y los estúpidos son los mejor librados desde ese punto de vista en este mundo, porque pueden sentarse a su antojo o bostezar en la función. La ignorancia sobre la victoria le ahorra el conocimiento de la derrota. Pasan sus vidas como querríamos vivir todos: sin perturbaciones, indiferentes y sin inquietudes. No importunan a nadie ni son importunados. Pero tú, Harry, con tu clase y tu fortuna; yo, con mi cabeza tal cual es, mi arte en lo que valga y Dorian Gray, con su magnífico semblante… nos toca sufrir por lo que los dioses nos han dado, sufriremos terriblemente.

—¿Dorian Gray? ¿Así se llama? —preguntó lord Henry, atravesando el estudio directo hacia Basil Hallward.

—Sí, ese es su nombre. No tenía intención de decírtelo.

—Pero, ¿por qué no?

—¡Oh! No encuentro cómo explicártelo. Nunca menciono el nombre de alguien muy querido. Es como renunciar a una parte de él, por lo que he aprendido a amar el secreto. Me parece que es la única cosa que puede hacernos la vida moderna, misteriosa o maravillosa. Lo más común pasa a tener un sentido distinto, delicioso, si alguien nos lo oculta. Cada vez que me ausento de la ciudad no digo a nadie a dónde voy, porque si lo hiciese perdería todo mi placer. Una costumbre tonta, lo confieso; pero en cierto forma me parece que aporta romanticismo a la vida de uno. ¿Pensarás que soy un loco de remate?

—De ninguna manera —respondió lord Henry—, de ninguna, mi querido Basil. Creo que olvidas que estoy casado y que el único encanto del matrimonio es que procura una vida de decepción absolutamente necesaria para ambas partes. Desconozco siempre el paradero de mi mujer, y mi mujer no sabe jamás lo que hago. Cuando nos encontramos, y eso es de vez en vez; cuando comemos fuera juntos o cuando vamos a casa del duque, mutuamente nos contamos las historias más absurdas con las caras más serias. Ella, mi mujer, es mejor en ese aspecto… mucho mejor que yo. Nunca duda de las fechas, y yo siempre estoy indeciso. Y cuando se da cuenta, no se enfada conmigo, aunque muchas veces me gustaría que lo hiciera, sino que simplemente se ríe de mí.

—Me molesta esa manera que tienes de hablar de tu vida conyugal, Harry —dijo Basil Hallward, avanzando hacia la puerta que daba al jardín—. Creo que eres muy buen marido, pero parece que como si te avergonzaras de tus propias virtudes. Eres un hombre extraordinario. Nunca dices una cosa inmoral ni haces jamás una cosa mala, y tu cinismo es simplemente una pose.

—El ser natural es simplemente una pose, y la más irritante que conozco —exclamó, riendo, lord Henry, y los dos jóvenes salieron juntos al jardín, acomodándose en un largo y hermoso asiento de bambú que se encontraba bajo la sombra de un alto macizo de laureles. Mientras el sol se deslizaba por las hojas relucientes, blancas margaritas temblaban sobre la hierba.

Después de una pausa, lord Henry sacó su reloj.

—Me temo que es hora de irme, Basil —murmuró—; pero antes, insisto que me respondas una pregunta que te hice hace poco.

—¿Cuál pregunta? —dijo el pintor, con los ojos fijos en el suelo.

—Lo sabes muy bien.

—No lo sé, Harry.

—Bueno, es necesario que me expliques por qué no quieres exponer el retrato de Dorian Gray. Quiero saber el verdadero motivo.

—Ya te he dicho el motivo.

—No, no. Solo me dijiste que era porque había demasiado de ti mismo en ese retrato. Pero, hombre, eso es muy infantil.

—Harry —dijo Basil Hallward, mirándole fijamente a los ojos—, cualquier retrato pintado con sentimiento es un retrato del artista, no del modelo. El modelo es solamente un accidente, la oportunidad, la ocasión. No es a él a quien el pintor revela; es el propio pintor quien se revela sobre la tela coloreada. La única razón por la cual no quiero exhibir ese retrato está en el miedo que siento de mostrar en él el secreto de mi propia alma.

Lord Henry no pudo contener la risa.

—¿De qué se trata? —preguntó.

—Te lo diré —dijo Hallward, pero una expresión de incertidumbre apareció en su rostro.

—Puedes contarme, soy todo oídos, Basil —continuó su compañero, sin dejar de mirarlo.

—¡Oh! Realmente tengo muy poco que decir, Harry —respondió el pintor—, y es posible que tengas dificultad en comprenderlo. Temo que apenas lo creas.

Lord Henry, sonriente, se inclinó y arrancó una margarita de pétalos rosados de la hierba, y mientras la examinaba le dijo a su amigo:

—Pierde cuidado, estoy completamente seguro de que lo comprenderé —replicó, observando con atención el pequeño disco dorado de pelusa blanca—; y con respecto a creer en las cosas, las creo todas con tal de que sean enteramente increíbles.

Una inesperada brisa sacudió algunas flores de los arbustos, provocando que las pesadas lilas con sus racimos en forma de estrellas se estremecieran en el aire lánguido; solo se oía el rechinar de una cigarra cerca del muro y el vibrar de las ocres alas de gasa de una delgada y larga libélula, que pasó como un hilo azul. A Lord Henry le pareció percibir los latidos del corazón de Basil Hallward, y se preguntó qué iba a suceder.

—Se trata de una simple historia —dijo el pintor después de un rato—. Estuve en una reunión multitudinaria, como hace dos meses, en casa de lady Brandon. Tú sabes que para nosotros, pobres artistas, es importante dejarnos ver en sociedad de vez en cuando, lo suficiente para recordar que no somos unos salvajes. Como me has dicho alguna vez, todo el mundo, hasta un agente de Bolsa, puede llegar a tener la reputación de un ser civilizado con una corbata blanca y un frac. Solo hacía diez minutos que estaba en el salón conversando, con damas maduras ataviadas recargadamente y fastidiosos académicos, cuando de pronto sentí que alguien me observaba. Me di media vuelta y por primera vez vi a Dorian Gray. Al devolverle la mirada, y cuando nuestros ojos se encontraron, me sentí palidecer. Me recorrió el cuerpo una rara y aterradora sensación. Entendí en ese momento que estaba ante alguien cuya simple personalidad era tan avasalladora y fascinante que, si llegaba a abandonarme a ella, absorbería toda mi naturaleza, mi alma y hasta mi propio arte. Tú sabes, Harry, lo independiente que soy por naturaleza, y por eso no estoy interesado en ninguna influencia exterior en mi vida. He sido siempre el dueño de mí mismo; bueno, siempre lo fui, hasta el día de mi encuentro con Dorian Gray. Entonces… y no sé cómo explicarte esto, pero presentí que mi vida iba a atravesar una terrible crisis. Sentí la extraña sensación de que el destino me iba a deparar tanto dichas como penas maravillosas. Sentí un gran temor, y de inmediato me dispuse a salir del salón. Definitivamente, no era mi conciencia la que me hacía obrar así; había en ello una especie de cobardía. No me enorgullezco de haber tratado de escapar.

—Conciencia y cobardía son la misma cosa, Basil. Conciencia no es más que el nombre registrado de esa razón social, eso es todo.

—No pienso lo mismo, Harry, y creo que en el fondo tú tampoco. Sin embargo, sea cual fuese mi motivo de entonces —quizás era orgullo, porque yo era muy orgulloso—, avancé rápidamente hacia la puerta. Como era natural, tropecé en ella con lady Brandon, quien me dijo de inmediato: «¿No pensará usted irse tan pronto, señor Hallward?». Y ya conoces su voz curiosamente chillona.

—Sí; parece un pavo real en todo, menos en la belleza —dijo lord Henry, deshojando aún la margarita con sus largos dedos nerviosos.

—Así que no pude quitármela de encima. Me presentó a altezas y a señores con cruces y jarreteras, a damas caducas que ostentaban tiaras gigantescas y narices de loro. Se refería a mí como a su amigo más querido y solo la había visto una vez antes de ese día, pero se le metió en la cabeza ponerme por las nubes. Me parece que por entonces uno de mis cuadros tenía un gran éxito, que se hablaba de él en los periódicos baratos y que, como usted bien sabe, son los heraldos de la inmortalidad del siglo XIX. De repente, estuve frente a frente con el joven cuya personalidad me había extrañamente intrigado. Prácticamente nos tocábamos y nuevamente nuestros ojos se encontraron. De manera imprudente rogué, entonces, a lady Brandon que me lo presentase, aunque, después de todo, quizá no fuera para tanto. Simplemente inevitable, tal vez, porque pienso que nos hubiésemos hablado sin ninguna presentación y estoy seguro de ello. Y Dorian, más tarde, me dijo lo mismo, porque él también había sentido que estábamos destinados a conocernos.

—¿Cómo describió lady Brandon a ese maravilloso joven? —preguntó lord Henry—. Sé que ella tiene la manía de hacer un breve compendio de todos sus invitados. Recuerdo que cierta vez me presentó a un truculento caballero de enrojecido rostro, que tenía el pecho cubierto de órdenes y cordones, y comenzó a decirme al oído, con un cuchicheo trágico, los detalles más estupendos sobre aquel hombre, en una especie de secreto a voces que, estoy seguro, escucharon todas las personas que se hallaban en el salón. Esto hizo que la rehuyera, porque me gusta conocer a las personas por mí mismo. Pero lady Brandon trata a sus invitados igual que un tasador a sus mercancías. Suele dar toda clase explicaciones o dice todo acerca de ellos, excepto lo que uno quisiera saber.

—¡Pobre lady Brandon! Eres muy severo con ella, Harry —dijo Hallward.

—Mi querido amigo, ha intentado fundar un salón; y solo consiguió abrir un restaurante. ¿Cómo podría yo admirarla? Pero, cuéntame: ¿qué te dijo de Dorian Gray?

—Bueno, fue algo así como: «Muchacho encantador... su pobre madre y yo éramos inseparables. No recuerdo bien lo que hace o temo... ¡que no haga nada! ¡Oh, sí! Toca el piano... ¿O es el violín, mi querido señor Gray?» No pudimos contener la risa, y de pronto nos hicimos amigos.

—Pues la risa no es un mal comienzo para la amistad, ni mucho menos, y está lejos de ser un mal final —dijo el joven lord, arrancando otra margarita.

Entonces, Hallward movió la cabeza.

—Harry, tú no puedes comprender —murmuró— qué es la amistad o qué es el odio en un caso así. Tú quieres a todo el mundo, lo cual es como si te fuesen todos indiferentes.

—¡Qué terriblemente injusto eres! —exclamó lord Henry, y se echó hacia atrás su sombrero para mirar las nubecillas que, como vellones de seda blanca, danzaban a la deriva por el azul turquesa del cielo de verano—. Sí, horriblemente injusto —dijo para continuar—. Yo, por mi parte, establezco una gran diferencia entre las personas. Me gusta elegir a mis amigos por su buen aspecto, a mis simples conocidos por su buen carácter y a mis enemigos por su intelecto. Los hombres nunca dan demasiada importancia a la elección de sus enemigos y yo no tengo ni uno solo que sea un tonto. Son todos hombres de cierto potencial intelectual y, por consiguiente, todos me aprecian. ¿Será esto muy vanidoso por mi parte? Creo que es más bien presunción.

—Así lo pienso yo, Harry. Y, de acuerdo con tus categorías, creo que soy un simple conocido.

—Mi bueno y querido Basil, eres para mí mucho más que un conocido.

—Y mucho menos que un amigo, es decir, una especie de hermano, ¿verdad?

—¡Oh, los hermanos! No me interesan los hermanos. Mi hermano mayor no quiere morirse, y los más pequeños no parecen hacer otra cosa.

—¡Harry! —exclamó Hallward, frunciendo el cejo.

—Amigo mío, lo que digo no es completamente en serio. Lo que sucede es que no puedo evitar detestar a mis parientes. Imagino que esto se debe a que ninguno de nosotros soporta la vista de otros que tengan sus mismos defectos. Por ello, simpatizo por completo con la democracia inglesa en su rabia contra lo que ella denomina los vicios de las clases altas. Así, las masas sienten que la embriaguez, la estupidez y la inmoralidad deberían ser de su propiedad, y si alguno de nosotros asume esos defectos, es como si cazase furtivamente en sus terrenos. Cuando el pobre Southwark compareció ante el Tribunal de Divorcio, la indignación de esas masas fue magnífica, y, sin embargo, creo que la décima parte del proletariado no vive correctamente.

—No acepto ni una sola de las palabras que acabas de decir y tengo la convicción, Harry, de que tú tampoco.

Lord Henry, acariciando su barba castaña cortada en punta, golpeteó la puntera de su bota de charol con un bastón de ébano adornado con borlas, y continuó:

—¡Qué clase de inglés eres, Basil! Esta es la segunda vez que me haces esa observación. Si se expone una idea a un verdadero inglés, lo cual es siempre cosa temeraria, uno no intenta nunca saber si la idea es buena o mala. Lo verdaderamente importante es saber si uno cree en ella. Ahora bien: el valor de una idea no tiene que ver con la sinceridad del hombre que la expresa. Hay muchas probabilidades de que la idea sea más intelectual en proporción directa con el carácter poco sincero de la persona, porque en este caso carece del color que le imprimen las necesidades, los deseos o los prejuicios de aquella. Sin embargo, no es tampoco mi intención discutir cuestiones políticas, sociológicas o metafísicas contigo. Antepongo las personas a sus principios, y prefiero antes que nada en el mundo a las personas sin principios. Háblame más sobre el señor Dorian Gray. ¿Con cuánta frecuencia lo ves?

—A diario, sería infeliz si no le viese cada día. Me es absolutamente necesario.

—¡Extraordinario! Yo creía que solo te preocupabas de su arte.

—Él es todo mi arte ahora —dijo el pintor gravemente—. A veces pienso, Harry, que solo hay dos períodos de importancia en la historia del mundo. El primero, la aparición de un nuevo medio para el arte, y el segundo, la llegada de una nueva personalidad también para el arte. Te puedo decir que presiento que la cara de Dorian Gray será algún día para mí lo que el descubrimiento de la pintura al óleo fue para los venecianos, y más tarde la faz de Antinoo para la escultura griega tardía. Y no se trata únicamente de pintarle, dibujar o tomar apuntes, cosa que ya hice, evidentemente; es otra cosa, porque él para mí es mucho más que un modelo, y esto no significa que esté poco contento de lo que he hecho sobre él, ni que su belleza sea tal que el arte no pueda expresarla. No hay nada que el arte no pueda expresar, y soy consciente que la obra que he hecho desde mi encuentro con Dorian Gray es una obra muy buena, la mejor obra de mi vida. Solo que de una forma curiosa, distinta —no me extrañaría que no pudieses comprenderme—, su personalidad me ha sugerido una manera de arte y un estilo completamente nuevos. Ahora, pienso y veo las cosas de un modo diferente. Me siento capaz de crear una vida que antes me estaba oculta. «Una forma soñada en días de meditación…» ¿Quién dijo esto? No recuerdo, pero esto es exactamente lo que ha sido Dorian Gray para mí. La presencia visible de este chico —porque me parece un chico, aunque tiene más de veinte años—, su simple presencia visible… ¡Ah! Me extrañaría que pudieses darte cuenta de lo que esto significa. Creo que todo esto, inconscientemente, define para mí las líneas de una escuela nueva, que une toda la pasión del espíritu romántico con toda la perfección del espíritu griego. Estaríamos hablando de la armonía del cuerpo y el alma, ¡cuánto es esto! En nuestra locura, hemos separado el cuerpo del alma e inventado un realismo que es vulgar, una idealidad vacía. ¡Harry! ¡Si supieses lo que significa Dorian Gray para mí! ¿Recuerdas aquel paisaje mío por el que Agnew me ofreció una suma bien considerable, pero del cual no quise desprenderme? Pues, para mí, es una de las mejores cosas que he hecho. ¿Sabes por qué? Porque mientras lo pintaba, Dorian Gray estaba sentado junto a mí, y sé que alguna influencia sutil pasó de él a mí, y por primera vez en mi vida atrapé esa sensación mágica que siempre había buscado y nunca había podido captar.

—Basil, lo que me cuentas es extraordinario. Es necesario que conozca a Dorian Gray.

Hallward se levantó de su asiento y se puso a pasear por el jardín, meditabundo. Volvió un momento después.

—Harry —dijo—, Dorian Gray es para mí un simple motivo de arte. No encontrarías nada en él, sin embargo, yo lo veo todo. Jamás está más presente en mi obra que cuando no veo ninguna imagen de él. Lo considero una sugestión de nueva especie, como te he dicho, porque lo hallo en las curvas de ciertas líneas, en lo adorable y en lo sutil de ciertos colores, pero eso es todo.

—Entonces, ¿por qué no quieres exponer su retrato? —preguntó lord Henry.

—Porque, sin darme cuenta, he puesto en él la expresión de toda esa extraña idolatría artística de la cual nunca me preocupé en hablarle. Él la desconoce y la ignorará siempre. Pero temo que el mundo pueda adivinarla; y no estoy dispuesto a desnudar mi alma ante ojos frívolos e inquisidores. No quiero que mi corazón esté bajo su microscopio. ¡Hay demasiado de mí mismo en ese objeto, Harry! ¡Demasiado de mí mismo!

—Estás siendo más escrupuloso que los poetas, porque ellos saben qué útil es la pasión para su publicación. Y tú sabes que hoy día de un corazón desgarrado se tiran muchas ediciones.

—Es por eso que los odio —exclamó Hallward—. El artista debe crear cosas bellas sin poner nada de su propia vida en ellas. Estamos viviendo en una época en que los hombres no ven el arte más que bajo una forma autobiográfica. Se ha perdido el sentido abstracto de la belleza y algún día enseñaré al mundo lo que esto significa; por esta razón el mundo no verá jamás mi retrato de Dorian Gray.

—Creo que estás errado, Basil; pero no es mi intención discutir contigo. Solo discuto la pérdida intelectual. Pero, dime: ¿y está muy encariñado contigo Dorian Gray?

El pintor pareció reflexionar algunos instantes.

—Sí, me quiere —dijo después de una pausa—; sé que me quiere. Siempre lo estoy adulando; siento un placer extraño en decirle cosas que luego lamentaré. Pero en líneas generales es encantador conmigo, y hablamos de mil cosas. De vez en cuando, sin embargo, se muestra tremendamente desconsiderado, y al parecer encuentra realmente placer en avergonzarme. Y en esos momentos siento que he dado mi alma entera a un ser que no la valora y que la trata como a una flor que se pone en el ojal, un adorno que seduce su vanidad, una decoración de un día de verano.

—Los días de verano son muy largos, Basil —murmuró lord Henry—, y es probable que te canses de Dorian Gray antes que él de ti. Pensarlo es muy triste; pero no puede dudarse que el genio dura mucho más que la belleza. Y esto explica por qué invertimos tanto trabajo en instruirnos, pues es una necesidad para defendernos de la atroz lucha de la vida, para retener algo, y nos llenamos la cabeza de basuras y hechos, con la tonta esperanza de conservar nuestro lugar. En estos tiempos, buscamos el ideal moderno, representado por el hombre culto y bien enterado; pero la mente de este hombre bien enterado es una cosa horrible. Es parecido a un bazar monstruoso y polvoriento, en el cual todo objeto tiene un precio que está por encima de su verdadero valor. Creo que serás el primero en cansarte, a pesar de todo. Llegará el día en que mirarás a tu amigo y te parecerá un poco desdibujado, te desagradará su tono o cualquier otra cosa. Y se lo reprocharás con gran amargura desde el fondo de tu corazón, creyendo a pies juntillas que se ha portado mal contigo. Al siguiente día que venga estarás perfectamente frío e indiferente y eso será bien lamentable, pues te transformará. Todo lo que me has narrado es una completa novela de arte si así se pudiese llamar, y lo peor es que, cuando uno vive una novela, de cualquier clase que sea, te deja sin romanticismos.

—Harry, no me hables así. Estoy seguro que mientras yo viva, la personalidad de Dorian Gray me dominará. Tú no puedes sentir lo que yo siento, cambias frecuentemente.

—¡Ah! Mi querido Basil, por eso precisamente puedo sentir. Los fieles solo conocen el lado trivial del amor; el infiel es el que conoce las tragedias del amor.

Entonces, frotando una cerilla sobre una delicada caja de plata, lord Henry empezó a fumar con la serenidad de una conciencia tranquila y con un aire de profunda satisfacción, como si en una sola frase hubiese definido el mundo. Se escuchó el gorgojeo de los gorriones entre las hojas verdes de la hiedra, y las sombras azules de las nubes se persiguieron a sí mismas por la grama como si fueran golondrinas. ¡Qué agradable era estar en el jardín y qué divinas y gratas eran las emociones de los otros!... Mucho más exquisitas que sus ideas, pensaba él. Su alma y las pasiones de sus amigos le parecían que eran las cosas fascinantes de la existencia. Se imaginaba, disfrutando en silencio con este pensamiento, el aburrido almuerzo que lograba evitar con su prolongada visita a Basil Hallward. De haber ido a casa de su tía, sabía con toda seguridad que encontraría allí a lord Goodbody, y con certeza toda la conversación habría discurrido en torno a la comida de los pobres y a la necesidad de crear un modelo de casa de huéspedes. Hubiera escuchado recomendar a cada clase el valor de las diversas virtudes, cuya práctica, por supuesto, no ejercitaban jamás. El rico habría disertado sobre la importancia del ahorro, y el haragán hablado con mucha elocuencia sobre la nobleza del trabajo. ¡Era maravilloso haber huido de todo aquello! De pronto, al mismo instante en que pensaba en su tía, una idea rondó por su cabeza. Miró a Hallward y le dijo:

—Ahora recuerdo con exactitud, mi apreciado amigo.

—¿Qué cosa, Harry?

—Dónde escuché el nombre de Dorian Gray por primera vez.

—¿Dónde fue? —interrogó Hallward, frunciendo ligeramente las cejas.

—Basil, deja de verme con tanta rabia. En casa de mi tía Agatha, allí fue. Ahora recuerdo, me comentó que había conocido a un joven maravilloso que estaba dispuesto a apoyarla en sus obras de caridad, y cuyo nombre era Dorian Gray. Te puedo asegurar que no me habló de él como de un chico atractivo, pero ya sabes, las mujeres no valoran la belleza; las mujeres honestas, por lo menos. También me comentó que era muy serio y formal y de un hermoso y espléndido carácter. En ese momento, me imaginé a un hombre de gafas y cabellos lacios, con muchas pecas y caminando sobre unos pies enormes. Me hubiese encantado haber sabido que era tu amigo.

—Pues a mí me satisface más que no te hayas enterado, Harry.

—¿Por qué?

—Porque no deseo que lo conozcas.

—¿No deseas que lo conozca?

—No.

—Señor Hallward, el señor Dorian Gray se encuentra en el estudio —dijo el mayordomo, saliendo al jardín.

—Ahora no tienes otra opción que presentármelo —dijo lord Henry riendo.

El pintor se dirigió a su sirviente, que estaba cegado por el sol.

—Parker, dígale al señor Gray que espere, estaré con él en un momento.

El mayordomo se inclinó y se marchó.

Después, el pintor vio a lord Henry.

—Mi amigo más apreciado y querido es Dorian Gray —comentó—. Posee un buen carácter y es muy sencillo. Es cierto, tu tía tenía razón en todo lo que expresó de él, por lo que te agradezco que no lo eches a perder, no trates de influir en él, ya que sería perjudicial. El mundo es muy extenso y en él viven personas extraordinarias. Te suplico que no me quites al único ser que hace surgir el encanto que mi arte tiene; como verás, mi existencia como artista depende de él. Así que mucho cuidado, Harry, confío en ti.

Esto lo decía casi susurrando, y sus palabras parecían pronunciadas en contra de su voluntad.

—¡Pero qué estupideces estás diciendo! —exclamó lord Henry con una sonrisa; y tomando por el brazo a Hallward lo llevó a la casa prácticamente a la fuerza.

## Capítulo II

Cuando entraron, Dorian Gray se encontraba sentado al piano mirando absorto y lleno de emoción las páginas de un álbum de las *Escenas del bosque,* de Schumann.

—Basil, tienes que prestármelas —dijo—. Yo deseo aprendérmelas, son fascinantes, sencillamente extraordinarias.

—Dorian, eso solo depende de cómo poses hoy.

—Basil, estoy aburrido de posar y ya no deseo un cuadro de cuerpo entero —respondió con un gesto adolescente girando sobre la banqueta de una forma vanidosa y terca, al tiempo que en sus mejillas se dibujó un tenue rubor cuando vio a lord Henry, por lo que se puso de pie rápidamente—. Basil, mil disculpas, no sabía que te encontrabas acompañado.

—Él es lord Henry Wotton, un antiguo amigo de Oxford, Dorian. Le había comentado hace apenas un instante que eras un modelo extraordinario, pero ahora lo estropeaste todo.

—Sin embargo, no estropeó lo encantado que estoy de conocerlo, señor Gray —dijo lord Henry, avanzando hacia Dorian y extendiéndole la mano—. Mi tía Agatha me ha hablado de usted con frecuencia. Me parece que usted es uno de sus preferidos y creo, con temor, que es también una de sus víctimas.

—Sí, pero ahora me encuentro en la lista negra de lady Agatha —respondió Dorian, haciendo un gesto burlón como si estuviera arrepentido—. El pasado martes le prometí que iría con ella a un club de Whitechapel, y se me olvidó por completo. Allí íbamos a llevar a cabo juntos un dúo o tres, creo. Ahora no sé que me dirá, tengo miedo de ir a verla.

—No se preocupe, yo intentaré reconciliarlo con mi tía. Ella es una fiel seguidora y fanática de usted, por lo que no creo que haya realmente una razón de molestia o de enfado. Es probable que el auditorio haya pensado que era un dúo, porque cuando tía Agatha toca el piano hace ruido por dos.

—Eso suena terrible tratándose de ella y no es muy grato para mí —respondió Dorian riendo.

Lord Henry lo observaba. Realmente era magníficamente bien parecido, con sus labios delicadamente dibujados como con un fino pincel de color carmesí; sus nobles y profundos ojos azules y su rizado cabello de un tono dorado como el sol. La armonía de sus facciones atraía la confianza de quienes lo veían, pues reflejaba allí todo el candor de la juventud vinculado con la pureza llena de pasión que regala la adolescencia. Se veía que el mundo todavía no había profanado tan extraordinaria belleza, así que no era de extrañar que Basil Hallward lo venerara.

—Señor Gray, me parece que usted es demasiado encantador para dedicarse a las actividades filantrópicas, maravillosamente encantador —comentó lord Henry, recostándose sobre el sofá mientras abría su pitillera.

El pintor, quien se encontraba preparando sus colores y sus pinceles, parecía preocupado, pero al escuchar la última observación de lord Henry lo miró y, dudando por un instante, intervino en la charla de forma algo brusca:

—Harry, tengo que finalizar hoy este cuadro. ¿Pensarás que soy un grosero si te pido que te vayas?

Lord Henry sonrió, y mirando a Dorian Gray le preguntó en un tono divertido:

—¿Señor Gray, me tengo que ir? —preguntó.

—¡Por supuesto que no! Se lo suplico, lord Henry. Al contrario, debe quedarse, porque me doy cuenta de que Basil está de mal humor y yo no lo puedo soportar cuando está molesto. Además, me gustaría que usted me explicara por qué razón no debo ocuparme en la filantropía.

—Yo no sabría qué contestarle sobre ese tema, señor Gray. Me parece un tópico tan fastidioso que solamente se puede hablar de él seriamente. Sin embargo, no voy a marcharme, ya que usted me pide que me quede. Basil, ¿realmente no te importa? Puedo recordar que decías frecuentemente que te gustaba tener a alguien que conversara con tus modelos.

Hallward apretó los labios, y después de una pausa contestó:

—No, no me importa, y si Dorian lo quiere, te puedes quedar. Los caprichos y deseos de Dorian son leyes para los demás, excepto para él.

Entonces, lord Henry cogió sus guantes y su sombrero.

—Basil, eres muy insistente, pero tengo que irme. Tengo una cita con una persona en el Orleans. Hasta luego, señor Gray. Puede venir a verme cualquier tarde, cuando usted así lo desee, a la calle Curzon. Casi siempre me encuentro en casa cerca de las cinco. Pero escríbame cuando decida ir, ya que lamentaría mucho no estar cuando usted llegue.

—Basil —dijo enseguida Dorian Gray—, si lord Henry Wotton se marcha, yo también me voy. Nunca abres la boca cuando dibujas, y es terriblemente aburrido estar inmóvil sobre una plataforma y, de paso, mantener un gesto agradable en el rostro. Pídele que se quede, insisto.

—Por favor, Harry, quédate para agradarnos a Dorian Gray y a mí —dijo Hallward, mirando atentamente su retrato—. Es totalmente cierto lo que dice Dorian: mientras trabajo no hablo ni tampoco oigo, y tiene que ser extremadamente aburrido para mis desafortunados modelos. De verdad, te pido que no te vayas.

—Pero, Basil, ¿qué pensará esa persona del Orleans?

Después de escucharlo, el artista se rio.

—Siéntate, Harry, pienso que ese problema se arreglará fácilmente. Dorian, ahora súbete en la plataforma y, por favor, estate quieto, no te muevas mucho ni prestes atención a lo que te diga lord Henry. Su influencia es dañina para todos sus amigos, salvo para mí.

Dorian Gray subió a la plataforma con la actitud de un joven mártir de la Grecia antigua, haciéndole un pequeño gesto de disgusto a lord Henry, a quien ya le había tomado cariño. ¡Era tan distinto a Basil! Los dos formaban un contraste maravilloso. Además, le gustaba la agradable voz de lord Henry. Pasado un tiempo le dijo:

—¿Lord Henry, verdaderamente es tan perjudicial su influencia como dice Basil?

—Toda influencia es inmoral… inmoral desde el enfoque científico, señor Gray. Eso que se denomina influencia buena no existe.

—¿Por qué?

—Porque la finalidad de la vida es el propio desenvolvimiento, realizar la propia naturaleza a la perfección, y esto es lo que debemos hacer; pero cuando ejercemos alguna influencia sobre una persona, le cedemos prácticamente nuestra propia alma, pues deja de pensar con sus propias ideas y pensamientos y no se consume con sus pasiones naturales. Sus virtudes ya no son reales para ella y sus pecados, si es que hay algo parecido a pecados, son prestados. Entonces, se transforma en eco de una música ajena, en protagonista de una obra que no fue escrita para ella. Lo peor actualmente es que la gente está aterrada de sí misma y, en consecuencia, ha olvidado el más sublime de todos los deberes: el deber para consigo mismo. Las personas son compasivas, naturalmente, porque alimentan al hambriento y visten al mendigo. Sin embargo, dejan morir de hambre a sus almas y caminan desnudas. El valor ha escapado de nosotros, tal vez nunca lo tuvimos en realidad. El miedo de la sociedad es la base de la moral, y el miedo de Dios es el secreto de la religión… Ambas cosas nos dominan, nos gobiernan. Pero…

—Dorian, gira un poco la cabeza a la derecha, como un buen muchacho —interrumpió el pintor, quien, abstraído en su retrato, se asombró al ver en el rostro del joven un gesto que no le había visto jamás.

—Pero —siguió lord Henry en un tono de voz bajo y musical, mientras hacía aquel delicado movimiento con la mano, tan característico en él, y que tenía ya en los tiempos de Eton—, pienso que si un individuo desea vivir su vida plena, si desea dar forma a todos sus sentimientos y hacer realidad todos sus sueños, estoy seguro de que el mundo ganaría un empuje tal de entusiasmo, de alegría renovada, que no recordaríamos las enfermedades de la Edad Media y regresaríamos al ideal helénico… tal vez a algo más hermoso y más rico que ese ideal. Sin embargo, el más valeroso de nosotros tiene miedo de sí mismo; la amputación del salvaje tiene su funesta supervivencia en la propia negación que degenera nuestras existencias. Así, nos encontramos castigados por nuestras negaciones, cada acción o impulso que tratamos de eliminar germina en nuestro cerebro y nos llena de veneno. Primero, peca el cuerpo, disfruta y se satisface con su pecado, porque la acción es una manera de purificación. Solo nos queda el recuerdo de un placer o lo apasionado de una pena. Considero que la única forma de desprenderse de una tentación es caer en ella, porque si la resistimos nuestras almas enfermarán, anhelando todo lo que se ha prohibido, y sentirán deseo por lo que unas leyes inhumanas hicieron monstruoso e ilegal. Hemos oído que los grandes sucesos ocurren en el cerebro, pues bien, es allí y únicamente allí donde también ocurren los grandes pecados del mundo. Usted, señor Gray, usted mismo, con su juventud de rosa roja naciente y su apariencia de adolescente de rosa blanca, imagino que habrá tenido pasiones capaces de atemorizarlo, pensamientos que le han llenado de horror, quimeras diurnas y sueños nocturnos que con solo recordarlos pueden dibujar sus mejillas de vergüenza…

—¡Pare, por favor! —tartamudeó Dorian Gray—. ¡Deténgase! Usted me deja atónito y confundido, no sé qué decir. Creo tener una respuesta, pero no logro encontrarla. Ya no hable más, déjeme pensar. O quizá sea mejor que me deje tratar de no pensar.

Por casi diez minutos se mantuvo allí, inmóvil, con la boca entreabierta y con ojos curiosamente brillantes. Apenas era consciente de qué influencias totalmente nuevas se estaban moviendo dentro de él. Sentía que habían nacido de él. Esas pocas palabras que el amigo de Basil le había dirigido —las cuales fueron pronunciadas, sin duda alguna, casualmente y llenas de paradojas— de alguna manera le habían tocado una tecla secreta que nunca había sido pulsada, pero que ahora sentía vibrar con raras palpitaciones.

Así se había conmovido, seducido, por la música. Muchas veces la música lo había perturbado, pero la música no era articulada. No era un nuevo mundo, sino más bien otro caos el que crea en nosotros. Lo que hacen... ¡Las palabras! ¡Sencillas, simples palabras! ¡Son terribles! ¡Qué claras, qué vivas y qué crueles son! Uno quisiera huir de ellas. Y, sin embargo, ¡qué sutil magia existe en ellas! Capaces de transmitir una forma plástica a las cosas informes, con una melodía propia tan dulce como la del violín o la del laúd. ¡Simples palabras! ¿Existe algo más real que las palabras?

Sí, él había vivido cosas en su adolescencia que no había comprendido, pero ahora las entendía. De pronto y violentamente la vida tomó color ante sus ojos. Pensó, entonces, que hasta ese momento había caminado sobre fuego. ¿Por qué no se había dado cuenta antes?

Por su parte, lord Henry lo observaba con su fina sonrisa. Sabía cuál era el exacto momento psicológico para no pronunciar ni una palabra más. Estaba muy interesado y le extrañaba vivamente la súbita impresión que habían producido sus palabras en aquel joven; esto le recordó un pasaje de su propia vida, cuando a la edad de dieciséis años leyó un libro que le había revelado lo que antes no sabía, y se maravilló viendo a Dorian Gray pasar por una experiencia similar. Acababa simplemente de lanzar una flecha al aire. ¿Habría dado en el blanco? ¡Qué encantador era aquel muchacho!

Hallward continuaba pintando con aquella asombrosa seguridad de pulso que le caracterizaba, era poseedor de un auténtico refinamiento, de una delicadeza perfecta que, en el arte, solo proviene de la fuerza. No era consciente del silencio.

—Basil, estoy agotado de posar —exclamó de pronto Dorian Gray—. Deseo salir y sentarme en el jardín. Me parece que el aire es aquí sofocante.

—Lo siento mucho, mi querido amigo. Cuando estoy pintando, no pienso en nada más. Pero antes habías posado mejor. Estabas inmóvil, perfectamente quieto. Y por ello conseguí exactamente el efecto que quería: los labios entreabiertos y los ojos brillantes. Ignoro lo que Harry haya podido decirte, no he oído ni una sola palabra; pero le debes a él, indudablemente, esa expresión maravillosa. Imagino que te habrá estado haciendo cumplidos. Pero recuerda, no debes creer ni una sola palabra de lo que dice.

—En realidad no me ha hecho cumplidos. Tal vez sea esta la razón por la cual no quiero creer nada de lo que me ha dicho.

—Usted ya sabe que lo cree todo —intervino lord Henry, echándole una mirada con sus ojos soñadores y lánguidos—. Voy a acompañarle al jardín. Efectivamente, hace un calor horrible en este estudio. Basil, vamos a tomar alguna bebida helada, algo que tenga fresas.

—Con mucho gusto, Harry. Toca la campanilla y cuando venga Parker le diré lo que quieres. Todavía tengo que trabajar en el fondo del retrato; más tarde me reuniré con ustedes. Por favor, no retengas demasiado a Dorian. Hoy tengo una gran disposición para pintar y esta será mi obra maestra. Bueno, ya es mi obra maestra.

Cuando lord Henry salió al jardín, encontró a Dorian Gray con el rostro hundido en las grandes y frescas lilas, aspirando febrilmente su fragancia como si fuese un vino. Avanzó hasta él y le puso la mano en el hombro.

—Lo hace usted muy bien —murmuró—. No existe nada mejor para curar el alma que los sentidos, y nada puede curar mejor los sentidos que el alma.

El joven, estremecido por las palabras de lord Henry, se apartó bruscamente. Las hojas habían revuelto sus rizos rebeldes y enredado las hebras doradas. El temor se reflejaba en sus ojos, ese miedo que se halla en las personas que se despiertan repentinamente. Las aletas de su nariz, finamente dibujadas, palpitaban, y una turbación oculta avivó el carmín de sus labios y los dejó claramente temblando.

—Así es —continuó lord Henry—, ese es uno de los grandes secretos de la vida: curar el alma por medio de los sentidos y los sentidos por medio del alma. Usted es una creación admirable. Considero que sabe más de lo que cree saber, y menos de lo que quiere saber.

Dorian Gray frunció el entrecejo y volvió su cabeza para mirar a lord Henry. No podía menos que admirar a aquel gentil y gracioso joven que estaba a su lado. Su rostro de tez oscura y romántica, de expresión cansada, le interesaba. Encontraba algo enteramente fascinante en su lánguida y baja voz. Igual en sus manos frescas y blancas, que tenían un encanto singular. Como su voz parecía poseer acordes musicales, parecía tener un lenguaje propio. Pero, a la vez, le daba miedo, y sintió vergüenza por ello. ¿Por qué aquel extraño era quien le revelaba a sí mismo? Hacía varios meses que conocía a Basil Hallward, pero su amistad nunca lo había alterado. Y de pronto aparecía alguien con la misión de descubrirle el misterio de la vida. Sin embargo, ¿qué había en ello que lo atemorizara así? Él no era ni un colegial ni una niña, era absurdo tener miedo.

—Venga, vamos a sentarnos a la sombra —dijo lord Henry—. Parker ha traído unas bebidas, y si permanece usted más tiempo al sol, podría estropeársele el cutis y Basil no va a querer retratarlo. Venga, no se exponga a coger una insolación; no sería el momento oportuno.

—¿Y qué importa eso? —exclamó Dorian Gray riendo, al mismo tiempo que se sentaba en un banco al fondo del jardín.

—Pues para usted es lo más importante de todo, señor Gray.

—¿Por qué?

—Porque es poseedor usted de la más maravillosa juventud, y la juventud es lo único que merece la pena.

—No lo considero así, lord Henry.

—Ahora no le parece, pero algún día, cuando esté envejecido, arrugado y feo, cuando sus pensamientos le marchiten la frente con sus arrugas y la pasión manche sus labios con horribles estigmas, usted lo sentirá terriblemente. En este momento, por dondequiera que va encanta a todo el mundo. Pero, piense, ¿será siempre así?... Tiene usted una cara extraordinariamente bella, señor Gray, no se moleste, la tiene usted, y la belleza es una forma del genio... más elevada, naturalmente, que el genio, y esto no tiene necesidad de explicación. Es uno de los hechos absolutos del mundo, así como el sol, la primavera o como el reflejo de la luna que aparece como una concha de plata en las sombrías aguas. Esto no tiene discusión. Es una soberanía de derecho divino, que hace príncipes a los que la poseen. ¿Y se sonríe usted? ¡Ah! Sin embargo, no sonreirá cuando la haya perdido... A veces la gente dice que la belleza es solamente superficial, y puede serlo. Pero pienso que no es tan superficial como el pensamiento. Creo que la belleza es la maravilla de las maravillas. Solo la gente limitada no juzga por las apariencias. El misterio real del mundo está en lo visible, no en lo invisible... Sí, señor Gray; verdaderamente, los dioses han sido buenos con usted. Pero así como los dioses dan también quitan, y muy pronto. Tiene usted más que unos pocos años para vivir verdadera, perfecta y plenamente. Porque cuando su juventud se desvanezca, su belleza irá tras ella, y descubrirá usted, con asombro, que ya no le quedan triunfos, y tendrá que conformarse con los pequeños éxitos que le proporcionará el recuerdo del pasado, haciéndolos aún más amargos que las derrotas mismas. Cada mes que se aleja le llevará hacia algo terrible. El tiempo celoso de usted guerrea contra sus lirios y sus rosas. Por eso, palidecerá usted, se le hundirán las mejillas y se le apagarán los ojos. Además, sufrirá usted horriblemente... ¡Ah! Dele valor a la juventud mientras la tiene. Evite derrochar el oro de sus días escuchando gente tediosa que pretende detener el desesperado fracaso, y propónganse defender su vida del ignorante, del ordinario. Es solo el fin enfermizo y el falso ideal de nuestra época. ¡Viva, viva la extraordinaria vida que tiene en sí! Aproveche todo de ella, no desperdicie nada. Busque nuevas sensaciones siempre y venza el temor, que nada lo asuste... Lo que quiere nuestro siglo es un nuevo hedonismo. Sea usted el símbolo visible, nada hay que no pueda hacer con su personalidad. El mundo es suyo por una temporada… Cuando le vi, observé que no tenía conciencia de lo que era su persona realmente o de lo que realmente podía ser. Me sorprendí al ver tanto encanto en usted, que sentí la necesidad de decirle algo de usted mismo. Percibí el trágico temor de ver que se malgastaba, porque su juventud tiene tan poco tiempo de vida… ¡tan poco! Fíjese, las flores vulgares de las colinas se secan, pero vuelven a florecer; este laburno estará tan amarillo en el próximo mes de junio como ahora, y dentro de un mes esa clemátide tendrá estrellas purpúreas, y año tras año la verde noche de sus hojas mantendrá sus estrellas de púrpura. Sin embargo, nosotros jamás recuperaremos nuestra juventud. El pulso de la alegría que palpita en nosotros a los veinte años se debilitará, y nuestros miembros se fatigarán, se embotarán nuestros sentidos. Todos nos convertiremos en horrorosos títeres, confundidos por el recuerdo de las pasiones que nos aterrorizaron y por el recuerdo de aquellas exquisitas tentaciones a las que no tuvimos el valor de ceder. ¡Juventud! ¡Juventud! ¡No hay absolutamente nada en el mundo sino la juventud!

Dorian Gray escuchaba con los ojos abiertos de par en par, atónito, maravillado. Dejó caer a tierra las lilas que tenía en su mano, y una abeja peluda se lanzó sobre él y zumbó un momento a su alrededor para, luego, comenzar a escalar el ovalado y estelado globo de las diminutas flores. Dorian miraba aquello con el extraño interés que tomamos por las cosas triviales, o bien cuando estamos preocupados por problemas que nos espantan, o cuando nos sentimos enfadados por alguna nueva sensación a la que no podemos encontrar expresión, o bien cuando tenemos un pensamiento obsesivo que nos atemoriza y al cual nos sentimos obligados a ceder. Después de un rato, la abeja se marchó volando y él la vio trepar sobre el cáliz moteado de la flor de una enredadera, la cual pareció temblar, para luego balancearse en el aire suavemente.

De pronto, el pintor apareció en la puerta del estudio y mediante reiteradas señas les llamó para que entraran a la casa. Volviéndose uno hacia el otro sonrieron.

—Los espero —exclamó impaciente—. Vengan aquí, hay una luz perfecta y, además, pueden traerse las bebidas.

Se levantaron con gran pereza y se pusieron en marcha a lo largo del sendero, dirigiéndose directamente hacia la casa. Mientras caminaban, dos mariposas verdes y blancas revoloteaban ante ellos, y sobre un peral situado en un rincón del jardín un tordo empezó a cantar.

—Dígame si le agradó a usted haberme conocido, señor Gray —dijo lord Henry, mirándole a los ojos.

—Sí, ahora me agradó; me pregunto si me agradará siempre.

—¡Siempre! Es una palabra terrible que me hace estremecer cuando la oigo. Las mujeres tienen una inclinación enorme a usarla con mucha frecuencia. Y con esta afición desmedida, si se quiere, estropean todo romance, queriendo hacerlo eterno. Para mí es una palabra sin ningún significado. La única diferencia que hay entre un capricho y una pasión de toda la vida es que el capricho dura un poco más.

Ya entrando en el estudio, Dorian Gray posó su mano sobre el brazo de lord Henry y le dijo, en un tono que sonaba a complicidad:

—En ese caso, que nuestra amistad sea un capricho —murmuró, mientras el rubor cubría sus mejillas producto de su propia audacia. Luego subió a la plataforma y volvió a colocarse en su postura.

Enseguida, lord Henry se tumbó sobre un ancho diván de mimbre, desde donde podía observarlo. El silencio solo era perturbado por el correr y volar del pincel sobre la tela, excepto cuando, de tiempo en tiempo, Hallward retrocedía para mirar su obra a distancia. Entre los rayos oblicuos que entraban por la puerta entreabierta danzaba un polvo dorado, y el pesado aroma de las rosas parecía gravitar sobre todas las cosas.

Al cabo de, por lo menos, quince minutos, Hallward dejó de pintar y comenzó a mirar por un buen rato a Dorian Gray y al retrato, mordisqueando, de vez en cuando, la punta de uno de sus gruesos pinceles y frunciendo el cejo. De pronto, dijo con satisfacción:

—Terminado por completo —e inclinándose, escribió su nombre en largas letras color bermellón, en la esquina izquierda del lienzo.

Lord Henry se levantó para mirar el cuadro. Realmente era una obra de arte maravillosa y de un parecido extraordinario también.

—Mi querido amigo, permítame felicitarlo efusivamente —dijo—. Es el más bello retrato de los tiempos modernos que haya visto. Venga usted a contemplarse, Señor Gray.

El joven se estremeció como si le hubiesen despertado de un sueño.

—¿Está terminado de verdad? —murmuró, bajando de inmediato de la plataforma.

—Sí, completamente terminado —dijo el pintor—. Y justo hoy has posado espléndidamente. Te estoy agradecido hasta más no poder.

—Eso se debe por completo a mi valiosa intervención —interrumpió lord Henry—. ¿No le parece, señor Gray?

Pero Dorian permaneció callado, llegó distraídamente hasta su retrato y se volvió hacia él. Cuando lo vio, retrocedió y sus mejillas enrojecieron de placer por un momento. Y fue como si hubiese pasado un relámpago por sus ojos y lo hubiese inundado de alegría, porque se reconoció por vez primera. Permaneció un buen tiempo parado allí, inmóvil y maravillado, sabiendo que Hallward le hablaba, pero sin comprender a ciencia cierta el significado de sus palabras. Por primera vez había surgido en su interior, como una revelación, el sentido de su propia belleza, hasta entonces nunca le había prestado atención a ello. Los elogios de Basil Hallward le habían parecido sencillamente agradables, exageraciones de amistad. Los escuchaba riéndose y enseguida los olvidaba; ninguna de sus lisonjas había influido en su carácter. Después había llegado lord Henry Wotton con su extraña ponderación a la juventud y el aviso terrible de su brevedad. Todo lo que le dijo lo había conmovido profundamente, y ahora, frente a la sombra de su propia belleza, sintió que toda la realidad de la descripción atravesaba su cuerpo como un relámpago. Sí, comprendía, iba a llegar el día en que su faz se arrugaría y ajaría; sus ojos se apagarían y la gracia de su figura se rompería, mediante sucesivas e inevitables deformaciones. El carmesí de sus labios se esfumaría, del mismo modo que el oro de su cabello y la vida que debía formar su espíritu arruinaría lastimosamente su cuerpo para tornarlo horrible, deforme y grosero.

Al pensar en esto, una punzada de dolor lo cruzó como un afilado cuchillo, estremeciendo todas y cada una de las delicadas fibras de su ser. El matiz amatista de sus ojos se ensombreció, y una ligera neblina de lágrimas los empañó. Sintió como si una mano de hielo se posara sobre su corazón, helándolo también.

—¿Es que acaso no te gusta, Dorian? —preguntó Hallward algo extrañado por el silencio del muchacho, que no entendía.

—Por supuesto que le gusta —dijo lord Henry—. Pero, ¿a quién no le gustaría? Es una de las obras más grandes y hermosas del arte moderno. Estoy dispuesto a darte por él lo que me pidas. Necesito tenerlo, quiero que sea mío.

—No me pertenece, Harry, no es mío.

—¿Y de quién es?

—De Dorian, por supuesto —respondió el artista.

—¡Qué suerte tiene ese mortal!

—¡Es tan triste! —dijo Dorian con los ojos clavados en su retrato—. ¡Qué pena! Me convertiré en viejo, feo, horroroso. Y, sin embargo, este cuadro será joven eternamente. Jamás será más viejo de lo que es en este día de junio… ¡Si sucediera al revés, si yo fuera siempre joven, y si este cuadro envejeciera! ¡Yo lo entregaría todo, absolutamente todo! ¡Sí, no existe nada en este mundo que yo no diera! ¡Por ello entregaría hasta mi alma!

—Basil, creo que para ti sería muy difícil aceptar ese arreglo —dijo lord Henry riendo—. Más bien sería una mala suerte para tu obra.

—Debería tener grandes objeciones, Harry —dijo Hallward.

Dorian Gray giró la cara y lo miró.

—Basil, pienso que sí las tendrías, porque amas más tu arte que a tus propios amigos. Lamentablemente, para ti no tengo más valor que una de tus esculturas de bronce.

El pintor lo miró atónito, tanto, que no supo qué responder. Era muy extraño escuchar hablar así a Dorian. ¿Qué había pasado? Parecía bastante enfadado, turbado más bien, además, estaba ruborizado, y sus mejillas ardían como si tuviera fiebre.

—Sí, Basil —prosiguió—, para ti soy mucho menos que tu Hermes de marfil o que el Fauno de plata. Seguro que a ellos los amarás para toda la vida. Pero dime, ¿por cuánto tiempo me querrás a mí? Hasta que aparezca mi primera arruga, me imagino. Ahora sé que uno lo pierde todo cuando pierde su belleza. Sí, tu cuadro me lo ha demostrado y lord Henry Wotton tiene toda la razón. La juventud es lo único que importa y tiene valor. Me mataré cuando me dé cuenta de que estoy envejeciendo.

Hallward se puso pálido, se sintió desfallecer y le tomó la mano.

—¡Dorian, Dorian! —dijo—. Por favor, no te expreses así. No he tenido un amigo como tú ni lo volveré a tener jamás. No deberías sentir celos de las cosas materiales, tú eres más fascinante y exquisito que todas ellas juntas.

—Siento muchos celos de todo aquello que posee una belleza inmortal. Siento celos del cuadro que pintaste. ¿Por qué él podrá conservar lo que yo no tendré? No puedo evitar pensar en esto, pero siento que cada momento que pasa me quita algo y se lo da. ¡Si pudiera ser al contrario, si el cuadro envejeciera y yo permaneciera tal como soy en estos instantes! Basil, ¿por qué lo has pintado? ¡Algún día no muy lejano este retrato se reirá de mí… se burlará terriblemente!

Amargas lágrimas arrasaron sus ojos, apartó la mano y se dejó caer sobre el sofá, sepultando su rostro en los cojines como si estuviera rezando.

—Harry, ¿cómo pudiste? Esto es obra tuya —exclamó el pintor con amargura.

Lord Henry levantó los hombros y enseguida replicó:

—Basil, ese es el auténtico Dorian Gray, y nada más.

—No, definitivamente ese no es él.

—Y si no es ese, ¿yo qué tengo que ver en todo este asunto?

—Debiste marcharte cuando te lo pedí —dijo.

—Pues yo me quedé solo porque tú me lo pediste —contestó lord Henry.

—Harry, me es imposible pelear al mismo tiempo con mis dos mejores amigos, pero por culpa tuya voy a detestar la mejor obra que he hecho en mi vida y tendré que destruirla. En definitiva, ¿no es solo un lienzo coloreado? No voy a permitir que algo como esto perjudique nuestras tres vidas.

En ese momento, Dorian Gray alzó su cabeza de cabellera rubia de los almohadones: tenía el rostro pálido y en sus ojos todavía había lágrimas. Vio entonces cómo el pintor caminaba hacia una mesa que estaba situada bajo la cortina alta de la ventana. ¿Qué iba a hacer allí? Se dio cuenta de que buscaba algo entre aquella cantidad de pinceles resecos y de tubos de estaño. Sí, era la paleta larga, la hoja de acero flexible. Al fin la había encontrado, con toda seguridad iba a desgarrar el lienzo.

El muchacho, con un sollozo silenciado en su garganta, saltó del sofá y en un rápido movimiento se abalanzó sobre Hallward, le arrancó el cuchillo de la mano y lo lanzó al fondo de la habitación.

—¡No, Basil, no! —dijo—. ¡Eso sería un acto criminal!

—Dorian, me fascina ver cómo por fin aprecias mi obra —exclamó el pintor con frialdad, tratando de dominar su asombro—. Jamás hubiese esperado eso de tu parte.

—¿Apreciarla? Pero qué dices, Basil, yo la amo. Ahora siento que es parte de mí mismo, parte indisoluble de mi vida.

—Bueno, apenas el lienzo esté seco, será barnizado, colocado en el marco y enviado a tu casa. Y desde ese momento podrás hacer lo que quieras contigo mismo —y, atravesando la estancia, llamó para pedir el té—. ¿Te apetece té, Dorian? ¿Y tú, Henry, quieres también? ¿O tienes algo que objetar sobre estos sencillos placeres?

—Me encantan los placeres simples y sencillos de la vida —exclamó lord Henry—. Representan el último refugio de lo complejo. Pero me desagradan las escenas y los actos que se representan fuera del teatro. ¡Amigos, qué absurdos son los dos! Solo me pregunto quién dijo que el hombre era un animal racional, creo que es el más precoz de los conceptos. Creo que el hombre es un sinnúmero de cosas, pero nunca es racional. Al fin y al cabo, me gusta que no lo sea, aunque me encantaría que no discutieran por ese cuadro. Basil, pienso que hubiese sido mejor que me lo dieras a mí. Este ingenuo muchacho realmente no lo necesita, pero yo sí, de verdad.

—Basil, si se lo dieras a otro que no sea yo, nunca te lo perdonaría, y tú lo sabes —dijo Dorian Gray—. Por otro lado, no le permito a ninguna persona que me llame ingenuo.

—Tranquilo, Dorian, ya sabes que ese retrato es tuyo, te lo regalé antes de hacerlo.

—Señor Gray, también sabe usted que ha sido algo ingenuo y que no puede tener reparos porque se le recuerde que usted es demasiado joven.

—Sin embargo, lord Henry, hoy en la mañana hubiese tenido objeciones muy grandes y fuertes.

—¡Oh, esta mañana! Entonces usted ha vivido mucho a partir de entonces.

En ese momento, el mayordomo llamó a la puerta y entró con un servicio de té, que puso sobre una pequeña mesa japonesa. En el salón solo se oía un ruido de tazas y de platillos y el sonido de una tetera ondulada de Georgia. Un sirviente entró al estudio trayendo dos farolillos chinos que tenían forma de globos. Dorian Gray se puso en pie y comenzó a servir el té. Los dos amigos caminaron lentamente hacia la mesa y observaron lo que se encontraba debajo de los cubre platos.

—¿Por qué no vamos esta noche al teatro? —dijo lord Henry—. Seguro habrá alguna obra en cualquier lugar de esta ciudad. Prometí cenar en White, pero como se trata de un viejo amigo puedo mandarle una nota diciéndole que no me encuentro bien, o que tengo un compromiso que contraje anteriormente y que me impide ir. Pienso que sería una hermosa excusa, porque sería sorpresiva por su sinceridad.

—Es fastidioso ponerse una ropa de etiqueta —comentó Hallward—. Y vestido con ella uno se siente terrible.

—Sí —contestó lord Henry como si estuviera en medio de un sueño—; en verdad, esa ropa del siglo diecinueve es abominable. A mi juicio, es tan deprimente, bucólico y sombrío que solo el pecado es el factor de color real que se mantiene en la vida moderna actual.

—Harry, realmente pienso que no deberías decir esas cosas delante de Dorian.

—¿Delante de cuál Dorian? ¿Del que nos está sirviendo el té o del que está en el cuadro?

—Delante de los dos.

—Lord Henry, me encantaría ir con usted al teatro —dijo Dorian.

—Entonces vamos. ¿Basil, tú te animas también, verdad?

—De verdad no puedo. Prefiero quedarme aquí, pues tengo innumerables cosas que hacer.

—En ese caso, señor Gray, iremos usted y yo solos.

—Es lo que deseo.

El artista, mordiéndose los labios mientras trataba de disimular el enojo que le embargaba, caminó hacia el retrato con la taza en la mano.

—Entonces me quedaré con el auténtico Dorian —expresó con tristeza.

—¿Ese es el auténtico Dorian? —preguntó el joven acercándose a él—. ¿Soy verdaderamente así?

—Sí, eres realmente así.

—¡Basil, es magnífico!

—Por lo menos en apariencia eres así, lo que no cambiará jamás —dijo Hallward entre suspiros—. Y eso ya es algo.

—¡Qué alboroto arman las personas con el tema de la fidelidad! —dijo lord Henry—. En materia de amor, precisamente, es puramente cuestión de fisiología. Esto no tiene que ver en absoluto con nuestra propia voluntad. Los jóvenes desean ser fieles, pero no lo son; los viejos desean ser infieles, pero no pueden. Eso es todo cuanto puede decirse.

—Dorian, por favor, no vayas esta noche al teatro —dijo Hallward—. Quédate y cenaremos juntos.

—Basil, no puedo.

—Pero, ¿por qué?

—Porque ya se lo prometí a lord Henry e iré con él.

—A él no le molestará que no cumplas tu promesa. Él siempre incumple las suyas. En verdad, te suplico que no vayas.

Dorian Gray sacudía la cabeza mientras se reía de manera algo sonora.

—Te lo ruego.

En esta situación, el joven dudaba viendo a lord Henry, quien desde la mesita de té los miraba con una sonrisa divertida dibujada en su cara.

—Basil, tengo que ir —respondió.

—Está bien, como quieras —dijo Hallward, y dejó su taza sobre la bandeja—. Ya es un poco tarde, y haces bien en no perder tiempo, porque tienes que vestirte. Bueno, hasta luego, Harry; hasta luego, Dorian. Ven pronto a verme de nuevo, ven mañana.

—Seguramente.

—¿Te olvidarás?

—Por supuesto que no —dijo Dorian.

—Harry, ¿y tú?

—¿Sí, Basil?

—Recuerda lo que te pedí esta mañana cuando nos encontrábamos en el jardín.

—Ya no lo recuerdo.

—Confío en ti.

—A mí también me gustaría contar conmigo mismo —expresó lord Henry, riendo—. Andando, señor Gray, abajo se encuentra mi coche y lo llevaré a su casa. Hasta pronto, Basil. Fue una tarde especialmente interesante.

Apenas se cerró la puerta tras ellos, el pintor cayó sobre el sofá y una genuina mueca de dolor se dibujó en su cara.

## Capítulo III

A eso de las doce y media del siguiente día, Lord Henry Wotton, estaba por la calle de Curzon en dirección hacia Albany con el fin de visitar a su tío, lord Fermor, un solterón muy jovial pero un poco tosco, que era definido como egoísta por los extranjeros que no lograban obtener nada de él, pero a quien la sociedad consideraba que era muy generoso, ya que daba de comer a quien le divertía realmente. En una época, su padre había sido embajador en Madrid, cuando Isabel II estaba en su etapa juvenil y Prim era un perfecto desconocido; había dejado la carrera diplomática por un caprichoso disgusto cuando no le ofrecieron la Embajada de París, cargo para el cual pensaba que era el más indicado por su origen, indolencia, el manejo de un perfecto inglés en sus informes y por su pasión desmedida por el placer. El hijo, que fue secretario de su padre, renunció el mismo día que su jefe, una resolución un poco tonta, como por entonces pensaron algunos, pero unos meses después, ya en posesión del título, se dedicó al serio estudio del muy aristocrático arte de no hacer nada. Poseía dos grandes casas en la capital pero vivía en un hotel, para evitar problemas, y tomaba la mayoría de sus comidas en el club. De vez en cuando prestaba alguna atención a la gerencia de sus minas de carbón de los Midlands, aunque disculpaba este tinte de industrialismo diciendo que el hecho de poseer carbón tenía la ventaja de permitir a un caballero que consumiera decentemente leña en su propio hogar. En política era Tory, excepto cuando los Tories estaban en el poder, durante cuyo período no perdía ocasión de acusarlos de ser una pandilla de radicales. Era un héroe para su sirviente, que le tiranizaba, y el terror de la mayoría de sus parientes, a quienes tiranizaba él a su vez. Solo Inglaterra había podido producir tal hombre, y él siempre decía que el país se dirigía a la ruina. Sus principios eran anticuados, sin embargo, se podía decir mucho en favor de sus prejuicios y normas de conducta.

Cuando lord Henry entró en la habitación, encontró a su tío sentado, vestido con un basto chaquetón de caza, fumando un tosco puro y gruñendo con el *Times*.

—Bueno, Harry —dijo el viejo caballero—, ¿qué es lo que te trae tan temprano? Tenía la certeza que ustedes los elegantes no se levantaban antes de las dos, y solo se hacían visibles antes de las cinco.

—Puro afecto familiar, se lo aseguro, tío George. Sin embargo, necesito pedirle a usted una cosa.

—Dinero, supongo —dijo lord Fermor, torciendo el gesto—. Bueno, siéntate y dime de qué se trata. Es sabido que los jóvenes de hoy se imaginan que el dinero lo es todo.

—Sí, tiene razón —murmuró lord Henry, abrochándose su gabán—; y cuando se hacen viejos lo comprueban. Pero gracias, ahora no necesito dinero. Únicamente aquellos que pagan sus deudas lo necesitan, tío George, y yo nunca pago las mías. El crédito es el capital de un joven, y se vive de él encantadoramente; por otro lado, me dirijo siempre a los proveedores de Dartmoor y, por consiguiente, no me molestan nunca. Lo que quiero es un dato; no un dato útil, naturalmente, sino un dato inútil.

—Bueno, te puedo decir todo lo que contiene un Libro Azul inglés, Harry, aun cuando todos esos muchachos no escriben más que tonterías, hoy en día. En mis tiempos de diplomático, las cosas marchaban mucho mejor que ahora. He oído decir que hoy los eligen por medio de un examen. ¿Así qué puede esperarse? Los exámenes, señor mío, son, desde el principio hasta el fin, una pura farsa. Si un hombre es un caballero ya sabe todo lo suficiente, y si no lo es, la sabiduría le será perjudicial.

—Tío George, el señor Dorian Gray no viene con los Libros Azules —dijo lord Henry lánguidamente.

—¿El señor Dorian Gray? ¿Quién es? —preguntó lord Fermor, frunciendo sus espesas cejas blancas.

—Eso es precisamente lo que quiero saber, tío George. O mejor dicho, sé quién es. Es el último nieto de lord Kelso y su madre era una Devereux: lady Margaret Devereux. Lo que quiero es me hable usted de su madre. ¿Cómo era? ¿Con quién se casó? Usted ha tratado a casi todo el mundo en su tiempo, así es que puede haberla conocido. Me intereso mucho por el señor Gray en este momento, pues acabo de conocerle.

—¡El nieto de Kelso! —repitió el viejo caballero—. ¡El nieto de Kelso!... Naturalmente..., conocí íntimamente a su madre, creo que asistí a su bautizo. Era una muchacha extraordinariamente bonita Margaret Devereux; y volvió locos a todos los hombres, fugándose con un jovenzuelo que no tenía ni un penique; un don nadie, señor mío, suboficial en un regimiento de Infantería, o algo parecido. Claro que recuerdo el asunto como si hubiese ocurrido ayer. El pobre diablo fue muerto en un duelo, poco tiempo después del casamiento, y por entonces corrió una fea historia sobre ello. Se dijo que Kelso le había pagado a un canalla aventurero, probablemente a algún belga bruto, para que insultase a su yerno en público; le pagó, señor mío, le pagó para eso; y el individuo ensartó a su hombre como a un pichón. Sobre este asunto se echó tierra, no obstante, a fe mía, Kelso comió solo en el club durante bastante tiempo después. Nuevamente llevó a su casa a su hija, según me dijeron, pero ella no volvió a dirigirle la palabra jamás. ¡Oh, sí! Fue un feo asunto. Y la muchacha murió también, al cabo de un año. Entonces, ¿dejó un hijo? Cierto, lo había olvidado. ¿Qué clase de muchacho es? Si se parece a su madre, debe de ser un mozo muy bien parecido.

—Es muy guapo —asintió lord Henry.

—Espero que caiga en buenas manos —continuó el viejo—, porque debe tener una bonita suma esperándole si Kelso ha hecho bien las cosas respecto a él. Su madre tenía también fortuna, todas las propiedades de Selby pasaron a poder suyo, por su abuelo. Este odiaba a Kelso, pues le parecía un mezquino tacaño. Y en realidad lo era, además, estuvo en Madrid una vez cuando yo residía allí. A fe mía, me avergonzó. La reina solía preguntarme quién era aquel noble inglés que disputaba siempre con los cocheros por su tarifa. Fue toda una historia. Al menos durante un mes no me atreví a asomar por la Corte. Espero que haya tratado mejor a su nieto que a aquellos pobres criados.

—No lo sé —respondió lord Henry—. Me imagino que el joven estará muy bien. No es mayor de edad, pero le falta poco. Sé que Selby es suyo. Me lo ha dicho. Y… su madre, ¿era muy bella?

—Margaret Devereux era una de las criaturas más adorables que he visto, Harry. No he llegado a comprender nunca qué demonio la indujo a portarse así. Pudo casarse con quien hubiese elegido. Por ejemplo, Carlington estaba loco por ella. Aunque era romántica, todas las mujeres de esa familia lo fueron, pero los hombres eran insignificantes; y ¡a fe mía!, las mujeres, maravillosas. Carlington se arrastraba a sus pies, me lo dijo él mismo. Entonces, ella se rio de él y, sin embargo, no había una muchacha en Londres que no le persiguiese. Y a propósito, Harry, hablando de matrimonios ridículos: ¿cuál es esa patraña que me ha contado tu padre acerca de Dartmoor, que quiere casarse con una americana? ¿No hay ya muchachas inglesas bastante buenas para él?

—Es que está de moda actualmente casarse con las americanas, tío George.

—Yo estaré dispuesto a apoyar a las inglesas en contra del mundo, Harry —dijo lord Fermor, pegando un puñetazo sobre la mesa.

—Pero las apuestas están a favor de las americanas.

—Me han dicho que no duran nada —gruñó el tío.

—Un largo noviazgo las extenúa, pero se muestran superiores en una carrera de obstáculos. Cogen las cosas al vuelo, creo que Dartmoor no tiene ninguna oportunidad.

—¿A qué clase pertenece? —gruñó el viejo caballero—. ¿Es que acaso tiene alguna?

Lord Henry sacudió la cabeza.

—Las muchachas americanas son tan hábiles en ocultar a sus padres como las mujeres inglesas en disimular su pasado —dijo, levantándose para irse.

—¿Supongo que están en el negocio del cerdo?

—Eso creo, tío George, para bien de Dartmoor. Me han contado que traficar con cerdos era en América la profesión más lucrativa, después de la política.

—¿Es bonita?

—No, pero se comporta como si lo fuese. Muchas americanas obran así. Es el secreto de su encanto.

—¿Por qué no se quedan en su país estas americanas? Siempre nos están diciendo que aquello es el paraíso de las mujeres.

—Y lo es, tío. Esta es la razón por la cual, como Eva, tienen ellas tanta impaciencia en salir de él —dijo lord Henry—. Adiós, tío George. Llegaría tarde a comer si me detuviese aquí más tiempo. Gracias por haberme dado esos informes. Siempre me gusta saber todo lo concerniente a mis nuevos amigos, y nada de los antiguos.

—¿Dónde comerás, Harry?

—En casa de tía Agatha. Nos hemos invitado yo y el señor Gray. Es su último protegido.

—¡Hum! Por favor, dile a tu tía Agatha, Harry, que no me enloquezca con sus obras de caridad. Estoy hastiado de ellas. La buena señora cree que no tengo nada que hacer sino firmar cheques para sus necias manías.

—Esta bien, tío George, se lo diré, pero no le hará ningún efecto. Los filántropos han perdido toda noción de humanidad. Es su más notable característica.

El viejo caballero gruñó aprobatoriamente, llamó a su criado y lord Henry siguió por el arco menor de la calle de Burlington, en dirección a Berkeley Square.

Tal era la historia de los padres de Dorian Gray, que a pesar de ser narrada con crudeza, lo conmovió profundamente por su sugerencia de novela extraña y casi moderna. Una mujer de belleza extraordinaria, arriesgándolo todo por una loca pasión. Unas cuantas semanas de dicha, que serían destrozadas, de pronto, por un horrendo y pérfido crimen. Luego, unos meses de silenciosa agonía, y después un niño nacido con dolor. Luego, la muerte cobra a la madre su vida, y el niño es abandonado a la soledad y tiranía de un viejo huraño. Sí, se trataba del fondo de un cuadro familiar muy interesante, lo cual encuadraba al joven haciéndole más perfecto de lo que era, por así decirlo. A mi juicio, la regla dicta que detrás de todo lo exquisito hay algo trágico. Así, la tierra trabaja para dar nacimiento a la más humilde flor… ¡Qué encantador había estado durante la comida de la noche anterior, cuando con sus hermosos ojos asustados y sus labios palpitantes de aterrado placer y de temor, se sentó frente a él en el club, mientras las rojas pantallas de las velas coloreaban con un rosado más vivo la maravilla naciente de su rostro! Conversar con él era como ejecutar sobre un violín finísimo. Respondía a cada pulsación y estremecimiento del arco… Existía algo terriblemente seductor en la acción de aquella influencia. Ninguna otra actividad podía comparársele. Proyectar su alma en una forma grácil, para luego dejarla descansar por un instante y escuchar a continuación sus ideas repetidas en forma de eco, añadiéndoles toda la música de la pasión y de la juventud; transmitir su temperamento a otro como un fluido sutil o una extraña fragancia, era ello un verdadero disfrute, tal vez el más satisfactorio de nuestros goces, en una época tan limitada y vulgar como la nuestra, en una época groseramente carnal en sus placeres y vulgar y limitada en sus aspiraciones… Constituía un maravilloso tipo de humanidad aquel joven, con el que había coincidido por casualidad en el estudio de Basil; podía hacerse de él un modelo extraordinario de belleza de todos modos. Era capaz de encarnar la gracia y la blanca pureza de la adolescencia y la belleza tal como han mantenido en los antiguos mármoles griegos. Nada había que no se pudiese sacar de él, pues lo mismo podía ser un Titán que un juguete. ¡Qué pena que una belleza como esa estuviese destinada a marchitarse!… ¿Y Basil? ¡Qué interesante era desde el punto de vista psicológico! La nueva tendencia en arte, su modo inédito de mirar a la vida y, además, sugerido tan extrañamente por la simple visible presencia de un ser inconsciente de todo aquello; como el espíritu silencioso que habita en el fondo de los bosques y corre por los claros mostrándose de repente como una dríada sin miedo, porque en el alma que le buscaba había sido evocada una visión espectacular y por la cual se revelan únicamente las cosas maravillosas, simples formas y modelos de las cosas, que tornándose refinadas, y poseedoras de una especie de valor simbólico, aunque fuesen modelos de alguna otra y más perfecta forma, cuya sombra hacían real: ¡qué extraño era todo aquello! Recordaba algo semejante en la historia. ¿Era Platón, aquel artista del pensamiento, el primero que analizó aquello? ¿No era Buonarroti el que cinceló en el mármol coloreado una serie de sonetos? Pero en nuestro siglo aquello era extraño… Sí, él intentaría ser para Dorian Gray lo que, sin darse cuenta, era el adolescente para el pintor que había hecho aquel maravilloso retrato. Intentaría dominarle —ya lo había logrado casi, en realidad—. Haría suyo aquel espíritu maravilloso. Definitivamente, había algo fascinante en aquel hijo producto del amor y de la muerte.

De pronto se detuvo y miró las casas. Se dio cuenta de que había pasado la de su tía, y, sonriendo de sí mismo, volvió atrás. Al entrar en el vestíbulo, algo oscuro, el mayordomo le dijo que su tía estaba ya a la mesa. Entregó su sombrero y su bastón a uno de los lacayos, y pasó al comedor.

—¡Tarde como siempre, Harry! —exclamó su tía, moviendo la cabeza.

Enseguida inventó una fácil excusa, y después de sentarse en la única silla que estaba vacía junto a ella, miró a su alrededor. Dorian, desde el otro extremo de la mesa, se inclinó tímidamente hacia él con las mejillas sonrosadas por el rubor. En frente tenía a la duquesa de Harley, una dama de especial carácter y alegre temperamento, querida por todos los que la conocían, y tenía esas amplias y arquitectónicas proporciones que los historiadores contemporáneos llaman obesidad cuando no se trata de una duquesa. A su derecha tenía a sir Thomas Burdon, diputado radical, que seguía a su jefe en la vida pública, y que en la vida privada iba detrás de los mejores cocineros, comiendo con los Tories y opinando con los Whigs, conforme a una regla muy sabia y conocida. El puesto de la izquierda estaba ocupado por el señor Erskine de Treadley, viejo caballero de gran encanto y cultura que había adoptado, sin embargo, la mala costumbre de guardar silencio, habiendo dicho, según explicó una vez a lady Agatha, todo lo que tenía que decir antes de cumplir los treinta años. Su vecina era la señora Vandeleur, antigua amiga de su tío, una perfecta santa entre las mujeres, pero tan terriblemente desaliñada que recordaba a un libro de oraciones mal encuadernado. Afortunadamente para él, tenía al otro lado a lord Faudel, un mediocre de mediana edad de los más inteligente, tan pesado como una declaración ministerial en la Cámara de los Comunes, y con quien aquella dama conversaba de esa manera profundamente seria que es, según había él observado a veces, el error imperdonable en que incurren todas las personas buenas y a la que no pueden escapar jamás.

—Hablábamos del pobre Dartmoor, lord Henry —dijo la duquesa, haciéndole signos alegremente desde el otro lado de la mesa—. ¿Cree usted que se casará realmente con esa fascinante muchacha?

—Me parece que ella ha decidido declarársele, duquesa.

—¡Qué espantoso! —exclamó lady Agatha—. Me parece que alguien tendría que intervenir.

—De muy buena fuente sé que su padre tiene un almacén de mercancías en América —dijo sir Thomas Burdon con aire despectivo.

—Mi tío insinúa que comercian con productos del cerdo, sir Thomas.

—¡Un almacén! ¿Qué productos hay en un almacén americano? —preguntó la duquesa, gesticulando con sus gruesas manos en alto y subrayando las palabras.

—Novelas americanas —respondió lord Henry, sirviéndose un poco de codorniz.

La duquesa quedó perpleja.

—No le hagas caso, querida —murmuró lady Agatha—. Nunca habla en serio.

—Cuando descubrieron América… —dijo el miembro radical, y empezó una pesada disertación. Igual que todos los que intentan agotar un tema, agotaba él a sus auditores. La duquesa, suspirando, usó de su privilegio de interrumpir:

—Hubiese sido mejor que no la descubrieran nunca —exclamó—. Realmente, nuestras hijas no tienen oportunidades hoy día. Es muy injusto.

—Tal vez, después de todo, América no haya sido descubierta nunca —dijo señor Erskine—. Por mi parte, diré solamente que apenas la he descubierto.

—¡Oh! Pero hemos visto ejemplares de ciudadanas suyas —respondió la duquesa, en tono vago—. Tengo que confesar que la mayoría son muy guapas. Y sus vestidos, también. Los encargan en París. Me encantaría poder hacer lo mismo.

—Dicen que cuando los americanos buenos mueren van a París —masculló sir Thomas, que poseía un amplio repertorio de bromas y trajes en desuso.

—¿De veras? Y los americanos malos, ¿a dónde van? —inquirió la duquesa.

—Se quedan en América —murmuró lord Henry.

Sir Thomas frunció el ceño.

—Temo que su sobrino esté predispuesto contra ese gran país —dijo a lady Agatha—. Lo he recorrido todo en trenes puestos a mi disposición por los gobernantes, que, en este aspecto, son muy atentos. Le aseguro que esa visita es una gran enseñanza.

—Pero, ¿es realmente necesario para nuestra educación que veamos Chicago? —preguntó señor Erskine quejosamente—. No tengo fuerzas para hacer ese viaje.

Sir Thomas levantó la mano.

—El señor Erskine de Treadley prescinde del mundo; porque a nosotros los hombres prácticos nos gusta ver las cosas por nuestros propios ojos, en lugar de leer lo que se dice de ellas y, en mi opinión, los americanos son gente muy interesante, completamente razonables y creo que esa es su característica más notable. Sí, señor Erskine, gente absolutamente razonable. Le aseguro que no hay disparates entre los americanos.

—¡Qué horror! —exclamó lord Henry—. Puedo soportar la fuerza bruta, pero la razón bruta es insoportable, porque hay algo injusto en su uso. Ofende a la inteligencia.

—No le he comprendido a usted —dijo sir Thomas, enrojeciendo.

—Yo, sí, lord Henry —murmuró el señor Erskine con una sonrisa.

—Las paradojas están bien a su modo... —replicó el baronet.

—¿Es que era una paradoja? —preguntó señor Erskine—. No lo creo así. Tal vez lo fuese, bueno, el camino de las paradojas es el de la verdad, pues para probar la verdad hay que verla sobre la cuerda floja. Y en el momento que las verdades se vuelven acróbatas, podemos juzgarlas.

—¡Dios mío! —dijo lady Agatha—. ¡Cómo discuten ustedes los hombres! Estoy segura de que no podré entenderles nunca. ¡Oh, Harry! Estoy muy enfadada contigo. ¿Por qué no procuras convencer a nuestro buen señor Dorian Gray para que abandone el East End? Te aseguro que allí no es muy valorado. Les encantaría escuchar cómo toca el piano.

—Quiero que toque exclusivamente para mí —exclamó lord Henry sonriendo; y al mirar hacia el extremo de la mesa sorprendió una mirada brillante que le respondía.

—Pero son tan desgraciados en Whitechapel —prosiguió lady Agatha.

—Puedo simpatizar con todo, excepto con el sufrimiento —dijo lord Henry, alzándose de hombros—. Con eso no puedo simpatizar porque es demasiado feo, horrible y deprimente. Existe algo terriblemente morboso en la simpatía moderna por el dolor. Puede uno simpatizar con el color, con la belleza, con la alegría de la vida. Y cuanto menos se hable de las llagas de la vida, mejor.

—Sin embargo, el East End representa un problema importantísimo —apuntó sir Thomas con un grave movimiento de cabeza.

—Verdaderamente —respondió el joven lord—. Siendo tan grave

el problema de la esclavitud, intentamos resolverlo divirtiendo a los esclavos.

El político le miró penetrantemente.

—¿Qué modificaciones propone usted entonces? —preguntó.

Lord Henry se echó a reír.

—No es mi deseo cambiar nada en Inglaterra, excepto el tiempo —respondió—. Me siento completamente satisfecho con la contemplación filosófica. Pero como el siglo XIX camina hacia la bancarrota con su exagerado derroche de simpatía, quiero sugerir un llamamiento a la ciencia para que nos devuelva al buen camino. La ventaja de las emociones consiste en extraviarnos, y la ventaja de la ciencia, en no conmovernos.

—Pero tenemos tan graves responsabilidades… —aventuró tímidamente la señora Vandeleur.

—Terriblemente graves —repitió lady Agatha.

Lord Henry miró al señor Erskine.

—La humanidad se toma a sí misma demasiado en serio y este es el pecado original del mundo. Si el hombre de las cavernas hubiera sabido reír, la Historia habría sido muy diferente.

—Me consuela usted mucho, realmente —murmuró la duquesa—. Me sentía siempre un poco culpable cuando venía a ver a su querida tía, porque no me interesa nada el East End. Desde ahora seré capaz de mirarla a la cara sin ruborizarme.

—El ruborizarse es distinguidísimo, duquesa —observó lord Henry.

—Únicamente cuando una es joven —respondió ella—. Pero cuando una vieja como yo se ruboriza no es buena señal. ¡Ah! Lord Henry, desearía que usted me enseñara a rejuvenecerme.

Él reflexionó un momento.

—¿Puede usted recordar algún gran error que haya cometido en su juventud, duquesa? —preguntó, mirándola por encima de la mesa.

—Me temo que un gran número —exclamó ella.

—Pues cométalos de nuevo —dijo él gravemente—. Porque para volver a ser joven no tiene uno más que repetir sus locuras.

—Qué deliciosa teoría —exclamó ella—. Voy a ponerla en práctica.

—Peligrosa teoría —declaró sir Thomas entre dientes. Lady Agatha meneó la cabeza, pero no pudo por menos de sonreír. Erskine escuchaba.

—Sí —continuó—, este es uno de los grandes secretos de la vida.

La mayoría de la gente hoy en día muere a causa de una especie del rastrero sentido común, descubriendo, cuando es ya demasiado tarde, que la única cosa que uno jamás deplora son sus propios errores.

Rápido corrió la risa alrededor de la mesa.

Jugó con la idea y la desarrolló tenazmente: la lanzaba al aire y la transformaba; la dejaba escapar para una vez más captarla; la irisaba con su fantasía, poniéndole alas de paradojas. El elogio de la locura se remontaba hasta una filosofía y esta misma filosofía se rejuvenecía; sirviéndose de la música loca del placer, utilizando, pudiera uno imaginar, su túnica manchada de vino, enguirnaldada de hiedra, danzando como una bacante por las colinas de la vida, y mofándose del pesado Sileno por su sobriedad. Los hechos huían ante ella como seres atemorizados de la selva. Sus blancos pies hollaban el inmenso lagar donde el sabio Omar está sentado, hasta que el espumante zumo de la uva ceñía sus miembros desnudos en oleadas de purpúreas burbujas, o se arrastraba en roja espuma sobre la negra cuba, vertiéndose por sus oblicuos costados. Fue una improvisación extraordinaria. Sintió que los ojos de Dorian Gray se encontraban fijos en él, y consciente de que entre su auditorio había alguien cuyo temperamento deseaba fascinar, le daba agudo ingenio y mayor colorido a su imaginación. Estuvo brillante, fantástico, desenfrenado, y encantó a sus oyentes haciéndoles salir de sí mismos, y ellos siguieron su flauta con risas. Dorian Gray no apartó nunca su mirada de él y estaba como en trance, sucediéndose las sonrisas sobre sus labios y haciéndose más grave la sorpresa en sus sombríos ojos.

Finalmente, la realidad, con la librea propia de la época, entró en el comedor en figura de criado y anunció a la duquesa que su coche la esperaba, entonces ella se frotó las manos con cómica desesperación.

—¡Qué fastidio! —exclamó—. Tengo que irme, debo recoger a mi marido en el club para ir con él a un mitin absurdo en el salón Willis y si llego con retraso se pondrá furioso seguramente, y no puedo tener una escena con este sombrero. Es demasiado frágil. Solo una palabra agria y se destrozaría. No, tengo que irme, querida Agatha. Adiós, lord Henry, es usted verdaderamente delicioso y terriblemente desmoralizador. No sé realmente qué decir de sus ideas. Es preciso que venga usted a cenar con nosotros alguna noche. ¿El martes? ¿Está usted libre el martes?

—Por usted dejaría yo a todo el mundo, duquesa —dijo lord Henry, inclinándose.

—¡Ah! ¡Qué amable y qué injusto es usted! —exclamó ella—. No se olvide de venir. —Y salió rápidamente del salón, seguida de lady Agatha y de otras señoras.

Cuando lord Henry se hubo sentado de nuevo, el señor Erskine dio la vuelta a la mesa y, cogiendo una silla a su lado, le puso la mano sobre el brazo.

—Habla usted como un libro —dijo—. ¿Por qué no escribe alguno?

—Me gusta demasiado leer los de los demás, señor Erskine. Me gustaría escribir una novela, una novela que fuese tan adorable como un tapiz persa, y tan irreal. Pero no existe público literario en Inglaterra para nada, excepto para los periódicos, las cartillas y las enciclopedias. Los ingleses tienen menos sentido de la belleza de la literatura que todos los demás pueblos del mundo.

—Temo que tiene usted razón —respondió el señor Erskine—. Yo tuve ambiciones literarias y las abandoné hace ya mucho tiempo. Y ahora, mi joven y querido amigo, si me permite que le llame así, ¿realmente cree en todo lo que nos ha dicho en la comida?

—He olvidado por completo lo que dije —explicó lord Henry, sonriendo—. ¿Era todo tan malo?

—Muy malo, efectivamente. Le considero a usted en extremo peligroso, y si le sucediese algo a nuestra buena duquesa, será usted el principal responsable. Sin embargo, me gustaría hablar con usted de la vida. La generación a la que pertenezco es muy aburrida. Cuando se sienta usted cansado de Londres, véngase a Treadley, y puede exponerme su filosofía del placer ante un admirable borgoña que tengo la suerte de poseer.

—Encantado. Una visita a Treadley será un gran honor para mí. El anfitrión es excelente, sencillamente perfecto, y la biblioteca también es perfecta.

—Y usted completará el equipo —contestó el viejo caballero con una inclinación—. Ahora debo despedirme de su magnífica tía. Tengo que ir al Athenæum. Esta es la hora en que dormimos allí.

—¿Todos, señor Erskine?

—Cuarenta de nosotros en cuarenta sillas, todos trabajamos para la Academia de Letras Inglesa.

Lord Henry se rio y se puso de pie.

—Me marcho al parque —dijo.

Dorian Gray le tocó en el brazo cuando estaba en la puerta.

—Por favor, déjeme que lo acompañe —dijo.

—Pero pensé que usted le había prometido a Basil Hallward ir a verlo —respondió lord Henry.

—Mejor voy con usted, creo que es necesario que yo lo acompañe. Y debe prometerme que estará hablando todo el tiempo. Nadie habla tan exquisitamente como usted.

—Ya he hablado bastante por hoy —dijo lord Henry, sonriendo—. Lo que ahora deseo ahora es observar la vida, y la observaremos juntos entonces, si lo desea.

## CAPÍTULO **IV**

Dorian Gray estaba tendido en un lujoso sillón, una tarde de un mes después, en la pequeña biblioteca de la casa de lord Henry en Mayfair. Para él era una estancia fascinante, con sus altos zócalos de roble con máculas de color aceituna, su friso crema, su techo con molduras de yeso tapizado de fieltro amarillo y alfombras persas de seda de flecos muy largos. En una pequeña mesa había una estatuilla de Clodion, al lado de un ejemplar de *Les cent nouvelles*, encuadernado para Margarita de Valois por Clovis Eve y sembrado de margaritas doradas que aquella reina había escogido por emblema. En unos grandes jarrones de porcelana azul había tulipanes de abigarrados colores alineados sobre la repisa de la chimenea, y la luz color albaricoque de un día de verano londinense, entraba a raudales a través de los pequeños cristales emplomados de la ventana. Lord Henry aún no había llegado, siempre se atrasaba por principio, y ese principio era que la puntualidad era un robo de tiempo. El joven se veía algo contrariado y hojeaba una primorosa edición ilustrada de *Manón Lescaut*, que había encontrado en uno de los estantes. Pero el solemne y aburrido tictac del reloj Luis XIV le molestaba, por lo que en dos ocasiones estuvo a punto de marcharse.

Finalmente escuchó un ruido de pasos, y la puerta se abrió.

—Harry, ¡qué tarde llegas! —murmuró.

—Señor Gray, lamento que no sea Harry —respondió una voz chillona.

Alzó los ojos vivamente y de inmediato se puso en pie.

—Perdóneme, pero pensé…

—Creía usted que era mi marido. No se preocupe, soy solo su mujer. Tengo que presentarme por mí misma. Lo conozco perfectamente por sus fotografías. Creo que mi marido tiene al menos diecisiete.

—¿Diecisiete, lady Henry?

—Bueno, tal vez dieciocho entonces. Y le vi a usted con él la otra noche en la Ópera.

Reía nerviosamente al hablar, y le miraba con sus ojos de nomeolvides. Aquella era una mujer singular, cuyos vestidos parecían siempre diseñados en un acceso de rabia y puestos en medio de una tempestad. Habitualmente estaba en un flirteo con alguien, y como su pasión no era nunca correspondida, había conservado todas sus ilusiones. Intentaba parecer pintoresca y solo llegaba a ser desaliñada. Su nombre era Victoria, y tenía la inveterada manía de ir a la iglesia.

—¿Fue en *Lohengrin*, según creo?

—Sí, fue en el amado *Lohengrin*. Me gusta la música de Wagner más que nada, y es tan ruidoso que puede una hablar todo el tiempo sin que sepan los demás lo que una dice. Considero esto una gran ventaja, ¿no le parece, señor Gray?

La misma risa aguda y nerviosa se desgranó en sus delgados labios, y sus dedos jugaron con un largo cortapapeles de carey.

Dorian sonrió, moviendo la cabeza.

—No soy de esa opinión, nunca hablo mientras oigo música; al menos cuando es música buena. En caso de oír música mala, está uno en el deber de ahogarla con la conversación.

—¡Ah! Me parece que esa es una idea de Harry, ¿no es verdad, señor Gray? Siempre me entero de sus ideas a través de sus amigos. Es el único medio que tengo de conocerlas, pero no crea usted que no me gusta la música buena. La adoro, pero me aterroriza. Me vuelve demasiado romántica y me hace sentir una tonta veneración por los pianistas… adoraba a dos a la vez, como me decía Harry. No sé quiénes eran, tal vez unos extranjeros. ¿Todos ellos lo son? Hasta los que han nacido en Inglaterra se vuelven extranjeros al cabo de algún tiempo, ¿verdad? Creo que es muy hábil por su parte, y significa un homenaje al arte hacerle completamente cosmopolita, ¿no? Pero no ha venido usted nunca a mis reuniones, señor Gray. Tiene usted que venir, aunque no siempre puedo tener orquídeas, no escatimo nada en extranjeros. ¡Hacen que parezca tan pintoresco un salón! ¡Pero aquí está Harry! Harry, venía a verte para preguntarte algo, que ya no recuerdo que era, y me he encontrado aquí al señor Gray. Hemos sostenido una charla muy divertida sobre música, tenemos las mismas ideas. No, creo que nuestras ideas son completamente diferentes, pero no importa, ha estado de lo más agradable. Estoy muy contenta de haberle visto.

—Encantado, cariño, totalmente encantado —dijo lord Henry, arqueando sus cejas negras y bien dibujadas, mirándoles a los dos con una sonrisa divertida—. Siento haberme retrasado, Dorian, pero estaba en la calle Wardour buscando una pieza de brocado antiguo, y he tenido que regatearla una hora. Hoy día la gente conoce el precio de todo, pero no sabe el valor de nada.

—Debo irme —exclamó lady Henry, rompiendo el embarazoso silencio con su repentina e insulsa risa—. Prometí a la duquesa ir a dar un paseo en su coche. Adiós, señor Gray. Adiós, Harry. ¿Comerás fuera, supongo? Yo también, quizá nos veamos en casa de lady Thornbury.

—Eso espero, querida —dijo lord Henry, cerrando la puerta detrás de ella, que, como un ave del paraíso que hubiese pasado la noche fuera, bajo la lluvia, huyó de la habitación dejando un leve aroma. Luego, encendió un cigarrillo y se dejó caer sobre el sofá.

—No te cases jamás con una mujer de pelo rojizo, Dorian —dijo, después de algunas bocanadas.

—¿Por qué, Harry?

—Porque son las más sentimentales.

—Pero si a mí me gustan las sentimentales.

—Entonces, no te cases nunca con ninguna, Dorian. Los hombres se casan por cansancio; las mujeres, por curiosidad, y ambos quedan totalmente decepcionados.

—No creo probable que me case, Harry. Estoy demasiado enamorado. Ese es uno de tus aforismos y lo pongo en práctica, como todo lo que tú dices.

—¿De quién estás enamorado? —preguntó lord Henry después de una pausa.

—De una actriz —dijo Dorian Gray, sonrojándose.

Lord Henry se encogió de hombros.

—Es eso más bien vulgar.

—No dirías eso si la vieras, Harry.

—¿Quién es ella?

—Su nombre es Sibyl Vane.

—No la he oído nunca nombrar.

—Ni nadie. Pero algún día se hablará de ella, porque es genial.

—Mi querido amigo, ninguna mujer es genial. Todas son un sexo decorativo. No tienen nunca nada que decir, pero lo dicen de una manera encantadora. Las mujeres representan el triunfo de la materia sobre el espíritu, exactamente como los hombres representan el triunfo del espíritu sobre la moral.

—Harry, ¿cómo puedes decir eso?

—Mi querido Dorian, porque es completamente cierto. En este momento analizo las mujeres y tengo, por tanto, la obligación de conocerlas. El tema es menos profundo de lo que creía. Y veo, finalmente, que no hay más que dos clases de mujeres. Las que no se pintan y las que se pintan; las que no se pintan son muy útiles si quieres conseguir fama de respetabilidad, no tienes más que invitarlas a cenar. Las otras mujeres son verdaderamente encantadoras, pero cometen un error, y es que se pintan para intentar parecer más jóvenes. Nuestras abuelas se pintaban para intentar conversar de una manera brillante. El *rojo* y el *espíritu* solían ir juntos, pero todo eso se acabó. Hoy, si una mujer puede parecer diez años más joven que su propia hija, está completamente satisfecha. En cuanto a la conversación, hay únicamente cinco mujeres en Londres con quien vale la pena hablar, y dos de ellas no pueden ser admitidas en la sociedad respetable. A propósito, hábleme de ese genio. ¿Cuánto hace que la conoces?

—¡Ah, Harry! Tus ideas me aterran.

—No hagas caso. ¿Cuánto hace que la conoces?

—Hace tres semanas.

—¿Y dónde la encontraste?

—Te lo contaré, Harry, pero evita ser cruel. Después de todo, ello no habría sucedido si no te hubiera conocido, porque me llenaste de un ardiente deseo de saberlo todo en la vida. Durante varios días después de nuestro encuentro, algo parecía latirme en las venas. Cuando correteaba por el parque o cuando bajaba por Piccadilly, solía mirar a todos los transeúntes, imaginándome con una loca curiosidad qué clase de vida llevarían. Algunos me fascinaban y otros me llenaban de terror. Sentía un exquisito veneno en el aire, me apasionaban las sensaciones… Una noche, alrededor de las siete, decidí salir en busca de alguna aventura. Sentía que en nuestro gris y monstruoso Londres, con su multitud de habitantes, sus sórdidos pecadores y sus pecados espléndidos, como una vez dijiste, tenía que haber reservado algo para mí. Imaginé mil cosas. El simple peligro me producía una especie de deleite. Recordé lo que me dijiste durante aquella maravillosa noche en que comimos juntos por primera vez, acerca de la búsqueda de la belleza, que es el verdadero secreto de la vida. No sé lo que esperaba, pero me dirigí hacia el East, y bien pronto me perdí en un laberinto de callejuelas sucias y negras y peladas plazoletas. A eso de las ocho y media pasé por delante de un absurdo teatrillo, resplandeciente con sus focos de gas y sus carteles multicolores. Entonces, un horrible judío que llevaba el chaleco más asombroso que he visto en mi vida estaba situado a la entrada, fumando un detestable cigarro; tenía unos rizos grasientos y un enorme diamante brillaba sobre la pechera sucia de su camisa. «¿Quiere usted un palco, milord?», me dijo apenas me vio, quitándose el sombrero con un suntuoso servilismo. Pero había algo en él, Harry, que me divirtió. Era un verdadero monstruo, te reirás, ya lo sé; pero lo cierto es que entré y pagué una guinea por el palco. Hoy no podría explicar cómo sucedió aquello, y, sin embargo, si no me hubiese sucedido, mi querido Harry; si no me hubiese sucedido, me habría perdido la aventura romántica más magnífica de mi vida. No te rías, ¡es horrible por tu parte!

—No me río, Dorian, al menos no de ti. No debes decir la aventura romántica más magnífica de tu vida, sino la primera aventura romántica de tu vida. Siempre serás amado, y siempre estarás enamorado del amor. Una gran pasión es el privilegio de la gente que no tiene nada que hacer. Es la única ocupación de las clases ociosas de un país; no temas, que aún te aguardan cosas exquisitas. Esto es solo el comienzo.

—¿Me crees tan superficial? —exclamó Dorian Gray, irritado.

—No, muy profundo.

—¿Qué quieres decir?

—Mi querido amigo: los que no aman más que una vez en su vida son los verdaderamente superficiales. A lo que ellos llaman lealtad y fidelidad lo llamo yo sopor de la costumbre o falta de imaginación en ellos. La fidelidad es a la vida emocional lo que la estabilidad es a la vida intelectual: una simple confesión de fracasos. ¡La fidelidad! Algún día la analizaré, la pasión de la propiedad se halla en ella. Hay muchas cosas que abandonaríamos si no temiéramos que otros pudiesen recogerlas. Y ya no quiero interrumpirte, continúa tu relato.

—Bien, me encontré sentado en un horrible y pequeño palco, frente a un vulgar telón de boca. Miré aquel telón e inspeccioné la sala. Estaba adornada chillonamente, toda llena de cupidos y de cuernos de la abundancia, como una tarta de boda de tercera clase. La galería y el patio de butacas estaban lleno de espectadores, pero las dos filas de grasientas butacas estaban completamente vacías, y apenas se veía una persona en la primera fila de lo que supongo llaman platea. Circulaban por la sala mujeres con naranjas y cerveza, y hacían allí una terrible consumición de nueces.

—Debía de estar aquello exactamente igual que en los días prósperos del drama inglés.

—Exactamente igual, imagino, y muy deprimente. Comencé a pensar en qué podría entretenerme cuando recorrí el programa con los ojos. ¿Qué crees que representaban, Harry?

—Supongo que *El joven idiota*, o *Mudo, pero inocente*. Nuestros padres solían divertirse, supongo, con esa clase de obras. Cuanto más vivo, Dorian, creo más firmemente que lo que era bueno para nuestros padres no lo es para nosotros. En arte como en política, *«los mayores se equivocan siempre»*.

—Pero aquella obra resulta bastante buena para nosotros, Harry. Era *Romeo y Julieta*. Confieso que me molestó un poco la idea de ver a Shakespeare representado en tan miserable agujero, pero me sentí interesado, en cierto modo, y por eso decidí esperar al primer acto. Una horrible orquesta, dirigida por un joven hebreo sentado ante un desvencijado piano, casi logró que me marchara; pero se levantó, por fin, el telón y comenzó la obra. Romeo era un caballero grueso, de edad madura, con las cejas pintadas con corcho quemado, una voz ronca de tragedia y con la figura parecida a un barril de cerveza. Mercucio era tan malo, trabajaba como esos comediantes de tercera que añaden a sus papeles las estupideces que se les ocurren, me pareció que tenía relaciones muy amistosas con las del anfiteatro. Eran ambos tan grotescos como las decoraciones, y creía uno estar en una barraca de feria. ¡Pero Julieta! Imagínate, Harry, una linda muchacha de diecisiete años apenas, su carita era como una flor, una menuda cabeza griega de trenzas recogidas color castaño y unos ojos apasionados de reflejos violeta, con unos labios como pétalos de rosa. La criatura más adorable que he visto jamás en mi vida. Una vez me dijiste que el sentimiento te dejaba impasible; pero que la belleza, la simple belleza, podría llenarte los ojos de lágrimas. Puedo decirte, Harry, que vi a aquella muchacha a través de la neblina de lágrimas que ascendió desde mi interior. ¡Y su voz! Jamás he oído una voz así. Hablaba muy bajo al principio, con hondo y suave tono, como si su palabra debiera resonar solamente en un oído. Luego alzó un poco más la voz, y el sonido parecía una flauta o un lejano oboe. En la escena del jardín tenía el trémulo éxtasis que se percibe precisamente antes de amanecer, cuando cantan las alondras. Había momentos en que su voz poseía la ardiente pasión de los violines; ya sabes la emoción que puede producir una voz. Tu voz y la de Sibyl Vane son dos cosas que jamás olvidaré. Cuando cierro los ojos, las oigo, y cada una de ellas dice algo diferente. Y a veces no sé a cuál de las dos seguir. ¿Cómo no amarla? La amo, Harry. Es todo para mí en la vida, noche tras noche voy a verla actuar. Una noche es Rosalind y a la siguiente Imogen. Así, la he visto morir en la oscuridad de una tumba italiana, aspirando el veneno de los labios de su amante. La he seguido errante por el bosque de Arden, disfrazada de un lindo muchacho con jubón y delicado gorro. Estaba loca, y se encontraba en presencia de un rey culpable a quien llevaba ramas de ruda y al que daba a probar hierbas amargas. Era inocente y las oscuras manos de los celos oprimían su garganta semejante a una caña. La he visto en todas las épocas y con todos los trajes. Las mujeres vulgares no excitan nunca nuestra imaginación, están limitadas a su siglo y ningún hechizo puede transfigurarlas jamás. Les conoces la mente como se conocen sus sombreros y las puede uno encontrar siempre, no hay misterio en ellas. En las mañanas guían su coche en el parque y charlan tomando té por la tarde. Sus sonrisas son estereotipadas y sus modales son de moda. Son completamente transparentes. ¡Pero una actriz! ¡Qué diferente es una actriz, Harry! ¿Por qué no me habías dicho que el único ser digno de amor es una actriz?

—Porque he amado a muchas, Dorian.

—¡Oh, sí! Mujeres horribles de pelo teñido y caras pintadas.

—No hables con desprecio del pelo teñido y de las caras pintadas, pues a veces poseen un encanto extraordinario —dijo lord Henry.

—Preferiría no haberte hablado de Sibyl Vane.

—No hubieras podido evitarlo, Dorian. Siento que hasta el fin de tu vida me lo contarás todo.

—Sí, Harry, también lo creo. Es inevitable contarte cosas. Ejerces sobre mí una extraña influencia. Si cometiese alguna vez un crimen, vendría a contártelo, y estoy seguro que tú me comprenderías.

—Las personas como tú —tenaces rayos de sol de la vida— no cometen crímenes, Dorian. Pero, aún así, te agradezco mucho la atención. Ahora acércame las cerillas como un buen chico y dime: ¿actualmente cuál es tu relación con Sibyl Vane?

Dorian Gray se puso en pie de un brinco, tenía las mejillas encendidas y los ojos llameantes.

—¡Harry! ¡Sibyl Vane es sagrada!…

—Por eso, únicamente las cosas sagradas merecen tocarse, Dorian —dijo lord Henry con un tono de voz extrañamente conmovido—. Pero, ¿cuál es la razón de tu enfado? Supongo que algún día será tuya. Cuando uno está enamorado, comienza siempre por engañarse a sí mismo y acaba siempre por engañar a los demás, esto es lo que se llama un amor romántico. De todos modos, ¿supongo que la tratarás?

—Naturalmente, desde la primera noche que fui al teatro; el horroroso y viejo judío estuvo rondando el palco y cuando terminó la representación se ofreció a llevarme detrás de bastidores y presentármela. Sentí indignación y alcancé a decirle que, Julieta había muerto hacía centenares de años y que su cuerpo yacía en un sepulcro de mármol en Verona. Entendí por su confusa mirada de perplejidad que pensó que yo había bebido demasiado champaña, o algo así.

—No me sorprende.

—Luego me preguntó si yo escribía en algún diario. Le dije que ni siquiera los leía. Pareció terriblemente desilusionado, y llegó a confesarme que todos los críticos dramáticos estaban confabulados contra él, y que todos se vendían.

—Sobre el primer punto nada puedo decir. Pero en cuanto al segundo, a juzgar por las apariencias, la mayoría no deben de costar muy caros.

—Bueno, pero lo que quiso decir era que no estaban al alcance de sus manos —dijo Dorian riendo—. En aquel momento se apagaron las luces del teatro y tuve que marcharme. Quiso darme a probar unos puros que recomendaba con vehemencia, pero los rechacé. Regresé la siguiente noche, y en cuanto me vio, me hizo una profunda reverencia y me aseguró que yo era un espléndido protector del arte. Era un bruto temible, a pesar de sentir una pasión extraordinaria por Shakespeare. Una vez me dijo, con un aire de orgullo, que sus cinco quiebras se debían enteramente al *Bardo,* como él le llamaba continuamente. Esto le parecía una distinción.

—Y es una distinción, mi querido Dorian, una gran distinción. Mucha gente quiebra por haber invertido demasiado en la prosa de la vida, pero arruinarse por la poesía es un honor. Pero, ¿cuándo hablaste por primera vez con la señorita Sibyl Vane?

—La tercera noche. Le tocó desempeñar el papel de Rosalind, y yo no acababa de decidirme. Entonces, le arrojé unas flores y me miró; o, al menos, eso me imaginé. Viendo esto, el viejo judío insistió, y se mostró tan decidido a llevarme detrás de bastidores que accedí. ¿Es curioso en mí, verdad, no querer conocerla?

—No, yo creo que no.

—¿Por qué no, mi querido Harry?

—En otra oportunidad te lo diré. Ahora quiero saber de la muchacha.

—¡Oh! Tan tímida, tan encantadora, como una niña. Sus ojos se abrieron llenos de exquisita sorpresa cuando le hablé de su trabajo y parecía no darse cuenta de su poder. Pienso que estábamos un poco nerviosos, mientras el viejo judío gesticulaba en la puerta del polvoriento saloncillo, discurseando sobre nosotros, que nos contemplábamos como chiquillos. Se empeñaba en llamarme *milord* y tuve que asegurar a Sibyl que no era tal cosa. Ella me dijo simplemente: «Tiene usted más bien el aspecto de un príncipe, y me gustaría llamarle Príncipe Azul».

—En verdad te digo, Dorian, la señorita Sibyl sabe hacer un cumplido, palabra que sí.

—Tú no la comprendes, Harry. Ella solo me mira como a un personaje de teatro. No sabe nada de la vida, además, vive con su madre, una mujer marchita y agotada que hacía de lady Capuleto la primera noche, con una bata roja, y que parece haber gozado de mejores días.

—Sé de qué me hablas y me deprime —murmuró lord Henry, examinando sus anillos.

—El judío quiso contarme la historia de ella, pero le dije que no me interesaba.

—Lo hiciste bien. Siempre hay algo de mezquino en las tragedias ajenas.

—Sibyl es lo único que me interesa. ¿Qué me importa su origen? Me parece absoluta y enteramente divina desde su cabecita a su diminuto pie. Todas las noches la veo actuar, y está cada vez más maravillosa.

—Supongo que esta es la razón por la cual no cenas ya nunca conmigo. Pensé que tendrías alguna curiosa aventura romántica entre manos. Bueno, y la tienes; pero no es lo que yo esperaba o creía.

—Mi querido Harry, almorzamos o cenamos juntos todos los días y he ido contigo a la Ópera unas cuantas veces —dijo Dorian abriendo con asombro sus azules ojos.

—¡Y llegas siempre tan terriblemente tarde!

—Bueno, es que no puedo dejar de ir a ver trabajar a Sibyl —exclamó—, aunque solo sea en un acto. Estoy hambriento de su presencia, y cuando pienso en la maravillosa alma que se oculta en ese cuerpecito de marfil, me siento lleno de admiración.

—Puedes cenar conmigo esta noche, ¿verdad?

Él meneó la cabeza.

—Esta noche es Imogen —respondió— y mañana por la noche será Julieta.

—¿Cuándo es Sibyl Vane?

—Nunca.

—Pues te felicito.

—¡Qué malo eres! Ella es todas las grandes heroínas del mundo en una, y es más que una individualidad. Tú te ríes, pero ya te he dicho que es genial. Yo la amo y necesito que ella me ame también. ¡Tú, que conoces todos los secretos de la vida, dime qué hechizo tengo que utilizar para que Sibyl Vane me ame! Quiero darle celos al mismo Romeo. Quiero que todos los amantes difuntos del mundo nos oigan reír y se sientan entristecidos, y que una ráfaga de nuestra pasión remueva sus cenizas conscientemente y renueve sus penas. ¡Dios mío, Harry, cómo la adoro!

Mientras hablaba, iba y venía por la habitación, al tiempo que sus mejillas se enrojecían. Estaba terriblemente excitado.

Lord Henry lo observaba con una ligera sensación de placer. ¡Tan diferente del tímido y apocado muchacho que había conocido en el estudio de Basil Hallward! Ahora su carácter se desenvolvía como una flor, abriéndose en capullos de roja llama. Su alma estaba afuera, se había escapado de su secreto escondite y se había encontrado con el deseo en el camino.

—¿Qué piensas hacer? —dijo, por fin, lord Henry.

—Me encantaría que Basil y tú viniesen a verla trabajar alguna noche. No siento temor con respecto a esto. Estoy seguro de que ustedes reconocerán su talento. Y en ese caso, se la quitaremos de las manos al judío. Ella está contratada por tres años, o más bien, por dos años y ocho meses actualmente. Obviamente, tendré que pagar algo, pero cuando todo esté arreglado, alquilaré un teatro del West End y, entonces, la revelaré oportunamente. Seguramente enloquecerá a todo el mundo como a mí.

—Eso es imposible, mi querido amigo.

—Sí, yo sé que lo hará. Porque ella domina su profesión, posee un instinto artístico consumado y tiene también personalidad y, como tú me has dicho a menudo, son las personalidades y no los principios los que mueven una época.

—Bueno, entonces ¿qué noche iremos?

—Déjame ver, hoy es martes… Iremos mañana, pues mañana hace Julieta.

—Perfecto. En el Bristol, a las ocho, y llevaré a Basil.

—No, discúlpame, Harry, a las ocho no. A las seis y media. Debemos estar allí antes de que se levante el telón, para verla en el primer acto, cuando se encuentra con Romeo.

—¡A las seis y media! ¡Pues vaya una hora! Es como ir a un vulgar té o a una lectura de novela inglesa. Mejor pongamos a las siete, porque ningún caballero cena antes de las siete. ¿Verás tú a Basil antes? ¿O tengo que escribirle?

—¡Mi querido Basil! Hace una semana que no lo veo. Sé que está muy mal de mi parte, porque me ha enviado mi retrato en un marco maravilloso, especialmente diseñado por él; y, aun cuando estoy un poco celoso del cuadro, un mes más joven que yo ahora, debo reconocer que me deleita. Prefiero que le escribas tú. No quiero verle solo, me dice cosas que me molestan aunque me da buenos consejos.

Lord Henry sonrió.

—A la gente le gusta mucho derrochar aquello que necesita más. Es lo que llamo la más profunda de las generosidades.

—¡Oh! Basil es el mejor de los hombres, pero me parece un poquito filisteo. Lo he descubierto después de conocerte.

—Mi querido amigo Basil pone todo su encanto en su obra, lo que le trae como consecuencia que solo guarda para su vida sus prejuicios, sus principios y su sentido común. Los únicos artistas que he conocido y que personalmente eran deliciosos, eran muy malos como artistas. En cambio, los buenos artistas existen simplemente en su producción, y por ello resultan completamente faltos de interés en sí mismos. Por decirte, un gran poeta, un verdadero gran poeta, es el menos poético de los seres. Sin embargo, los poetas menores son absolutamente fascinantes, y cuanto peor riman, más pintorescos parecen. El solo hecho de haber publicado un libro de sonetos de segundo orden hace a un hombre completamente irresistible, pues vive la poesía que no pudo escribir. Los otros escriben la poesía que no se atreven a poner en práctica.

—¿Sucede realmente así, Harry? —preguntó Dorian Gray, perfumando su pañuelo con un gran frasco de tapón de oro que había sobre la mesa—. Debe de ser así, ya que tú lo dices. Y ahora me voy. Imogen me espera. Por favor, recuerda lo de mañana. Adiós.

Cuando Dorian salió de la habitación, los pesados párpados de lord Henry se cerraron, y comenzó a meditar. Pocas personas le habían interesado tanto como Dorian Gray y, sin embargo, la adoración del joven por otra persona no le mortificaba en absoluto ni le producía los menores celos. Por el contrario, le agradaba. Esta circunstancia convertía al joven en un motivo de estudio más interesante. Tuvo siempre afición a los métodos de las ciencias naturales, pero las materias corrientes de esas ciencias le habían parecido triviales y sin importancia, y así empezó por disecarse a sí mismo y acabó por disecar a los demás, solo la vida humana le parecía algo digno de investigación. En comparación con ella, lo demás carecía de valor. La verdad es que todo aquel que observa la vida y su extraño crisol de dolor y placer no puede usar la máscara de vidrio sobre su rostro, ni impedir que los vapores sulfurosos le perturben el cerebro y llenen su imaginación turbulenta de monstruosas fantasías y de infortunados sueños. Existían venenos tan sutiles que para conocer sus propiedades había que probar sus efectos en uno mismo. Así como enfermedades tan extrañas que se necesitaba haberlas padecido para comprender su naturaleza. Y, sin embargo, ¡qué gran recompensa se recibía! ¡Qué maravilloso llegaba a ser el mundo entero para uno! Conocer la curiosa y violenta lógica de la pasión y la vida emocional, colorida por la inteligencia, observar dónde se encuentran y dónde se separan, en qué punto vibran al unísono y en qué punto en desacuerdo —¡qué gran deleite había en esto!—. ¿Qué importaba el precio? Nunca se podría pagar un precio demasiado elevado por semejante sensación.

Tenía conciencia —y al pensar en esto brillaban de placer sus ojos de ágata oscura— de que gracias a ciertas palabras suyas, palabras musicales dichas con melodía, el alma de Dorian Gray se había inclinado hacia aquella pura muchacha, cayendo en adoración ante ella. Este joven era, en gran parte, su propia creación. Lo había hecho precoz, y esto era algo. La gente ordinaria espera a que la vida le descubra sus secretos, pero a la minoría, al elegido, le son revelados los misterios de aquella antes de que caiga el velo. Algunas veces esto era por efecto del arte, y principalmente del arte literario, que se relaciona inmediatamente con las pasiones y la inteligencia. Pero de vez en cuando una personalidad compleja sustituía y asumía el puesto del arte; llegaba a ser realmente en su género una verdadera obra de arte, pues la vida produce obras maestras exactamente como la poesía, la escultura o la pintura.

Sí, el joven, de aspecto de adolescente, era precoz. Recogía su cosecha, a pesar de estar en primavera. Porque tenía el empuje y la pasión de la juventud, pero empezaba a ser consciente de sí mismo. Era encantador observarle. Con su bella faz y su alma bella era algo maravilloso. Para qué inquietarse por el final de aquello, si es que tenía un final. Era como una de esas graciosas figuras de una obra cuyas alegrías nos son extrañas pero cuyas penas nos abren los sentidos a la belleza, y cuyas heridas son como rosas rojas.

Alma y cuerpo, cuerpo y alma, ¡qué misteriosos son! Siempre hay algo de animal en el alma, y muchísimas veces el cuerpo tiene momentos de espiritualidad. Los sentidos pueden purificarse y la inteligencia degradarse. ¡Quién puede decir dónde cesan los impulsos de la carne, o dónde comienzan los impulsos físicos! ¡Cuán superficiales son las arbitrarias definiciones de los psicólogos ordinarios! Y, sin embargo, ¡qué difícil es decidir entre las pretensiones de las diversas escuelas! ¿Es el alma una sombra situada en la casa del pecado? ¿Está realmente el cuerpo en el alma, como pensaba Giordano Bruno? La separación del espíritu y de la materia era un misterio, y la unión del espíritu con la materia también.

Se maravillaba de intentar hacer que la psicología nunca fuese una ciencia tan absoluta que pudiera revelarnos cada uno de los pequeños resortes de la vida. Realmente nos equivocamos siempre respecto a nosotros mismos y comprendemos rara vez a los demás. La experiencia no tiene valor ético y los hombres dan únicamente nombre a sus errores. Los moralistas la han mirado generalmente como una especie de aviso, han reclamado para ella cierta eficacia ética en la formación del carácter, la han reverenciado como a algo que nos mostraba el camino a seguir y que nos enseñaba lo que había que evitar. Sin embargo, la experiencia no tiene poder motriz y es considerada como causa activa, siendo tan poca cosa como la conciencia misma. Lo único que se ha demostrado realmente es que nuestro porvenir podrá ser lo mismo que fue nuestro pasado, y que el pecado en el que incurrimos una vez, con repugnancia, lo cometeremos muchas veces más, con alegría.

Continuaba siendo evidente que el método experimental era el único por el cual podía casi llegarse a un análisis científico de las pasiones, y Dorian Gray era, ciertamente, un sujeto hecho para sus manos y que parecía prometer excelentes y fructíferos resultados. Su repentino y loco amor por Sibyl Vane era un fenómeno psicológico de gran interés. Indudablemente, entraba en ello una gran parte de curiosidad, la curiosidad y el deseo de nuevas experiencias; sin embargo, no era una pasión sencilla, sino más bien una pasión muy compleja.

Lo que había en ella de puro instinto sensual de pubertad se transformó, por el trabajo de la imaginación, en algo que le parecía al inexperto joven alejado de los sentidos, y que era por eso mucho más peligroso aún. Las pasiones sobre cuyo origen nos engañamos a nosotros mismos nos tiranizan con más fuerza. Nuestros más débiles impulsos son aquellos de cuya naturaleza tenemos conciencia. Sucede con frecuencia que, pensando hacer una experiencia sobre los demás, la hacemos realmente sobre nosotros mismos.

Cuando lord Henry estaba sentado y soñando sobre todas estas cosas, llamaron a la puerta; su sirviente entró y le recordó que ya era hora de vestirse para ir a cenar, así que se puso de pie y miró hacia la calle. Las altas ventanas de las casas de en frente eran incendiadas por las luces rojas y oro del sol poniente, y sus cristales resplandecían como planchas de metal al rojo vivo. El cielo parecía una rosa marchita. Le vino a la memoria la ardiente y coloreada vida de su joven amigo, y se preguntó cómo terminaría todo eso.

Alrededor de las doce y media regresó a su casa y vio que sobre la mesa del vestíbulo había un telegrama. Era de Dorian, y en él le informaba que le había pedido matrimonio a Sibyl Vane.

## Capítulo V

—¡Soy muy feliz, madre! —murmuró la joven, ocultando su rostro en el regazo de la vieja marchita y de aspecto agotado que, de espaldas a la luz que entraba por la ventana, se encontraba sentada en el único sillón que estaba en el deslucido salón—. ¡Qué feliz soy! —repetía insistentemente—. ¡Necesito que tú también estés feliz, madre! Así mi alegría será completa.

La señora Vane sintió un estremecimiento, y colocó sus delgadas manos y blanqueadas con bismuto sobre la cabeza de su hija con mucha ternura.

—¡Feliz! —repitió como un eco—. Solo soy feliz, Sibyl, cuando te veo trabajar. Solo debes pensar en tu trabajo. Sabes que el señor Isaac ha sido muy bueno con nosotros y le debemos dinero.

La joven levantó la cabeza e hizo un gesto de enfado.

—¿Dinero, madre? —exclamó—. ¿Qué importa el dinero? El amor vale más que el dinero.

—El señor Isaac nos ha adelantado cincuenta libras para liquidar nuestras deudas y comprar un traje decente a James, no debes olvidar esto, Sibyl. Cincuenta libras son una gran suma, y el señor Isaac ha sido muy considerado.

—No es un caballero, madre, y no puedo soportar el modo que tiene de hablarme —dijo la joven, levantándose para dirigirse hacia la ventana.

—No sé qué hubiésemos hecho sin su ayuda —replicó la vieja quejumbrosamente.

Sibyl Vane movió la cabeza y se echó a reír.

—De ahora en adelante ya no tendremos necesidad de él, madre. El Príncipe Azul dirige ahora nuestra vida.

Después de decir esto se detuvo, y una turbación removió su sangre e incendió sus mejillas. Una respiración anhelante entreabrió los pétalos de sus labios, que temblaron y sintió que un viento cálido de pasión la recorrió, agitando los pliegues graciosos de su vestido.

—Lo amo —dijo simplemente.

—¡Tontuela, tontuela! —fue la respuesta, acompañada con un gesto grotesco de los dedos, torcidos y llenos de joyas falsas, de la vieja.

Se rio otra vez la muchacha, había en su voz la alegría de un pájaro enjaulado. Sus ojos se apoderaban de la melodía y la repercutían con su brillo; después se cerraban un momento, como para ocultar su secreto. Y una vez abiertos, la neblina de un sueño había pasado por ellos.

La sabiduría de labios delgados le hablaba desde el viejo sillón, sugiriéndole esa prudencia inscrita en el libro de la cobardía con el nombre de sentido común. Pero ella no escuchaba. Estaba libre en la cárcel de su pasión; su príncipe, el Príncipe Azul, estaba con ella. Recurrió a la memoria para reconstruirle. Envió su alma en busca suya, y él acudió. Sus besos quemaban de nuevo su boca y sentía sus párpados templados por su aliento.

Entonces, la sabiduría cambió de método y habló de observar y averiguar: el joven podía ser rico, en cuyo caso era posible pensar en el matrimonio. Contra la concha de su oreja se rompían las olas de la mundana astucia y sus dardos arteros la acribillaban, entonces observó que los labios finos se movían, y sonrió.

De pronto sintió necesidad de hablar. El silencio la molestaba.

—Madre, madre —exclamó—, ¿por qué me ama tanto? Yo sé por qué le amo. Le amo porque es tal como podría ser el propio amor. Pero, ¿qué ve en mí? No soy digna de él. Y, sin embargo, no sabría decir por qué, aun sintiéndome muy inferior a él, no me siento humilde. Estoy orgullosa, terriblemente orgullosa. Madre, ¿amabas tanto a mi padre como yo al Príncipe Azul?

La vieja enseguida palideció bajo la ordinaria capa de polvo que cubría sus mejillas, y sus labios resecos se distendieron en un espasmo dolorido. Sibyl se abalanzó hacia ella, rodeó su cuello con sus brazos y la besó con ternura.

—Perdóname, madre; sé que te causa pena hablar de mi padre. Yo sé que te causa pena porque le querías mucho. No te pongas tan triste. Soy tan feliz hoy como lo eras tú hace veinte años. ¡Ah! ¡Déjame que lo sea siempre!

—Hija mía, eres demasiado joven para entregarte al amor. Además, ¿qué sabes de ese joven? Ignoras hasta su nombre. Esto me es muy enojoso, justo en el momento en que James va a partir hacia Australia, y cuando más preocupada estoy por eso, creo que debías mostrarte más considerada. No obstante, como ya he dicho antes, si es rico…

—¡Madre, madre, por favor, déjame ser feliz!

La señora Vane la contempló, y con uno de esos falsos gestos teatrales que hacía con frecuencia y que constituyen una especie de segunda naturaleza en los actores, la estrechó entre sus brazos. En aquel momento se abrió la puerta, y un muchacho de pelo castaño y enmarañado entró en la habitación. Su figura era rechoncha, con los pies y las manos grandes, además de torpe en sus movimientos. No tenía la distinción innata de su hermana, realmente costaba trabajo adivinar el cercano parentesco que existía entre ellos. La señora Vane fijó en él sus ojos y acentuó su sonrisa. Ella elevaba mentalmente su hijo a la dignidad de auditorio. Estaba segura de que el cuadro era interesante.

—Debías guardar algunos besos para mí, Sibyl, creo yo —dijo el joven con un gruñido benévolo.

—¡Ah! Pero si no te gusta que te besen, Jim —exclamó—. Eres un terrible oso.

Y se puso a correr por la habitación, abrazándole. James Vane miró a su hermana con ternura.

—Quisiera que vinieses conmigo a dar una vuelta, Sibyl. Supongo que no volveré a ver nunca este horroroso Londres, y estoy seguro de que no me hará falta.

—Hijo mío, no digas cosas tan atroces —murmuró la señora Vane, cogiendo, con un suspiro, un chillón traje de teatro y empezando a repasarlo.

Estaba un poco desilusionada de que hubiese llegado tarde para unirse al grupo, hubiera aumentado lo teatral y pintoresco de la situación.

—¿Por qué no, madre?… Es lo que pienso.

—Me apenas, hijo mío. Pero confío en que regreses de Australia con una opulenta posición. Creo que no hay sociedad de ninguna clase en las colonias, nada que pueda llamarse sociedad; por eso, una vez que hayas hecho fortuna, debes volver a hacer valer tus derechos en Londres.

—¡La sociedad! —murmuró el joven—. La odio y no quiero saber nada de ella. Si deseo hacer algún dinero es para retirarte del teatro a ti y a Sibyl.

—¡Oh Jim! —dijo Sibyl, riendo—. ¡Pero qué cruel eres! Dime, ¿realmente vienes a sacarme de paseo? ¡Eso es muy amable! Temía que tuvieses que ir a despedirte de algunos amigos tuyos, como Tom Harry, que te regaló esa horrorosa pipa, o de Ned Langton, que se burla de ti cuando fumas en ella. Es amabilísimo por tu parte haberme reservado tu última tarde. ¿A dónde iremos, al parque?

—Voy muy desarreglado —contestó, ceñudo—. Solo la gente elegante va al parque.

—Tonterías, Jim —murmuró ella, cogiéndole cariñosamente de la manga.

Él vaciló un momento.

—Muy bien —dijo—, pero no tardes mucho en vestirte.

Ella salió de la habitación bailando y cantando mientras subía la escalera. Sus piececitos corretearon por el techo.

El joven recorrió la habitación dos o tres veces, y después se volvió hacia la figura inmóvil de su madre en su sillón.

—Madre, ¿están preparadas mis cosas? —preguntó.

—Sí, completamente preparadas, James —respondió ella con los ojos fijos en su labor.

Hacía algunos meses que no se sentía a gusto cuando se encontraba a solas con aquel hijo áspero y severo. Su íntima naturaleza superficial se turbaba al encontrar sus ojos, por lo que solía preguntarse si él no sospecharía algo. Como no le hacía ninguna observación, el silencio le resultó intolerable. Entonces, empezó a lamentarse. Las mujeres se defienden a sí mismas atacando, así como atacan por medio de repentinas y extrañas sumisiones.

—Creo que te sentirás satisfecho de tu vida en ultramar, James —dijo—. Acuérdate de que tú mismo la has escogido. Podías haber entrado en el bufete de un abogado, sabes que los abogados son una clase muy respetable, y comen a menudo en el campo, con las mejores familias.

—Odio las oficinas y detesto a los empleados —replicó—. Pero tienes toda la razón, yo mismo he elegido mi vida. Te pido que cuides a Sibyl. No permitas que le suceda nada malo. Madre, es preciso que la cuides.

—James, hablas realmente de un modo raro. Naturalmente que cuido a Sibyl.

—He oído que un señor va todas las noches al teatro y pasa adentro para hablarle. ¿Está todo bien? ¿Qué hay de eso?

—Hablas de cosas que no comprendes, James. En nuestra profesión estamos acostumbradas a recibir grandes y muy satisfactorios homenajes. También en mi época recibí muchos ramos de flores. Era la época en que nuestro arte se comprendía de verdad. En cuanto a Sibyl, no puedo saber ahora si su inclinación es o no seria. Pero es indudable que el joven en cuestión es un perfecto caballero. Es siempre muy cortés conmigo. Además, parece ser rico, y las flores que envía son preciosas.

—No sabes su nombre, sin embargo —dijo el joven con aspereza.

—No —respondió la madre con plácida expresión—. Todavía no ha dicho su verdadero nombre. Lo creo muy romántico por su parte, porque puede ser probablemente un miembro de la aristocracia.

James Vane se mordió el labio.

—Cuida a Sibyl, madre —exclamó—. Cuida de ella.

—Hijo mío, me desesperas. Sibyl está siempre bajo mi especial cuidado. Naturalmente, si ese caballero es rico, no hay razón alguna para que ella no contraiga matrimonio con él. Yo creo que es alguien de la aristocracia, o por lo menos tiene todas las apariencias. Podría ser un brillante enlace para Sibyl y harían una pareja encantadora. Su aspecto es realmente notable. Y ya todos lo han advertido.

El joven murmuró algo para sí, mientras tamborileaba sobre los cristales de la ventana con sus bastos dedos. Iba a volverse para decir algo cuando se abrió la puerta y entró Sibyl, corriendo.

—¡Qué serios están los dos! —exclamó—. ¿Qué sucede?

—Nada —respondió él—. Creo que a veces conviene estar serios. Adiós, madre; quiero tener la comida a las cinco. Ya todo está empaquetado menos mis camisas, así que no tienes que preocuparte.

—Adiós, hijo mío —contestó con un saludo en exceso solemne.

Estaba muy molesta por el tono que había adoptado con ella, y algo que vio en su mirada la había atemorizado.

—Bésame, madre —dijo la muchacha.

Sus floridos labios rozaron las mejillas marchitas de la vieja y las reanimaron.

—¡Hija mía, hija mía! —exclamó la señora Vane, mirando hacia el techo en busca de una galería imaginaria.

—Vamos, Sibyl —dijo el hermano, impaciente. Odiaba los afectados gestos de su madre.

Afuera, el viento soplaba ligeramente bajo la luz del sol. Paseando, bajaron por la triste Euston Road. Los transeúntes miraban con asombro a aquel sombrío y recio joven, ordinario, con ropas raídas, que iba en compañía de una muchacha tan graciosa y de aspecto distinguido; hacía el efecto de un vulgar jardinero paseando con una rosa.

Jim fruncía las cejas de vez en cuando, al observar la mirada curiosa de algún extraño. Sentía la misma molestia de ser mirado que aparece tardíamente en vida de los genios y que no abandona al vulgo. Sibyl, sin embargo, permanecía completamente inconsciente del efecto que producía. Su amor temblaba en sonrisas sobre sus labios. Nada más pensaba en el Príncipe Azul, y para poder soñar con él sin cesar no hablaba, sino más bien dejaba salir las palabras en tropel, refiriéndose al barco que iba Jim a embarcar, al oro que seguramente descubriría él y a la maravillosa heredera a quien salvaría la vida de los malvados salteadores de camisas rojas. Porque no sería siempre marino o sobrecargo ni nada de lo que iba a ser. ¡Oh, no! La vida de un marinero era terrible. Encerrado en un espantoso barco, entre olas roncas y montañosas que intentan invadirlo todo, ¡y un viento negro que tumba los palos y desgarra las velas en largas y silbantes tiras! Desembarcaría en Melbourne, saludaría cortésmente al capitán e iría inmediatamente a los yacimientos auríferos. Y antes de que transcurriera una semana encontraría una gran pepita de oro puro, la más grande que se habría descubierto nunca, y la llevaría a la costa en un carromato custodiado por seis policías a caballo. Los salteadores los atacarían tres veces y serían derrotados con enorme carnicería; pero podría no ir a los yacimientos, porque eran unos sitios horribles en donde los hombres se intoxican, se matan en los bares y emplean un lenguaje soez. Sería, eso sí, un simpático colono, y una noche al volver a su casa se encontraría con la bella heredera a quien un ladrón intentaría raptar, montado en un caballo negro; le daría caza y la salvaría. Naturalmente, ella se enamoraría de él y él de ella, y se casarían, volviendo a Londres, donde vivirían en una casa inmensa. Entonces, le sucederían cosas deliciosas en el porvenir. Pero debía ser muy bueno, refrenarse y no tirar locamente su dinero. Solo tenía un año más que él, pero conocía la vida mucho más. Debía también escribirle en cada correo y decir sus oraciones todas las noches antes de dormirse. Dios era muy bueno y velaría por él. Ella rezaría también por él, y al cabo de pocos años regresaría muy rico y feliz.

El joven la escuchaba malhumorado y no contestaba nada. Sentía, naturalmente, el desconsuelo de abandonar el hogar.

Sin embargo, no era solo esto lo que le hacía estar triste e irritado. Por muy inexperto que fuese, tenía plena conciencia de los peligros de la profesión de Sibyl. Aquel joven elegante que la galanteaba no le sugería nada bueno. Era un caballero y le odiaba por eso, le odiaba por algún curioso instinto racial del cual ni él mismo podía comprender la razón. Conocía también la ligereza y la vanidad del carácter de su madre y veía en ello un enorme peligro para Sibyl y para su felicidad. Los hijos comienzan por amar a sus padres y cuando envejecen los juzgan, pocas veces los perdonan.

¡Su madre! Guardaba en su mente algo que preguntarle, algo que ocultaba desde hacía muchos meses en silencio, una frase casual que había oído en el teatro; una risa ahogada oída una noche cuando esperaba a la puerta del escenario le habían sugerido una serie de pensamientos horribles. Recordaba aquello como un latigazo en plena cara. Sus cejas se fruncieron en una contracción involuntaria, y se mordió el labio inferior en un espasmo de dolor.

—No estás escuchando ni una palabra de lo que te estoy diciendo, Jim —exclamó Sibyl—, y eso que estoy haciendo los planes más deliciosos para tu porvenir. Di algo.

—¿Qué quieres que te diga?

—¡Ay! Que serás un buen chico y que no nos olvidarás —respondió ella, sonriéndole.

Jim se encogió de hombros.

—Eres más capaz de olvidarme tú a mí, que yo de olvidarte a ti, Sibyl.

Ella se sonrojó.

—¿Qué quieres decir, Jim? —preguntó.

—Tienes un nuevo amigo, según he oído. ¿Quién es? ¿Por qué no me has hablado de él? Creo que no tiene buenas intenciones para ti.

—¡Basta, Jim! —exclamó ella—. No debes decir nada contra él. Lo amo.

—¡Cómo! Y ni siquiera sabes su nombre —respondió el joven—. ¿Quién es él? Tengo derecho a saberlo.

—Se llama el Príncipe Azul. ¿No te gusta ese nombre? ¡Oh tonto! No debes olvidarlo nunca. Si tan solo le hubieses visto, pensarías que es la persona más maravillosa del mundo. Algún día le verás, cuando vuelvas de Australia. Le querrás mucho. Todos le quieren, y yo… le amo. Me gustaría que pudieses venir al teatro esta noche. Estará él y yo haré de Julieta. ¡Oh, cómo trabajaré! Imagínate, Jim, ¡estar enamorada y hacer de Julieta! ¡Y tenerle sentado allí! ¡Representar para deleite suyo! ¡Temo asustar al público, asustarle o esclavizarle! Estar enamorado es superarse a uno mismo. El pobre y horroroso señor Isaac invocará al «genio» ante los vagos del bar. Me predicaba como un dogma; esta noche me anunciará como una revelación, lo presiento. Y todo esto es obra suya, de mi Príncipe Azul, mi maravilloso amante, mi dios dadivoso. Soy tan pobre a su lado. ¿Pobre? ¿Y qué importa eso? Cuando la pobreza entra calladamente por la puerta, el amor penetra volando por la ventana. Deberían volver a escribir nuestros proverbios. Están hechos en invierno, y ahora estamos en verano; y creo que es primavera para mí, una verdadera ronda de pétalos en cielos azules.

—Es un caballero —dijo el joven, malhumorado.

—¡Un Príncipe! —dijo ella musicalmente—. ¿Qué más quieres?

—Quiere esclavizarte.

—Me estremezco ante la idea de ser libre.

—Quiero que te cuides de él.

—Verlo es adorarle, conocerlo es confiar en él.

—Sibyl, estás loca por él.

Se echó ella a reír y le cogió del brazo.

—James querido, hablas como si tuvieses cien años. Algún día tú mismo te enamorarás. Entonces, sabrás lo que es eso. No pongas cara de mal humor. Deberías sentirte contento, pensando que, a pesar de marcharte, me dejas más feliz que antes. La vida ha sido para nosotros dos terriblemente dura y difícil. Pero ahora será diferente, tú vas hacia un nuevo mundo, y yo he descubierto uno. Aquí hay dos sillas; sentémonos y miremos pasar a la gente elegante.

Se sentaron en medio de una multitud de curiosos. Los macizos de tulipanes sobre el sendero parecían vibrantes anillos de fuego, y un polvo blanquecino, vibrante nube de aroma de lirio de Florencia, flotaba en el aire sofocante. Las sombrillas de vivos colores iban y venían como enormes mariposas.

Hizo que su hermano hablara de sí mismo, de sus esperanzas y de sus proyectos. Lo hacía lentamente y con esfuerzo. Cambiaron palabras como los jugadores cambian fichas. Sibyl se sentía oprimida, no podía comunicar su alegría, solo una débil sonrisa esbozada sobre una boca taciturna era todo el eco que podía despertar. Al cabo de algún tiempo permaneció ella en silencio. De repente y de un vistazo, captó una cabellera dorada y unos labios risueños, y guiando un coche abierto pasó Dorian Gray con dos señoras.

Saltó ella sobre sus pies.

—¡Ahí va! —gritó.

—¿Quién? —dijo James Vane.

—El Príncipe Azul —respondió ella, siguiendo a la victoria con los ojos.

Se levantó rápidamente y la cogió del brazo con brusquedad.

—¡Enséñamelo! ¿Cuál es? ¡Señálamelo! ¡Quiero verle! —exclamó.

Pero en aquel momento pasó en su coche, tirado por cuatro caballos, el duque de Berwick, y cuando volvió a quedar el espacio libre, el carruaje había desaparecido del parque.

—¡Se ha ido! —murmuró Sibyl tristemente—. Me hubiese gustado que lo vieras.

—Y yo también, porque tan cierto como que hay un Dios en el cielo, si te causa algún daño, lo mataré.

Ella lo miró con horror, y él, sin inmutarse, repitió sus palabras, que cortaron el aire como un puñal. De pronto, la gente de su alrededor empezó a observarlos con asombro y una señora, que estaba a su lado, se reía con disimulo.

—Ven, Jim, ven —murmuró ella. Y él la siguió como un perro entre la multitud. Se sentía satisfecho de lo que había dicho.

Cuando llegaron a la estatua de Aquiles dieron la vuelta. La compasión que había en los ojos de ella se convirtió en una sonrisa en sus labios, y movió la cabeza.

—Estás loco, Jim, completamente loco; tienes mal genio y eso es todo. ¿Cómo puedes decir cosas tan horribles? No sabes lo que dices. Eres sencillamente celoso y desagradable. ¡Ah! Cómo quisiera que estuvieses enamorado, el amor hace buena a la gente, y lo que dices está mal.

—Ya tengo dieciséis años —respondió él— y sé lo que digo. Madre no te presta ayuda y no sé cómo hay que vigilarte. Querría ahora no irme ya a Australia, me dan ganas de mandarlo todo a paseo, y lo haría si no hubiese firmado los papeles.

—No te pongas tan serio, Jim. Pareces uno de los héroes de esos estúpidos melodramas en los que le gusta tanto trabajar a nuestra madre. No quiero discutir contigo. Lo he visto, y verlo, ¡oh! Es la perfecta felicidad. No quiero reñir, sé que no harás nunca daño a nadie a quien yo ame, ¿verdad?

—No, mientras le ames, supongo —fue su respuesta sombría.

—¡Entonces lo amaré siempre! —exclamó ella.

—¿Y él?

—¡Él, siempre, también!

—Es mejor que lo haga.

Sibyl se apartó temerosa pero después, riendo, le cogió del brazo. Era solo un niño.

En el Marble Arch pararon un ómnibus que les dejó muy cerca de su mísera vivienda, en Euston Road. Pasaba de las cinco y Sibyl tenía que dormir un par de horas antes de trabajar. Jim insistió en que no dejase de hacerlo, por lo que quiso despedirse de ella en aquel mismo momento, mientras su madre estaba ausente. Seguro ella haría una escena, y él detestaba las escenas.

Se separaron en la habitación de Sibyl. En el corazón del joven anidaban los celos, así como un odio feroz y homicida contra aquel extraño que se interponía entre los dos. Sin embargo, cuando ella le echó los brazos alrededor del cuello y sus dedos acariciaron sus cabellos, se ablandó y la besó con verdadero afecto. Sus ojos estaban llenos de lágrimas cuando bajó las escaleras.

Su madre le esperaba abajo, y refunfuñó por su tardanza al entrar él. No le contestó y se sentó ante su pobre comida. Las moscas zumbaban alrededor de la mesa y se arrastraban por el sucio mantel; entre el ruido de los ómnibus y el alboroto de los coches de la calle, percibía el rumor de la voz que consumía cada minuto que le quedaba.

Al cabo de un rato apartó su plato y ocultó la cara en sus manos. Sintió que tenía derecho a saber. Había estado escuchando antes y sospechaba. Su madre le miraba atemorizada. Las palabras caían de sus labios maquinalmente. Un pañuelo de encaje, rasgado, temblaba entre sus dedos. Al sonar las seis se volvió y la miró. Sus ojos se encontraron. En los de ella había una ardiente súplica de perdón. Esto le enfureció.

—Madre, tengo que preguntarte algo —dijo al fin, mientras sus ojos vagaron por la habitación. Ella no respondió.

—Dime la verdad. Tengo derecho a saberla. ¿Estuviste casada con mi padre?

Lanzó ella un hondo suspiro, era aquel un suspiro de alivio. El momento terrible, el momento esperado con temor, día y noche, durante semanas y meses, había llegado, al fin, y, sin embargo, no sentía terror. Era realmente, en cierto modo, un desencanto para ella. La vulgar franqueza de la pregunta requería una respuesta directa, la situación no había llegado gradualmente. Era cruda y le parecía aquello un mal ensayo.

—No —le contestó, asombrada de la dura sencillez de la vida.

—¡Mi padre era entonces un bribón! —exclamó el joven con los puños cerrados.

Ella movió la cabeza.

—Yo sabía que no era libre. Nos amábamos mucho y, si hubiese vivido, se habría preocupado de nosotros. No hables en contra suya, hijo mío. Era tu padre, era un caballero y estaba realmente muy bien relacionado.

De los labios del joven salió un juramento.

—A mí eso no me importa —exclamó—, pero no abandones a Sibyl… Es un caballero, ¿no? El que está enamorado de ella o dice estarlo, e imagino que estará también perfectamente relacionado.

Una sensación de atroz humillación invadió por un instante a la vieja y, bajando la cabeza, secó sus ojos con sus manos trémulas.

—Sibyl tiene una madre —murmuró—. Yo no la tenía.

El joven se enterneció. Fue hacia ella e, inclinándose, la besó.

—Lamento haberte apenado preguntándote por mi padre —dijo—, pero no he podido evitarlo. Debo marcharme ahora. Adiós, y no olvides que ahora solo tienes una hija que vigilar; y puedes creerme, si ese hombre hace el menor daño a mi hermana, averiguaré quién es, lo perseguiré y lo mataré como a un perro. Lo juro.

La vida se hizo más intensa para ella gracias a la desquiciada exageración de la amenaza, la apasionada mueca que la acompañó y las palabras melodramáticas. Ese ambiente le era familiar, y debido a eso respiró con más libertad y, por primera vez desde hacía mucho tiempo, admiró verdaderamente a su hijo. Hubiera deseado proseguir la escena con esa emotividad, pero él la cortó en seco. Ya habían bajado las maletas y buscado las bufandas, la doncella de la patrona iba y venía. Regateó con el cochero, pasando los minutos en detalles ordinarios. La madre agitó el pañuelo de encaje roto por la ventana cuando su hijo partió en el coche y experimentó nuevamente una sensación de desencanto. Estaba convencida de que se había perdido una gran oportunidad. Se consoló expresándole a Sibyl la desolación que sentiría en su vida ahora que ya no iba a vigilar más que a un hijo. Se acordaba de esta frase. Le había gustado mucho. Nunca mencionó la amenaza manifestada con tanto dramatismo. Estaba segura que algún día todos se iban a reír de ella, sí, así lo sentía.

## Capítulo VI

—Basil, me imagino que ya conoces la noticia —dijo lord Henry una noche a Hallward cuando entró en un pequeño salón reservado del hotel Bristol, en donde había una cena para tres personas.

—No, Harry, no sé de qué me hablas —contestó el artista, entregando su sombrero y su sobretodo al sirviente que se inclinaba—. ¿Cuál es? Espero que no se trate de política. Eso no me importa. Seguramente, no hay una sola persona en la Cámara de los Comunes digna de ser pintada, a pesar de que a muchas de ellas están necesitando un pequeño blanqueo.

—Dorian Gray se ha comprometido para casarse —dijo lord Henry, mirándolo al hablar.

Hallward se estremeció y frunció las cejas.

—¡Que Dorian Gray se casa! —exclamó—. ¡Imposible!

—Es perfectamente cierto.

—¿Con quién?

—Con una modesta actriz o algo así.

—No puedo creerlo, pero si Dorian es demasiado sensato.

—Dorian es, en efecto, demasiado sensato para no hacer tonterías de cuando en cuando, mi querido Basil.

—Casarse es una cosa que difícilmente puede hacerse de cuando en cuando, Harry.

—Excepto en América —replicó lord Henry lánguidamente—. Pero yo no dije que esté casado, nada más que se ha comprometido en matrimonio. Hay una gran diferencia. Recuerdo perfectamente que estoy casado, pero no me acuerdo ya en absoluto de haber estado comprometido, y me inclino a pensar que no he estado comprometido jamás.

—Pero piensa en la cuna de Dorian, en su posición, en su fortuna. Sería un disparate de su parte casarse con una persona de posición tan inferior a la de él.

—Si quieres que se case con esa muchacha, dile eso, Basil. Lo hará seguramente en el acto. Cada vez que un hombre hace una cosa claramente estúpida es siempre por los más nobles motivos.

—Espero que la muchacha sea buena, Harry. No me agradaría ver a Dorian ligado a una vil criatura que pudiera degradar su carácter y destruir su intelecto.

—¡Oh! Es mejor que buena: es bella —murmuró lord Henry, paladeando una copa de vermut—. Dorian dice que es bella, y sé que él no se equivoca en estas cosas. El retrato que le has pintado ha afinado su sensibilidad estimativa sobre la apariencia física de los demás. Produciendo, entre otros, ese excelente efecto. Podremos verlo esta noche, si nuestro joven amigo no olvida la cita.

—¿Hablas en serio?

—Completamente en serio, Basil. Sería un miserable si no estoy en este momento más serio que nunca.

—Pero, ¿apruebas eso, Harry? —preguntó el pintor, paseando por la habitación y mordiéndose los labios—. No es posible que apruebes eso. Tan solo es una absurda infatuación.

—Yo nunca apruebo ni desapruebo cosa alguna. Sería adoptar una actitud absurda con la vida. No se nos envía al mundo para pregonar nuestros prejuicios morales, y no hago nunca el menor caso de lo que dice la gente vulgar, ni intervengo jamás en lo que hace la gente encantadora. Si una persona me fascina, cualquiera que sea el modo de expresión que esa persona elija es absolutamente encantadora para mí. Dorian Gray se enamoró de una bella muchacha que hace de Julieta y se propone casarse con ella. ¿Por qué no? Si se casase con

Mesalina, no sería menos interesante. Ya sabes que yo no soy un defensor del matrimonio. Pero la verdadera desilusión del matrimonio es que hace del que lo consume un altruista, y si los altruistas son incoloros es porque carecen de personalidad. Sin embargo, hay ciertos temperamentos a los cuales el matrimonio vuelve más complejos y conservan su egoísmo y hasta lo aumentan. Se ven obligados a tener más de una vida y hasta llegan a estar más elevadamente organizados, y esto es, a mi juicio, el objeto de la vida del hombre. Además, toda experiencia posee un valor y a pesar de todo cuanto se diga en contra del matrimonio, no es una experiencia despreciable. Así que espero que Dorian Gray haga de esa muchacha su esposa, la ame apasionadamente durante seis meses y después, repentinamente, se deje seducir por cualquier otra. Sería un maravilloso caso de estudio.

—Sé que no dices ni una sola palabra de todo eso en serio, Harry, lo sabes. Si la vida de Dorian se echase a perder, nadie se quedaría tan desconsolado como tú. Eres mucho mejor de lo que pretendes ser.

Lord Henry se echó a reír.

—La razón por la cual pensamos bien de los demás es que tenemos miedo de lo que pensarán de nosotros. La base del optimismo es puro terror, creemos ser generosos porque gratificamos al prójimo con la posesión de aquellas virtudes que pueden beneficiarnos; alabamos a nuestro banquero con la esperanza de que sabrá reproducir los fondos a él confiados, y encontramos buenas cualidades al ladrón de caminos que respeta nuestros bolsillos. Todo lo que he dicho, lo he dicho en serio. Siento desprecio por el optimismo. Ninguna vida está destrozada a no ser aquella cuyo crecimiento se detiene. Si quieres viciar un carácter solo tienes que intentar reformarlo. En cuanto al matrimonio, es una tontería, naturalmente, ya que existen otros y más interesantes enlaces entre hombres y mujeres. Lo animaré hacia ellos, ciertamente. Tienen el encanto de ser de buen tono. Pero aquí está Dorian, le podrás decir más que yo.

—Querido Harry, querido Basil, ¡deben ustedes felicitarme! —dijo el joven quitándose su capa de noche, forrada en seda, y estrechando las manos de sus amigos—. Nunca me he sentido tan feliz. Como lo verdaderamente delicioso, mi felicidad es repentina, y, sin embargo, se me figura que es la única cosa que he buscado en toda mi vida.

Estaba sonrosado por la emoción y el placer, se veía extremadamente bello.

—Espero que seas siempre muy feliz, Dorian —dijo Hallward—,

pero no te perdono el haberme dejado ignorar tus relaciones, cuando Harry estaba enterado de ellas.

—Y yo no te perdono el llegar con retraso —interrumpió lord Henry, colocándole la mano sobre el hombro y sonriendo mientras hablaba—. Vamos, sentémonos y veamos lo que vale el nuevo chef, y luego nos contarás cómo sucedió todo.

—En realidad no hay mucho que contar —exclamó Dorian, mientras se sentaba a la pequeña mesa redonda—. He aquí, simplemente, lo ocurrido. Al dejarte anoche, Harry, me vestí y fui a cenar a ese pequeño restaurante italiano de la calle Rupert al que me llevaste, y después me dirigí a eso de las ocho al teatro. Sibyl actuaba de Rosalind. Naturalmente, el decorado era terrible y el Orlando, absurdo. ¡Pero Sibyl! ¡Si la hubiesen visto! Cuando salió vestida con su traje de mozo estaba perfectamente maravillosa. Tenía un jubón de terciopelo color musgo con mangas de tono canela, finos calzones marrones de cordones cruzados, un sombrerito verde delicioso coronado por una pluma de halcón, sujeta con una joya, y una capa con capucha de un rojo apagado. Nunca me había parecido tan exquisita. Tenía toda la gracia de esa figurilla de Tanagra que conservas en tu estudio, Basil. Sus cabellos, apiñados en torno al rostro, le daban el aspecto de una pálida rosa rodeada de hojas oscuras. Con respecto a su actuación… bueno ya la verán esta noche. Ha nacido artista, sencillamente. Yo permanecía en el oscuro palco, totalmente hechizado, y me olvidé de que estaba en Londres, en el siglo XIX, sino que sentía que me encontraba muy lejos con mi amor, en un bosque que ningún hombre ha visto jamás. Cuando bajó el telón, me fui a bastidores y le hablé, y estando sentados juntos, brilló de repente en sus ojos una mirada que no había yo visto nunca antes. En eso, mis labios se movieron hacia los suyos. Nos besamos. No puedo describirles lo que sentí en ese momento. Me pareció que toda mi vida se encontraba en un punto perfecto de felicidad color rosa. Se apoderó de ella un temblor, y vaciló como un blando narciso. Luego cayó de rodillas ante mí y me besó las manos. Comprendo que no debería contarles todo esto, pero siento que debo hacerlo. Nuestra promesa es, naturalmente, un secreto absoluto. Ni siquiera a su madre se lo ha dicho ella, y la verdad, no sé qué dirán mis tutores. Estoy seguro de que Lord Radley se pondrá furioso. Me da igual. En menos de un año seré mayor de edad y entonces haré lo que me parezca. He hecho bien, ¿verdad, Basil?, en elegir mi amor en el seno de la poesía, y en hallar a mi mujer en los dramas de Shakespeare. Los labios a los que Shakespeare enseñó a hablar han susurrado su secreto en mi oído. He tenido los brazos de Rosalind alrededor de mi cuello, y he besado a Julieta en la boca.

—Sí, Dorian, creo que has hecho bien —dijo Hallward, pausadamente.

—¿La has visto hoy? —preguntó lord Henry.

Dorian Gray movió la cabeza.

—La he dejado en el bosque de Arden, y la encontraré en un huerto de Verona.

Lord Henry paladeaba su champaña con aire meditabundo.

—¿En qué preciso momento mencionaste la palabra *casamiento,* Dorian? ¿Y qué te respondió ella? Quizá lo hayas olvidado.

—Mi querido Harry, no he tratado esto como un asunto comercial, ni le he hecho ninguna promesa formal. Le dije que la amaba, y ella me contestó que no era digna de ser mi esposa. ¡Que no era digna! ¡Pero si el mundo entero no es nada comparado con ella!

—Las mujeres son maravillosamente prácticas… —murmuró lord Henry—. Mucho más que nosotros. En ese tipo de situaciones nosotros nos olvidamos a menudo de hablar de matrimonio, y ellas nos lo recuerdan siempre.

Hallward le puso la mano sobre el brazo.

—Basta, Harry, ya has molestado a Dorian. Él no es como los demás hombres. No haría mal a nadie, pues su carácter es demasiado delicado para eso.

Lord Henry miró por encima de la mesa.

—Yo no molesto nunca a Dorian —respondió—. Si pregunté es por una única razón, en realidad, por simple curiosidad. Mi teoría es que siempre son las mujeres las que se declaran a nosotros y no nosotros los que nos declaramos a las mujeres. Excepto, naturalmente, en la clase media. Pero la clase media no es moderna.

Dorian Gray rio, sacudiendo la cabeza.

—Eres completamente incorregible, Harry, pero no me importa. Es imposible enfadarse contigo. Cuando veas a Sibyl Vane comprenderás que el hombre que le hiciese algún mal sería un monstruo, un monstruo sin corazón. No acierto a comprender cómo algunos pueden ofender al ser que aman. Amo a Sibyl Vane y quiero colocarla en un pedestal de oro, y ver al mundo reverenciar a la mujer que es mía. ¿Qué es el matrimonio? Un voto irrevocable. ¿Y te burlas de él por eso? ¡Ah! No lo hagas. Es un voto irrevocable que tengo que ejecutar, su confianza me torna fiel, su fe me hará bueno. Cuando estoy con ella deploro todo lo que me has enseñado y me vuelvo diferente del que conoces. Me transformo, y el simple contacto de las manos de Sibyl Vane hace que me olvide de ti y de todas tus falsas, fascinadoras, venenosas y encantadoras teorías.

—¿Y cuáles son…? —preguntó lord Henry, sirviéndose ensalada.

—Todas tus teorías sobre la vida, sobre el amor, sobre el placer. Todas tus teorías, en resumen, Harry.

—El placer es la única cosa digna de tener una teoría —respondió él con su voz pausada y melodiosa—. Pero temo no poder reivindicarla como mía, porque pertenece a la naturaleza, no a mí. El placer es la piedra de toque de la naturaleza, su señal de aprobación. Cuando somos dichosos somos siempre buenos, pero cuando somos buenos no siempre somos dichosos.

—Pero, ¿qué entiendes tú por ser bueno? —preguntó Basil Hallward.

—Sí —repitió Dorian, recostándose en el respaldo de su silla y mirando a lord Henry por encima del gran ramo de lirios de pétalos violetas colocados en el centro de la mesa—. ¿Qué entiendes tú por ser bueno, Harry?

—Ser bueno es estar en armonía consigo mismo —replicó él, acariciando con sus finos dedos pálidos el delgado pie de su copa—. Y no serlo es verse forzado a estar en armonía con los demás. Es la propia vida la única cosa importante. En cuanto a las vidas ajenas, si se quiere ser un pedante o un puritano, puede uno extender sus miradas moralizadoras sobre ellas, pero no nos conciernen, porque el individualismo es realmente el fin más elevado. La moralidad moderna consiste en alistarse bajo la bandera de su propio tiempo, y yo considero que es un acto de la más grave inmoralidad.

—Pero si uno vive simplemente para sí mismo, Harry, ¿se paga un terrible precio por ello? —sugirió el pintor.

—Sí, todas son imposiciones hoy día. Supongo que la verdadera tragedia de los pobres está en que no pueden vivir más que en un constante renunciamiento de sí mismos. Los pecados bellos, como todas las cosas bellas, son privilegio de los ricos.

—Se paga no solo en dinero.

—¿De qué otra manera, Basil?

—¡Oh! Me imagino que en remordimientos, sufrimientos… bueno, en la conciencia de la propia degradación.

Lord Henry se encogió de hombros.

—Mi querido amigo, el arte medieval es encantador, pero las emociones medievales están pasadas de moda. Utilizadas solo para la ficción, naturalmente, porque son las que ya no pueden servirnos en la realidad. Créeme: ningún hombre civilizado deplora nunca un placer y un hombre incivilizado no sabe jamás lo que es el placer.

—Yo sé lo que es el placer —exclamó Dorian Gray—. Es adorar a alguien.

—Eso es mejor, ciertamente, que ser adorado —respondió jugueteando con las frutas—. Ser adorado es un estorbo, pues las mujeres nos tratan exactamente como la humanidad a sus dioses. Nos adoran y están siempre molestándonos con alguna petición.

—A eso contestaré que, sea cual fuere eso que nos piden, ya nos lo han dado ellas antes —murmuró el joven gravemente—. Ellas han creado el amor en nuestros temperamentos. Tienen derecho a pedirlo en reciprocidad.

—Eso es completamente cierto, Dorian —dijo Hallward.

—Nada es completamente cierto —dijo lord Harry.

—Esto lo es —interrumpió Dorian—. Admite, Harry, que las mujeres dan a los hombres el verdadero oro de sus vidas.

—Es posible —suspiró él—, pero quieren a su vez, en reciprocidad, un pequeño cambio. Ahí está lo desagradable. Las mujeres, como ha dicho un francés ingenioso, nos inspiran el deseo de ejecutar obras maestras y nos impiden siempre llevarlas a cabo.

—¡Eres terrible, Harry! Y no sé por qué te quiero tanto.

—Me querrás siempre, Dorian —replicó—. ¿Un poco de café, amigos? Camarero, traiga café, *fine-champagne* y unos cigarrillos. No, cigarrillos, no; tengo. Basil, no te permito fumar puros. Conténtate con un cigarrillo. Un cigarrillo que es el modelo perfecto del perfecto placer, exquisito, y le deja a uno insatisfecho. ¿Qué más se puede desear? Sí, Dorian, me querrás siempre, ya que represento para ti todos los pecados que no habrás tenido nunca el valor de cometer.

—¡Qué tontería dices, Harry! —exclamó el joven, encendiendo su cigarrillo en el dragón plateado vomitando fuego que el camarero había colocado sobre la mesa—. Vamos al teatro y cuando Sibyl salga a escena, tendrás un nuevo ideal de vida. Representará para ti algo que no has conocido nunca.

—Lo he conocido todo —dijo lord Henry, con una mirada de cansancio—, pero siempre estoy dispuesto a una emoción nueva. Temo, sin embargo, que ya no existe tal cosa para mí. Pero tu maravillosa muchacha puede emocionarme. Adoro el teatro. Es mucho más real que la vida. Vamos. Dorian, ven conmigo. Lo siento mucho, Basil, pero mi carruaje no tiene más que dos asientos. Síguenos con uno alquilado.

Se pusieron de pie y se colocaron los sobretodos, tomando sus cafés. El artista se mantenía en silencio y preocupado. Se veía triste y melancólico. No aguantaba aquel matrimonio, pero le parecía preferible a muchas otras cosas que hubieran podido ocurrir. Después de unos minutos estaban abajo. Solo se montó en el coche, como estaba acordado, observando el resplandor de los faroles del pequeño Brougham que rodaba delante de él. Un raro sentimiento de pérdida lo cubrió, ya que sintió que la amistad que tenía con Dorian Gray jamás sería como antes. Entre ellos la vida se había levantando… Sus ojos tristes visualizaron las calles brillantes como borrosas, y le pareció que había envejecido muchos años cuando el coche se paró delante de la puerta del teatro.

## Capítulo VII

Esa noche, por alguna razón, la sala se encontraba llena, y el rollizo negociante judío que los recibió en la puerta sonreía de manera agitada. Con una especie de humildad y solemnidad los escoltó hasta su palco, agitando sus manos gordas cubiertas de alhajas y hablando de manera ruidosa. Dorian Gray sintió mucha más aversión hacia él que antes. Venía a ver a Miranda y hallaba a Caliban. En cambio, Lord Harry parecía estar satisfecho. Al menos le mostró su consideración estrechando su mano, y le afirmó que se sentía muy contento de encontrar un hombre que había hallado un auténtico talento y que se arruinaba por un poeta. A su vez, Hallward se entretuvo contemplando los rostros del patio de butacas. Hacía un calor horriblemente sofocante y la inmensa lámpara ondulante parecía una enorme dalia de pétalos de fuego color amarillo. Los muchachos del paraíso se habían quitado chaquetas y chalecos y los pusieron sobre las barandillas. De uno a otro lado del teatro conversaban, y compartían naranjas con unas jóvenes muy gritonas que estaban sentadas con ellos. En el patio de butacas, algunas mujeres se reían. Sus voces tenían un tono terriblemente agudo y disonante. Del bar llegaban sonidos de botellas descorchadas.

—¡Vaya sitio para conocer a su divinidad! —dijo lord Henry.

—Sí —respondió Dorian Gray—. Aquí es donde la conocí, y ella es la cosa más divina de la vida. Te olvidarás de todo cuando actúe. Cuando ella está en escena esa gente vulgar e inculta, de caras ordinarias y gestos brutales, se torna completamente diferente, permanece en silencio, contemplándola. Ríen y lloran cuando ella quiere. Arranca notas de ellos como de un violín. La espiritualiza y siente uno que esa gente tiene la misma carne y la misma sangre que uno.

—¡La misma carne y la misma sangre que uno! ¡Oh, no lo creo! —exclamó lord Henry, que examinaba a los ocupantes del paraíso con sus gemelos.

—No le hagas caso, Dorian —dijo el pintor—. Comprendo lo que quieres decir, y creo en esa muchacha. Sea quien sea la persona que ames tiene que ser maravillosa, y la muchacha que te ha producido la impresión que nos describes debe ser bella y noble. Espiritualizar a sus contemporáneos es algo digno, y si esa muchacha puede prestar su alma a aquellos que han vivido sin ella, si puede crear un sentido de belleza en gentes cuya vida ha sido sórdida y fea, si puede despojarlos de su egoísmo y facilitarles lágrimas para unas penas que no son de ellos, es digna de toda la admiración del mundo. Este matrimonio es completamente justo, al principio no lo creí así, pero ahora lo admito. Los dioses han hecho a Sibyl Vane para ti y sin ella estarías incompleto.

—Gracias, Basil —respondió Dorian Gray, estrechándole la mano—. Sabía que me comprenderías. Harry es tan cínico que me aterra. Ahí está la orquesta, es absolutamente espantosa, pero no dura más que cinco minutos. Después se levantará el telón, y verán a la muchacha a quien voy a dar toda mi vida, a la que he dado cuanto hay de bueno en mí.

Un cuarto de hora más tarde, entre una tempestad extraordinaria de aplausos, Sibyl Vane salió al escenario. Sí, era ciertamente adorable a la vista, una de las criaturas más adorables, pensaba lord Henry, que había visto nunca. Había algo de gacela en su gracia tímida y en sus ojos estremecidos; un ligero rubor, como el reflejo de una rosa en un espejo de plata, subió a sus mejillas al ver la multitud entusiasta que atestaba el teatro. Retrocedió unos pasos y sus labios parecieron temblar, y en ese momento, Basil Hallward se puso en pie y empezó a aplaudir. Inmóvil, como en un sueño, Dorian Gray la contemplaba. Lord Henry, examinándola con sus gemelos, murmuraba: «¡Encantadora! ¡Encantadora!».

La escena era en una sala del palacio de los Capuleto y Romeo, con sus ropas de peregrino, entraba con Mercucio y sus otros amigos. La orquesta preludió algunos compases, y empezó la danza. En medio del tropel de actores desgarbados, ramplonamente vestidos, Sibyl Vane se movía como un ser de un mundo más exquisito. Su cuerpo se inclinaba en la danza como se inclina una planta sobre el agua. Las curvas de su pecho eran las de un lirio blanco y sus finas manos parecían hechas de fresco marfil.

Se mostraba, sin embargo, curiosamente inconsciente. No tenía ni un gesto de alegría cuando sus ojos reposaban en Romeo. Las pocas palabras que debía decir:

*Buen peregrino, es demasiado injusto con su mano;*
*no ha mostrado en esto sino devoción y cortesía;*
*las santas tienen manos que tocar pueden los peregrinos,*
*y es un sagrado beso este contacto...*

Y el breve diálogo siguiente fue dicho de un modo completamente artificial. La voz era exquisita; pero, desde el punto de vista de la entonación, absolutamente falsa. Era el tono equivocado. Toda la vida del verso desaparecía, hacía irreal la pasión.

Dorian Gray palideció al observarlo. Estaba confuso, y anhelante. Ninguno de sus amigos se atrevía a decirle nada. Ella les parecía completamente inepta. Estaban atrozmente desilusionados.

Sin embargo, sabían que la escena del balcón en el segundo acto era la verdadera prueba para cualquier Julieta. Esperaban aquello. Si fracasaba allí, es que no había nada en ella.

Su aspecto era encantador cuando apareció en el claro de luna. Esto era innegable. Pero la inseguridad de su interpretación fue insoportable, y empeoró mientras proseguía. Sus gestos resultaban absurdamente artificiales. Hacía exageradamente enfático lo que tenía que recitar. El hermoso pasaje:

*Tú sabes que el velo de la noche está sobre mi rostro;*
*si no, verías que el rubor tiñe mis mejillas*
*pensando en las palabras que esta noche me oíste pronunciar...*

Lo declamó con la penosa precisión de una alumna que fue enseñada a recitar por cualquier profesor de declamación de segundo orden. Cuando se inclinó sobre el balcón y tuvo que decir los admirables versos:

*Aunque seas mi alegría,*
*no gozo con este compromiso nocturno;*
*es demasiado temerario, demasiado repentino e imprevisto;*
*demasiado parecido al rayo que ha cesado de ser*
*antes de que pueda decirse: «Relumbra». ¡Buenas noches, amado!*
*Este capullo de amor abierto por el hálito del verano*
*puede ser una bella flor en nuestra próxima cita...*

Los dijo como si no contuvieran para ella ningún significado. No era azoramiento. No parecía nerviosa, sino absolutamente dueña de sí misma. Era, simplemente, arte malo. Un completo fracaso.

Hasta los oyentes vulgares e incultos del patio de butacas y de la galería perdían todo interés por la obra. Empezaron a moverse, a hablar alto y a silbar. El empresario judío, de pie detrás del anfiteatro principal, pateaba y juraba de rabia. La única persona impasible era la muchacha.

Cuando acabó el segundo acto, se oyó una tempestad de silbidos, y lord Henry se levantó y se puso el gabán.

—Es bellísima, Dorian —dijo—, pero no sabe interpretar. Vámonos.

—Quiero ver la obra hasta el final —respondió el joven con voz ronca y amarga—. Lamento muchísimo haberles hecho perder la velada, Harry. Perdónenme los dos.

—Mi querido Dorian, la señorita Vane debe de estar indispuesta —interrumpió Hallward—. Vendremos cualquier otra noche.

—Ojalá esté indispuesta —prosiguió Dorian Gray—; pero a mí me parece simplemente insensible y fría, completamente cambiada. Anoche era una gran artista y esta es tan solo una actriz vulgar y mediocre.

—No hables así de lo que amas, Dorian. El amor es mucho más maravilloso que el arte.

—Ambos son, simplemente, formas de imitación —observó lord Henry—. Pero vámonos, Dorian, no debes permanecer aquí más tiempo. No es bueno para el espíritu ver una mala representación. Además, supongo que no deseas que tu mujer actúe, por tanto, ¿qué importa que haga el papel de Julieta como una muñeca de madera? Es verdaderamente adorable, y si sabe de la vida tan poco como del arte escénico, será una experiencia deliciosa. No hay más que dos clases de personas verdaderamente fascinantes: las que lo saben absolutamente todo y las que no saben absolutamente nada. ¡Por el cielo, mi querido amigo, no pongas una cara tan trágica! Recuerda que el secreto de la perenne juventud consiste en no tener nunca una emoción que siente mal. Ven al club con Basil y conmigo, fumaremos unos cigarrillos y beberemos brindando por la belleza de Sibyl Vane. Es bella. ¿Qué más puedes desear?

—Vete, Harry —exclamó el joven—. Quiero estar solo. Basil, vete también. ¡Ah! ¿No ven que mi corazón va a estallar?

Se arrasaron sus ojos de lágrimas abrasadoras, y sus labios temblaron; precipitándose al fondo del palco, se apoyó en la pared, escondiendo la cara en sus manos.

—Vámonos, Basil —dijo lord Henry con una extraña ternura en la voz, y los dos jóvenes salieron juntos.

Instantes después se encendieron las candilejas y se alzó el telón para el tercer acto. Dorian Gray volvió a su sitio. Estaba pálido, desdeñoso e indiferente. La acción parecía interminable. La mitad del público se había marchado, desfilando con fuerte ruido de pisadas y riendo. Aquello era un completo fracaso. El último acto fue representado ante las localidades casi vacías. Bajó el telón entre risas contenidas y algunas protestas.

En cuanto terminó aquello, Dorian Gray se lanzó por detrás del escenario al saloncillo de actores y encontró sola a la joven, con una mirada de triunfo en su rostro. Brillaban sus ojos con exquisito fulgor, y una especie de resplandor la envolvía. Sus labios entreabiertos sonreían a un secreto íntimo.

Al entrar él, le miró, y una expresión de infinita alegría la invadió.

—¡Qué mal he actuado esta noche, Dorian! —exclamó.

—¡Horriblemente! —respondió él, contemplándola con estupefacción—. ¡Horriblemente! Ha sido espantoso. ¿Estás enferma? No tienes idea de cómo ha sido. No tienes idea de lo que he sufrido.

La muchacha sonrió.

—Dorian —contestó, recalcando su nombre con una lenta voz musical, como si fuera más dulce que la miel para los rojos pétalos de su boca—. Dorian, debiste haber comprendido. Pero lo comprendes ahora, ¿verdad?

—¿Comprender qué? —preguntó, airado.

—Por qué he estado tan mal esta noche. Por qué no volveré ya nunca a trabajar bien.

Él se encogió de hombros.

—Supongo que estás enferma. Cuando te sientas enferma no deberías actuar. Resultas ridícula. Se han aburrido mis amigos. Me he aburrido yo.

Ella no parecía escucharle. Estaba transfigurada de alegría. Un éxtasis de la felicidad la dominaba.

—¡Dorian, Dorian! —exclamó—. Antes de conocerte, la única realidad de mi vida era el teatro. Y vivía solamente para el teatro, creía que todo aquello era verdad. Era yo Rosalind una noche, y otra, Porcia. La alegría de Beatrice era mi alegría, y las penas de Cordelia eran también mis penas. Creía en todo. Las personas vulgares que trabajaban conmigo me parecían divinidades. Las decoraciones eran mi mundo. No conocía más que sombras, y las creía realidades. Pero, viniste tú, ¡oh, mi bello amor!, y libertaste mi alma de su cárcel. Me enseñaste lo que era la realidad. Esta noche, por primera vez, me di cuenta de que Romeo era espantoso, viejo y pintado; de que el rayo de luna en el huerto era falso; de lo vulgares que eran los decorados; de que las palabras que tenía yo que decir eran insinceras, no eran mis palabras, y de que no era aquello lo que debía decir. Me has revelado algo más elevado, algo de lo que todo arte es solo un reflejo. Me has hecho comprender lo que es realmente el amor. ¡Amor mío! ¡Amor mío! ¡Príncipe Azul! ¡Príncipe de la vida! Me siento asqueada de las sombras. Eres para mí más que todo cuanto pueda ser nunca el arte. ¿Qué tengo yo que ver con los fantoches de un drama? Cuando llegué esta noche, no pude comprender cómo me había desprendido de eso. Creí que iba a estar maravillosa. Noté que no podía hacer nada. De repente, se hizo la luz en mi alma y lo comprendí todo. Este conocimiento fue para mí exquisito. Les oía silbar, y sonreía. ¿Podían ellos comprender un amor como el nuestro? Llévame contigo, Dorian, llévame a donde podamos estar solos. Odio el teatro y no puedo fingir una pasión que no siento, pero no puedo fingir eso que me consume como el fuego. ¡Oh Dorian, Dorian! ¿Comprendes ahora lo que esto significa? Si pudiera fingirlo, sería una profanación, porque, para mí, representar es estar enamorada. Tú me has hecho verlo.

Él se dejó caer sobre el sofá, y volvió la cabeza.

—Has matado mi amor —murmuró.

Lo miró, asombrada, y se echó a reír. Pero él no contestó nada. Se acercó a la muchacha, y esta le acarició el pelo con sus pequeños dedos. Se arrodilló y le besó las manos. Él las retiró, conmovido por un estremecimiento.

Se incorporó de un salto y fue hacia la puerta.

—Sí —exclamó—, has matado mi amor. Solías despertar mi imaginación, y ahora no puedes siquiera despertar mi curiosidad. Ya no me haces ningún efecto, te amaba porque eras maravillosa, porque tenías talento e inteligencia, porque realizabas los sueños de los grandes poetas y dabas forma y cuerpo a las sombras del arte. Y qué has hecho, sino estropearlo todo. Eres superficial y estúpida. ¡Dios mío! ¡Qué loco fui al amarte! ¡Qué tonto! Ahora ya no eres nada para mí. No quiero volver a verte, jamás. No quiero pensar más en ti, ni volver a pronunciar nunca tu nombre. No sabes lo que eras para mí antes. Antes... ¡Oh, no quiero pensar más en ello! ¡Quisiera no haberte visto nunca! Has echado a perder la pasión romántica de mi vida. ¡Qué poco conoces el amor si dices que corrompe tu arte! Sin tu arte tú no eres nada, te hubiese hecho famosa, espléndida, magnífica. El mundo te habría idolatrado y hubieses llevado mi nombre. ¿Qué eres ahora? Una actriz de tercer orden con una cara bonita.

La muchacha palidecía, temblaba apretando las manos y, con una voz que parecía ahogarla, dijo:

—¿Me hablas en serio, Dorian? —murmuró—. Estás actuando.

—¡Actuando! Eso se queda para ti. Para ti, que lo haces tan bien —contestó él amargamente.

Ella se levantó, y con una expresión lastimera de dolor en el rostro, fue hacia él. Le puso la mano sobre el brazo y le miró a los ojos. Él la rechazó.

—¡No me toques! —exclamó.

Ella lanzó un sofocado gemido, y, arrojándose a sus pies, permaneció allí como una flor pisoteada.

—¡Dorian, Dorian, no me abandones! —susurró—. Siento tanto no haber trabajado bien... Pensaba en ti todo el tiempo. Pero procuraré, de verdad, procuraré... Sentí este amor por ti tan repentinamente... Creo que lo habría ignorado siempre si no me hubieses besado, si no nos hubiésemos besado. Bésame otra vez, amor mío. Pero no te separes de mí. No podré soportarlo. ¡Ay, no me abandones! Mi hermano... No, no importa. No quería él decir eso. Bromeaba... Pero tú, ¡oh! ¿No puedes perdonarme esta noche? Trabajaré concienzudamente y procuraré mejorar. No seas cruel conmigo, porque te amo más que a nadie en el mundo. Después de todo, es la primera vez que no te he gustado, pero tienes toda la razón, Dorian. Hubiera podido superarme como artista. Fue una tontería en mí; y, sin embargo, no he podido evitarlo. ¡Oh, no me abandones, no me abandones!

Una oleada de sollozos apasionados la sofocó. Se acurrucó en el suelo como un ser herido, y Dorian Gray la contempló con sus bellos ojos, frunciendo sus labios por un exquisito desdén. Siempre hay algo ridículo en las emociones de las personas que ha dejado uno de amar. Sibyl Vane le parecía absurdamente melodramática, y sus lágrimas y sus sollozos le aburrían.

—Me voy —dijo al fin con voz tranquila y clara—. No quiero ser cruel, pero no puedo volver a verte. Me has decepcionado.

Lloraba ella silenciosamente y no le contestó, pero se acercó a él arrastrándose. Sus manitas se extendieron ciegamente, y parecieron buscarle. Giró él sobre sus talones y salió de la habitación. Unos instantes después estaba fuera del teatro.

Apenas supo por dónde fue. Recordó confusamente haber vagado por calles mal iluminadas y haber pasado por debajo de bóvedas sombrías y por delante de casas de vil aspecto. Unas mujeres de voces roncas y de risas ásperas le llamaron. También se cruzó con borrachos vacilantes, blasfemando y parloteando para sí mismos como simios monstruosos. Vio niños grotescos, apretujados sobre los escalones de las puertas, y oyó chillidos y juramentos en patios tenebrosos.

Al amanecer se encontró junto a Covent Garden. Las tinieblas se disipaban y el cielo, coloreado de fuegos pálidos, se curvaba como una perla perfecta. Pesadas carretas cargadas de lirios pasaron lentas y ruidosas por las relucientes y solitarias calles. Flotaba en el aire la pesada fragancia de las flores, y su belleza pareció servir de antídoto a su dolor. Fue al mercado, y estuvo contemplando a los hombres que descargaban sus carromatos. Un carretero de blusa blanca le ofreció unas cerezas, le dio las gracias y le sorprendió que no quisiera aceptar ningún dinero; se las comió lánguidamente. Las habían cogido aquella noche y la frescura de la luna las había penetrado. Una larga hilera de mozos llevando cestos de tulipanes rayados, de rosas amarillas y rojas desfiló ante él entre las pilas enormes de legumbres verde jade. Bajo el pórtico de columnas grisáceas vagaba un tropel de chicas sin sombrero y desaliñadas, esperando a que terminasen las subastas. Otras retozaban alrededor de las puertas abiertas de los bares de la plaza. Los pesados caballos de tiro resbalaban y pateaban sobre los adoquines desiguales, haciendo sonar sus cascabeles y arreos. Algunos cocheros dormían sobre montones de sacos, mientras pichones de cuellos irisados y patas rosadas revoloteaban picoteando los granos.

Después de un buen rato, llamó a un coche de alquiler y se hizo conducir a su casa. Se detuvo unos instantes en los escalones de la puerta, mirando a su alrededor la plazoleta silenciosa con sus ciegas ventanas cerradas por persianas fijas. El cielo parecía ahora un ópalo puro, y los tejados de las casas relucían ante él como plata. De una de las chimeneas de en frente se elevaba una tenue espiral de humo que se rizaba como una cinta violeta en el aire nacarado.

En el enorme farol veneciano, arrancado de alguna góndola de los Dux, que colgaba del techo del gran vestíbulo de entrada, con paneles de roble, refulgían todavía tres luces de parpadeantes fuegos de gas: parecían finos pétalos de llamas azules bordeadas de luz. Los apagó y, después de haber tirado su sombrero y la capa sobre la mesa, cruzó la biblioteca y empujó la puerta de su dormitorio, una enorme habitación octogonal que estaba en el piso bajo y que, en su afán de lujo, había hecho decorar y revestir con unos curiosos tapices renacentistas descubiertos en un deshabitado desván de Selby Royal. Le dio la vuelta al picaporte y sus ojos se posaron sobre el retrato pintado por Basil Hallward. Dio un respingo de sorpresa. Entró en su habitación algo desconcertado. Al desabrocharse el primer botón, pareció titubear. Finalmente, volvió sobre sus pasos y se detuvo ante el retrato, examinándolo. A la escasa luz que peleaba por atravesar las cortinas de seda color crema, la cara le pareció ligeramente cambiada. La expresión era diferente. Le parecía que había un toque de crueldad en la boca. Era realmente extraño.

Se volvió y subió la persiana de la ventana. La clara luz del alba llenó la habitación y empujó las fantásticas sombras a los rincones oscuros donde permanecían aún temblando. Pero la extraña expresión que había notado en la cara del retrato parecía subsistir allí, más perceptible aún. La palpitante y viva luz mostraba líneas de crueldad en torno a la boca tan claramente como si él mismo, después de haber realizado algún acto horrible, se hubiese mirado en un espejo.

Retrocedió y, cogiendo de la mesa un espejo ovalado, con marca de cupidos de marfil, regalo de lord Henry, se apresuró a contemplarse en sus relucientes profundidades. No existía esa arruga que retorcía sus rojos labios. ¿Qué significaba aquello?

Se frotó los ojos, se acercó aún más al cuadro y lo examinó de nuevo. No existía antes ninguna señal de transformación en el cuadro, y, sin embargo, era indudable que la expresión había cambiado. No era fantasía suya. Era horriblemente visible.

Se desplomó sobre un sillón y se puso a reflexionar. De pronto, le vino a la memoria lo que había dicho en el estudio de Basil Hallward el día en que quedó terminado el cuadro. Claro, lo recordaba perfectamente. Había expresado un loco deseo de permanecer siempre joven y de que el retrato envejeciera; con la esperanza de que su propia belleza no quedara mancillada nunca, y de que la faz de aquel lienzo soportase el peso de sus pasiones y de sus pecados; que la imagen pintada pudiera verse estigmatizada con las arrugas de los dolores y de los pensamientos, y pudiese él conservar, mientras tanto, la delicada lozanía y gentileza de su hasta entonces apenas consciente juventud. ¿Cómo había sido atendido su anhelo? Esas cosas eran imposibles. Solo pensar en ello parecía monstruoso. Y, no obstante, el retrato estaba ante él, con aquel toque de crueldad en la boca.

¡Crueldad! ¿Había sido cruel? La culpa era de la muchacha, no suya. La había soñado gran artista y le había dado su amor por creerla superior. Y luego le desilusionó. Se había mostrado superficial e indigna. Sin embargo, un sentimiento de pena infinita le invadió, viéndola en su imaginación tendida a sus pies, sollozando como una niña pequeña. Recordó con cuánta insensibilidad la miró. ¿Por qué había obrado así? ¿Por qué tenía un alma semejante? Él también había sufrido, en esas tres horas terribles y hasta que acabó la obra, había él vivido siglos de dolor, eternidades de tortura. Su vida bien valía la de ella. Pero si ella lo había lastimado un instante, él la había herido una eternidad. Además, las mujeres están mejor constituidas que los hombres para soportar las penas. Viven de sus emociones y solo piensan en estas. Cuando eligen amantes, es sencillamente para tener a alguien a quien poder armarle escándalos. Lord Henry lo había dicho, y lord Henry conocía a las mujeres. ¿Por qué tenía él que inquietarse por Sibyl Vane? Ella no significaba nada para él ahora.

Pero, ¿y el retrato? ¿Qué podría pensar de aquello? Poseía el secreto de su vida y revelaba su historia. Le había enseñado a amar su propia belleza. ¿Iba también a enseñarle a detestar su propia alma? ¿Debía volver a mirarlo?

No, era simplemente una ilusión de sus turbados sentidos, por la horrible noche que acababa de pasar y que le había originado fantasmas. De pronto, esa mancha escarlata que hace enloquecer a los hombres cayó sobre su cabeza y el retrato no había cambiado. Era una locura pensarlo.

Pero ahora lo observaba con el hermoso rostro marchito y una sonrisa cruel. A la luz matinal, la clara cabellera brillaba. Sus ojos azules chocaron con los suyos. Un sentimiento de piedad infinita, no hacia él mismo sino dirigido por su imagen pintada, le sobrecogió. Estaba ya alterada, y se alteraría más. Su oro perdería el brillo. Las rosas rojas y blancas se marchitarían, porque cada pecado que cometiese añadiría una mácula más a la obra y destruiría su belleza. Pero él no pecaría, y el retrato, cambiado o no, sería para él un visible emblema de su conciencia. Resistiría a la tentación y no volvería a ver nunca más a lord Henry; no volvería a escuchar aquellas emponzoñadas teorías que despertaron en él, por primera vez, en el jardín de Basil Hallward, la pasión de cosas imposibles. Buscaría a Sibyl Vane, le daría cumplida satisfacción; se casaría con ella, procuraría amarla de nuevo. Sí, aquel era su deber. Ella tenía que haber sufrido más que él. ¡Pobre y desdichada niña! Había sido muy cruel y egoísta con ella. Ella ejercería nuevamente sobre él su fascinación de antes. Los dos juntos volverían a ser felices. Su existencia al lado de ella sería pura y hermosa.

Rápidamente se levantó del sillón y corrió un gran biombo delante del retrato, sintiendo que se estremecía al verlo. «¡Qué espantoso!», pensó, y caminó hacia la ventana para abrirla. Al estar afuera, caminando sobre la hierba, respiró profundamente. Todas sus sombrías pasiones parecían disiparse con el aire fresco de la mañana. Solo pensaba en Sibyl y, repentinamente, llegó hasta él un eco apagado de su amor por ella. Pronunció su nombre y volvió a repetirlo. Los pájaros que cantaban felices en el jardín cubierto de rocío daban la impresión de que le hablaban a las flores sobre ella.

# Capítulo VIII

Se despertó mucho después del mediodía. Su sirviente entró sigilosamente en la habitación en varias ocasiones, para ver si se movía, preguntándose cuál sería el motivo de que su joven señor durmiera hasta tan tarde. Finalmente, sonó la campanilla, y Víctor apareció silenciosamente con una taza de té y con varias cartas sobre una pequeña bandeja de porcelana de Sevres antigua, descorrió las cortinas que eran de raso color verde oscuro, forradas de azul brillante que guindaban delante de las tres ventanas altas.

—Esta mañana ha dormido muy bien, *monsieur* —dijo, sonriendo.

—Víctor, ¿qué hora es? —preguntó Dorian Gray medio dormido.

—La una y cuarto, *monsieur.*

¡Pero qué tarde era! Se sentó en la cama y, después de tomar algo de té, miró sus cartas. Una de ellas era de lord Henry, y aquella mañana la habían llevado a mano. Dudó un instante y la dejó de lado. Distraídamente abrió las otras. Contenían la colección habitual de tarjetas, invitaciones a comidas, entradas para exposiciones particulares, programas de conciertos de caridad y cosas por el estilo, de esas que llueven sobre un joven elegante cada mañana de la temporada. También encontró una crecida factura por un juego de tocador Luis XV de plata repujada, que no había tenido aún valor de enviar a sus tutores, personas chapadas a la antigua y que no comprendían que era una época en que las cosas innecesarias eran las únicas necesarias; también había varias corteses misivas de los prestamistas de la calle Jermyn, que se ofrecían a darle cualquier cantidad por adelantado en cuanto se lo avisara, y con muy razonables intereses.

Diez minutos después se levantó, se puso una primorosa bata de casimir bordada en seda y pasó al cuarto de baño de suelo de ónice. El agua fría le reanimó después de su largo sueño. Parecía haberse olvidado de todo cuanto había sucedido, pero la confusa sensación de haber formado parte de alguna extraña tragedia le cruzó por la mente una o dos veces; había en ella la irrealidad de un sueño.

En cuanto estuvo vestido, entró en la biblioteca y se sentó ante un ligero desayuno a la francesa, dispuesto sobre una mesita redonda junto a la ventana abierta. Era un día exquisito, el aire cálido parecía cargado de aromas picantes. Una abeja entró volando y zumbó alrededor del jarrón azul de dragones, lleno de rosas de un amarillo azufre, colocado ante él. Se sentía perfectamente feliz.

De pronto, sus ojos cayeron sobre el biombo que había puesto delante del retrato, y se estremeció.

—¿Demasiado frío para el señor? —preguntó su criado, dejando una tortilla sobre la mesa—. ¿Cierro la ventana?

Dorian sacudió la cabeza.

—No tengo frío —murmuró.

¿Sería aquello cierto? ¿Había cambiado el retrato? ¿O simplemente era efecto de su propia imaginación, que le hizo ver una expresión de maldad allí donde había una expresión de alegría? ¿Un lienzo podía alterarse? Era absurdo, solo un cuento que referir algún día a Basil. Seguro le haría sonreír.

Y, sin embargo, ¡qué vivo era el recuerdo de todo aquello! Primero en el confuso amanecer, y luego, después, a plena luz, él había visto aquel toque de crueldad en torno a los cuarteados labios. Casi temió que el criado abandonase la habitación, porque sabía que en cuanto se viese solo, se pondría a examinar el retrato. Lo temía con certeza. Cuando el criado, después de traer el café y los cigarrillos, se dispuso a marcharse, sintió un violento deseo de decirle que se quedase. Apenas se cerró la puerta lo volvió a llamar, y el criado permanecía en pie esperando sus órdenes. Dorian lo miró un instante.

—No estoy para nadie, Víctor —dijo con un suspiro. El sirviente se inclinó, y se fue.

Entonces se levantó de la mesa, encendió un cigarrillo y se dejó caer sobre los lujosos almohadones de un sofá que estaba colocado frente al biombo. Era un biombo antiguo, de cuero dorado español, estampado y labrado según un modelo Luis XIV muy florido. Lo veía con curiosidad, y se preguntaba si habría ocultado antes, alguna vez, el secreto de la vida de un hombre.

¿Debía quitarlo, después de todo? ¿Por qué no dejarlo allí? ¿De qué servía hacerlo? Si aquello era cierto, era terrible. Y si no lo era, ¿de qué preocuparse? Pero, ¿y si por alguna fatal casualidad ojos ajenos espiaban desde allí detrás y descubrían el horrible cambio? ¿Qué haría si Basil Hallward venía a visitarle y quería ver el cuadro? Basil probablemente querría verlo. Era necesario examinar aquello inmediatamente. Cualquier cosa era mejor que aquella espantosa incertidumbre.

Se levantó y cerró las dos puertas, por lo menos estaría solo mientras contemplaba la máscara de su vergüenza, y entonces apartó el biombo y se contempló a sí mismo cara a cara. Era completamente cierto, el retrato había cambiado.

Como recordó a menudo después, y siempre con gran extrañeza, estuvo examinando el retrato con un interés casi científico. Un cambio semejante le parecía increíble. Y, sin embargo, era cierto. ¿Existían algunas sutiles afinidades entre los átomos químicos, estructurados en formas y colores sobre el lienzo, y el alma que este contenía? ¿Podía ser que se transformasen en lo que el alma pensaba? ¿Que lo que el alma había soñado lo convirtieran en realidad? ¿O había en aquello alguna otra y más terrible razón? Se estremeció, sintiendo terror; volvió al sofá y se dejó caer allí, mirando el retrato con repelente horror.

Aquel objeto, sin embargo, había influido sobre él. Se daba cuenta de lo injusto y cruel que había sido con Sibyl Vane. Aún no era demasiado tarde para reparar aquello. Todavía podía hacerla su esposa. Su amor irreal y egoísta cedería a alguna elevada influencia, se transformaría en alguna noble pasión, y su retrato, pintado por Basil Hallward, le serviría de guía toda la vida; sería para él la santidad de algunos, la conciencia de otros y el temor a Dios para todos nosotros. Hay opios para el remordimiento, narcóticos que pueden acallar el sentido moral hasta dormirlo, pero aquello simplemente era un símbolo visible de la degradación del pecado. Era un signo siempre presente de la ruina a la que llevan los hombres a sus almas.

Sonaron las tres, las cuatro, y la media resonó con su doble campaneo, pero Dorian Gray no se movía. Trataba de reunir los hilos rojos de su vida y trenzarlos conforme a un modelo, encontrando su camino en medio de un laberinto sanguinolento de pasión por el cual transitaba. No sabía qué hacer ni qué pensar. Finalmente, fue hacia la mesa y escribió una carta apasionada a la joven a quien había amado, implorando su perdón, acusándose de locura. Escribió hojas y hojas de ardientes palabras de pesar y desvarío, y de ardientes palabras de dolor de mayor desvarío aún. Existe una voluptuosidad en hacernos reproches, sobre todo cuando nos censuramos y sentimos que ningún otro tiene derecho a hacerlo. Es la confesión, y no el sacerdote, quien nos da la absolución. Cuando Dorian terminó su carta, se sintió perdonado.

De pronto llamaron a la puerta, y oyó afuera la voz de lord Henry.

—Amigo mío, necesito verte. Por favor, déjame entrar. No puedo soportar que estés recluido de esta manera.

No contestó al principio, y siguió completamente inmóvil. Llamó nuevamente, luego con más fuerza. Era mejor dejar entrar a lord Henry y explicarle la nueva vida que iba a llevar y romper con él si era necesario, separarse si era inevitable. Se levantó, corrió el biombo apresuradamente delante del retrato y abrió la puerta.

—Estoy consternado por todo esto, Dorian —dijo lord Henry al entrar—. Pero no debes pensar demasiado en ello.

—¿Te refieres a Sibyl Vane? —preguntó el joven.

—Naturalmente —contestó lord Henry, hundiéndose en un sillón y quitándose despacio los guantes—. Es terrible, desde cierto punto de vista, pero no es culpa tuya. Dime: ¿fuiste a verla después, al terminar la obra?

—Sí.

—Estaba seguro, lo sabía. ¿Tuviste una escena con ella?

—Estuve brutal, Harry, perfectamente brutal. Pero todo ha quedado arreglado ahora. No lamento lo sucedido, esto me ha enseñado a conocerme mejor.

—¡Ah, Dorian, me alegra tanto que te lo tomes así! Temía encontrarte sumido en remordimientos y arrancándote tus finos y rizados cabellos.

—Se acabó todo eso —dijo Dorian, moviendo la cabeza y sonriendo—. Soy ahora perfectamente feliz. Empiezo a saber lo que es la conciencia. No es lo que me habías dicho. Es la cosa más divina que hay en nosotros, y no te burles más de ella, Harry, al menos delante de mí. Quiero ser bueno, porque no puedo soportar la idea de tener un alma fea.

—¡Encantadora base artística para la moral, Dorian! Te felicito por ello. Pero, ¿cómo vas a empezar?

—Casándome con Sibyl Vane.

—¡Casándote con Sibyl Vane! —exclamó lord Henry levantándose de un brinco y mirándole con asombro y perplejidad—. Pero, mi querido Dorian...

—Sí, Harry, ya sé lo que vas a decir. Algo terrible contra el matrimonio, pero no lo digas. No vuelvas a decirme nunca semejantes cosas. Le pedí a Sibyl hace dos días que se casara conmigo y no quiero faltar a mi palabra. ¡Será mi esposa!

—¡Tu esposa! ¡Dorian!... ¿No has recibido mi carta? Te he escrito esta mañana y envié la carta con mi criado.

—¿Tu carta? ¡Oh, sí! Ahora recuerdo. Aún no la he leído, Harry. Temía encontrar algo en ella que no me gustase. Destrozas la vida con tus epigramas.

—Entonces, ¿no sabes nada?

Lord Henry cruzó la habitación, y, sentándose al lado de Dorian Gray, le cogió ambas manos con las suyas y, estrechándoselas apretadamente, le dijo:

—Dorian, mi carta, no te asustes, te anunciaba que Sibyl Vane ha muerto.

Un grito de dolor se escapó de los labios del joven y se puso en pie de un salto, desprendiendo sus manos de las de lord Henry.

—¡Muerta! ¡Sibyl muerta! ¡No es verdad! ¡Es una horrible mentira! ¿Cómo te atreves a decir eso?

—Es completamente cierto, Dorian —dijo con gravedad lord Henry—. Viene en todos los diarios de la mañana. Te escribí para decirte que no recibieses a nadie hasta mi llegada. Abrirán una investigación, naturalmente, y no debes estar mezclado en eso. Cosas de ese tipo ponen de moda a un hombre en París. ¡Pero en Londres la gente tiene tantos prejuicios!... Aquí no se debe nunca hacer un estreno con un escándalo. Eso se reserva para dar interés a la vejez. Supongo que no saben tu nombre en el teatro. Si es así, todo va bien. ¿Te vio alguien ir a su camerino? Este es un punto importante.

Dorian no contestó nada durante unos instantes. Estaba aturdido por el horror. Por último, balbució con voz sofocada:

—Harry, ¿hablas de una investigación? ¿Qué quieres decir con eso? Sibyl se habría... ¡Oh, Harry, no puedo resistirlo! Habla pronto. Dímelo todo enseguida.

—Para mí es indudable que no se trata de un accidente, Dorian, aunque haya que presentarlo así al público. Al parecer, cuando ella iba a salir del teatro con su madre, a eso de las doce y media, poco más o menos, dijo que se le había olvidado algo arriba. La esperaron un rato, pero ella no apareció. Y, finalmente, la hallaron muerta, tendida en el suelo de su camerino. Había ingerido algo por equivocación, algo horroroso que se usa en los teatros. No sé lo que sería, pero debía de contener ácido prúsico o albayalde. Me imagino que sería ácido prúsico, pues parece que murió instantáneamente.

—¡Harry, Harry, es terrible! —exclamó el joven.

—Sí, es verdaderamente trágico, pero es necesario que no te mezclen en ello. He visto por el *The Standard* que tenía diecisiete años. Yo creí que era aún más joven. Parecía tan infantil, y apenas sabía actuar. Dorian, que no altere esto tus nervios. Debes venir a cenar conmigo, y después iremos a la Ópera. Canta la Patti esta noche, y todo el mundo estará allí. Puedes venir al palco de mi hermana, estarán con ella algunas mujeres bonitas.

—Así es que he matado a Sibyl Vane —dijo Dorian Gray como para sí mismo—. La he matado tan ciertamente como si hubiese cortado su delicada garganta con un cuchillo. Y sin embargo, las rosas no son menos adorables a pesar de eso, y los pájaros cantan igual de felices en mi jardín; además, esta noche comeré contigo y luego iré a la Ópera, y después supongo que iré a cenar a cualquier sitio. ¡Qué extraordinariamente dramática es la vida! Si hubiera leído todo esto en un libro, creo que me habría hecho llorar. Ahora que está sucediendo, y que me sucede a mí, me parece demasiado asombroso para llorar. Aquí está la primera carta de amor apasionada que he visto en mi vida. Lo extraño es que mi primera carta de amor apasionada esté dirigida a una muerta. ¿Pueden sentir, me pregunto, esos seres blancos y silenciosos que llamamos muertos? ¡Sibyl! ¿Puede ella sentir, saber, escuchar? ¡Oh, Harry, cómo la amaba! Me parece que fue hace años. Ella lo era todo para mí, hasta que llegó esa noche espantosa (¿era realmente la última noche?) en que actuó tan mal, y mi corazón casi se deshizo. Ella me lo explicó todo. Fue terriblemente patético, y yo no me emocioné en absoluto. La creía superficial, y sucedió de repente algo que me hizo tener miedo. No te puedo decir qué, pero fue terrible. Quise volver a ella. Sentí que me había portado mal. Y ahora está muerta. ¡Dios mío! ¡Dios mío! Harry, ¿qué voy a hacer? No sabes en qué peligro estoy, y no tengo a nadie que me guíe. Ella lo ha hecho por mí y no tenía derecho a matarse. Fue una egoísta.

—Mi querido Dorian —respondió lord Henry, cogiendo un cigarrillo de su pitillera y sacando su caja de plata—, el único medio del que dispone una mujer para poder reformar a un hombre es aburrirle tan completamente, que pierda él todo interés posible por la vida. Si te hubieras casado con esa muchacha, habrías sido desgraciado. Claro, la hubieras tratado con amabilidad, pero uno siempre es bueno con las personas que no nos importan. Ella hubiese descubierto que le eras completamente indiferente. Y cuando una mujer descubre eso en su marido, se vuelve atrozmente desaliñada, o usa sombreros muy elegantes que ha de pagar el marido de otra. No digo nada del error social, que habría sido miserable y por supuesto yo no lo hubiese permitido, pero sí puedo asegurarte que de todas maneras hubiese sido un completo desastre.

—Es posible —murmuró el joven, paseando por la habitación y horriblemente pálido—. Pero yo pensé que era mi deber. No es culpa mía si esta terrible tragedia me ha impedido hacer lo que era justo. Puedo recordar que una vez dijiste que pesaba una fatalidad sobre los buenos propósitos: se hacían siempre demasiado tarde. El mío, realmente, lo fue.

—Los buenos propósitos son vanos intentos de interferir las leyes científicas. Su origen es pura vanidad. Su resultado, absolutamente nulo. Nos proporcionan, de vez en cuando, algunas de esas admirables emociones estériles que tienen cierto encanto para el débil. Esto es cuanto puede decirse de ellos, pues son como cheques que gira un hombre contra un banco donde no tiene cuenta.

—Harry —exclamó Dorian Gray, sentándose a su lado—, ¿por qué no puedo sentir esta tragedia tanto como quisiera? No creo carecer de corazón, ¿verdad?

—Has cometido demasiadas locuras durante estos últimos días para que te sea permitido darte ese nombre, Dorian —respondió lord Henry con su dulce y melancólica sonrisa.

El joven frunció las cejas.

—No me gusta esa explicación, Harry —replicó—; pero me alegra que no me creas insensible. No soy bueno, sé que no lo soy. Y, sin embargo, he de reconocer que no me afecta esto como debiera. Me parece solo el epílogo estupendo de un drama maravilloso. Posee toda la belleza terrible de una tragedia griega, una tragedia en la que tuve gran parte, pero por la cual no fui herido.

—Es una cuestión interesante —dijo lord Henry, que encontraba placer en jugar con el egoísmo inconsciente del joven—; una cuestión extraordinariamente interesante. Imagino que la explicación es esta, y es que a veces sucede que las verdaderas tragedias de la vida ocurren de una manera tan poco artística, que nos hieren por su cruda violencia, por su incoherencia absoluta o su carencia de estilo. Nos afectan como la vulgaridad, porque nos dan una impresión de pura fuerza bruta y nos rebelamos contra eso. A veces, sin embargo, una tragedia que posee elementos artísticos de belleza cruza nuestras vidas. Si estos elementos de belleza son reales, despierta íntegra y simplemente en nosotros el sentido del efecto dramático, y entonces, somos no actores, sino espectadores de la obra. O posiblemente ambas cosas. Nos podemos observar y la mera maravilla del espectáculo nos cautiva. En el presente caso, ¿qué es lo que ha sucedido en realidad? Alguien se ha matado por amor a ti. Menos mal que nunca he tenido una experiencia como esa. Me habría enamorado del amor para el resto de mi vida. Las mujeres que me han adorado, y que no han sido muchas, han insistido siempre en vivir cuando hacía mucho tiempo que había dejado de gustarles, o ellas de gustarme a mí. Se han vuelto gordas y aburridas, y cuando me las encuentro, inician inmediatamente los recuerdos. ¡Esta terrible memoria de las mujeres! ¡Qué cosa más aterradora! ¡Y qué estancamiento intelectual revela! Los detalles son siempre vulgares.

—Sembraré amapolas en mi jardín —suspiró Dorian.

—No hay necesidad —replicó su compañero—. La vida tiene siempre amapolas en sus manos. Pero, de vez en cuando se estacionan las cosas. Una vez no llevé más que violetas durante toda una temporada, como forma artística de ir de luto, por una pasión romántica que no quería morir. Sin embargo, murió. He olvidado lo que la mató, creo que fue su proposición de sacrificar el mundo entero por mí. Siempre es este un momento terrible. Le llena a uno del terror de la eternidad. Bueno, ¿podrías creerlo? Hace una semana, en casa de lady Hampshire, me encontré sentado durante la cena al lado de la dama en cuestión, que insistió en que volviésemos a empezar aquello, desenterrando el pasado y haciendo surgir el futuro, cuando yo había sepultado mi pasión en un lecho de asfódelos. Ella pretendía exhumarla, y me aseguró que había destrozado su vida... ¡Qué falta de gusto mostró! El único encanto del pasado está en que es pasado. Pero las mujeres no saben nunca cuándo ha bajado el telón, siempre quieren un sexto acto y proponen continuar el espectáculo cuando ha desaparecido por completo el interés de la obra. Si se les permitiese obrar a su antojo, toda comedia tendría un final trágico, y toda tragedia concluiría en una farsa. Tú eres más afortunado que yo. Te aseguro, Dorian, que ninguna de las mujeres que he conocido habría hecho por mí lo que Sibyl Vane ha hecho por ti. Las mujeres ordinarias se consuelan siempre ellas mismas. Algunas lo hacen llevando colores sentimentales. No deposites nunca tu confianza en una mujer que use el malva, cualquiera que sea su edad, o en una mujer de treinta y cinco años aficionada a las cintas rosas. Eso quiere decir siempre que tienen una historia. Otras encuentran consuelo en descubrir repentinamente las buenas cualidades de sus maridos. Hacen ostentación de su felicidad conyugal en nuestra propia cara, como si eso fuera el más fascinante de los pecados. También la religión consuela a algunas. Además, nada envanece tanto como revelar que es uno pecador. La conciencia hace de nosotros unos egoístas. Sí, son infinitos realmente los consuelos que las mujeres encuentran en la vida moderna. Claro está que no he mencionado el más importante.

—¿Cuál es, Harry? —dijo el joven con indiferencia.

—¡Ay, el consuelo evidente! Elegir algún otro admirador cuando se pierde el que se tenía. En la buena sociedad, esto rejuvenece siempre a una mujer. Pero, ¡qué diferente debía ser Sibyl Vane de las mujeres conocidas! Hay algo muy bello en su muerte, y me satisface vivir en un siglo en que suceden tales milagros. Nos hacen creer en la realidad de las cosas con las que jugamos, como el sentimentalismo, la pasión y el amor.

—Fui terriblemente cruel con ella, olvidas eso.

—Temo que las mujeres aprecian la crueldad, la crueldad verdadera, más que ninguna otra cosa. Tienen admirables instintos primitivos. Las hemos emancipado, pero ellas siguen siendo esclavas, buscando dueño, a pesar de todo. Les gusta ser dominadas. Estarías, seguramente, espléndido. Nunca te he visto verdadera y completamente colérico, y después de todo, me dijiste algo anteayer que entonces me pareció simplemente fantástico, pero que ahora creo absolutamente cierto, y que me da la clave de todo.

—Harry, ¿qué fue eso?

—Me dijiste que Sibyl Vane representaba para ti todas las heroínas románticas, que era una noche Desdémona y otra Ofelia; que moría como Julieta, y que resucitaba como Imogen.

—Ya no resucitará —murmuró el joven, escondiendo entre sus manos la cara.

—No, ya no regresará a la vida. Representó su último papel. Debes pensar, ante esa muerte solitaria en ese recargado camerino, en un extraño fragmento lúgubre de alguna tragedia jacobina, o en una maravillosa escena de Webster, de Ford o de Cyril Tourneur. Esa muchacha no ha vivido nunca, en realidad, ni ha muerto tampoco nunca, en realidad; solo fue para ti siempre un sueño, como ese fantasma que vaga por los dramas de Shakespeare, haciéndolos más adorables con su presencia como un caramillo a través del cual pasa la música de Shakespeare, más rica en alegría y sonoridad. En el momento en que tuvo contacto con la vida real, la destrozó y quedó ella destrozada, y así murió. Si deseas, lleva luto por Ofelia. Ponte ceniza en la frente porque Cordelia ha sido estrangulada. Clama contra el cielo porque la hija de Brabancio ha fenecido. Pero jamás derrames tus lágrimas sobre Sibyl Vane. Ella era mucho menos real que aquellas.

Un silencio se produjo y la tarde oscurecía el cuarto. Silenciosamente, y con pies de plata, las sombras se deslizaban en el jardín. Los colores de las cosas se difuminaban con pereza.

Dorian Gray levantó los ojos después de un rato.

—Harry, me has explicado a mí mismo —murmuró, suspirando de alivio—. Sentí todo eso que has dicho, pero en cierto modo estaba aterrado y no me atrevía a expresármelo a mí mismo. ¡Qué bien me conoces! Pero no quiero volver a hablar de lo sucedido. Fue una experiencia increíble y extraordinaria. Eso es todo. Me pregunto si la vida aún me reservará algo tan maravilloso.

—Dorian, la vida te reserva todo. Con tu magnífica belleza no existe nada que no seas capaz de hacer.

—Pero, imagínate, Harry, que me transforme en un viejo macilento y arrugado. ¿Y entonces?

—Entonces —dijo lord Harry poniéndose de pie—, entonces, mi querido Dorian, tendrás que luchar por tus victorias. Ahora te las traen. Pero no tienes que conservar tu bello aspecto. Vivimos en una época que lee demasiado para ser sabia, y que piensa demasiado para ser bella. No podemos prescindir de ti. Y ahora, lo mejor que puedes hacer es vestirte e ir al club. Ya estamos un poco atrasados.

—Harry, creo que me reuniré contigo en la Ópera. Me siento demasiado cansado para comer nada. ¿El palco de tu hermana qué número es?

—Me parece que es el veintisiete. Está en la fila central de palcos, allí verás su nombre sobre la puerta. Pero lamento mucho que no vengas a cenar.

—La verdad es que no me siento bien para ir —dijo Dorian con indolencia—. Te estoy muy agradecido por todo cuanto me has dicho, eres realmente mi mejor amigo. Jamás nadie me ha comprendido como lo has hecho tú.

—Dorian, este es solo el inicio de nuestra amistad —respondió lord Henry, estrechándole la mano—. Adiós, espero verte antes de las nueve y media. Recuerda que canta Patty esta noche.

Dorian Gray tocó la campanilla después que se cerró la puerta tras él, y después de unos minutos, apareció Víctor con las luces y cerró las persianas. Dorian se impacientaba, queriendo verle fuera ya, y el sirviente se entretenía sin final.

Apenas salió, corrió hacia el biombo y lo apartó. Nada había cambiado en el cuadro, claro, supo la noticia de la muerte de Sibyl Vane antes que él mismo. Tenía conocimiento de los sucesos de la vida en cuanto ocurrían, y la maligna crueldad que estropeaba las finas líneas de la boca había aparecido, sin duda, en el mismo momento en que la muchacha había bebido el veneno mortal. ¿Era indiferente a las consecuencias? ¿Sabía lo que sucedía en el alma? Se asombraba, esperando que en algún momento ver la transformación producirse ante sus propios ojos, y esta idea lo agitó con un temblor que recorrió todo su cuerpo.

¡Qué desdichada había sido la pobre Sibyl! ¡Qué novela había sido todo aquello! A menudo ella había fingido la muerte en escena. Luego, la muerte misma la alcanzó, llevándosela consigo. ¿Cómo habría actuado en aquella última escena terrible? ¿Lo habría maldecido al morir? No, ella había muerto por amor a él, y el amor desde ahora sería para él un sacramento. Lo expió todo con el sacrificio de su vida, no quería volver a pensar en lo que ella le hizo sufrir durante aquella horrible noche en el teatro. Cuando pensara en ella, lo haría a través de una maravillosa figura trágica sobre el escenario del mundo, que quería enseñar sobre la suprema realidad del amor. ¿Una maravillosa figura trágica? Se le llenaron los ojos de lágrimas recordando su aspecto infantil, sus caprichosas y atractivas maneras y su tímida y temblorosa gracia. Se limpió las lágrimas y observó nuevamente el cuadro.

Realmente sintió que ya había llegado el momento de elegir. ¿O la elección estaba ya hecha? La vida había decidido por él —la vida y la infinita curiosidad que él sentía por ella—. La eterna juventud, la pasión infinita, placeres sutiles y secretos, alegrías ardientes y los pecados aún más ardientes… lo poseería todo. Eso era todo: el cuadro asumiría todo el peso de su vergüenza y de su pecado.

Lo sobrecogió una sensación de pena al pensar en la profanación que sufriría su bella faz pintada en el lienzo. Como una travesura infantil de Narciso, había él besado, o fingido besar, aquellos labios pintados, y ahora le sonreían cruelmente. Mañana tras mañana se había sentado delante del retrato, maravillado de su belleza, casi enamorado de ella, como le pareció a veces. ¿Se alteraría ahora a cada tentación a la cual cediese? ¿Se degeneraría su figura en algo monstruoso y repugnante que tendría que esconder en una habitación cerrada con llave, alejada de la luz del sol que acarició tantas veces el oro brillante de la maravilla ondulada de su pelo? ¡Qué pena! ¡Qué pena!

Por un instante pensó en rezar para que cesara la terrible afinidad que había entre él y el cuadro. Una súplica había engendrado, tal vez una súplica podría hacerlo inmutable. Sin embargo, ¿quién, conociendo este secreto don de la eterna juventud, renunciaría a la oportunidad de permanecer siempre joven, por muy fantástica que esta oportunidad pudiera ser o por funestas que fueran las consecuencias que pudiera ella acarrear? Además, ¿aquello dependía de su voluntad? ¿Fue, en verdad, su ruego el que había producido aquella sustitución? ¿No podría explicarse todo aquello con alguna curiosa razón científica? Si el pensamiento pudiera ejercer su influencia sobre un organismo vivo, ¿no podría ejercer también una influencia sobre las cosas muertas e inorgánicas? Es más: ¿no podrían las cosas exteriores a nosotros mismos, sin pensamiento o deseo consciente, vibrar al unísono de nuestros humores y pasiones, ya que el átomo llama al átomo por un amor secreto de extraña afinidad? Pero la razón no tenía importancia, y ya no provocaría nunca con el ruego a un poder tan terrible. Si el cuadro iba a cambiar, cambiaría. Esto era todo. ¿Por qué averiguar más?

Ya que había un auténtico disfrute en vigilarlo, seguiría a su espíritu en sus ocultos secretos. Ese cuadro sería para él el más mágico e increíble de los espejos. De la misma forma que le había mostrado su propio cuerpo, también le revelaría su propia alma. Y cuando el cuadro alcanzara el invierno, él aún seguiría en el tembloroso camino de la primavera. Al desaparecer la sangre de su rostro y dejar detrás una máscara lívida de tiza, de ojos sin expresión, él mantendría el dulce esplendor de la juventud y el aspecto de un adolescente. Jamás su lozanía se iba a marchitar, y el pulso de su existencia nunca se debilitaría. Él sería fuerte, muy ágil y feliz, igual que los dioses de los griegos. ¿Acaso podía importarle lo que le sucediera a la imagen dibujada en el retrato? Él salvaría su vida y eso era lo único que le importaba.

Mientras sonreía, colocó nuevamente el biombo en el lugar que tenía delante del cuadro y caminó a su habitación, donde ya lo aguardaba su sirviente. Una hora después ya se encontraba en la Ópera, y lord Henry se apoyaba sobre el respaldo de su silla.

# Capítulo IX

A la mañana siguiente, cuando se encontraba desayunando, Basil Hallward entró en la habitación.

—Dorian, me alegro mucho de encontrarte —dijo con seriedad—. Anoche vine y me informaron que te encontrabas en la Ópera. Por supuesto que yo sabía que esto no era posible, pero hubiese querido encontrar una nota tuya donde me dijeras a dónde ibas en realidad, pasé una noche espantosa, temía que ocurriera una tragedia tras otra. Tenías que haberme enviado un telegrama apenas te enteraste, lo leí casualmente en la última edición de *The Globe*, que repartieron en el club. Me trasladé aquí de inmediato, y lamenté muchísimo no hallarte. No te puedo explicar cómo me duele y me destroza el corazón todo esto. Me imagino lo que debes estar sufriendo, pero, ¿dónde te encontrabas? ¿Fuiste a ver a la madre de la joven? Por un instante pensé en ir a buscarte allí. En el diario daban las señas, creo que es por algún lugar de Euston Road, ¿cierto? Pero no quise entrometerme en un dolor que yo no podía aliviar. ¡Pobre y desdichada mujer! ¡En qué estado debe encontrarse! Y, de paso, ¡era su única hija! ¿Ella qué ha dicho de toda esta tragedia?

—¡Cómo voy a saberlo, mi querido Basil! —dijo Dorian Gray, bebiendo a sorbos un vino amarillo servido en una delicada burbuja de cristal veneciano, y luciendo terriblemente agotado y aburrido—. Fui a la Ópera, tú debiste haber ido. Conocí a lady Gwendolen, la hermana de Harry. Me senté en su palco, es sencillamente fascinante, y Patty cantó increíblemente. Por favor, no hables de cosas espantosas. Si uno no habla de algo, es como si jamás hubiese ocurrido. Como dice Harry, es, simplemente, la expresión la que da realidad a todas las cosas. Sé que ella no era la única hija de esa mujer. Tiene otro un hijo, un joven encantador, según me han dicho. Pero no trabaja en el teatro. Pero ahora, dime algo de ti y de lo que estás dibujando.

—¿Fuiste a la Ópera? —dijo Hallward, hablando con lentitud con un leve dejo de tristeza en su voz—. ¿Fuiste a la Ópera mientras Sibyl Vane estaba muerta en un sórdido cuarto alquilado? ¿Puedes hablarme de otras mujeres encantadoras, y de Patty, que cantaba divinamente, antes de que la muchacha que amabas tenga siquiera la quietud de una tumba para descansar? ¡Cómo! ¡Y los terribles horrores reservados a ese blanco e indefenso cuerpo!

—¡Cállate, Basil! ¡No quiero oírlo! —exclamó Dorian, parándose—. No me hables de esas cosas. Lo hecho hecho está. El pasado es el pasado.

—¿Llamas pasado al día de ayer?

—Lo que pasa en este instante, ¿no le pertenece? La gente superficial es la que necesita años para desembarazarse de una emoción. Un hombre dueño de sí mismo puede poner fin a una pena con tanta facilidad como puede inventar un placer, y yo no quiero estar a merced de mis emociones. Solo quiero experimentarlas, gozarlas y dominarlas.

—¡Dorian, lo que dices es horrible! Te has transformado por completo. No pareces el mismo maravilloso joven que, día tras día, acostumbraba venir a mi estudio a posar para su retrato; eras sencillo, natural y cariñoso, la criatura menos viciada del mundo entero. Ahora, no sé lo que ha pasado. Hablas como si no tuvieses corazón, ni piedad. Todo es influencia de Harry. Bien lo veo.

El joven enrojeció, fue hacia la ventana y estuvo unos minutos contemplando el verde, brillante y soleado jardín.

—Le debo mucho a Harry, Basil —dijo por último—, más que a ti. Tú solo me has enseñado a ser vanidoso.

—Bien, y me veo, o me veré algún día, castigado por ello.

—No sé lo que quieres decir, Basil —exclamó volviéndose—. No sé lo que quieres. ¿Qué es lo que quieres?

—Quiero al Dorian Gray que yo solía pintar —replicó el artista, tristemente.

—Basil —dijo el joven, acercándosele y poniéndole la mano sobre el hombro—, llegas demasiado tarde. Ayer, cuando oí que Sibyl Vane se había suicidado…

—¡Suicidado! ¡Dios santo! ¿Estás seguro? —exclamó Hallward, mirándole con una expresión de horror.

—¡Mi querido Basil! ¿No pensará usted que fue un accidente vulgar? Está claro que se suicidó.

El mayor de los dos hombres hundió su cara en sus manos.

—¡Qué espantoso! —murmuró al mismo tiempo que un estremecimiento de horror recorría su cuerpo.

—No —dijo Dorian Gray—, esto no tiene nada de espantoso. Es una de las grandes tragedias románticas de la época. Por regla general, los actores llevan una vida vulgar. Son buenos maridos, esposas fieles o algo así de aburrido, me entiendes… una virtud de la clase media y todo lo demás. ¡Qué diferente era Sibyl! Ha vivido su más bella tragedia. Fue siempre una heroína. La última noche que actuó, lo hizo mal porque había conocido la realidad del amor. Cuando supo su irrealidad, murió como Julieta pudo haber muerto, cruzando de nuevo a la esfera del arte. Tiene algo de mártir, no, su muerte posee la inutilidad patética del martirio, pero no creas que yo no sufrí. Ayer, en cierto momento, tal vez alrededor de las cinco y media, quizá, o las seis menos cuarto, me habrías encontrado llorando. El mismo Harry que estaba aquí y que, en realidad, me trajo la noticia, no tenía idea de lo que yo estaba pasando. Sufrí inmensamente. Después, aquello pasó. Pero ya no puedo repetir una emoción, ni nadie, salvo los sentimentales. Y eres terriblemente injusto, Basil, porque vienes aquí a consolarme, y gracias por ello, pero como me encuentras consolado, te pones furioso. ¡Qué simpático amigo! Me recuerdas una historia que me contó Harry referente a cierto filántropo que derrochó veinte años de su vida en intentar reparar algún yerro o en modificar alguna ley injusta. Finalmente, lo consiguió, y nada pudo superar a su desilusión. Ya no tenía absolutamente nada que hacer, casi se murió de aburrimiento y se volvió un misántropo empedernido. Y, además, mi querido y buen Basil, si quieres consolarme de verdad, enséñame a olvidar lo sucedido, o a verlo desde el punto de vista artístico adecuado. ¿No fue Gautier quien solía escribir sobre *la consolation des arts?* Recuerdo haber leído casualmente un día en su estudio, en un tomito encuadernado en pergamino, esa frase deliciosa. O bien, ¿no seré como aquel muchacho de quien me hablabas cuando estuvimos juntos en Marlow, aquel muchacho que solía decir que el raso amarillo podía consolarnos de todas las miserias de la vida? Me gustan las cosas que pueden tocarse y utilizarse. Los brocados antiguos, los bronces verdes, las lacas talladas, los marfiles cincelados de exquisitos, ricos y fastuosos contornos; hay mucho que aprender en todas esas cosas. Pero el temperamento artístico que revelan es para mí aún más interesante. Convertirse en el espectador de su propia vida es como escapar de los sufrimientos de la vida. Sé que te asombra oírme hablar así, ya ves cómo he crecido. Era un colegial cuando me conociste y ahora soy un hombre. Con nuevas pasiones, nuevos pensamientos, nuevas ideas. Soy diferente, pero debes seguir queriéndome siempre. He cambiado, pero tú debes ser siempre mi amigo. Quiero mucho a Harry. Y sé que eres mejor que él. Tú no eres más fuerte, aunque tienes demasiado miedo a la vida, pero eres mejor. ¡Qué felices éramos juntos! No me abandones, Basil, y no riñamos. Soy como soy. No hay nada más que añadir.

El pintor se sentía extrañamente emocionado. El joven le era infinitamente querido, y su personalidad había marcado la cúspide de su arte. No podía soportar la idea de seguir haciéndole reproches. Después de todo, su indiferencia era probablemente tan solo una disposición de ánimo pasajera. Él sabía que había en él mucha bondad y mucha nobleza.

—Bueno, Dorian —dijo al fin, en una triste sonrisa—. Desde hoy no volveré a hablarte de esa horrible cosa. Espero que tu nombre no se vea mezclado en relación con ello. La información judicial debe efectuarse esta tarde. ¿Te han citado?

Dorian negó con la cabeza y una expresión de molestia cruzó por su rostro al oír la palabra «investigación judicial». ¡Había algo tan brutal y tan vulgar en todo aquello!

—No saben mi nombre —contestó.

—Pero ella seguramente lo sabía.

—Mi nombre de pila solamente, y estoy completamente seguro de que no se lo reveló a nadie. Una vez me contó que todos tenían mucha curiosidad por saber quién era yo, y que les respondía invariablemente que mi nombre era el Príncipe Azul. Era bonito en ella; es preciso que me hagas un dibujo de Sibyl, Basil. Quisiera tener de ella algo más que el recuerdo de algunos besos y de algunos trozos de palabras patéticas y entrecortadas.

—Intentaré hacer algo, Dorian, si eso te gusta. Pero necesito que vengas a posar otra vez, no puedo seguir sin ti.

—No podré ya nunca posar para ti, Basil. ¡Es imposible! —exclamó él, echándose hacia atrás.

El pintor le miró con asombro.

—¡Qué tontería, amigo mío! —exclamó—. ¿Quieres decir que no te gusta lo que hice de ti? ¿Dónde está? ¿Por qué has corrido el biombo delante del retrato? Déjame verlo. Es lo mejor que he hecho. Por favor, quita el biombo, Dorian. Es sencillamente una descortesía de tu criado ocultar así mi obra. Sentí al entrar como si algo hubiese cambiado en la habitación.

—Mi criado no tiene nada que ver con ello, Basil. No imaginarás que le permito arreglar mi habitación. Coloca mis flores algunas veces, y esto es todo. No, lo he hecho yo mismo. Daba demasiada luz sobre el retrato.

—¡Demasiada luz! Seguramente que no, mi querido amigo. Está en un sitio admirable. Déjame verlo.

Y Hallward se dirigió hacia el rincón de la habitación.

Un grito de terror se escapó de los labios de Dorian Gray, y se puso precipitadamente entre el pintor y el retrato.

—Basil —dijo poniéndose muy pálido—, no debes verlo. No quiero que lo veas.

—¡Que no vea mi propia obra! No lo dices en serio. ¿Por qué no quieres que lo vea? —exclamó Hallward riendo.

—Si intentas verla, Basil, te doy mi palabra de honor de que no te vuelvo a hablar en toda la vida. Y es completamente en serio. No te doy ninguna explicación y no debes pedírmela. Pero acuérdate de que si tocas el biombo, ha terminado todo entre nosotros.

Hallward estaba estupefacto. Miró a Dorian Gray con enorme asombro. Jamás lo había visto así antes. El joven estaba realmente pálido de furia, con sus manos crispadas, y las pupilas de sus ojos eran dos círculos de fuego azul. Temblaba.

—¡Dorian!

—¡No me hables!

—Pero, ¿qué sucede? Claro que no lo veré si no quieres que lo haga —dijo con cierta frialdad, girando sobre sus talones y yendo hacia la ventana—. Pero, verdaderamente, me parece algo absurdo que no pueda yo ver mi propia obra, considerando que quiero exponerla en París en el otoño. Necesitaré probablemente darle antes otra mano de barniz, por lo cual tendré que verla algún día, ¿por qué no hoy?

—¿Exponerla? ¿Quieres exponerla? —exclamó Dorian Gray, y una extraña sensación de terror le invadió. ¿Iba el mundo a descubrir su secreto? ¿Bostezaría la gente ante el misterio de su vida? Aquello era imposible. Algo debía ocurrir inmediatamente.

—Sí, supongo que no te opondrás. Georges Petit va a reunir mis mejores cuadros para una exposición especial en la Rue de Sèze, que quiere inaugurar la primera semana de octubre. El retrato estará fuera únicamente un mes. Creo que podrás prescindir de él fácilmente por ese tiempo. En realidad, seguramente estarás fuera de la capital. Y si lo guardas siempre detrás del biombo, no te importará mucho.

Dorian Gray se pasó la mano por la frente, cubierta de sudor. Sentía que estaba al borde de un horrible peligro.

—Me dijiste hace un mes que no lo expondrías nunca —exclamó—. ¿Por qué has cambiado de opinión? Los que más presumen de consecuentes son tan caprichosos como los demás, la única diferencia está en que sus caprichos son más insensatos. No puedes haber olvidado que me juraste muy solemnemente que nada en el mundo te induciría a enviar el retrato a ninguna exposición. Y exactamente lo mismo le dijiste a Harry.

Se detuvo de pronto, y un relámpago pasó por sus ojos. Recordó que lord Henry le había dicho una vez medio en serio, medio en broma: «Si quieres pasar un curioso cuarto de hora, haz que Basil te cuente por qué no quiere exponer tu retrato. Me lo ha contado y ha sido una revelación para mí». A lo mejor, Basil tenía también un secreto. Intentaría preguntárselo.

—Basil —dijo acercándose mucho a él, mirándole fijamente a la cara—, cada uno de nosotros tenemos un secreto. Déjame conocer el tuyo y te diré el mío. ¿Por qué razón te niegas a exponer mi retrato?

El pintor se estremeció sin querer.

—Dorian, si te lo dijese, perdería parte de tu afecto y te reirías de mí. Y no podría soportar ni una cosa ni otra. Si quieres que no vuelva a mirar tu retrato nunca más, lo haré gustoso. Prefiero siempre mirarte a ti. Si quieres que la mejor de mis obras esté oculta al mundo, lo aceptaré con gusto. Tu amistad es para mí más querida que toda fama o reputación.

—No, Basil, tienes que decírmelo —insistió Dorian Gray—. Creo que tengo derecho a saberlo.

Su sensación de terror había desaparecido para dejar paso a la curiosidad. Estaba decidido a averiguar el secreto de Basil Hallward.

—Sentémonos, Dorian —dijo el pintor, pareciendo turbado—. Sentémonos. Y contesta claramente a mi pregunta. ¿Has observado en el retrato algo curioso, algo que probablemente se te ha revelado repentinamente?

—¡Basil! —exclamó el joven, apretando los brazos del sillón con sus manos temblorosas y mirándole con ojos espantados.

—Veo que lo has notado, no hables. Espera hasta haber oído lo que tengo que decir. Dorian, desde el momento en que te conocí, tu personalidad tuvo sobre mí la influencia más extraordinaria. Me sentí dominado en alma, cerebro y potencia por ti. Te convertiste para mí en la visible encarnación de ese ideal invisible, cuyo recuerdo nos persigue a nosotros los artistas como un sueño exquisito. Sentí devoción hacia ti, y hasta tuve celos de todos aquellos con quienes hablabas. Quise tenerte todo para mí. Era feliz únicamente cuando estaba contigo. Cuando estabas lejos de mí, seguía encontrándote en mi arte… Nunca, naturalmente, te dejé saber nada de esto, porque era imposible, no lo habrías comprendido. Apenas lo comprendo yo. Supe solamente que había visto la perfección cara a cara, y el mundo se volvió maravilloso a mis ojos, porque hay un peligro en estas locas adoraciones, el peligro de perderlas, no menos que el peligro de conservarlas… Pasaron las semanas, y yo me absorbía cada vez más en ti. Entonces ocurrió un nuevo cambio. Te había dibujado como Paris, con brillante armadura; de Adonis, con capa de cazador y una bruñida jabalina. Coronado con pesadas flores de loto, ibas sentado sobre la proa de la barca de Adriano mirando al otro lado del Nilo verde y turbulento, e inclinado sobre el apacible estanque de una selva griega, contemplando en la plata de las aguas silenciosas la maravilla de tu propio rostro. Y todo esto había sido lo que puede ser el arte: inconsciente, ideal y lejano. Un día, día fatal en el que pienso algunas veces, decidí pintar un maravilloso retrato tuyo, tal como eres ahora, no con la indumentaria de los tiempos desaparecidos sino con su propio traje y en su propia época. ¿Fue el realismo de la técnica, o la sencilla idea de tu propia personalidad que se presentó así directamente, sin nieblas ni velos? No puedo decirlo. Solo sé que mientras trabajaba en ello, cada pincelada y cada capa de color me parecía que revelaban mi secreto. Me dominó el temor de que los demás pudiesen conocer mi idolatría. Sentí, Dorian, que había expresado demasiado, que había puesto demasiado de mí mismo en él; fue cuando decidí no permitir jamás que se expusiera el retrato. A ti te molestó un poco, pero entonces no te dabas cuenta de lo que significaba para mí todo aquello. Harry, a quien se lo dije, se rio de mí. Pero no me importó, y cuando estuvo terminado el cuadro, me senté a solas frente a él, comprendí que tenía razón… Bien, unos días después de salir de mi estudio, en cuanto me vi libre de la intolerable fascinación de tu presencia, me pareció que había sido necedad creer haber visto otra cosa en ello aparte de tu extraordinaria belleza y de lo que podía yo pintar. Ahora no puedo dejar de sentir el error que hay en pensar que la pasión experimentada en la creación puede realmente mostrarse en la obra creada. El arte es siempre más abstracto de lo que imaginamos. La forma y el color nos hablan de esto y es todo. Muchas veces me parece que el arte suele ocultar al artista mucho más de lo que lo revela. Por eso, cuando recibí esa oferta de París, decidí hacer de tu retrato lo más destacado de mi exposición. No se me ocurrió nunca que me lo negases. Ahora veo que tienes razón, el retrato no puede enseñarse. No me guardes rencor, Dorian, por lo que acabo de contarte. Como decía Harry en una ocasión, estás hecho para ser reverenciado.

Dorian Gray respiró ampliamente. Volvió el color a sus mejillas y una sonrisa se dibujó en sus labios. El peligro había pasado, estaba a salvo por el momento. No podía, sin embargo, dejar de sentir una piedad infinita por el pintor que acababa de hacerle tan extraña confesión, y se preguntaba admirado, si él también se vería alguna vez tan dominado por la personalidad de un amigo. Lord Henry tenía el encanto de ser muy peligroso, pero nada más. Era demasiado inteligente y demasiado cínico para ser verdaderamente amado. ¿Existiría alguien por quien llegase él a sentir una idolatría tan extraña? ¿Sería aquella una de las cosas que le reservaba la vida?

—Encuentro extraordinario, Dorian —dijo Hallward—, que hayas podido ver eso en el retrato. ¿Lo has visto realmente?

—Vi algo en él —respondió—, algo que me parecía muy curioso.

—Bueno, ¿me dejas verlo ahora?

Dorian movió la cabeza.

—No me pidas eso, Basil, de ningún modo puedo ponerte yo frente a ese retrato.

—¿Podrás algún día?

—Jamás.

—Bueno, quizá tengas razón. Y ahora, adiós, Dorian. Tú has sido la única persona en mi vida que ha influido realmente sobre mi arte, por lo que todo lo bueno que he hecho, a ti te lo debo. ¡Ah! No imaginas lo que me cuesta decirte todo esto.

—Mi querido Basil —dijo Dorian— ¿qué es lo que me has dicho? Sencillamente, que sentías admirarme demasiado. Esto ni siquiera es un cumplido.

—No he intentado que lo fuera, fue una confesión. Y ahora, una vez hecha, me parece que me he desprendido de algo mío. Tal vez no deba uno expresar nunca su adoración con palabras.

—Fue una confesión que me ha desilusionado.

—¡Hombre! ¿Qué esperabas, Dorian? ¿Has visto algo más que eso en el retrato? No había nada más que ver.

—No, no había nada más que ver. ¿Por qué me lo preguntas? No debes hablar de adoración, es una necedad. Tú y yo somos amigos, Basil, y así tenemos que permanecer siempre.

—Tú tienes a Harry —dijo el artista con tristeza.

—¡Oh, Harry! —dijo el joven con una carcajada—. Harry pasa sus días diciendo cosas increíbles y sus noches haciendo cosas raras e inverosímiles. Esa es exactamente la clase de vida que quisiera tener, pero no creo que buscara a Harry si estuviera en un apuro. Antes acudiría a ti.

—¿Posarás para mí otra vez de modelo?

—¡Nunca!

—Dorian, si te niegas dañas mi vida de artista. Nadie encuentra dos veces su ideal, son pocos los que se cruzan con uno.

—Basil, no puedo explicarte esto, pero nunca más te serviré de modelo. En un retrato hay algo fatal, tiene vida propia. Iré a tomar té contigo. Será igual de bueno y agradable.

—Me imagino que más agradable para ti —murmuró Hallward sentidamente—. Y ahora, adiós. Lamento que no me dejes ver otra vez el retrato. Pero, ¡qué le vamos a hacer! Entiendo totalmente lo que sientes.

Apenas abandonó la habitación, Dorian se sonrió a sí mismo. ¡Pobre Basil, qué desdichado había sido! ¡Qué poco conocía el verdadero motivo! ¡Y qué raro era que en vez de verse obligado a desvelar su propio secreto había logrado, casi casualmente, conocer y arrancar el misterio de su amigo! ¡Qué bien le explicaba a este esa rara confesión! Los ilógicos ataques de celos del artista, su fogosa devoción, sus panegíricos extravagantes, sus raras reticencias, ahora lo entendía todo y se sentía muy apenado. Le daba la impresión de que podía existir algo de tragedia en una amistad tan pintada por el romance.

Hizo sonar la campanilla y suspiró. Sin lugar a dudas, el cuadro tenía que estar escondido. No podía seguir corriendo el riesgo de descubrirlo nuevamente. Había sido simplemente una locura dejarlo, siquiera por una hora, en un cuarto al que muchos de sus amigos podían entrar.

## CAPÍTULO X

Cuando el sirviente entró lo miró insistentemente, preguntándose si no habría husmeado detrás del biombo. El hombre estaba totalmente impasible y solo esperaba sus órdenes. Dorian encendió un cigarro, caminó hacia el espejo y se observó en él. Perfectamente podía ver reflejado el rostro de Víctor, era una plácida máscara de auténtico servilismo. Por ese lado no tenía nada que temer. Aunque pensó que mejor sería estar atento y no bajar la guardia, no podía descuidarse.

En voz muy baja le dijo que le rogara al ama de llaves que viniera a verle, y que después fuera a casa del marquista para que le mandara con urgencia a dos de sus hombres. Vio que el criado salía de la habitación, y tuvo la impresión de que desviaba los ojos en dirección al biombo. ¿Serían imaginaciones suyas?

Unos minutos después, la señora Leaf, vestida con un traje de seda negra y sus manos rugosas enguantadas con unos mitones a la moda antigua, entraba inquieta en la biblioteca. Entonces le pidió la llave del salón de estudio.

—Señor Dorian, ¿del viejo salón de estudio? —exclamó—. Se encuenta lleno de polvo. Tengo que arreglarlo y ponerlo en orden antes de que entre en él. Para usted no está presentable señor...

—Leaf, no necesito que esté en orden, solo quiero la llave.

—Muy bien, señor, si entra usted se llenará de telarañas, ya que no se ha abierto desde hace cerca de cinco años, desde que su señoría falleció.

Cuando escuchó mencionar a su abuelo, se estremeció. Aún tenía malos recuerdos de él.

—No importa —contestó—. Solamente deseo ver ese lugar, y nada más. Por favor, deme la llave.

—Señor, aquí está la llave —dijo la anciana, buscando en su manojo con temblorosas y vacilantes manos—. Aquí está la llave. Espero que no piense usted vivir allí arriba, ¡aquí se encuentra tan cómodo!

—No, no —exclamó con impaciencia—. Gracias, Leaf, eso es todo.

Ella permaneció unos momentos conversando sobre unos detalles caseros. Él suspiró y le dijo que hiciera lo que mejor le pareciera, y entonces se fue de la habitación, prodigando sonrisas.

Cuando se cerró la puerta, Dorian se metió la llave en el bolsillo y echó una mirada a su alrededor. Sus ojos se detuvieron sobre una gran colcha de raso encarnado, realzada con gruesos bordados de oro, una espléndida pieza de artesanía veneciana del siglo XVII que su abuelo había hallado en un convento cerca de Bolonia. Aquello le serviría para envolver el espantoso objeto. Tal vez la tela había servido en muchas ocasiones de paño mortuorio. Y ahora se trataba de tapar algo que tenía corrupción propia, peor todavía que la corrupción de la muerte misma —una cosa que engendraba terror y que no moriría nunca—. Lo que son los gusanos para el cadáver, sus pecados lo serían para la imagen pintada sobre el lienzo. Mancharían su belleza y corroerían su gracia, pues la profanarían y la cubrirían de vergüenza. Y, sin embargo, aquel objeto viviría a pesar de eso. Permanecería siempre vivo.

Se estremeció, y sintió por un momento no haber dicho a Basil la verdadera razón por la cual deseaba ocultar el cuadro. Basil le habría ayudado a resistir la influencia de lord Henry, y las influencias, más venenosas aún, de su propio temperamento. El amor que le tenía no contenía nada que no fuese noble e intelectual. No era esa mera admiración física hacia la belleza que nace de los sentidos, y que muere al cansarse estos, era un amor tal como lo habían conocido Miguel Ángel, Montaigne, Winckelmann y el mismo Shakespeare. Pensó que

Basil hubiese podido salvarle, pero ya era demasiado tarde. El pasado podía aniquilarse siempre y las penas, las negativas o el olvido podían hacerlo, pero el porvenir era inevitable. Existían en él pasiones que encontrarían su terrible expansión, sueños que proyectarían sobre él la sombra de su perversa realidad.

Cogió del lecho el gran cobertor de seda violeta y oro y, echándoselo al brazo, pasó detrás del biombo. ¿El rostro del retrato estaba más envilecido que antes? Le pareció que no había cambiado y, sin embargo, su aversión hacia él había aumentado. Los cabellos de oro, los ojos azules y las rosas rojas de los labios, todo seguía allí. Era sencillamente la expresión la que se había alterado. Resultaba horrible en su crueldad, ¡qué superficiales eran los reproches de Basil acerca de Sibyl Vane! ¡Superficiales e insignificantes! En cambio, su propia alma le contemplaba desde aquel lienzo y le juzgaba. Una expresión de dolor le invadió y echó el rico sudario sobre el retrato cuando, en el mismo momento, llamaron a la puerta. No hizo más que salir, cuando entró su criado.

—Aquí están esos hombres, *monsieur*.

Le pareció que debía desprenderse de aquel hombre enseguida. Era necesario que no supiese dónde iba a ser llevado el retrato. Encontraba en él algo astuto, y sus ojos eran atentos y traidores. Sentándose a su mesa, escribió unas líneas a lord Henry rogándole que le enviase algo para leer, y recordándole que debían reunirse a las ocho y cuarto de la noche.

—Espero contestación —dijo entregándole la carta—, y haz entrar aquí a esos hombres.

Dos o tres minutos después llamaron otra vez a la puerta, y el propio señor Hubbard, el célebre fabricante de marcos de la calle South Audley, entró con un ayudante joven de aspecto vulgar. El señor Hubbard era un lozano hombrecillo de patillas rojas, cuya admiración por el arte se atenuaba considerablemente ante la inveterada pobreza de los artistas que trataban con él. Por lo general, no salía nunca de su tienda. Tenía por regla esperar a que fuese la gente a él, pero hacía siempre una excepción en favor de Dorian Gray. Había algo en Dorian que encantaba a todo el mundo. Solo verle era un placer.

—¿Qué puedo hacer por usted, señor Gray? —dijo frotándose sus gruesas y pecosas manos—. Para mí es un honor venir en persona. Precisamente tengo un marco precioso, señor, adquirido en una subasta. Florentino antiguo. Creo que proviene de Fonthyll. Le iría admirablemente a un asunto religioso, señor Gray.

—Siento mucho que se haya usted tomado la molestia de subir, señor Hubbard. Iré ciertamente a ver ese marco, aunque en estos momentos no me interesa mucho el arte religioso. Hoy lo único que quiero es transportar un cuadro al piso de arriba de la casa. Es sumamente pesado, y quería pedirle a usted un par de sus hombres.

—No, señor Gray, nada de molestia. Siempre encantado de prestarle un servicio. Señor, ¿cuál es esa obra de arte?

—Esta —contestó Dorian apartando el biombo—. Puede usted trasladarla tal como está con su envoltura. Quiero que al subir la escalera no se estropee.

—Señor, eso no es difícil —dijo el ilustre fabricante de marcos y empezó, ayudado por su oficial, a descolgar el cuadro de las largas cadenas de bronce de donde pendía—. Señor Gray, ¿a dónde tenemos que llevarlo?

—Señor Hubbard, le mostraré el camino si quiere usted seguirme, o tal vez sería mejor que usted fuera delante. Temo que el techo no sea lo bastante alto. Subiremos por la escalera principal, que es más ancha.

Cuando Dorian les abrió la puerta, atravesaron el vestíbulo y comenzaron a subir. Las molduras del marco hacían que el retrato se viera más voluminoso, y de vez en cuando, a pesar de los obsequiosos reclamos del señor Hubbard, que experimentaba, como todos los tenderos, una viva contrariedad mirando realizar algo útil a un señor, Dorian lo llevaba un poco con sus manos.

—Señor, es algo pesado —dijo el hombre jadeando cuando alcanzaron el último rellano, secándose la frente húmeda.

—Pienso que es muy pesado —dijo Dorian, abriendo la puerta de la habitación que iba a ocultar el extraño misterio de su vida y esconder su alma de los ojos de los mortales.

Desde hacía más de cuatro años no había entrado a ese lugar —realmente desde que le había servido, primero, de sala de juego cuando era niño, y de cuarto de estudio, algún tiempo después—. Era una habitación amplia, bien proporcionada, que lord Kelso había hecho construir especialmente para su nieto, para aquel niño cuyo extraño parecido con su padre le provocaba odio y el deseo mantenerlo a distancia. Dorian vio que había cambiado poco. Allí estaba el enorme *cassone* o gran cofre italiano, con sus molduras doradas mates y sus paneles con pinturas fantásticas, dentro del cual se había escondido tantas veces siendo niño. Allí estaban los estantes de madera fina llenos de libros escolares de hojas abarquilladas. Detrás colgaba de la pared el mismo raído tapiz flamenco en el que un rey y una reina deslucidos jugaban al ajedrez en un jardín, en tanto que una compañía de halconeros cabalgaba al fondo, llevando sus aves encapirotadas sobre puños enguantados. ¡Recordaba muy bien todo aquello! Resurgían los instantes de su niñez al tiempo que miraba a su alrededor. Vino a su memoria la pureza límpida de su vida de niño, y le pareció terrible tener que ocultar allí el cuadro maléfico y macabro. ¡Nunca hubiera pensado, en aquellos días que ya no volverían, todo lo que le esperaba!

Sin embargo, en la casa no existía otro lugar tan protegido de miradas indiscretas. Él tenía la llave, solo él podía entrar. Bajo su sudario morado, la cara pintada en el lienzo podía ir volviéndose bestial, hinchada, inmunda. Pero, ¿qué le importaba? Nadie la vería. Él tampoco querría mirarla. ¿Para qué vigilar la atroz corrupción de su alma? Él conservaría su juventud y esto era bastante. Y, además, ¿no podía mejorar su carácter, después de todo? No había ninguna razón para que el porvenir estuviese tan lleno de vergüenza. Algún amor podía atravesar su vida, purificarla y protegerle de aquellos pecados que ya rondaban a su alrededor en espíritu y carne. Tal vez algún día la expresión cruel desapareciera de la boca roja y sensible, y él podría mostrar al mundo la obra maestra del pintor Basil Hallward.

Pero aquello no era posible, porque hora tras hora y semana tras semana, la imagen plasmada sobre el lienzo iba a envejecer. La fealdad podría escapar del pecado, pero la fealdad de la edad la acechaba. Las mejillas se hundirían, se arrugarían, amarillentas patas de gallo ribetearían los ojos marchitos, haciéndolos horribles, los cabellos perderían su brillo, la boca hundida y colgante tomaría esa expresión grosera o estúpida que tiene la boca de los viejos. Enseñaría el cuello cubierto de arrugas, las manos frías con venas azules, y el cuerpo totalmente encorvado de aquel abuelo recordado que lo había tratado con mucha dureza en su adolescencia. El retrato tenía que estar escondido, ya que no era posible otra cosa.

—Señor Hubbard, haga el favor de meterlo —dijo fatigosamente, volviéndose—. Lamento haberlo entretenido tanto tiempo, pero estaba pensando en otra cosa.

—Señor Gray, siempre muy satisfecho en poder servirle —contestó el fabricante de marcos, que aún estaba jadeando—. Señor, ¿dónde lo ponemos?

—En cualquier sitio. Lo quiero aquí, aquí. No necesito que esté colgado. Simplemente apóyelo contra la pared. Muchas gracias.

—Señor, ¿puedo mirar esta obra de arte?

Dorian sintió un estremecimiento.

—Señor Hubbard, a usted no le interesaría —dijo, sin quitar los ojos de aquel hombre. Ya estaba dispuesto a brincar sobre él y a derribarlo si intentaba alzar el suntuoso paño que escondía el gran secreto de su existencia—. No deseo molestarlo más a usted, estoy muy agradecido con usted por la generosidad que ha tenido viniendo.

—De nada, a sus órdenes, señor Gray. Siempre estoy dispuesto a hacer algo por usted, señor.

Y el señor Hubbard descendió deprisa por las escaleras, seguido de su ayudante, que veía a Dorian con una combinación de sorpresa y de temor dibujada en su rostro fuerte y mal parecido. Nunca había visto a nadie tan magnífico.

Dorian cerró la puerta cuando se apagó el sonido de sus pasos y se metió la llave en el bolsillo. Se sentía a salvo. Ahora nadie podría mirar el espantoso objeto. Ningunos ojos más que los suyos mirarían jamás su terrible vergüenza.

Cuando regresó a la biblioteca vio que ya eran más de las cinco y que el té estaba servido. Sobre una mesita de perfumada madera oscura, recargadamente incrustada de nácar, que había sido un regalo de lady Radley, la esposa de su tutor, había una carta de lord Henry con un libro encuadernado en amarillo, de portada levemente roída y de cantos muy sucios. Sobre la bandeja del té estaba un número de la tercera edición de la *St. James's Gazette*. Evidentemente, Víctor había regresado. Se preguntó si no se habría encontrado a los hombres en el vestíbulo cuando se iban, y descubierto lo que habían hecho, pues seguramente notaría la falta del retrato —indudablemente lo habría notado al traer el té—. El biombo aún no estaba colocado, y se veía un vacío en la pared. A lo mejor, una noche lo sorprendería deslizándose escaleras arriba e intentando forzar la puerta del cuarto. Era terrible tener en la casa un espía. Había escuchado hablar de hombres millonarios explotados durante toda su existencia por un sirviente que leyó una carta o sorprendió una charla o recogió una tarjeta con unas señas o halló debajo de una almohada un trozo de encaje arrugado o una flor marchita.

Entre suspiros, después de servirse el té, abrió la carta que le había enviado lord Henry. En ella este le decía que le mandaba aquel diario de la noche, un libro que iba a interesarle, y que a las ocho y cuarto estaría en el club. Con indolencia abrió la St. *James's Gazette* y la leyó. En la quinta página, una señal con lápiz rojo llamó su atención. Con detenimiento leyó lo siguiente:

«PESQUISAS SOBRE UNA ACTRIZ. —*Esta mañana fueron practicadas unas pesquisas en Bell Tavern, Hexton Road, por el señor Danby, médico forense del distrito, sobre el cuerpo sin vida de Sibyl Vane, joven actriz contratada recientemente en el Teatro Royal, de Holborn. Según el dictamen facultativo, falleció a causa de un accidente. Una gran simpatía fue testimoniada a la madre de la fallecida, que estaba muy afectada durante su declaración, y la del doctor Birrell, que realizó la autopsia del cadáver*».

Rompió la hoja en dos pedazos, frunció el ceño y empezó a caminar por la habitación. ¡Todo eso era tan repugnante! ¡Y las cosas qué horrible realidad creaban! Le desagradó un poco que lord Henry le enviara aquello, realmente había sido una tontería haberlo señalado con lápiz rojo. Lo pudo haber leído Víctor. El hombre sabía suficiente inglés como para ello.

Tal vez ya lo habría leído y sospechaba algo. Pero, ¿qué le importaba? ¿Qué vínculo podía existir entre Dorian Gray y el fallecimiento de Sibyl Vane? No tenía nada que temer, ya que Dorian Gray no la había asesinado.

Sobre el libro amarillo que lord Henry le enviaba cayeron sus ojos pesadamente. Se preguntó qué sería. Caminó hacia el pequeño atril octogonal de tonos perlinos, que siempre le parecía obra de unas raras abejas egipcias trabajando en plata, y agarrando el volumen se recostó en un sillón y comenzó a hojearlo. Después de unos minutos fue absorbido por él. Era el libro más raro que nunca había leído. Le dio la impresión de que a las melodías delicadas de unas flautas, los pecados del mundo desfilaban ante él en un callado cortejo. Repentinamente, cosas que había soñado en medio de confusión, para él se convertían en realidad. Cosas que jamás había soñado, poco a poco se le revelaban.

Se trataba de una novela sin un claro argumento ni una secuencia, con un solo personaje, era en realidad un simple estudio psicológico de un muchacho de París que pasaba su vida intentando realizar en el siglo XIX todas las pasiones y las formas de pensar de otros siglos, menos el suyo, tratando de resumir en él mismo los estados de ánimo pòr los que pasó, amando, por su mera artificiosidad, aquellas renuncias que los hombres llamaron neciamente virtud, así como esas rebeliones naturales que aún los hombres llaman pecados. Era un estilo preciosista, vívido y oscuro, y lleno, al mismo tiempo, de argot y de arcaísmos, de expresiones técnicas y de frases trabajadas, que definen la obra de algunos de los finos artistas de la escuela francesa simbolista. Existían tantas metáforas tan monstruosas y tan suaves de color como orquídeas. Allí estaba descrita la vida de los sentidos en términos de filosofía mística. A duras penas sabía uno en algunos instantes si se estaban leyendo los éxtasis espirituales de un santo de la Edad Media o las confesiones morbosas de un pecador actual. Se trataba de un libro venenoso, y la densa fragancia a incienso parecía impregnar sus páginas y desequilibrar el cerebro. La cadencia de las frases, la suave monotonía de su melodía plena de complejos estribillos y de movimientos repetidos con mucha sabiduría, generó en el ánimo del muchacho, mientras leía capítulo tras capítulo, un tipo de ensueño, un ensueño patológico que hizo que perdiera la noción del atardecer y de la rastrera invasión de las sombras que se estaban aproximando.

Las ventanas estaban iluminadas por un cielo verde cobrizo, sin nubes, cruzado por una estrella solitaria. Estuvo leyendo en aquella pálida claridad hasta que ya no le fue posible. Después, cuando su sirviente le recordó en varias ocasiones lo tarde que era, se puso en pie, se dirigió a la habitación contigua, dejó el libro sobre la mesita florentina que siempre tenía junto a su cama, y comenzó a vestirse para ir a cenar.

Cuando llegó al club ya eran casi las nueve, allí se encontró a lord Henry, que estaba solo en el pequeño salón de visitas y parecía estar muy aburrido.

—Harry, lo lamento tanto —dijo—, pero la verdad es que tú tienes toda la culpa. El libro que me mandaste me fascinó tanto, que me olvidé que el tiempo pasaba.

—Sí, me imaginaba que te gustaría —contestó su anfitrión, poniéndose en pie.

—Harry, yo no dije que me haya gustado, dije que me ha fascinado. Hay una diferencia inmensa.

—¿Descubriste eso? —dijo lord Henry. Y caminaron hacia el comedor.

## CAPÍTULO XI

Dorian Gray no logró librarse por mucho tiempo de la influencia de ese libro o, tal vez, jamás pensó en librarse de ella. De París consiguió que le enviaran hasta nueve ejemplares de margen grande de la primera edición, y los envió a encuadernar en distintos colores, de manera que armonizaran con sus diferentes cambios de carácter y estados de ánimo y con las fantasías de su personalidad, sobre la cual parecía perder el enfoque. El héroe, el magnífico muchacho parisino, en quien el carácter romántico y el científico se mezclaban tan curiosamente, se le antojó que era una prefiguración de sí mismo. Para ser sinceros, el libro en su totalidad le daba la impresión que contenía la historia de su propia existencia, escrita antes de que él viviera en este mundo.

Pero era mucho más afortunado que el increíble héroe de la novela. Jamás había conocido aquel grotesco horror de los espejos, de las superficies de metal bruñido y de las aguas quietas que había aparecido tan pronto en la vida del joven parisino, a consecuencia del repentino declinar de una belleza que había sido en otro tiempo, evidentemente, tan notable. Con una alegría casi cruel —tal vez en casi toda alegría, y ciertamente en todo placer, la crueldad tiene un sitio— leía frecuentemente la última parte del libro, con su trágico análisis y un poco enfático de la pena y de la angustia de quien pierde lo que en el mundo y en nosotros se ha estimado mucho más.

Pues la encantadora y magnífica belleza que había fascinado tanto a Basil Hallward, y con él a muchos más, jamás pareció abandonarlo. Hasta los que oyeron contar de él las peores cosas, y aunque de tiempo en tiempo corriesen por Londres rumores extraños sobre su modo de vida y llegase a ser la comidilla de los clubs, jamás creían en su deshonor cuando le veían. Porque su aspecto era el de alguien que se había mantenido inmaculado en el mundo. Los hombres que hablaban de manera torpe entre sí callaban cuando entraba él, y había algo en la pureza de su rostro que era para ellos como un reproche. Su simple presencia parecía recordarles la inocencia que ellos habían opacado. Se sorprendían que un hombre tan fascinante y grácil se hubiera librado de la mancha de un tiempo tan sensual, depravado y sórdido.

Con frecuencia, cuando volvía a su casa después de una de sus ausencias misteriosas y prolongadas que originaban tan raras especulaciones entre aquellos que eran sus amigos, o que pensaban serlo, ascendía furtivamente las escaleras hacia la habitación que estaba cerrada, abría la puerta con la llave que ahora jamás abandonaba y, colocándose con su espejo frente a su retrato pintado por Basil Hallward, ahora miraba el maléfico y envejecido rostro del lienzo, y el de él, terso y lleno de juventud, que le sonreía en el espejo. Y lo que hacía más viva la sensación de placer era la agudeza del contraste. Se enamoraba cada día más de su propia belleza y cada vez más se interesaba por la corrupción de su propia alma. Con minucioso cuidado examinaba, y en ocasiones con monstruoso y espantoso deleite, las atroces líneas que marchitaban esa frente arrugada, o que se insinuaban y retorcían en las comisuras de la boca, gruesa y sensual, preguntándose a veces cuáles eran más terribles: si los signos del pecado o los de la edad. Colocaba sus manos blancas al lado de las manos bastas e hinchadas del retrato, y sonreía. También se burlaba del cuerpo informe y de los laxos miembros.

Realmente existían instantes, al descansar de noche, desvelado en su habitación suavemente perfumada, o en el sórdido cuarto de la taberna de mala reputación próxima a los muelles donde iba a menudo con nombre falso y disfrazado, en los que reflexionaba sobre la ruina que atraía sobre su alma, con una tristeza tanto más conmovedora cuanto que era puramente egoísta. Pero esos instantes eran muy raros y pocos frecuentes. La curiosidad por la vida que lord Henry había sido el primero en impulsar en él, cuando se encontraban sentados en el jardín de su amigo, parecía incrementar con satisfacción. Cuanto más sabía, más quería saber, tenía locas apetencias que se hacían más insaciables y rabiosas cuando lograba satisfacerlas.

Pero nunca descuidaba sus vínculos con la sociedad. Al mes, una o dos veces durante el invierno, y cada miércoles durante la noche hasta el fin de la temporada, abría su maravillosa casa al mundo y llevaba a los músicos que estaban de moda para fascinar a sus invitados con lo magnífico de su arte. Sus pequeñas cenas, en cuya planificación siempre lo ayudaba lord Henry, eran muy comentadas, debido a su detallada selección, al nivel de los invitados y al gusto exquisito evidenciado en la decoración, con sus suaves arreglos sinfónicos de flores exóticas, sus mantelerías bordadas y su vajilla antigua de oro y plata. Realmente, hubo muchos, especialmente entre los jóvenes, que vieron o que se imaginaron ver en Dorian Gray la auténtica realización del modelo que tantas veces habían soñado en los tiempos de Eton o de Oxford, un modelo en el que se mezclaban algo de la cultura real del estudiante con la gracia, la distinción y las perfectas maneras de un hombre de mundo. Se les asemejaba al compañero que describe Dante, uno de esos que «alcanzan la perfección por el culto de la belleza». Como Gautier, era uno de esos para quienes «el mundo visible existía».

Verdaderamente, para él la vida era la primera y más grande de las artes, aquella que solo parecían ser preparación las demás. La moda la tomaba como un instante universal, y el dandismo, que es, a su manera, un intento que confirma el modernismo total de la belleza, tenía para él, obviamente, su encanto. Su forma de vestirse, las maneras particulares que de vez en cuando afectaba, tenían una notable influencia sobre los muchachos elegantes de los bailes de Mayfair y de los ventanales de los clubs de Pall Mall, que lo copiaban en todo y trataban de reproducir la fascinación accidental de su gracia, aunque para él solo fueran muy poco serias afectaciones.

Sin embargo, incluso cuando se encontraba dispuesto a aceptar la posición que se le ofrecía casi de inmediato a su arribo en la vida, y encontraba en verdad un delicado placer en pensar que realmente podría ser para el Londres de sus días lo que había sido en la Roma imperial de Nerón el autor del *Satiricón,* en lo profundo de su corazón quería ser algo más que un sencillo *arbiter elegantiarum* que era consultado solo sobre la moda de una joya, el nudo de una corbata o el manejo de un bastón. Deseaba elaborar un nuevo modelo de existencia que tuviera su filosofía razonada y sus principios organizados, y encontrar en la espiritualización de los sentidos su realización más elevada.

Frecuentemente, el culto de los sentidos ha sido, y con mucha justicia, descalificado, porque los hombres sienten un instinto natural de miedo ante las pasiones y sensaciones que son más fuertes que ellos y que tienen conciencia de compartir con modos de vida de menos elevación. Pero a Dorian Gray le parecía que la auténtica naturaleza de los sentidos jamás había sido entendida, que los seres humanos permanecieron salvajes y animalizados simplemente porque el mundo había querido tenerlos hambrientos por la sumisión o matarlos de dolor, en lugar de aspirar a hacerlos factores de una renovada espiritualidad, donde un instinto suave de belleza sería la característica que dominara. Cuando se imaginaba al hombre moviéndose en la historia, se sentía obsesionado por un sentimiento de fracaso. ¡Cuántos habían sido vencidos! ¡Y por un objetivo tan mezquino! Había habido locos rechazos intencionales, formas monstruosas de auto-tortura y abnegación, cuyo origen era el miedo y cuyo resultado fue una degradación mucho más terrible que aquella de la cual intentaron, en su ignorancia, escapar. Pero, en su magnífica ironía, la naturaleza obliga al solitario a alimentarse con los animales salvajes del desierto, y entrega las bestias selváticas como compañeras a los ermitaños.

¡Sí! Como había profetizado lord Henry, habría un reciente hedonismo, que crearía nuevamente la vida y la salvaría de ese horrible y desagradable puritanismo que extrañamente renace en nuestros días. Seguramente todo esto es obra del intelecto; pero jamás se aceptaría ninguna teoría que implicara el sacrificio de cualquier modo de experiencia apasionada. Realmente, su fin era la experiencia misma y no el producto de la experiencia, cualquiera que fuera, dulce o amargo. Ni el ascetismo, que extingue los sentidos, ni el desenfreno vulgar que los embota se conocería. Pero había que instruir al hombre para que se concentrara en los instantes de la vida, que, en sí misma, también es solo un momento.

Son pocos los que no se han despertado en alguna ocasión antes del alba, después de una de esas noches sin sueños que hacen que casi nos enamoremos de la muerte, o de una de esas noches de terror y de felicidad informe a causa de los fantasmas más horribles que nos trae la realidad misma e impulsados por esa vida intensa que se esconde en todo lo vulgar, y que presta al arte gótico su paciente vitalidad, ya que este arte es, pudiera suponerse, el arte de aquellos cuya mente ha sido turbada por la enfermedad de la ensoñación. Poco a poco, unos dedos blancos trepan por los cortinajes, que da la impresión que tiemblan. Bajo negras formas increíbles, sombras mudas se deslizan por los rincones del dormitorio y allí se agazapan. Hay un despertar de pájaros afuera, entre las hojas, el paso de los obreros camino a su trabajo, o los suspiros y sollozos del aire que sopla de las colinas y deambula alrededor de la casa enmudecida, como si temiera despertar a los durmientes, que tendrían que llamar nuevamente al sueño en su caverna purpúrea. Los pálidos espejos encuentran nuevamente su vida mímica. Las luces apagadas se encuentran donde las habíamos dejado, y al lado está el libro que habíamos estado leyendo, o la flor con un alambre que teníamos en el baile, o la misiva que no queríamos leer porque teníamos miedo o que leíamos con mucha frecuencia. Nada nos parece transformado, aparte de las sombras irreales de la noche resurge la vida real que ya conocemos, pero nos es preciso reiniciarla donde la dejamos, y de nosotros se apodera un terrible sentimiento de continuidad necesaria en el mismo círculo vicioso y aburrido de hábitos estereotipados, o tal vez un deseo furioso y salvaje de que nuestros párpados se abran alguna mañana sobre un mundo que fue creado de nuevo en las tinieblas para nuestro placer, un mundo en el cual las cosas tengan nuevas formas y colores, que estaría cambiado o que tendría otros secretos; un mundo en el cual el pasado ocuparía poco o ningún sitio o supervivencia, de todas maneras, bajo la forma inconsciente de pesar o de obligación, debido a que hasta el recuerdo de la felicidad tiene sus tristezas y amarguras, y la remembranza del placer su dolor y su padecimiento.

Para Dorian Gray, la creación de tales mundos era el verdadero o uno de los verdaderos objetos de la vida, y en su búsqueda de placer y de sensaciones sería, al mismo tiempo, nuevo y maravilloso; tendría ese elemento de misterio tan esencial a la novela, frecuentemente adoptaría ciertos modos de pensamiento que sabía eran realmente diferentes a su naturaleza; se entregaría a sus suaves influencias, y logrando de esta forma captar sus colores y satisfaciendo su curiosidad intelectual, los dejaría con esa extraña indiferencia que no es incompatible con un auténtico ardor de carácter y que ciertamente, de acuerdo con psicólogos modernos, es usualmente una condición del mismo.

En una ocasión corrió el rumor de que iba a abrazar la fe católica y, verdaderamente, él siempre había sentido una gran atracción por el ritual romano. El sacrificio de todos los días, más terriblemente real que todos los sacrificios del mundo de ayer, le conmovían tanto por su soberbia repudiación de la evidencia de los sentidos como por la sencillez primitiva de sus elementos y el perenne *pathos* de la tragedia humana que quiere simbolizar. Le agradaba ponerse de rodillas sobre el frío suelo de mármol y observar al cura, en su rígida dalmática floreada, apartando poco a poco con sus blancas manos el velo del tabernáculo, o levantando el viril engastado con pedrerías que tiene la pálida hostia, que en ocasiones se creería realmente en el pan de los ángeles, o cubierto con los atributos de la pasión de Cristo rompiendo la hostia en el cáliz y golpeándose el pecho por sus pecados. Los humeantes incensarios, que unos niños vestidos de rojo y con encajes balanceaban el aire como grandes flores de oro, tenían para él un suave encanto. Cuando se marchaba, contemplaba con admiración los oscuros confesionarios y se paraba mucho tiempo ante la sombra de alguno, oyendo a hombres y mujeres susurrar a través de la rejilla desvencijada la historia real de sus existencias.

Sin embargo, jamás cayó en el error de parar su desenvolvimiento intelectual con la aceptación formal de un credo o sistema, ni se engañó tomando por hábitat definitivo una casa adecuada para una noche de estancia o para unas cortas horas de una noche de luna brumosa y sin estrellas. Por una temporada lo movió el misticismo, con su maravilloso poder de hacer de las cosas comunes extrañas a nosotros, y el antinomianismo sutil que siempre parece acompañarlo. Y por un tiempo se inclinó hacia las doctrinas materialistas del movimiento Darwiniano en Alemania, en el cual encontró un curioso placer en poder localizar los pensamientos y pasiones de los hombres en alguna célula nacarada en el cerebro o algún nervio blanco del cuerpo. Se deleitaba en la concepción de dependencia absoluta del espíritu de ciertas condiciones físicas, fueran sanas o morbosas, normales o enfermas. Sin embargo, como alguien le dijo una vez, ninguna teoría de la vida le parecía importante comparada con la vida misma. Era profundamente consciente de que toda especulación intelectual es estéril cuando se separa de la experiencia y de la acción. Estaba seguro de que los sentidos, igual que el alma, poseían sus misterios espirituales.

Entonces, se dedicó a estudiar los perfumes y los secretos de su diseño y fabricación, destilando aceites de fuertes fragancias o quemando gomas olorosas provenientes de Oriente. Entendió que no existía ningún estado de ánimo que no tuviera su contraparte en la vida de los sentidos y se puso a descubrir sus auténticas relaciones, preguntándose por qué el incienso era hecho para los místicos y el ámbar gris para los movidos por las pasiones, las violetas resucitan el recuerdo de los amores acabados, el almizcle turbaba la mente y le ponía colores a la imaginación, e intentó frecuentemente hacer una verdadera psicología de los perfumes, calculando las distintas influencias de las raíces olorosas y de las flores llenas de polen, o de los bálsamos aromáticos, de las maderas oscuras y fragantes, del nardo indio que enferma; del hovenia, que le produce locura a los hombres, y del aloe, del que se comenta puede sacar del alma la tristeza y la melancolía.

En otras ocasiones se dedicaba enteramente a la música y en una habitación con celosías, de techo bermellón y oro, de paredes de laca verde olivo, daba con frecuencia raros conciertos, en los que gitanos dementes creaban una melodía ardiente con citarillas o en los que tunecinos muy serios, vestidos con chales amarillos, arrancaban sonidos

a las tirantes cuerdas de inmensos laúdes, mientras unos negros burlones golpeaban con aburrimiento sobre tambores de cobre, y en los
que, acuclillados sobre esteras rojas, unos indios delgados que lucían
turbantes soplaban en largas flautas de caña o de bronce, encantando
o simulando encantar a serpientes muy grandes de capuchón y a espantosas víboras con cuernos. Los intervalos ásperos y las agudas disonancias de la melodía bárbara a veces le producían excitación, cuando
la grácil sinuosidad de Schubert, las bellas melancolías de Chopin
y las fuertes y potentes armonías de Beethoven se deslizaban en sus
oídos sin interés. De todos los lugares del mundo coleccionó los instrumentos más extraños y exóticos que pudo hallar, hasta en las tumbas de los pueblos muertos o entre las pocas tribus salvajes que han
sobrevivido a las civilizaciones de Occidente, y le agradaba tocarlos y
probarlos. Tenía los misteriosos *juruparis* de los indios del Río Negro,
no permitido observar a las mujeres y que solamente pueden mirar los
jóvenes después de haber sido sometidos al ayuno y a la flagelación,
y las vasijas de barro de los peruanos, de las que obtienen melodías
como chillidos agudos de pájaros; las flautas realizadas con huesos
humanos, como las que Alfonso de Ovalle escuchó en Chile, y los resonantes jaspes verdes, que están cerca de Cuzco y que producen una
nota de particular suavidad y dulzura. Poseía calabazas dibujadas que
contenían guijarros que resonaban al sacudírsele; el largo clarín de los
mexicanos, en el que el músico no debe soplar, solo aspirar el aire; el
áspero *ture* de las tribus del Amazonas, que hacen sonar los centinelas
montados todo el día en altos árboles y que puede escucharse, según
dicen, a tres leguas de distancia; el *teponaztli,* con sus dos lengüetas
vibrantes de madera, que se golpea con unos palillos llenos de goma
elástica que se extrae de la savia lechosa de unas plantas. El *yotl,* o
campanas de los aztecas, agrupadas en racimos, y un gran tambor cilíndrico cubierto de pieles de culebras enormes, similar al que vio Bernal Díaz cuando con Cortés ingresó en el templo mexicano, y de cuya
melodía dolorosa nos dejó una descripción muy viva. El carácter magnífico y mágico de esos instrumentos le encantaba, y experimentó un
raro placer cuando pensó que el arte, igual que la naturaleza, tenía sus
propios monstruos, objetos de forma bestial y de voces terribles. Pero
después de algún tiempo lo hastiaron, y fue a su palco de la Ópera,
con lord Henry o solo, a escuchar, lleno de éxtasis, el *Tannhaüser,*
mirando en el preludio de esa obra maestra de arte el preámbulo y el
escenario de la propia tragedia de su alma atormentada.

En una oportunidad se puso a estudiar las joyas y llegó a un baile con un disfraz de Anne de Joyeuse, almirante de Francia, con un vestido bordado con quinientas sesenta perlas. Durante varios años la afición lo dominó, y se puede decir, realmente, que jamás la abandonó. A menudo pasaba días enteros ordenando y desordenando en sus estuches las piedras variadas que había conseguido reunir, como el crisoberilo verde oliva, que se vuelve rojo a la luz de la lámpara; la cimofana de vetas plateadas; el peridoto color pistacho; los topacios rosados y amarillentos; los carbúnculos de un escarlata arrebatado con estrellas trémulas de cuatro rayos; las piedras de hessonita rojo llama; las espinelas anaranjadas y violetas y las amatistas con sus capas alternas de rubí y zafiro. También le agradaba el oro rojo de la piedra solar y la blancura perlina de la piedra lunar, y el partido arco iris del ópalo lechoso. Desde Ámsterdam hizo traer tres esmeraldas de gran tamaño y riqueza de color, y tuvo entres sus posesiones una turquesa *de la vieille roche*, que fue la envidia de todos los conocedores del tema.

También descubrió extraordinarias historias sobre las joyas. En la *Clericalis Disciplina* de Alfonso se habla de una culebra que tenía los ojos de verdadero jacinto, y en la narración novelesca de Alejandro se comenta que el conquistador de Emacia halló en el valle del Jordán serpientes «con collares de auténticas esmeraldas sobre sus dorsos». Filostrato nos narra que existía una gema en el cerebro del dragón, y que «por la exhibición de letras de oro y de un traje escarlata», el monstruo podía ser adormecido de forma mágica y muerto. Decía el gran alquimista Pierre de Boniface que el diamante hacía a un hombre invisible, y el ágata de la India lo hacía elocuente. La cornalina calmaba la ira, el jacinto inducía el sueño y la amatista disipaba los vapores del vino. El granate hacía escapar a los diablos y el hidrópico le quitaba a la luna su color. La selenita crecía y decrecía con la luna, y el meloceus, que descubría a los ladrones, solo podía empañarse con la sangre de unos cabritillos. Leonardo Camilo vio una piedra blanca agarrada en el cerebro de un sapo recién fallecido, que era un antídoto seguro contra el veneno. El bezoar que hallaba en el corazón de un ciervo árabe era un hechizo que podía sanar la peste. Para Demócrito, las piedras que estaban en los nidos de las aves de Arabia protegían a quienes las portaran de todo peligro que proviniese del fuego.

Por su ciudad, el rey de Ceilán cabalgaba con un grueso rubí en el acto de su coronación. Las puertas del palacio del Preste Juan estaban hechas «de sardónices, con el cuerno de la serpiente cornuda grabado en él, para que ningún hombre que llevase veneno pudiese entrar». En el frontón había «dos manzanas doradas, en las cuales estaban engastados dos carbúnculos, de modo que el oro relucía durante el día y los carbúnculos por la noche». En la extraña novela de Lodge, *A Margarite of America*, se cuenta que en la cámara de la reina podían verse «todas las damas castas del mundo, engastadas en plata, mirando a través de tersos espejos de crisolitas, carbúnculos, zafiros y esmeraldas verdes». Marco Polo vio a los habitantes de Cipango colocar perlas rosadas en la boca de los muertos. Y cuando un monstruo marino se enamoró de la perla que un buzo vendió al rey Perozes, mató al ladrón y lloró durante siete lunas su pérdida. Cuando los hunos atrajeron al rey a un gran foso, este la arrojó —Procopio nos cuenta la historia— y nunca jamás fue hallada, aunque el emperador Anastasio ofreció quinientas libras en piezas de oro por ella. El rey de Malabar le mostró a un veneciano un rosario de trescientas cuatro perlas, cada una correspondía a un dios al que él rendía adoración.

Al ir el duque de Valentinois, hijo de Alejandro VI, a visitar al Rey Luis XII de Francia, su corcel se encontraba cargado de hojas de oro, según señaló Brantôme, y su sombrero tenía una doble fila de rubíes que generaban un gran resplandor. Carlos de Inglaterra montaba a caballo con unos estribos engastados de cuatrocientos veintiún diamantes. Ricardo II tenía una cota de malla valorada en treinta mil marcos, cubierta de rubíes balajes. Hall describe a Enrique VIII, cuando iba hacia la Torre antes de su coronación, llevando «una túnica recamada en oro, el peto bordado de diamantes y otras ricas pedrerías, y alrededor del cuello un gran tahalí de gruesos balajes». Los favoritos de Jacobo I tenían pendientes de esmeraldas engastados en filigrana de oro. Eduardo II le obsequió a Piers Gaveston una armadura de oro rojo tachonada de jacintos, un collar de rosas de oro engastado en turquesas y un birrete sembrado de perlas. Enrique II usaba unos guantes enjoyados que le llegaban hasta el codo, y tenía un guante de halconero cosido con veinte rubíes y cincuenta y dos grandes perlas de Oriente. También el sombrero ducal de Carlos el Temerario, último duque de Borgoña de su raza, se encontraba cubierto de perlas piriformes y estaba hecho con tachones de zafiros hermosos.

¡Qué existencia más maravillosa y deliciosa la antigua! ¡Qué elegancia y suntuosidad en el ornato y en la pompa! Esos lujos que habían desaparecido eran magníficos, incluso la lectura de ellos.

Después fijó su atención en los bordados y tapices que estaban en el lugar de los frescos en los fríos salones de las naciones septentrionales de Europa. Cuando estudió este tema, se entristeció mucho al reflexionar en la ruina que el tiempo ocasiona en las cosas bellas y maravillosas. Él, sea como fuera, estaba libre de aquello. Los veranos sucedían a los veranos, y los narcisos amarillos florecieron y murieron muchas veces, y noches de horror repetían la historia de su vergüenza, pero él no cambiaba. Ningún invierno marchitó su cara o corrompió su lozanía de flor. ¡Era muy diferente con las cosas materiales! ¿A dónde se habían ido? ¿Dónde se encontraba la admirable vestidura color azafrán por la cual los dioses pelearon contra los gigantes, que había sido tejida por doncellas morenas para el placer de Atenea? ¿Dónde el inmenso *velarium* que Nerón hizo tender de una parte a otra del Coliseo en Roma, aquella vela titánica de púrpura sobre la cual estaban representados los cielos estrellados y Apolo conduciendo su carro tirado por blancos corceles con riendas de oro? Pensaba en las curiosas servilletas bordadas para el Sacerdote del Sol, sobre las cuales eran depositadas todas las golosinas y viandas necesarias para las fiestas; el sudario del rey Chilperico, con sus trescientas abejas de oro; los vestidos fantásticos que provocaron la indignación del obispo de Ponto, donde estaban representados «leones, panteras, osos, perros, bosques, rocas, cazadores —todo, en realidad, lo que un pintor puede copiar en la naturaleza—»; y el traje que llevó una vez Carlos de Orleans, en cuyas mangas estaban bordados los versos de una canción que empezaba: *Madame, je suis tout joyeux;* el acompañamiento musical de las palabras estaba tejido con hilos de oro, y cada nota, en la forma cuadrada de aquella época, hecha con cuatro perlas. Había leído que la estancia preparada en el palacio de Reims para uso de la reina Juana de Borgoña estaba decorada «con mil trescientos veintiún loros bordados y blasonados con las armas reales, y quinientas sesenta y una mariposas, cuyas alas estaban parejamente ornadas con las armas de la reina, todo de oro». Catalina de Médicis tenía un lecho fúnebre hecho para ella de terciopelo negro, bordado de medias lunas y soles. De damasco era su dosel, con coronas de follaje y guirnaldas bordadas en oro sobre fondo de plata, con las orlas ribeteadas con bordados de perlas, y en la pared de la habitación estaban puestas en hilera las divisas de la reina recortadas en terciopelo negro sobre paño de plata. Luis XIV tenía en sus aposentos unas cariátides bordadas en oro de cinco metros de altura. El lecho portátil de Sobieski, rey de Polonia, estaba hecho de brocado de oro de Esmirna, bordado de turquesas con versos del Corán. De plata dorada eran sus soportes, hermosamente cincelados y con muchos medallones esmaltados y de pedrería. Fue agarrado en el campamento turco frente a Viena, y bajo los oros temblorosos de su dosel ondeó el estandarte de Mahoma.

Por un año completo se dedicó a acumular los ejemplares más maravillosos y extraordinarios que pudo hallar de trabajos textiles y del bordado, logrando las delicadas muselinas de Delhi, finamente tejidas y recamadas con palmas de oro, y cosidas sobre los iridiscentes escarabajos; las gasas de Dacca, a las que por su transparencia se les conoce en Oriente como «aire tejido», «agua corriente» y «rocío nocturno»; extrañas telas historiadas de Java; tapices chinos amarillos primorosamente elaborados; libros encuadernados en rasos oscuros o en sedas de un azul brillante, con estampaciones de *fleurs de lys,* pájaros y figuras; velos de *lacis* hechos en punto de Hungría; brocados sicilianos y rígidos terciopelos españoles; labores georgianas de cantos dorados y *Fukusas* japonesas con sus oros de tono verde y sus pájaros con plumas exquisitas y fascinantes.

También sintió una especial pasión por los trajes eclesiásticos, en realidad, por todo lo referente al servicio de la Iglesia. En largas arcas de cedro, que estaban en la galería oeste de su casa, coleccionó muchos extraños y magníficos ejemplares de lo que son realmente los vestidos de la Novia de Cristo, que debe utilizar púrpura, joyas y paño fino para poder esconder su lívido y macerado cuerpo, enflaquecido por los padecimientos que ella se buscó y herido por el dolor autoinfligido. Tenía una suntuosa capa consistorial de seda color carmesí y de damasco de oro que estaba adornada con un modelo repetido de granadas de oro, ubicadas sobre flores simbólicas de seis pétalos, que tenía unos cantos que eran unas piñas incrustadas de perlitas. Las franjas se encontraban divididas en la parte interior en recuadros que representaban escenas de la vida de la Virgen, y las que correspondían a la coronación de la Virgen se encontraban bordadas en la capucha en sedas de colores. Se trataba de un trabajo italiano del siglo XV. Una capa pluvial era de terciopelo verde, que estaba bordado con hojas de acanto asemejando un corazón, en las que se abrían blancas flores de largo tallo; los detalles estaban realizados con hilo de plata y cuentas de vidrios de colores. En el capillo estaba una cabeza de ángel hecha en realce con hilos de oro. Los bordes se encontraban tejidos con arabescos de seda roja y oro y sembrados de medallones de muchos mártires y santos, entre estos San Sebastián. También tenía casullas de seda ámbar, brocados de oro y seda azul, damascos de seda amarilla y telas de oro en las que estaban representadas la Pasión y la Crucifixión de Jesucristo, bordadas asimismo con leones, pavos reales y otros emblemas; dalmáticas de raso blanco y de damasco de seda rosada, con adornos de tulipanes, delfines y *fleurs de lys;* paños de altar de terciopelo carmesí y de lino azul; y muchos corporales, velos de cáliz y manípulos. Su imaginación se despertaba cuando pensaba en la utilización mística que se le había dado a todos esos objetos magníficos.

Porque aquellos maravillosos tesoros y todo lo que él coleccionaba en su llamativa casa le servían como medios para no recordar, como una forma de evadirse por un tiempo del miedo que, en ocasiones, le parecía muy grande para poder aguantarlo. En las paredes de la cerrada y solitaria habitación en la que habían transcurrido muchos días de su niñez, colgó con sus propias manos el horrible retrato cuyas facciones variables le señalaban la verídica degradación de su vida, y delante colgó, a manera de cortina, el paño mortuorio de color púrpura y oro. No iba por allí durante semanas enteras, porque no quería recordar la terrible imagen pintada, y así recuperaba su buen ánimo, su alegría maravillosa, su entrega con pasión a la existencia sencilla. Luego, repentinamente, unas noches salía de su casa y se iba a los terribles sitios próximos a Blue Gate Fields, y se quedaba allí, día tras día, hasta que lo echaban del local. A su regreso se sentaba frente al retrato, aborreciéndose algunas veces, pero, en otras, orgulloso del individualismo que es la fascinación del pecado, y esbozaba una sonrisa con oculto placer a esa sombra sin forma que soportaba la carga que debía ser la suya propia desde hace mucho tiempo.

Pocos años después, no resistió estar mucho tiempo fuera de Inglaterra, y vendió la villa que compartía con lord Henry en Trouville, igual que la casita de muros blancos que poseía en Argel y en la que estuvieron más de un invierno. Odiaba la idea de no estar con el retrato que estaba involucrado en su vida y también le daba temor que en su ausencia alguien entrara en la habitación, aunque había mandado a poner rejas forjadas sobre la puerta.

Se encontraba totalmente convencido de que el retrato no le diría nada a nadie. Era cierto que el cuadro todavía mantenía, con todo lo repulsivo y la fealdad de la cara, su clara semejanza con él, pero, ¿qué podría revelar aquello? Se reiría de cualquiera que intentara calumniarle. La realidad es que él no lo había pintado. Entonces, ¿qué le importaba lo vil y lo feo de ese semblante? Incluso si lo explicaba, ¿le creerían?

Pero tenía miedo. En ocasiones, cuando se encontraba en su amplia y cómoda vivienda de Nottinghamshire, rodeado de muchachos elegantes de su nivel social y de quienes era el jefe, sorprendiendo al condado por el lujo desenfrenado y desproporcionado y el opulento esplendor de su forma de vivir, repentinamente dejaba a sus huéspedes e iba corriendo a la ciudad para comprobar que no hubiesen forzado la puerta y que el cuadro siguiera en el mismo sitio. ¿Y si lo robaban? Esta idea lo llenaba de un frío espanto. En ese caso, lo más seguro es que el mundo descubriría su secreto. Quizá ya lo sospechaba.

Porque a pesar de fascinar a muchos, otros desconfiaban de él. Casi lo habían rechazado en un club del West End, al cual su alcurnia y su clase le permitían pertenecer sin discusión alguna, y se comentaba que una vez, cuando un amigo lo llevó al salón de fumar del Churchill, el duque de Berwick y otro caballero se pusieron de pie y salieron de una manera evidente. Una vez que cumplió los veinticinco años, de él se contaron historias misteriosas y singulares. Muchos rumores corrieron sobre que lo habían visto peleando con marineros extranjeros en una infame taberna en las proximidades de Whitechapel, que se reunía frecuentemente con marineros falsos y ladrones y que conocía todos los secretos del oficio. Fueron notorias sus prolongadas ausencias y, al reaparecer en sociedad, los hombres murmuraban en los rincones, pasaban delante de él con actitudes despreciativas o lo observaban con ojos indagadores y fríos, como si estuviesen decididos a desvelar su secreto.

Naturalmente, no le dio importancia a esas arrogancias y enojosos desaires, y la mayoría de las personas opinaba que sus sinceras y afables maneras, su sonrisa infantil tan encantadora y la maravilla infinita de su extraordinaria juventud parecían no abandonarlo jamás, y por sí mismas eran una respuesta contundente a las calumnias, así les decían, que caían sobre él. Sin embargo, fue notorio que algunos de sus más íntimos amigos ahora parecían rehuirle. Las mujeres que lo habían amado locamente y que por él se habían enfrentado a la implacable censura social, desafiándola, se ponían pálidas de vergüenza o de terror cuando Dorian Gray entraba en el salón.

Aunque esos escándalos cuchicheados solo lograron que, a los ojos de algunos, su misterioso y peligroso encanto se incrementara. Su enorme riqueza fue un factor de seguridad indudable. La sociedad, al menos la civilizada, jamás está dispuesta a creer algo que vaya en detrimento de quienes son millonarios y seductores al mismo tiempo. Instintivamente considera que las maneras tienen más valor que la moral y, en su opinión, la responsabilidad más alta tiene mucha menos importancia que tener un buen *chef*. Realmente resulta, después de todo, un consuelo muy pobre expresar que no se puede reprochar la vida privada de un hombre que lo ha invitado a uno para cenar mal o beber un vino barato. Ni incluso las virtudes cardinales compensarían un plato casi frío, como señaló en una ocasión lord Harry en una discusión sobre ese punto, y habría mucho que expresar sobre su afirmación, debido a que las reglas de la buena sociedad son o debieran ser iguales que las del arte. La forma es totalmente esencial en ellas. Tendrían la dignidad de una ceremonia y su irrealidad, y combinarían el carácter no sincero de una obra romántica con el ingenio y la belleza que nos hacen placenteras tales obras. ¿Es algo tan terrible la insinceridad? Yo pienso que no. Es, sencillamente, un método con el que logramos multiplicar nuestras personalidades.

Por lo menos así pensaba Dorian Gray. Frecuentemente se asombraba de la superficial psicología de los que conciben el ego en el hombre como una cosa sencilla, permanente, digna de confianza y con una sola esencia. Según su concepción, el hombre tiene millares de vidas y sensaciones, es un ser complejo y multiforme que alberga en sí extrañas herencias y de pensamientos y de pasiones, y cuya carne está infectada por las enfermedades monstruosas de los muertos. Le gustaba pasearse por la desnuda y fría galería de cuadros de su casa de campo y contemplar los diferentes retratos de aquellos cuya sangre corría por sus venas. Allí se encontraba Philip Herbert, descrito por Francis Osborne en sus *Memorias de los reinados de la reina Isabel y del rey Jacobo,* que fue «mimado por la Corte por su bella faz, que no conservó mucho tiempo». ¿Era la existencia del joven Herbert la que él continuaba en algunas ocasiones? ¿No se habría transmitido hasta él algún raro venenoso germen de generación en generación? ¿No era acaso una oscura supervivencia de aquella gracia marchita la que le había hecho exclamar en el estudio de Basil Hallward, tan de repente y casi sin motivo, aquella desquiciada plegaria que había transformado su existencia? Allí se encontraba, en chaquetilla roja bordada de oro, con un manto cubierto de pedrerías con la gorguera y los puños festoneados de oro, sir Anthony Sherard, teniendo a sus pies su negra armadura de plata. ¿Cuál había sido el legado de ese hombre? ¿Acaso el amante de Giovanna de Nápoles le había dejado una herencia de pecado y ofensa? ¿No eran simplemente sus propias actuaciones los sueños que aquel difunto no se había atrevido a llevar a cabo? Sobre un lienzo descolorido sonreía lady Isabel Devereux, con su cofia de gasa, su corpiño de perlas y sus mangas rosas abiertas. En su mano derecha sostenía una flor, y la izquierda agarraba un collar esmaltado de rosas blancas y de Damasco. A su lado, sobre una mesa, había una mandolina y una manzana. Había unas escarapelas verdes muy anchas sobre sus zapatitos puntiagudos. Él conocía su vida y las raras historias que se decían sobre sus amantes. ¿Tendría él algo de su temperamento? Parecía que aquellos ojos ovalados de párpados pesados lo miraban con curiosidad. ¿Y aquel George Willoughby, con sus cabellos llenos de polvo y sus lunares extraordinarios? ¡Parecía tan malvado! Su faz era triste y bronceada, y su boca sensual daba la impresión de arquearse con desprecio. Volantes de suaves encajes caían sobre las amarillas y huesudas manos llenas de sortijas. Él era uno de los presumidos del siglo XVIII, y el amigo, en su juventud, de lord Ferrars. ¿Y aquel segundo lord Beckenham, compañero del príncipe regente en sus días más depravados, y uno de los testigos de su boda secreta con la señora Fitzherbert? ¡Qué atractivo y arrogante era, con sus rizos color castaño y su atrevida actitud! ¿Cuántas pasiones le había transmitido? Todo el mundo lo había acusado de despreciable. Participaba en las orgías de Carlton House. Sobre su pecho brillaba la estrella de la Jarretera. Al lado colgaba el retrato de su esposa, una mujer muy pálida, de labios finos, con un traje negro. Por sus venas también corría su sangre. ¡Qué extraño le parecía todo! Y su madre, con su faz de lady Hamilton y sus labios mojados como de vino: conocía lo que heredó de ella. Heredó su belleza y su pasión por la belleza de los otros. Se reía de él con su traje suelto de bacante. En su cabellera había hojas de parra. Se derramaba la púrpura de la copa que tenía entre las manos. Los claveles que había en la pintura se habían marchitado, sin embargo, los ojos aún seguían siendo extraordinarios en su profundidad y brillo del colorido. Parecían seguirle de un lado a otro.

Pero tenía unos antepasados en literatura, como en su propia estirpe, más cercanos tal vez en tipo y temperamento, y ciertamente muchos de ellos ejercen sobre nosotros una influencia más consciente. En ocasiones, a Dorian Gray le parecía que la historia completa era sencillamente la narración de su propia existencia, no como él la había vivido en actos e incidencias, sino tal como la había construido en su imaginación, como hubiera sido en su mente y en sus pasiones. Sentía que había conocido a todas aquellas rara y terribles figuras que pasaron por el mundo, haciendo tan maravilloso el pecado y tan pleno de sutileza el mal. Le parecía que por extraños caminos las vidas de aquellos también habían sido la suya.

El héroe de la extraordinaria novela que influyó tanto en su existencia conocía esas raras fantasías. En el capítulo siete cuenta que tomó asiento, coronado de laurel, como Tiberio en un jardín de Capri, leyendo los libros llenos de vergüenza de Elefantina, al tiempo que unos enanos y unos pavos reales se contoneaban a su alrededor, el flautista se burlaba del turiferario y, como Calígula, estuvo de juerga en establos con jinetes de camisas verdes, cenó en un pesebre de marfil con un caballo que tenía la frente adornada con pedrerías; y, como Domiciano, paseó por una galería tapizada de espejos de mármol, observando todo a su alrededor con ojos embelesados, pensando en la daga que iba a terminar sus días, enfermo de ese hastío, de este espantoso *tedium vitae* que domina a aquellos a quienes la vida no les niega nada; e indagó mediante una clara esmeralda las carnicerías sangrientas del circo, y luego, en una silla de perlas y de púrpura tirada por mulas herradas de plata, lo trasladaron por la calle de las Granadas hasta la Casa de Oro, y a su paso escuchó gritar a los individuos: «¡Nero Caesar!», y como Heliogábalo, se maquilló el rostro, entre mujeres tejió en la rueca e hizo traer la Luna desde Cartago y la entregó al Sol en una boda mística.

Dorian leía una y otra vez ese extraordinario y fantástico capítulo y los dos que le seguían, donde como en un extraño tapiz o como con esmaltes labrados con mucha habilidad se describían detalladamente las figuras espantosas y hermosas de aquellos a quienes el tedio, el vicio y la sangre convirtieron en monstruos o en viles locos: Filippo, duque de Milán, quien mató a su esposa y pintó sus labios con un veneno color escarlata para que su amante absorbiera la muerte del cuerpo sin vida de la mujer que había amado; Pietro Barbi, el Veneciano, conocido por Pablo II, quien en su vanidad trató de tomar el título de Formosus y cuya tiara, que valía doscientos mil florines, fue adquirida al precio de un horrible pecado; Gian Maria Visconti, quien utilizaba perros para cazar hombres y cuyo cuerpo asesinado fue tapizado de rosas por una prostituta que lo había amado; y Borgia sobre su blanco caballo, con el fratricidio cabalgando a su lado, y su capa teñida de rojo con la sangre de Perotto; Pietro Riario, el muchacho cardenal-arzobispo de Florencia, hijo y favorito de Sixto IV, cuya belleza solamente se igualó a su desenfreno y que recibió a Leonor de Aragón bajo una cortina de seda blanca y carmesí, plena de ninfas y centauros, pintando de oro a un adolescente que utilizaba en los festines como Ganímedes o Hylas; Ezzelin, cuya melancolía solamente se curaba con la exhibición de la muerte, y que sentía una pasión desenfrenada por la sangre muy roja, igual que otros la tienen por el rojo vino —el hijo del Maligno, según se dijo, que le hizo trampas a su padre a los dados cuando se encontraba jugando con él su propia alma—; Gianbattista Cibo, quien adoptó por burla el nombre de Inocente, y en cuyas impuras venas un doctor judío inyectó la sangre de tres adolescentes; Sigismondo Malatesta, el amante de Isotta y señor de Rímini, cuya imagen quemaron en Roma por ser enemigo de Dios y del hombre, quien con una servilleta estranguló a Polissena, le dio el veneno a Ginevra de Este en una copa de esmeralda, y levantó una iglesia pagana con el fin de adorar a Cristo, en honor de una pasión vergonzosa. Carlos VI, que idolatró con frenesí a la mujer de su hermano, a quien un leproso advirtió de la demencia que iba a sufrir y cuyo cerebro, enfermizo y trastornado, solamente fue aliviado con unas barajas sarracenas en las que estaban dibujadas imágenes del amor, la muerte y la locura; y con su chaquetilla adornada, su sombrero guarnecido de pedrerías y sus cabellos rizados como hojas de acanto, Grifonetto Baglioni, quien asesinó a Astorre con su novia y a Simonetto con su paje, y era tan gentil que cuando se encontraba tirado agonizando en la amarilla plaza de Perusa, los que lo detestaban lo lloraron, y Atlanta lo bendijo ese instante, a pesar de que antes lo había maldecido.

En todos ellos existía una terrible fascinación. De noche se le aparecían y durante el día perturbaban su imaginación. En el Renacimiento se conocieron raros métodos de envenenamiento —el envenenamiento por una cadena de ámabra, por un yelmo y por una antorcha encendida, por un guante con bordados y por un abanico de pedrerías, por una bola con perfume—, pero un libro envenenó a Dorian Gray. Había instantes en los que solo pensaba en el mal como un camino que necesitaba transitar con el fin de llevar a cabo su concepto de belleza.

# Capítulo XII

Sucedió en la víspera de su trigésimo octavo cumpleaños, un 9 de noviembre, como después recordaría con frecuencia. Cerca de las once de la noche salía de la casa de lord Henry, donde había cenado, e iba cubierto de pieles muy pesadas, ya que la noche estaba helada y llena de brumas. Justo en la esquina de Grosvenor Square con la calle South Audley, un individuo pasó cerca de él en medio de la niebla, caminando muy deprisa y con el cuello de su abrigo gris alzado. Tenía una bolsa de mano. Dorian lo reconoció de inmediato. Se trataba de Basil Hallward. Una rara sensación de temor, que no se explicaba, lo dominó completamente. Disimuló e hizo como si no lo hubiera reconocido, y aceleró el paso en dirección a su casa.

Sin embargo, Hallward ya lo había visto. Dorian lo escuchó detenerse primero en la acera y después seguirlo. Momentos después, apoyó la mano sobre su brazo.

—¡Dorian! ¡Qué suerte tan extraordinaria! Te estaba esperando en tu biblioteca desde las nueve. Al final, me compadecí de tu sirviente, que estaba muerto de cansancio, y le dije, cuando me acompañó hasta la puerta, que se acostara. Me voy a París en el tren de la medianoche, y deseaba verte antes de partir. Me dio la impresión que eras tú o, por lo menos, tu gabán de pieles, cuando nos cruzamos en la calle. Pero no estaba totalmente seguro. ¿No me habías reconocido?

—Mi querido Basil, ¿con esta niebla? ¡Hombre! Si casi no podía reconocer Grosvenor Square. Creo que mi casa se encuentra por aquí, pero no podría asegurarlo totalmente. Siento que te vayas, porque no sé de ti hace un siglo, pero me imagino que regresarás pronto.

—No, estaré fuera de Inglaterra por seis meses. Tomaré un estudio en París, y me encerraré hasta que finalice un gran cuadro que tengo en mente. Pero no era de mí de quien quería hablarte. Ya nos encontramos delante de tu puerta. Permíteme entrar un momento. Tengo que decirte algo.

—Encantado, pero, ¿no vas a perder el tren? —dijo Dorian Gray lánguidamente, mientras subía las escaleras y abría la puerta con su llave.

La luz del farol se enfrentaba con la niebla, y Hallward miró su reloj.

—Me sobra tiempo —contestó—. El tren no sale hasta las doce y cuarto, y solo son las once. Sinceramente, yo iba a buscarte al club cuando te encontré. Como puedes observar, mi equipaje no me retrasará; lo he mandado con las maletas pesadas. En esta bolsa llevo todo lo necesario y puedo llegar en veinte minutos a la estación Victoria.

Dorian lo miró, sonriendo.

—¡Qué vestimenta de viaje para un pintor tan elegante! ¡Una maleta de mano y un abrigo! Entra, o la niebla cubrirá la casa. Y recuerda que no se debe hablar de nada serio. Hoy no hay nada serio. O, por lo menos, nada puede serlo.

Mientras entraba, Hallward movió la cabeza y caminó detrás de Dorian hacia la biblioteca. En la amplia chimenea brillaba un fuego de leños. Las luces se encontraban encendidas y sobre una mesa pequeña de marquetería estaban colocados una licorera holandesa, unos sifones de soda y unos anchos vasos tallados.

—Dorian, como puedes darte cuenta, tu criado me instaló como si estuviera en mi casa. Me dio todo lo que necesitaba, incluyendo tus mejores cigarrillos de boquilla dorada. Es un hombre muy servicial y hospitalario. Él me gusta mucho más que el francés que tenías antes. Por cierto, ¿qué pasó con él?

Dorian se encogió de hombros.

—Creo que se casó con la doncella de lady Radley, y la estableció como modista inglesa en París. Por allí está muy de moda ahora la *anglomanie,* según he escuchado. Parece una tontería viniendo de ese francés, ¿cierto? Sin embargo, ¿sabes?, no era un mal sirviente. Jamás me gustó, pero no tuve nada de qué quejarme. En ocasiones, uno se imagina cosas totalmente absurdas. Realmente me era muy fiel y parecía estar muy triste cuando se fue. ¿Otro brandy con soda? ¿O prefieres vino del Rin con seltz? Yo siempre lo tomo, con toda seguridad hay en la habitación de al lado.

—Muchas gracias, ya no quiero nada —dijo el pintor, al momento que se quitaba el sombrero y el abrigo y los echaba sobre la bolsa que había puesto en un rincón—. Y ahora, mi querido amigo, deseo hablarte con mucha seriedad. Pero, por favor, no frunzas el ceño así. Haces que esto se convierta en algo mucho más difícil para mí.

—¿De qué me hablas? —dijo Dorian, con su acostumbrada impaciencia, echándose sobre el sofá—. Espero que no se trate de mí. Esta noche estoy cansado de mí mismo. Desearía ser otro.

—Lo siento, se trata de ti —contestó Hallward, con voz grave y conmocionada—, y tengo que decírtelo. Solo te voy a entretener por media hora.

Suspirando, Dorian encendió un cigarrillo.

—¡Media hora! —susurró.

—Ese tiempo no es mucho para hacerte solo unas preguntas, Dorian, y lo digo por tu propio bien. Es conveniente que sepas las cosas espantosas que se dicen de ti en Londres.

—No deseo saberlas, amigo. Me gustan los escándalos de otros; sin embargo, los que me incluyen no me interesan. No tienen el encanto de lo novedoso.

—Pero deberían interesarte mucho, Dorian. Todo noble caballero está interesado y preocupado por su buen nombre. No desearás que las personas se expresen de ti como alguien degradado y envilecido. Ciertamente, tienes nivel social, riquezas y todo lo demás, pero la posición y el dinero no lo son todo. Entenderás que yo, de ninguna forma, creo en esos rumores. Al menos, cuando te veo no puedo creerlos. El pecado es algo que por sí mismo se inscribe en el semblante de un hombre. No puede mantenerse en secreto. Las personas hablan a veces de vicios ocultos, pero tales cosas no existen. Si un hombre aberrado y corrompido tiene un vicio, este se detecta en las líneas de su boca, en la caída de sus párpados, hasta en cómo están moldeadas sus manos. Una persona (no diré su nombre, pero tú la conoces) me buscó el año pasado para que hiciera su retrato. Yo jamás lo había visto ni había oído nada sobre él hasta entonces, aunque luego he escuchado una buena cantidad de ellas. Me ofreció una cantidad exorbitante. Yo me negué. Había algo en el contorno de sus dedos que yo rechazaba. Ahora estoy seguro de que era totalmente cierto lo que yo imaginaba. Su vida es espantosa. Aunque de ti, Dorian, con tu cara tan pura, despejada, inocente y con tu extraordinaria y permanente juventud, no puedo creer nada malo. Y, sin embargo, te veo muy poco, ahora ya no vienes al estudio, y cuando estoy alejado de ti y escucho todas esas cosas terribles que la gente murmura no sé qué decir. Dime, Dorian, ¿por qué un hombre como el duque de Berwick se va del salón del club cuando entras tú? ¿Por qué tantos nobles caballeros en Londres no vienen a tu casa ni te invitan a las suyas? Eras amigo de lord Staveley. Yo me lo encontré en una comida la semana pasada. Pronunciaron casualmente tu nombre en la conversación, a propósito de esas miniaturas que prestaste para la Exposición de Dudley. Staveley hizo una mueca con sus labios y señaló que tú podrías tener un gran gusto artístico, pero que eras un hombre que no podía ser presentado a ninguna muchacha honrada ni estar en el mismo salón que una mujer casta y virginal. Le dije que yo era tu amigo y le pregunté qué quería decir con eso. Y me lo dijo. Me lo dijo allí, delante de todos. ¡Era terrible! ¿Por qué tu amistad es tan dañina para los jóvenes? Ese infortunado joven que servía en la Guardia se suicidó. Era muy amigo tuyo. Sir Henry Ashton se tuvo que ir de Inglaterra con su apellido en deshonra. Ustedes eran inseparables. ¿Qué pasó con Adrián Singleton y su espantoso fin? ¿Qué sucedió con el hijo único de lord Kent y su carrera profesional? Ayer me encontré a su padre en la calle de St. James. Parecía estar destrozado de vergüenza y de tristeza. ¿Qué ocurrió con el joven duque de Perth? ¿Qué vida tiene ahora? ¿Qué noble caballero desearía tratarle?

—Silencio, Basil. Hablas de cosas que desconoces totalmente —expresó Dorian Gray, mordiéndose los labios y con un tono de total desprecio en la voz—. Me preguntas por qué razón Berwick sale de una habitación cuando entro yo. Eso es debido a que conozco todo sobre su vida, pero no porque él sepa algo de la mía. Con una sangre como la que le corre por sus venas, ¿cómo puede estar limpia su reputación? Me interrogas sobre Henry Ashton y el joven Perth. ¿Acaso yo les enseñé a uno sus vicios y al otro su libertinaje? Si el estúpido del hijo de Kent escoge a su esposa en la orilla, ¿yo qué tengo que ver en eso? Si Adrián Singleton firma cheques con los nombres de sus amigos, ¿acaso soy yo su mentor? Yo sé cómo chismorrean las personas en Inglaterra. La clase media hace ostentación de sus prejuicios morales, y se murmura lo que esa gente denomina la relajación de sus superiores para aparentar que forma parte del gran mundo y que está en las mejores relaciones con las personas a quienes calumnian. En este país es suficiente que un hombre tenga distinción y talento para que cualquiera la tome contra él. ¿Y qué tipo de vida tiene esa gente que se vanagloria de ser moral? Mi querido amigo, olvidas que nos encontramos en la tierra donde nacieron los hipócritas.

—Dorian —expresó Hallward—, ese no es el punto. Ya sé que Inglaterra es bastante malvada, y la sociedad inglesa es completamente injusta. Por eso quiero que tú seas perfecto. Pero no lo has sido. Existe derecho para juzgar a un hombre por la influencia que este ejerce sobre sus amigos. Sin embargo, los tuyos han perdido todo el sentido del honor, la pureza y la bondad. Tú los has cubierto de la locura por los placeres de la vida. Han caído en los abismos más profundos. Y tú los conduces hasta allí. Sí, tú los conduces, y puedes sonreír como lo haces ahora. Pero existe una cosa peor. Yo sé que Harry y tú son inseparables. Y quizá por ese motivo, ya que no por otro, no debiste convertir el nombre de su hermana en blanco de burla.

—Basil, ten cuidado. Estás yendo muy lejos.

—Tengo que hablar y debes oírme. Vas a escucharme. Cuando tú conociste a lady Gwendolen, ningún rumor escandaloso la había tocado. ¿Existe hoy una sola mujer decente en Londres que desee pasear con ella en coche por el parque? ¡Cómo! Si incluso a sus propios hijos no les permiten vivir a su lado. Y hay otras historias: dicen que te han visto salir de manera furtiva de espantosas casas, y entrar, disfrazado, en los antros más inmundos y despreciables. ¿Son ciertas? ¿Pueden ser ciertas? Cuando las escuché por primera vez, me reí, pero ahora las escucho y me estremecen. ¿Qué sucede en tu casa de campo y cuál es la vida que en ella se hace? Dorian, ni te imaginas lo que dicen sobre ti. No diré que no quiero darte un sermón. Recuerdo a Harry diciendo en una ocasión que cualquier hombre que se convertía en predicador aficionado siempre comenzaba diciendo esto, pero se apresuraba enseguida a faltar a su palabra. Yo quiero sermonearte. Deseo que lleves una vida que logre que todos te respeten. Quiero que tengas un nombre intachable y una reputación muy limpia. Quiero que te alejes de esas horribles personas con la que te relacionas. No te encojas de hombros. No seas tan indiferente. Ejerces una influencia maravillosa sobre la gente. Úsala para el bien y no para el mal. Señalan que corrompes a todas aquellas personas con quienes intimas, y que solo tienes que entrar en una casa para que la vergüenza te siga. Yo no sé si es así o no. ¿Cómo podría saberlo? Pero eso es lo que se dice de ti. Me han dicho cosas de las cuales no es posible dudar. Lord Gloucester era uno de mis más queridos amigos en Oxford. Me mostró una carta que su esposa le escribió cuando estaba moribunda y sola en su villa de Menton. Tu nombre se encontraba mezclado con la confesión más horrible que jamás he leído. Le dije que aquello era ilógico, que te conocía profundamente y que no eras capaz de algo semejante. ¿Conocerte? Ahora me pregunto si de verdad te conozco. Antes de poder responder a esto tendría que mirarte el alma.

—¡Mirar mi alma! —murmuró Dorian Gray, levantándose del sofá y palideciendo de horror.

—Sí —contestó Hallward gravemente, con un tono de tristeza en su voz—, mirar tu alma. Pero solo Dios podría hacerlo.

De los labios del joven brotó una amarga risa burlona.

—¡Esta noche tú también la verás! —dijo, agarrando la lámpara de la mesa—. Ven: esta es la obra hecha por tus propias manos. ¿Por qué no habrías de verla? Después se lo podrás contar a todos, si quieres. Yo sé que nadie te va a creer. Y si te creen, sentirán más afecto por mí. Yo conozco nuestra época mejor que tú, a pesar de que hables de ella de manera tan aburrida. Ven, te digo. Ya hablaste bastante sobre la corrupción. Ahora la contemplarás cara a cara.

En cada palabra que pronunciaba había una demencia orgullosa. Con el pie golpeaba el suelo con un gesto de banal insolencia. Al pensar que otra persona compartiría su secreto sintió una terrible felicidad, y que el hombre que había hecho el retrato, inicio de toda su vergüenza, quedaría apesadumbrado para el resto de sus días por el terrible recuerdo de lo que había hecho.

—Sí —siguió, aproximándose a él y observando fijamente sus ojos serios—, te enseñaré mi alma. Verás lo que, según piensas, solo Dios puede ver.

Hallward retrocedió.

—¡Dorian, eso es una blasfemia! —gritó—. Esas cosas no deben decirse. Son terribles y no tienen ningún significado.

—¿Eso es lo que crees? —y rio nuevamente.

—Sí, así lo creo. Todo cuanto te he dicho esta noche, lo he dicho solo por tu bien. Sabes que siempre he sido tu fiel amigo.

—¡Ya no te acerques más a mí! Termina lo que tenías que decir.

El pintor sintió una contracción dolorosa en su rostro. Se detuvo un momento, y un profundo sentimiento de piedad lo dominó. Después de todo, ¿qué derecho tenía de indagar en la vida de Dorian Gray? Si acaso había hecho la décima parte de lo que se comentaba sobre él, ¡cuánto había sufrido su amigo! Entonces se puso de pie, caminó hacia la chimenea y, parándose allí, miró los leños prendidos con su ceniza como la escarcha, y la palpitación en el centro de las llamas.

—Basil, estoy esperando —expresó el joven con voz clara y muy áspera.

Se volvió.

—Lo que tengo que decir es esto —dijo—. Tienes que darme alguna respuesta a las horribles acusaciones que han hecho en tu contra. Si tú me dices que son totalmente falsas desde el inicio hasta el fin, yo te creeré. ¡Niégalas, Dorian, niégalas! ¿No te das cuenta lo que estoy pasando? ¡Dios mío! No me digas que tú eres malvado, corrompido y depravado.

Dorian sonrió. Sus labios hicieron una mueca de desprecio.

—Basil, sube conmigo —dijo con tranquilidad—. Tengo un diario de mi vida día por día, y jamás sale de la habitación donde lo escribo. Si vienes conmigo, te lo mostraré.

—Si así lo quieres, iré contigo, Dorian. Total, ya perdí mi tren, no importa, puedo salir mañana. Pero no me pidas que lea algo esta noche. Solo quiero una sincera respuesta a mi pregunta.

—Allá arriba te la daré. Aquí no puedo hacerlo, pero no es larga de leer.

## Capítulo XIII

Seguido por Basil Hallward, salió de la habitación y comenzó a subir. Caminaban sin hacer ruido, como lo hacen instintivamente los hombres de noche. La lámpara proyectaba sombras y figuras fantásticas sobre la pared y la escalera. Soplaba un viento muy ligero, que hacía temblar algunas de las ventanas.

Al llegar al último descansillo, Dorian dejó la lámpara en el suelo y, agarrando la llave, la giró en la cerradura.

—¿Basil, insistes en saber? —preguntó en voz baja.

—Sí.

—Perfecto —contestó, sonriente. Y después agregó con algo de aspereza—: Tú eres el único hombre del mundo que tiene derecho a conocer todo cuanto se refiere a mi vida. Has ocupado más lugar en mi existencia de lo que te imaginas. —Y tomando la lámpara, abrió la puerta y entró. Los envolvió de pronto una corriente de aire frío, y la llama, vacilante un instante, adquirió un tono anaranjado oscuro. Se estremeció—. Entra y cierra la puerta —susurró, poniendo la lámpara sobre la mesa.

Con expresión de asombro, Hallward miró a su alrededor. La habitación parecía no haber sido ocupada durante años. Un tapiz flamenco ya sin color, un cuadro cubierto con una cortina, un antiguo *cassone* italiano y una estantería casi vacía formaban todo el mobiliario, aparte de una mesa y una silla. Cuando Dorian Gray encendió una vela medio consumida que se encontraba sobre la chimenea, vio que la alfombra estaba agujerada y que todo estaba lleno de polvo. Un ratón corrió asustado detrás del zócalo. Todo olía a moho, a humedad.

—Basil, ¿de manera que piensas que solo Dios puede ver el alma? Quita esa cortina, y allí podrás ver la mía.

La voz era muy fría y con matices de crueldad.

—Estás demente, Dorian, o tal vez representando un papel —murmuró Hallward, frunciendo el ceño.

—¿No deseas hacerlo? Entonces, yo mismo la quitaré —dijo Dorian, y arrancó con fuerza la cortina de su barra, tirándola al suelo.

Un grito de horror se escapó de los labios del pintor al ver, a la tenue luz de la vela, el horrible rostro que parecía sonreírle con sarcasmo sobre el lienzo. En esa expresión había algo que le causó repugnancia y aversión. ¡Dios mío! ¡Estaba viendo la propia cara de Dorian Gray! Por mucho que fuera el horror, no había corrompido completamente aquella magnífica belleza. Algo de oro quedaba en la clarísima cabellera y un poco de escarlata en la boca sensual. Los ojos, hinchados, aún conservaban algo de la pureza de su azul, y todavía no habían desaparecido totalmente las nobles curvas de su nariz, cincelada con fineza, y del artístico cuello. Sí, no había duda, aquel era el mismo Dorian. Pero, ¿quién había hecho eso? Creyó reconocer sus propias pinceladas y el marco que él había dibujado. La idea era monstruosa, por lo que sintió pánico. Cogió la vela y la aproximó al retrato. En el ángulo izquierdo, trazado en letras largas de un bermellón brillante, estaba escrito su propio nombre.

Era una infame e innoble sátira, una inmunda y triste comedia, una parodia. Él no había hecho eso. Pero era su propio cuadro. Lo sabía, y sintió como si su sangre se hubiera transformado en un momento y de fuego se hubiese convertido en un pesado hielo. ¡Su propio cuadro! ¿Qué significado tenía aquello? ¿Por qué ese cambio? Se dio la vuelta y miró a Dorian Gray con ojos profundamente angustiados. Su boca estaba crispada, y tenía la lengua tan seca que no era capaz de articular una sola palabra. Se pasó la mano por la frente. Estaba húmeda, cubierta por un sudor denso y viscoso.

Dorian, apoyado en el saliente de la chimenea, lo observaba con esa rara expresión que solo se ve en la cara de los que, abstraídos, miran la escena cuando actúa un gran artista. No era de verdadero dolor ni de alegría, era sencillamente la pasión de un espectador, unida tal vez a la vibración del triunfo reflejada en sus ojos. Se quitó la flor del ojal y la aspiró con afectación.

—¿Esto qué significa? —dijo, finalmente, Hallward. Su propia voz sonó con un tono agudo y raro en sus oídos.

—Hace algunos años, cuando yo era solo un muchacho —expresó Dorian Gray, estrujando la flor en su mano—, me conociste, me adulaste y me enseñaste a ser vanidoso por mi gran belleza. Después me presentaste a uno de tus amigos, quien me habló sobre las maravillas de la juventud, y tú acabaste mi retrato, que me mostró lo magnífico de la belleza. En un instante de locura formulé un deseo, que tal vez tú llamarás súplica…

—¡Lo recuerdo! ¡Claro, me acuerdo muy bien! ¡No! Eso no es posible. Esta habitación es húmeda. Sobre el lienzo se ha formado moho. Los colores que usé contenían algún veneno mineral. Te digo que eso no es posible.

—¡Ah! ¿Qué es lo que no es posible? —dijo el joven, caminando hacia la ventana y apoyando su frente en los fríos cristales, que estaban empañados de niebla.

—Tú me dijiste que lo habías destruido.

—Me equivoqué. Es él quien me ha destruido.

—No creo que este sea mi cuadro.

—¿Acaso no ves tu ideal en esto? —dijo, amargamente, Dorian.

—Mi ideal, como tú lo llamas…

—No, como lo llamaste tú.

—No había nada malo en él, nada vergonzoso. Para mí tú eras un ideal como ya no encontraré jamás. Este es el rostro de un sátiro.

—Esta es, ni más ni menos, la fisonomía de mi alma.

—¡Dios! ¡Qué cosa tan terrible he adorado! Pero si tiene los ojos de un diablo.

—Basil, cada uno de nosotros lleva dentro el cielo y el infierno —expresó Dorian con un gesto de angustia.

Hallward se giró hacia el retrato y lo contempló.

—¡Dios mío! Si es verdad —dijo—, y si esto es lo que hiciste con tu vida, ¡debes de ser mucho más malvado de lo que piensan los que comentan contra ti, o de lo que tú mismo te imaginas!

Nuevamente acercó la luz al lienzo y lo examinó. La superficie parecía totalmente inalterable, y estaba igual a cómo él la había dejado. Aparentemente, de dentro era de donde surgían el horror y la impureza. Mediante alguna misteriosa existencia interna, la lepra del pecado iba corroyendo con lentitud aquel cuadro, de tal forma que la putrefacción de un cadáver en un sepulcro húmedo no era tan espantosa y macabra.

Sintió un temblor en todo su cuerpo que hizo que cayera la vela del candelabro sobre el entarimado, donde chisporroteó. La apagó poniéndole el pie encima. Luego se tumbó en la silla destartalada que se encontraba al lado de la mesa, y hundió el rostro en sus manos.

—¡Santo Dios, Dorian, qué lección! ¡Qué terrible lección!

No recibió respuesta, pero escuchó al joven sollozar en la ventana.

—¡Recemos, Dorian, recemos! —susurró—. ¿Qué nos han enseñado a decir en nuestra niñez? «No nos dejes caer en la tentación. Perdónanos nuestros pecados. Purifícanos de nuestras iniquidades.» Repitámoslo juntos. La súplica de nuestro orgullo ha sido oída. También la súplica de nuestro arrepentimiento será escuchada. Te he adorado mucho. He sido castigado por ello. Y tú te has adorado en exceso. Los dos hemos sido castigados.

Dorian se giró hacia él con mucha lentitud, y mirándole con los ojos empañados de lágrimas, le dijo:

—Ya es muy tarde, Basil —balbuceó.

—Dorian, jamás es demasiado tarde. Pongámonos de rodillas e intentemos recordar alguna oración. ¿No hay un versículo así en algún pasaje de la Biblia: «Aunque nuestros pecados los hayan teñido como la grana, quedarán sus almas blancas como la nieve»?

—Esas palabras ya no dicen nada para mí.

—¡Cállate! No digas eso. Ya bastante mal has hecho en tu vida. ¡Dios mío! ¿No ves que esa maldita cosa nos está mirando de reojo?

Dorian Gray observó el retrato, y repentinamente un incontenible sentimiento de odio hacia Basil Hallward se posesionó de él como si le fuese sugerido por la imagen dibujada sobre el lienzo, susurrado a su oído por esos labios sarcásticos. Se despertaban en él las pasiones demenciales de una fiera acorralada, y detestó al hombre que se encontraba sentado ante la mesa como jamás había detestado a nadie en toda su vida. Miró con furia a su alrededor. Frente a él, algo relucía sobre el arcón pintado. Sus ojos se posaron allí. Sabía lo que era. Un cuchillo que días antes había subido para cortar una cuerda, pero que había olvidado llevarse. Nuevamente avanzó hacia aquello, pasando muy cerca de Hallward. Cuando llegó a la espalda de este, cogió el cuchillo y se volvió. Hallward se movió en su sillón como si fuera a ponerse de pie. Se abalanzó sobre él y le hundió el cuchillo detrás de la oreja, en la carótida, aplastando la cabeza contra la mesa y descargando repetidos golpes.

Se escuchó un leve gemido, y el ruido espantoso de alguien ahogado en sangre. En tres ocasiones los brazos extendidos se agitaron convulsivamente, sacudiendo de manera grotesca unas manos de crispados dedos en el aire. Dos veces más lo apuñaló, pero el pintor ya no se movía. Algo comenzó a gotear sobre el suelo. Se detuvo un instante, apoyándose todavía sobre la cabeza caída. Luego lanzó el cuchillo sobre la mesa y escuchó.

No oía más que gotas cayendo sobre la alfombra rota. Abrió la puerta y salió al descansillo. La casa se encontraba totalmente tranquila. No había nadie. Por unos segundos se mantuvo inclinado sobre la barandilla, hurgando hacia abajo la hirviente negrura de las tinieblas. Después quitó la llave, regresó a la habitación y se encerró allí.

El cuerpo permanecía sentado en la silla, tirado sobre la mesa, con la cabeza caída y la espalda encorvada, con sus largos y extraordinarios brazos. De no haber sido por el agujero rojo y abierto del cuello y por el charco de coágulos negros que lentamente se extendía sobre la mesa, se hubiera podido decir que ese hombre solo estaba dormido.

¡Con qué rapidez había ocurrido todo aquello! Se sentía extrañamente tranquilo y, caminando hacia la ventana, la abrió y se asomó. El aire había barrido la niebla, y el cielo parecía una cola de pavo real monstruosa, tachonada de miríadas de pupilas de oro. Miró hacia abajo y se dio cuenta de que un policía hacía su ronda, dirigiendo los rayos de luz de su linterna sobre las puertas de las casas que estaban en silencio. La mancha carmesí de un coche que transitaba por allí iluminó la esquina y después se esfumó. Una mujer envuelta en un chal vaporoso caminaba con lentitud a lo largo de las verjas y siguió tambaleándose. De vez en cuando se paraba para mirar atrás. De pronto comenzó a entonar una canción con voz ronca. El guardia se acercó a ella y le dijo algo. Ella se fue tropezando y riéndose. Un viento muy áspero recorrió la plaza. Las luces de gas de las farolas oscilaban y se volvieron azules, y los árboles desnudos chocaban todas sus ramas secas. Sintió un frío estremecimiento y entró, cerrando la ventana.

Cuando llegó a la puerta giró la llave y abrió. Ni siquiera miró al hombre que había asesinado. Sintió que el secreto de todo aquello no iba a modificar la situación. El amigo que había dibujado el retrato fatídico al que debía todo su infortunio y sus miserias estaba fuera de su vida. Eso era suficiente.

Se acordó entonces de la lámpara. Realmente era un extraño trabajo morisco, realizado de plata maciza, incrustado con arabescos de acero bruñido y tachonado de gruesas turquesas. Quizá su sirviente se daría cuenta de su ausencia y se haría preguntas. Vaciló un instante, después entró nuevamente y la cogió de la mesa. No pudo evitar echarle una mirada al muerto. ¡Qué tranquilo se encontraba! ¡Qué terriblemente blancas se veían sus largas manos! Era como una horrible figura de cera.

Descendió con tranquilidad las escaleras después de cerrar la puerta tras de él. Cada peldaño crujía como si lanzara quejidos de dolor. Varias veces se detuvo y esperó. No, todo se encontraba en calma. Solo se escuchaba el ruido de sus propios pasos.

Al llegar a la biblioteca, miró la bolsa y el abrigo en un rincón. Era necesario esconderlos en algún lugar. Abrió un armario secreto oculto en el zócalo de madera, donde guardaba sus raros disfraces, y los metió allí. Más adelante podría quemarlos con facilidad. Luego sacó su reloj del bolsillo. Eran las dos menos veinte.

Se sentó y empezó a reflexionar. Todos los años —casi todos los meses— en Inglaterra eran ahorcados hombres por lo que él acababa de hacer. En el aire flotaba un frenesí criminal. Alguna estrella roja tal vez se acercó demasiado a la Tierra… Pero, ¿qué pruebas habría contra él? Basil Hallward se marchó de su casa a las once. Nadie lo vio entrar nuevamente. La mayor parte de los sirvientes se encontraba en Selby Royal. El suyo estaba dormido… ¡París! Sí. Era París hacia donde se había ido Basil, en el tren de la medianoche, como lo tenía planeado. Con sus raros y reservados hábitos, transcurrirían muchos meses antes de que se levantaran sospechas. ¡Meses! Quizá todo estaría destruido mucho antes.

Repentinamente, una idea pasó por su mente, entonces se puso su abrigo y el sombrero, salió al vestíbulo y allí se detuvo, escuchando el andar lento del guardia por la acera de en frente, mientras veía la luz de su linterna roja reflejada en la ventana. Esperó aguantando la respiración.

Cuando pasaron unos minutos descorrió el cerrojo y se desplazó afuera, cerrando la puerta detrás de él con mucha suavidad. Entonces tocó el timbre y después de cinco minutos apareció su sirviente, a medio vestir y adormilado.

—Francis, lamento haberte despertado —dijo mientras entraba—, pero es que se me olvidó mi llave. ¿Qué hora es?

—Las dos y diez, señor —respondió el sirviente, viendo el reloj y parpadeando.

—¿Las dos y diez? ¡Me retrasé terriblemente! Es necesario que mañana me despiertes a las nueve. Tengo que hacer un trabajo.

—Muy bien, señor.

—¿Alguien ha venido esta noche?

—El señor Hallward, señor. Estuvo aquí hasta las once y después se marchó para tomar el tren.

—¡Oh! Qué pena no haberlo visto. ¿Ha dejado algún mensaje?

—No, señor, dijo que desde París le escribiría al señor, si no lo hallaba en el club.

—Muy bien, Francis. No te olvides de llamarme mañana a las nueve.

—No, señor.

Arrastrando sus zapatillas, el sirviente desapareció por el corredor.

Dorian Gray lanzó su sobretodo y su sombrero sobre la mesa y entró en la biblioteca. Estuvo paseándose por la estancia durante un cuarto de hora, mientras se mordía el labio y pensaba. Luego tomó una guía de direcciones de un estante y comenzó a hojearla. «Alan Campbell, calle Hertford, Mayfair.» Sí, ese era el hombre que necesitaba para resolver su problema.

## Capítulo XIV

A la mañana siguiente, cuando eran las nueve en punto, el sirviente entró a la habitación llevando una taza de chocolate. La colocó en una mesita y después abrió las cortinas. Dorian estaba aún profundamente dormido, acostado sobre el lado derecho, con una de sus manos debajo de su mejilla. Daba la impresión que era un adolescente agotado por el estudio o por algún juego divertido.

Para que se despertara, el sirviente lo tocó hasta en dos ocasiones en el hombro, y cuando abrió los ojos una débil sonrisa se dibujó en sus labios, sugiriendo la idea de que había estado sumido en algún sueño especial y delicioso. Pero no había soñado nada, su noche no había sido perturbada por ninguna imagen de dolor o de placer. Sin embargo, al fin y al cabo, la juventud siempre sonríe sin razón, lo que constituye uno de sus principales encantos.

Se volvió y, apoyándose sobre el codo, empezó a beber a sorbitos el chocolate. El suave sol de noviembre inundaba la habitación. El cielo estaba despejado, y había una confortable tibieza en el aire, casi como una mañana de mayo.

Lentamente, los sucesos de la noche anterior llenaron su mente, deslizándose silenciosa y cautelosamente con pasos teñidos de sangre que se fueron reconstituyendo por sí mismos con terrible y absoluta exactitud. Sintió un estremecimiento al recordar todo lo que había padecido, y ahí, en ese momento, sentado en el sillón, sintió nuevamente el mismo raro sentimiento de odio que había sentido contra Basil Hallward y que lo había conducido a asesinarlo. Sintió un escalofrío que lo dejó paralizado y colérico. El muerto todavía permanecía sentado allá arriba, y ahora a pleno sol. ¡Qué terrible era todo aquello! Estas cosas tan macabras y atroces son solo para la oscuridad y las tinieblas, no para la luz del día y los rayos del sol.

Pensaba que si seguía recordando lo ocurrido enfermaría o enloquecería. Sabía de pecados cuyo encanto era superior por el recuerdo que por el acto en sí mismo; victorias extrañas que llenaban más el orgullo que las pasiones, y daban al intelecto una viva sensación de felicidad, mayor que la que entregaban a los sentidos. Solo que, por el contrario, esta era un recuerdo que debía eliminar de su memoria, dormirlo y ahogarlo, finalmente, para que no lo ahogara a él.

Al sonar la media, pasó su mano por la frente, se puso rápidamente de pie y se vistió con más esmero que habitualmente, escogiendo detalladamente la corbata y su alfiler, y cambiando en varias ocasiones de anillos. Tardó mucho más tiempo en almorzar que el acostumbrado, probando de los distintos platos, hablando a su sirviente sobre una nueva librea que quería hacer a su servidumbre de Selby, al tiempo que abría su correspondencia. Unas cartas lo hicieron sonreír, tres lo fastidiaron y una la releyó muchas veces para después romperla con un suave gesto de hastío y agotamiento en su cara. «¡Qué cosa más horrible es la memoria femenina!», como había dicho lord Henry una vez.

Después de beber su taza de café negro, pausadamente se limpió los labios con una servilleta, le indicó a su sirviente que esperara, caminó hacia la mesa, se sentó y escribió dos misivas. Una de ellas se la metió en el bolsillo y la otra se la entregó al sirviente.

—Francis, lleva esto al 152 de la calle de Hertford, y si el señor Campbell se encuentra fuera de Londres, por favor, pregunta su nueva dirección.

Cuando se encontró solo encendió un cigarrillo y empezó a anotar sobre una hoja de papel, dibujando inicialmente flores, motivos arquitectónicos y después caras humanas. Repentinamente se dio cuenta de que cada rostro que dibujaba se parecía mucho a Basil Hallward. Frunció el ceño y, poniéndose de pie, caminó hacia la estantería y escogió al azar un tomo. Pondría todo su empeño en no recordar, en no pensar más en lo ocurrido hasta que no fuera totalmente necesario.

Recostado sobre el sofá, vio el título del libro. Era un ejemplar Charpentier de los *Emaux et Camées,* de Gautier, sobre papel japonés, con aguafuertes de Jacquemart. Estaba encuadernado con cuero verde limón, con una retícula de oro sembrada de granadas. Adrian Singleton se lo había obsequiado, y sus ojos cayeron sobre el poema de la mano de Lacenaire, la mano muy fría y amarilla *du supplice, encore mal lavée,* con su vello rojo y sus *doigts de faune.* Observó sus dedos blancos y alargados y, muy a su pesar, sintió un leve escalofrío, pero siguió hasta llegar a estas exquisitas estrofas referentes a Venecia:

*Sur une gamme chromatique,*
*le sein de perles ruisselant,*
*la Vénus de l'Adriatique*
*sort de l'eau son corps rose et blanc.*

*Les dômes, sur l'azur des ondes*
*suivant la phrase au pur contour,*
*s'enflent comme des gorges rondes*
*que soulève un soupir d'amour.*

*L'ésquif aborde et me dépose,*
*Jetant son amarre au pilier,*
*devant une façade rose,*
*sur le marbre d'un escalier.*

*Sobre una gama cromática,*
*el seno de perlas que fluyen,*
*la Venus del Adriático*
*sale del agua su cuerpo rosado y blanco.*

*Las cúpulas, sobre el azul de las ondas*
*según la frase al puro contorno,*
*se hinchan como gargantas redondas*
*que levanta un suspiro de amor.*

*El esquife se acerca y me deposita,*
*lanzando su amarra al pilar,*
*en frente de una fachada rosada,*
*sobre el mármol de una escalera.*

155

¡Qué maravilloso era aquello! Solo de leerlo parecía como si uno bajara por los canales verdes de la ciudad rosa y perla, sentado en una negra góndola de proa de plata y cortinas fluctuantes. Esas sencillas líneas le recordaban las largas franjas azul turquesa que se sucedían poco a poco en el horizonte del Lido. Y el brillo repentino de los colores le traían a la memoria las palomas de cuello de iris y ópalo que revolotean en torno al alto Campanile, combado como un panal de miel, o que pasean elegantemente con majestuosidad bajo las sombrías y llenas de polvo arcadas. Se tendió entrecerrando los ojos, mientras se repetía:

*Devant une façade rose,*
*sur le marbre d'un escalier.*

*Delante de una fachada rosada,*
*sobre el mármol de una escalera.*

En aquellas dos líneas estaba Venecia entera. Entre suspiros recordó el otoño que había pasado allí y el delicioso amor que lo había llevado a realizar tan maravillosos y delirantes actos de locura. Existen pasiones románticas en todos los lugares, definitivamente. Pero Venecia, como Oxford, mantiene un escenario novelesco, y para un auténtico romántico el escenario lo es todo, o casi todo. Basil lo había acompañado una época allí, apasionándose con el Tintoretto. ¡El desdichado Basil! ¡Qué terrible había sido su muerte!

Suspiró nuevamente y retomó el libro, tratando de olvidar. Leyó esos versos sobre las golondrinas del pequeño café en Esmirna, que entraban y salían de allí, mientras los santones, que estaban sentados alrededor, pasaban las cuentas de ámbar de sus rosarios, y los mercaderes, con sus turbantes, fumaban sus largas pipas de borlas y charlaban suavemente entre ellos; leyó los otros sobre el Obelisco de la plaza de la Concordia, que llora lágrimas de granito en su destierro solitario sin sol, languideciendo por no poder volver a las cercanías del ardiente Nilo lleno de lotos, donde se encuentran las Esfinges, los ibis rosados y rojos, los buitres blancos de garras doradas, los cocodrilos de ojillos de berilo que se desplazan por el limo verdoso y humeante; empezó a soñar con aquellos versos que diseñan maravillas musicales sobre un mármol manchado de besos y hablan de esa rara estatua que Gautier asemeja con una voz de contralto, el *monstre charmant,* escondido en la sala de pórfido del Louvre. Al poco tiempo, el libro se le cayó de la mano, estaba muy nervioso, y un ataque de pánico lo dominó. ¿Y si Alan Campbell no estaba en Inglaterra? Si así era, transcurrirían muchos días antes de que pudiera regresar, o quizá se negara a venir. Entonces, ¿qué haría? Cada segundo representaba una eternidad y era de vital importancia.

Efectivamente, cinco años antes habían sido muy amigos, casi inseparables. Luego su intimidad había terminado repentinamente. Y actualmente, cuando estaban en sociedad, solo Dorian Gray sonreía, Alan Campbell, jamás.

Era un joven muy inteligente, y a pesar de su escaso sentido de las artes plásticas, tenía no obstante cierto sentido de la belleza poética, que Dorian le había transmitido enteramente, ya que la verdadera pasión intelectual que lo dominaba era la ciencia. Había empleado la mayor parte de su tiempo en Cambridge metido en los laboratorios, logrando una nota excelente en el examen final de la licenciatura en ciencias naturales. Era aficionado al estudio de la química, y poseía un laboratorio propio en donde se encerraba durante todo el día, produciéndole a su madre muchas molestias, ya que había soñado para él un lugar en el Parlamento, y pensaba que un químico era un hombre que hacía recetas. Asimismo, era un excelente músico, tocaba el violín y el piano mucho mejor que la mayor parte de los aficionados. La música era lo que primeramente los había hecho intimar, la música y esa atracción no definible que Dorian ejercía cada vez que lo quería, y que realmente ejercía a menudo hasta de una forma no consciente. Se habían conocido en casa de lady Barkshire la noche en que Rubinstein tocó allí, y desde ese momento se les veía siempre juntos en la Ópera y en los lugares donde había buena música. Esa intimidad duró dieciocho meses. Campbell siempre iba a Selby Royal o a Grosvenor Square. Para él, así como para otros, Dorian Gray era el tipo donde convergía todo lo maravilloso y fascinante que hay en la vida. Nadie se enteró nunca de si hubo algún inconveniente entre ellos. Pero, de repente, la gente se dio cuenta de que apenas si se dirigían la palabra cuando estaban juntos, y que Campbell se iba siempre de los lugares donde estaba presente Dorian Gray. Estaba muy raro, había cambiado... Tenía curiosas melancolías, aparentaba que detestaba la música y que ya no quería tocar, y pedía disculpas alegando que sus estudios científicos le absorbían tanto que ya no tenía tiempo para practicar. Y esto era una realidad, porque cada día le interesaba más la biología y su nombre era citado varias veces en revistas científicas debido a curiosos experimentos.

Ese era el hombre a quien Dorian Gray esperaba. Miraba el reloj a cada segundo, sintiendo que su angustia aumentaba a medida que pasaba el tiempo. Finalmente, se puso en pie y empezó a recorrer la habitación, como si fuera un animal salvaje enjaulado. Daba zancadas furtivas y tenía las manos muy frías.

Se hizo intolerable la espera, sentía que el tiempo se desplazaba como si tuviera pies de plomo, mientras él era trasladado por una aberrante y monstruosa ráfaga casi al borde de un precipicio sombrío. Estaba seguro de lo que allí lo esperaba; lo veía, y de repente apretó con manos sudorosas sus párpados quemantes, como queriendo acabar con su vista y hundir en sus órbitas los ojos. Pero sabía que todo era inútil. Su cerebro se alimentaba de sí mismo, y su pensamiento, grotesco por el terror, crecía en medio de contorsiones dolorosamente desfiguradas, bailando como un títere asqueroso y repulsivo que hacía gestos con máscaras patéticas. Súbitamente, el tiempo se paró para él. Sí, esa fuerza ciega de aliento lánguido terminó de arrastrarse, y durante esa muerte del tiempo, llegaron espantosas ideas que corrieron ágilmente ante él, desenterrando un futuro macabro de su tumba. Al contemplarlo, su propio horror lo paralizó.

Finalmente, la puerta se abrió y entró su criado. Dirigió sus ojos vidriosos hacia él.

—Señor, el señor Campbell ya está aquí —dijo el criado.

De sus labios secos brotó un suspiro de alivio y el color regresó a sus mejillas.

—Francis, dígale que entre de inmediato.

Sintió que recuperaba nuevamente el dominio de sí mismo, su ataque de cobardía se había esfumado.

El sirviente se inclinó y luego se fue. Instantes después Alan Campbell entraba, con un aspecto muy severo y una gran palidez, incrementada esta por el color negro intenso de sus cejas y de su cabello.

—¡Alan! Eres muy amable. Gracias por venir.

—Gray, tenía la intención de no entrar jamás en tu casa, sin embargo, como dijiste que era una cuestión de vida o muerte…

Su tono de voz era muy frío y duro. Y hablaba lentamente a propósito. Había una expresión de desprecio en su mirada firme, escrutadora y muy fija sobre Dorian. Tenía las manos dentro de los bolsillos de su abrigo de astracán y parecía no darse cuenta del gesto con el que había sido recibido.

—Sí, Alan, se trata de una cuestión de vida o muerte, y para más de una persona. Por favor, toma asiento.

Campbell atrajo hasta sí una silla y Dorian se sentó en frente. Las miradas de ambos hombres se encontraron. Los ojos de Dorian reflejaban una infinita lástima, ya que sabía que lo que iba a hacer era horrible.

Tras un silencio interminable, Dorian se inclinó sobre la mesa y dijo serenamente, sin dejar de mirar con detenimiento el efecto de cada una de sus palabras en el rostro de aquel hombre.

—Alan, en un cuarto del último piso de esta casa, cerrado con llave y en el que nadie más que yo ha entrado, hay un individuo muerto, sentado ante una mesa. Ya lleva diez horas muerto. Quédate quieto y no me mires así. Quién es ese hombre, por qué y cómo ha fallecido son cuestiones que no te interesan. Lo que debes hacer es esto…

—Cállate, Gray. Ya no quiero saber nada más. Si lo que acabas de decirme es o no cierto, no me interesa, no es mi problema. Me niego totalmente a involucrarme y mezclarme en tu vida. Guárdate tus tenebrosos secretos. Ya no me interesan.

—Este tendrá que interesarte, Alan. Lo lamento terriblemente por ti, pero no puedo evitarlo, porque tú eres el único hombre que puede salvar mi vida. Estoy obligado a involucrarte en este asunto. No tengo otra alternativa. Alan, tú eres muy inteligente, eres un sabio. Sabes de química y todo lo que se relaciona con ella. Has realizado muchos experimentos y solo tienes que destruir el cadáver que se encuentra allá arriba, destruirlo para que no quede ninguna huella de él. Nadie vio a ese hombre entrar en la casa. Todos creen que en estos instantes se encuentra en París. Su falta no se notará en muchos meses. Cuando se note, aquí no debe descubrirse ningún rastro. Alan, debes transformarlo a él y a todo lo que le pertenece en un montón de cenizas que yo pueda esparcir en el aire.

—Dorian, te volviste loco.

—¡Ah! Esperaba que me llamaras Dorian.

—Estás loco, te lo digo, loco, si imaginas que yo voy a mover un solo dedo para ayudarte; demente porque me haces esa monstruosa y macabra confesión. Yo no quiero, definitivamente, tener nada que ver con ese tema, ¿tú piensas que arriesgaría mi reputación por ti? ¿Por qué tiene que importarme el demoníaco enredo en el que te encuentras metido?

—Alan, fue un suicidio.

—Me alegra que no lo hicieras tú. Pero, ¿quién lo empujó a ello? Tú, supongo.

—¿Sigues negándote a hacer eso por mí?

—Por supuesto que me niego. No deseo en absoluto ocuparme de ello y no me interesa la vergüenza que te espera, ya que lo mereces todo y no me desagradaría verte deshonrado, públicamente deshonrado. Pero, ¿cómo te atreves a pedirme a mí que me involucre en ese macabro horror? Creía que conocías mejor el carácter de la gente. Tu amigo lord Henry Wotton debía haberte instruido más en psicología, entre otras cosas que te ha enseñado. Nada me convencerá para que dé un solo paso para salvar tu vida. Definitivamente te has equivocado de persona. No te dirijas a mí, acude a alguno de tus amigos.

—Se trata de un crimen, Alan. Lo asesiné y no te imaginas lo que me hizo sufrir. Cualquiera que haya sido mi existencia, él contribuyó a hacerla lo que fue o a perderla, mucho más que el pobre Harry. Tal vez esa no fue su intención, pero la consecuencia fue la misma.

—¡Un asesinato! Dios mío, Dorian, ¿has llegado a eso? No te denunciaré, porque eso no es mi problema. Por otro lado, incluso sin mi intervención en el asunto, te detendrán con seguridad. Jamás nadie comete un delito sin hacer alguna estupidez. Y ya te lo dije, no quiero tener nada que ver con esto.

—Es necesario que tengas que ver con esto. Espera, espera un instante, escúchame. Alan, solo escúchame. Lo único que te pido es que realices un experimento científico. Tú siempre vas a los hospitales y a los depósitos de cadáveres y las cosas macabras que realizas allí no te conmueven. Si en una de esas salas de terribles disecciones o en uno de esos laboratorios que tienen mal olor se encontrara ese hombre acostado sobre una mesa de cinc, con ranuras rojas de donde brota la sangre, simplemente lo verías como una pieza de admiración. No te erizarías, cierto que no, porque no pensarías que estás haciendo algo injusto. Al contrario, probablemente pensarías que eso traería beneficios a la humanidad, o que incrementaría el tesoro científico del mundo o que quizá satisfacía alguna curiosidad del intelecto, o algo por el estilo. Simplemente lo que te pido es lo que has hecho antes con frecuencia. Realmente, destruir un cadáver debe ser menos terrible que lo que estás habituado a hacer. Y solo recuerda que es la única prueba que hay en mi contra. Si la descubren, estoy perdido, y seguramente se descubrirá si tú no me ayudas a deshacerme de ella.

—No quiero ayudarte. Olvídate de eso. Sencillamente, todo el asunto me es indiferente. No tiene nada que ver conmigo, absolutamente nada.

—Alan, te lo suplico. Por favor, piensa un poco en mi situación. Yo casi desfallecía de horror antes que tú llegaras. Algún día tú mismo podrías conocer ese horror. ¡No! No pienses en eso. Piensa en el asunto desde el punto de vista meramente científico. Tú no te preguntas de dónde vienen los cadáveres que utilizas en tus experimentos, pues tampoco te lo preguntes ahora. Ya te he dicho mucho, pero te ruego que hagas esto. Alan, en otros tiempos hemos sido grandes amigos.

—Dorian, por favor, no hables de aquellos días. Se acabaron, murieron.

—Los muertos a veces permanecen. El hombre que se encuentra allá arriba no se irá, él está sentado ante una mesa. ¡Alan, Alan! Si tú no me ayudas estoy perdido. ¡Alan, me llevarán a la horca! ¿No lo entiendes? ¡Me ahorcarán por lo que hice!

—Te digo que es completamente inútil prolongar este momento. Yo me niego absolutamente a hacer algo en este asunto, y ha sido una locura de tu parte pedírmelo.

—¿Acaso te niegas?

—Sí.

—Alan, te lo ruego.

—Es inútil.

En los ojos de Dorian Gray apareció otra vez la mirada de compasión. Entonces, alargó su mano y, agarrando una hoja de papel, anotó algo en ella. Lo releyó dos veces, la dobló con cuidado y la deslizó sobre la mesa. Tras hacer esto, se puso de pie y caminó hacia la ventana.

Campbell lo miró con asombro, luego agarró el papel y lo abrió. Al leerlo, su cara se puso terriblemente pálida y se recostó en la silla. De él se apoderó una horrible sensación de malestar, sintiendo que su corazón latía hasta fallecer en alguna cavidad vacía.

Después de dos o tres minutos de espantoso silencio, Dorian se volvió y se situó detrás de él, poniendo una mano sobre su hombro.

—Alan, lo lamento por ti —murmuró—, pero la verdad es que no me dejas ninguna opción. Ya tenía escrita una carta. Aquí la tengo, mira la dirección. Tendré que mandarla si no me ayudas. Tú conoces las consecuencias que generará. Pero tú vas a ayudarme. Ahora no es posible que te niegues. Estaba tratando de evitarte esto. Serás justo en reconocerlo. Has sido severo, cruel y ofensivo conmigo. Tú me has tratado como ningún hombre jamás se atrevió a tratarme... por lo menos, ningún hombre que esté vivo. Yo he soportado todo, y ahora me toca a mí dictar las condiciones.

Campbell escondió su cabeza entre sus manos y un frío estremecimiento le recorrió el cuerpo.

—Sí, Alan, te dictaré mis condiciones. Ya las conoces. La cosa es muy simple. Vamos, no te desesperes. La cosa quedará hecha. Solo enfréntalo y hazlo.

De los labios de Campbell salió un gemido y su cuerpo se estremeció. El tictac del reloj sobre la chimenea le daba la impresión que dividía el tiempo en átomos dispersos de sufrimiento y agonía, que no era posible aguantar. Sobre su frente sintió un círculo invisible de hierro que le oprimía con lentitud, como si la deshonra que lo estaba amenazando ya lo hubiese alcanzado. Y la mano de Dorian que estaba colocada sobre su hombro le pesaba como si estuviese hecha de plomo. Sentía como si lo estuviera triturando.

—Alan, vamos, tienes que decidirte ya.

—No lo puedo hacer —dijo de manera mecánica, como si esas palabras pudieran cambiar las cosas.

—No tienes elección. No te detengas más. Es totalmente necesario.

Él dudó por un instante.

—¿En esa habitación de arriba hay fuego?

—Sí, allí hay un aparato de gas con amianto.

—Tengo que ir a mi casa y traer del laboratorio lo que necesito.

—No, no saldrás de la casa, Alan. Escribe todo lo que necesitas en una hoja de papel, y mi sirviente tomará un coche e irá a comprar esas cosas.

Campbell escribió una nota y le dio el sobre a su ayudante. Dorian cogió la cuartilla y la leyó atentamente. Después tocó la campanilla y se la entregó a su sirviente, con la orden de regresar lo más pronto, trayéndose esas cosas.

Al cerrarse la puerta de la calle, Campbell se levantó de su silla temblando y se aproximó a la chimenea. Tiritaba levemente de fiebre. Por unos veinte minutos, aproximadamente, ninguno pronunció palabra. Por la habitación zumbaba ruidosamente una mosca, y el tictac del reloj se oía igual que el golpeteo de un martillo.

Cuando sonó la primera campanada de una hora, Campbell se volvió y vio a Dorian Gray, y se dio cuenta de que tenía los ojos llenos de lágrimas. Existía algo tan refinado y puro en aquella triste cara que lo puso fuera de sí.

—¡Eres infame, completamente infame! —dijo.

—Alan, cállate, tú me has salvado la vida —exclamó Dorian.

—¿Tu vida? ¡Dios mío! ¡Qué vida! Has saltado de corrupción en corrupción, hasta terminar ahora en el asesinato. Haciendo lo que haré, lo que me estás obligando a hacer, no es precisamente en tu vida en lo que estoy pensando.

—¡Ah, Alan! —susurró Dorian suspirando—. Quisiera que me tuvieras la milésima parte de compasión que yo siento por ti.

Cuando dijo esto le dio la espalda y se mantuvo de pie mirando hacia el jardín. Campbell no contestó.

Llamaron a la puerta después de diez minutos y el sirviente entró, trayendo una inmensa caja de caoba con productos químicos, un rollo muy largo de alambre de acero y platino y dos garfios de hierro con una forma bastante extraña.

—Señor, ¿hay que dejar estas cosas aquí? —preguntó a Campbell.

—Sí —dijo Dorian—. Francis, y me temo que tengo que darte otro encargo. ¿Cuál es el nombre de ese hombre de Richmond que vende orquídeas a Selby?

—Harden, señor.

—Sí… Harden. Debes ir ya a Richmond para ver a Harden personalmente y decirle que me mande el doble de orquídeas de las que encargué, y que ponga la menor cantidad posible de blancas. Realmente, no quiero ninguna blanca. Francis, hace un día maravilloso y Richmond es un lugar hermoso, de otra manera no te hubiese molestado.

—Señor, no es ninguna molestia. ¿A qué hora tengo que regresar? Dorian vio Campbell.

—Alan, ¿cuánto tiempo le llevará su experimento? —interrogó con una voz serena e indiferente. La tercera persona parecía darle un valor extraordinario.

Campbell se mordió el labio y frunció el ceño.

—Necesitaré por lo menos unas cinco horas —contestó.

—Francis, entonces será suficiente con que regreses alrededor de las siete y media. Ya va, espera: déjame fuera la ropa, por favor. Te puedes tomar la noche libre. No ceno en casa, por lo que ya no necesitaré de tus servicios.

—Gracias, señor —dijo el sirviente, retirándose.

—Alan, no hay tiempo que perder. ¡Esta caja pesa mucho! Yo la subiré, tú recoge lo demás.

Hablaba apresuradamente, con voz autoritaria, por lo que Campbell se sintió oprimido, dominado. Salieron juntos de la estancia.

Al llegar al último rellano, Dorian sacó la llave y la hizo girar en la cerradura. Luego se volvió con mirada alterada. Estaba temblando.

—Alan, creo que no voy a poder entrar —murmuró.

—Tranquilo, no me importa, yo no te necesito —dijo Campbell con frialdad.

Dorian entreabrió la puerta. En aquel momento la luz del sol dio en la cara de su retrato, mirándole de soslayo. Delante, sobre el suelo, estaba extendida la cortina rasgada. Recordó que la noche anterior se había olvidado, por primera vez en su vida, de tapar el lienzo fatal, y estuvo a punto de precipitarse hacia adelante, cuando se detuvo estremecido.

¿Qué era esa espantosa mácula color rojo que brillaba húmeda y reluciente sobre una de las manos, como si del lienzo estuviese brotando sangre? ¡Era terrible!… Pero más horrible que el bulto callado que ya conocía y que estaba tendido sobre la mesa, le parecía esa cosa grotesca y sin forma definida cuya sombra se proyectaba sobre el manchado tapiz y que no se había movido, sino que se mantenía allí tal como él la había dejado.

Suspiró profundamente, abrió algo más la puerta y, con los ojos entreabiertos y volviendo la cabeza, entró deprisa, decidido a no mirar ni una sola vez hacia el cadáver. Después, se agachó y recogió la cortina de púrpura y oro, echándola sobre el cuadro.

Inmóvil se quedó allí, con miedo de volverse y con la mirada fija en los arabescos del modelo que tenía frente a él. Escuchó a Campbell, que estaba metiendo la caja pesada, las herramientas y las otras cosas que requería para su macabra labor. Se preguntaba si acaso Campbell y Basil Hallward se conocían y, si así era, qué pensaba cada uno del otro.

—Ahora necesito que me dejes —exclamó una voz ronca a sus espaldas.

Se volvió y salió rápidamente, y solo se dio cuenta de que el cadáver se encontraba recostado en el sillón y que Campbell observaba su cara amarilla y lustrosa. Cuando bajó la escalera escuchó el sonido que en la cerradura hacía la llave.

Campbell volvió a entrar en la biblioteca cuando ya eran más de las siete. Estaba lívido, pero totalmente sereno.

—Hice ya todo lo que me pediste —murmuró—. Adiós. No quiero verte nunca más en mi vida. Deseo que jamás nos volvamos a ver.

—Alan, me salvaste de una tragedia. Jamás lo olvidaré —exclamó Dorian con simpleza.

Apenas Campbell salió subió por las escaleras. En el cuarto había un hedor espantoso a ácido nítrico. Sin embargo, aquello que había estado sentado ante la mesa ya se había esfumado para siempre de allí y de su vida.

## Capítulo XV

Dorian Gray, deliciosa y elegantemente vestido y con un pequeño ramo de violetas de Parma en el ojal, era recibido esa misma noche, a las ocho y media, en el salón de lady Narborough por unos sirvientes que le hacían reverencias. Con un nerviosismo demencial sus sienes latían y se sentía terriblemente alterado, sin embargo, la reverencia que hizo ante la dueña de la casa fue tan grácil y natural como siempre. Uno parece estar muy calmado cuando tiene que representar un papel. De verdad, ninguno de los que vieron a Dorian esa noche habría podido imaginar que acababa de pasar por una tragedia tan espantosa. Era imposible pensar que esos dedos delicadamente modelados habían empuñado el cuchillo asesino, ni que esos labios sonrientes hubieran blasfemado contra Dios y su generosidad. Muy a pesar suyo, se encontraba maravillado de la serenidad de su comportamiento y, por un instante, sintió con intensidad el horrible placer de llevar una doble existencia.

Se trataba de una reunión muy íntima que había sido organizada de manera improvisada por lady Narborough, una dama muy inteligente a quien lord Henry describía expresando que mantenía huellas de una fealdad memorable. Había sido la esposa de uno de nuestros más tediosos y aburridos embajadores, y después que enterró convenientemente a su esposo en un mausoleo de mármol, que ella misma diseñó, y casó a sus hijas con hombres millonarios, más bien de edad madura, se entregó al disfrute de la literatura novelesca francesa, del arte culinario francés, y del *esprit* francés cuando lograba encontrarlo.

Unos de sus favoritos era Dorian, y le comentaba siempre que se alegraba mucho de no haberlo conocido cuando ella era joven.

—Sé, querido, que me hubiese enamorado locamente de usted —solía decir—, y hubiera saltado por encima de todo tan solo por su amor. Afortunadamente, no se pensaba en usted entonces. No tuve nunca amoríos con nadie, pero la culpa fue toda de Narborough, porque era tan horriblemente miope, que no hubiese existido ningún placer en engañar a un marido que nunca veía nada.

Aquella noche sus invitados eran más bien muy aburridos. Como le había explicado a Dorian, protegiéndose con un abanico muy ajado, una de sus hijas casadas había llegado repentinamente para quedarse allí, y para colmo de males, se había traído a su esposo.

—Querido, encuentro eso muy poco atento de su parte —le murmuró al oído—. Por supuesto que yo pasaré una temporada a su lado todos los inviernos, al regreso de Homburg; pero es necesario que una vieja como yo acuda en algunas ocasiones a tomar algo de aire fresco; realmente, los despierto. Usted no puede siquiera imaginar la vida que llevan allí. Es una auténtica y pura vida campestre. Temprano se ponen en pie, ¡es que tienen tanto que hacer!, y temprano se van a dormir, ¡porque tienen tan poco en qué pensar! No ha habido escándalo alguno en las proximidades desde la época de la reina Isabel, y, en consecuencia, todos se van a dormir después de cenar. Usted no se siente a su lado, mejor siéntese junto a mí y diviértase.

Dorian susurró un cumplido amable y miró a su alrededor. Sí, era verdaderamente una reunión muy aburrida. A dos de los invitados jamás los había visto, y los otros eran Ernest Harrowden, una de esas mediocridades de edad mediana tan corrientes en los clubs londinenses, que no tienen enemigos pero que son odiados profundamente por sus amigos; lady Ruxton, una señora de cuarenta y siete años, de vestido muy recargado y nariz ganchuda que siempre trataba de verse comprometida, pero que era tan insignificante que, para gran desilusión suya, nadie jamás hubiese querido creer nada en contra de ella; la señora Erlynne, una mujer agresiva e impersonal, con una deliciosa tartamudez y unos cabellos color rojo veneciano; lady Alice Chapman, la hija de la dueña de la casa, joven insulsa, que vestía ridículamente, con uno de esos típicos rostros británicos que se ven una vez y luego se olvidan; y su marido, un hombre de patillas blancas y mejillas rojas que, como muchos de su nivel social, pensaba que una jovialidad exagerada perdonaba la total ausencia de ideas.

Dorian casi se lamentaba de haber ido cuando lady Narborough, viendo el enorme reloj de bronce dorado que extendía sus chillonas volutas sobre la chimenea con tapiz de malva, dijo:

—¡Henry Wotton es muy malo por retrasarse de ese modo! Esta mañana le mandé una nota, y me prometió con firmeza que no me defraudaría.

Para él fue un verdadero consuelo que Harry llegara, y al abrirse la puerta y escuchar su voz musical y lenta, dándole encanto a alguna disculpa falsa, el tedio se le pasó.

Sin embargo, en la cena no pudo comer nada, los platos se iban intactos. Lady Narborough no dejaba de pelearle por lo que ella denominaba «un insulto al pobre Adolphe, que creó el menú para usted especialmente», y lord Henry de vez en cuando le miraba, sorprendido por su aire pensativo y su extraño silencio. El sirviente llenaba frecuentemente su copa de champaña. Él bebía con avidez y su sed se incrementaba.

—Dorian —dijo finalmente lord Henry cuando sirvieron el *chaud-froid*—, ¿qué te ocurre esta noche? Te veo muy decaído.

—Pienso que está enamorado —dijo lady Narborough— y que tiene temor de confesarlo por miedo a que yo me sienta celosa. Y usted hace muy bien, ya que yo seguramente me sentiría muy celosa.

—Mi estimada lady Narborough —dijo Dorian sonriendo—, desde hace una semana completa no me he enamorado; realmente, desde que madame de Ferrol se fue de Londres.

—¿Cómo los hombres pueden enamorarse de esa mujer? —dijo la vieja señora—. Realmente no puedo entenderlo.

—Lady Narborough, eso es simplemente porque le recuerda su infancia —expresó lord Henry—. El único eslabón que existe entre nosotros y los trajes de corto de usted es ella.

—Lord Henry, para nada me recuerda mis trajes de corto; sin embargo, me acuerdo muy bien de ella en Viena, hace treinta años, y ¡qué escotes llevaba en ese entonces!

—Y que todavía sigue llevando —contestó él, agarrando con sus largos dedos una aceituna—. Y cuando se viste con toda elegancia parece una edición de lujo de una novela francesa muy mala. Es sencillamente magnífica y llena de sorpresas. Es extraordinaria su capacidad afectiva familiar. Al fallecer su tercer marido, el cabello se le puso totalmente dorado por la pena.

—¡Harry, cómo puedes decir eso! —dijo Dorian.

—Es una explicación demasiado romántica —dijo la dueña de la casa, riendo—. Pero, lord Henry, usted habla de su tercer marido. Usted no querrá decir que el cuarto es Ferrol.

—Ciertamente, lady Narborough.

—Yo no creo ni una palabra de eso.

—Entonces, pregúnteselo al señor Gray. Es uno de sus más cercanos, de sus más íntimos.

—Señor Gray, ¿eso es cierto?

—Lady Narborough, así me lo aseguró ella —dijo Dorian—. Le pregunté si, igual que Margaret de Navarra, mantenía sus corazones embalsamados y colgados de su cinturón. Me respondió que no, ya que ninguno de ellos tenía corazón.

—¡Cuatro maridos!... Sinceramente: eso es *trop de zèle*.

—*Trop d'audace*, le contesté —dijo Dorian.

—¡Oh! Querido, ella es demasiado audaz para eso. ¿Y Ferrol cómo es? No lo conozco.

—Los esposos de las mujeres muy hermosas pertenecen a las clases criminales —dijo lord Henry, bebiendo a sorbos su vino.

Lady Narborough le pegó con su abanico.

—Lord Henry, no me asombra nada que el mundo diga que es usted exageradamente perverso.

—¿Qué mundo dice eso? —interrogó lord Henry, arqueando las cejas—. Solamente lo podrá decir el mundo futuro. Porque este mundo y yo tenemos excelentes y perfectas relaciones.

—Toda la gente que conozco dice que usted es malvado —dijo, moviendo la cabeza, la vieja señora.

Lord Henry se quedó serio durante un breve instante.

—Es perfecta y terriblemente monstruosa —dijo finalmente— la manera que tiene la gente actualmente de decir cosas en contra de uno, por detrás, y que son completa y absolutamente ciertas.

—¿Acaso no es incorregible? —dijo Dorian inclinándose hacia adelante en su silla.

—Claro que sí —dijo la dueña de la casa echándose a reír—. Pero si usted adora de esa manera tan ridícula a madame de Ferrol, yo me tendré que volver a casar para estar a la moda.

—Lady Narborough, usted no se volverá a casar nunca más —interrumpió lord Henry—. Usted ha sido muy feliz antes. Cuando una mujer se casa de nuevo es porque odiaba a su primer marido, y cuando un hombre se casa nuevamente es porque idolatraba a su primera esposa. Las mujeres prueban su suerte, en cambio los hombres ponen en riesgo la suya.

—Narborough no era un hombre perfecto —dijo la vieja señora.

—Mi apreciada amiga, si lo hubiese sido, usted no le hubiera amado —respondió—. Las mujeres nos aman por nuestros defectos. Si tuviéramos los suficientes, todos nos lo perdonarían, incluso nuestra inteligencia. Me temo que usted no me volverá a invitar por haber dicho esto, lady Narborough, pero es verdad.

—Lord Henry, claro que es verdad. ¿Qué sería de ustedes si nosotras las mujeres no les amáramos por sus defectos? Ninguno jamás podría casarse y ustedes serían una pandilla de solterones desdichados. Pero esto no les cambiaría mucho. Actualmente, los hombres casados viven como solteros, y los solteros, como hombres casados.

—*Fin de siècle* —murmuró lord Henry.

—*Fin du globe* —contestó la dueña de la casa.

—Desearía que eso fuera el *fin du globe* —dijo Dorian, suspirando—. La vida solo es una enorme desilusión.

—Ay, hijo —dijo lady Narborough, mientras se ponía los guantes—, no me diga usted que ya consumió su vida. Cuando un hombre habla así, uno sabe que la vida es la que lo ha consumido a él. Lord Henry es muy perverso, y a veces yo desearía haberlo sido, pero usted nació para ser bueno. ¡Usted es muy guapo! Yo le hallaré una linda esposa. Lord Henry, ¿usted no cree que el señor Gray debería contraer matrimonio?

—Lady Narborough, eso mismo le estoy diciendo siempre —replicó lord Henry con una inclinación.

—Bueno, entonces será necesario que le busquemos una pareja adecuada. Caminaré esta noche a lo largo del Debrett y elaboraré una lista de todas las jóvenes en edad de casarse.

—Lady Narborough, ¿con sus edades? —interrogó Dorian.

—Claro, con sus edades, evidentemente, corregidas levemente. Pero no hay que hacerlo con apuros. Deseo que sea lo que el *Morning Post* denomina un matrimonio avenido, y deseo que sean ustedes felices.

—¡La gente dice muchas tonterías sobre los matrimonios felices! —dijo lord Henry—. Pero es que un hombre puede ser totalmente feliz con cualquier mujer mientras no la ame.

—¡Ah! ¡Usted es un cínico! —expresó la vieja señora, poniéndose de pie y haciéndole una señal con la cabeza a lady Ruxton—. Es necesario que coma otra vez conmigo, y pronto. Usted es realmente un bálsamo admirable y fascinante, es mejor que el que me recetó sir Andrew. Sin embargo, tendrá usted que decirme con qué personas le gustaría encontrarse. Deseo que sea una reunión maravillosa.

—Me gustan los hombres con futuro y las mujeres que tienen pasado —contestó él—. ¿Usted no piensa que sería una reunión muy femenina?

—Me temo que sí —dijo ella riendo y poniéndose en pie—. Perdóneme, mi estimada lady Ruxton —agregó—. No me había dado cuenta de que usted no ha terminado su cigarro.

—Lady Narborough, eso no importa. Fumo mucho, de ahora en adelante tengo que contenerme.

—No, se lo suplico, lady Ruxton —exclamó lord Henry—. Es una cosa fatal la moderación. Mucho es tan malo como una comida completa, y más que suficiente es tan bueno como un banquete.

Lady Ruxton lo miró con curiosidad.

—Lord Henry, tendrá usted que explicarme eso una de estas tardes. Usted expresa una teoría maravillosa —murmuró mientras salía del salón con mucha rapidez.

—Tengan ustedes cuidado ahora de no hablar mucho sobre política y escándalos —expresó lady Narborough desde la puerta—. Ya que si lo hacen, seguramente pelearemos arriba, en nuestras habitaciones.

Los hombres se rieron, y el señor Chapman caminó con solemnidad alrededor de la mesa y se sentó en la cabecera. Dorian Gray cambió de lugar y se situó al lado de lord Henry. El señor Chapman comenzó a charlar en voz alta sobre la situación de la Cámara de los Comunes. Se reía a carcajadas de sus oponentes. La palabra *doctrinaire* —llena de horror para la mente británica— aparecía nuevamente de vez en cuando entre sus exabruptos. Izaba la Union Jack sobre el pináculo del pensamiento. La imbecilidad hereditaria de la especie —llamada por él de forma jovial sano sentido común inglés— era, según su apreciación, el apropiado bastión de la sociedad.

En los labios de lord Henry se dibujó una sonrisa, quien, volviéndose, vio a Dorian.

—Mi querido amigo, ¿te encuentras mejor? —preguntó—. Durante la cena te veías muy indispuesto.

—Harry, me encuentro muy bien. Muy cansado, solo eso.

—Anoche estuviste fascinante. La duquesa está totalmente apasionada por ti. Me dijo que iría a Selby.

—Me prometió que iría el veinte.

—¿También estará Monmouth?

—¡Ay! Sí, Harry.

—Me desagrada terriblemente, casi tanto como le desagrada a ella. Esa mujer es muy inteligente, excesivamente inteligente para ser una fémina. No tiene ese encanto que no se puede definir de la debilidad. Los pies de barro son los que hacen hermoso y valioso el oro de la imagen, y sus pies son bellos, pero no son precisamente de barro. Si quieres, son de blanca porcelana. Y ya pasaron por las llamas del fuego, y lo que el fuego no acaba, lo endurece. Ella ha tenido muchas aventuras y romances.

—¿Hace cuánto tiempo que está casada? —interrogó Dorian.

—Ella me ha dicho que toda una eternidad. Según el registro, creo que desde hace diez años, pero al lado de Monmouth diez años deben ser una eternidad. ¿Quién más irá?

—¡Oh, sí! Los Willoughbys, lord Rugby y su señora, nuestra dueña de casa, Geoffrey Clouston, el grupo habitual. He invitado también a Lord Grotrian.

—Me gusta —expresó lord Henry—. A mucha gente no le gusta, pero a mí me parece que es fascinante. Su elegancia, algo exagerada en ocasiones, la compensa siendo excesivamente educado siempre. Es un individuo muy moderno y progresista.

—Harry, no estoy seguro de si podrá venir. Tal vez tenga que viajar con su padre a Montecarlo.

—¡Ah! ¡Qué fastidiosa es la gente! Trata de que vaya. Dorian, por cierto, Dorian: anoche te fuiste muy temprano, te marchaste antes de las once. ¿Luego qué hiciste? ¿Te marchaste directamente a tu casa?

Frunciendo el ceño con fuerza, Dorian lo miró con brusquedad.

—No, Harry —dijo finalmente—, no regresé a casa hasta casi las tres.

—¿Estuviste en el club?

—Sí —contestó, después se mordió el labio—. Quise decir no, en el club no estuve. Anduve por allí. No recuerdo lo que hice… Pero, Harry, ¡qué curioso y preguntón eres! Siempre deseas saber lo que uno hace. Y yo nunca quiero recordar lo que he hecho. Regresé a las dos y media, si quieres conocer la hora exacta. La llave la dejé en casa y mi sirviente tuvo que abrirme la puerta. Si deseas una prueba que corrobore el asunto, anda, habla con él.

Lord Henry se encogió de hombros.

—¡Como si eso me interesara, mi apreciado amigo! Vamos al salón. No, señor Chapman, gracias, no deseo tomar jerez. Dorian, algo te ha ocurrido. Por favor, habla, dime lo que es. Esta noche no estás igual, no eres el mismo.

—Harry, no te preocupes por mí. Me encuentro de mal talante e irritable. Te veré mañana o pasado, por favor, dale mis disculpas a lady Narborough. No subiré. Me marcho a mi casa, deseo irme a mi casa.

—Está bien, Dorian. Me imagino que mañana te veré a la hora del té. La duquesa también vendrá.

—Trataré de estar allí, Harry —dijo, saliendo del salón.

Cuando se vio en su casa nuevamente, experimentó otra vez la sensación de espanto que había desechado. Las casuales interrogantes de lord Henry le habían crispado los nervios un instante y necesitaba recobrar su tranquilidad. Aún quedaban objetos peligrosos que tenía que eliminar, y para él era desagradable la sola idea de tocarlos. Sintió un estremecimiento, pero tenía que hacerlo. Así lo entendió, y después que cerró con llave la puerta de su biblioteca, abrió el armario oculto donde había guardado el abrigo y la bolsa de Basil Hallward. Llameante resplandecía un gran fuego, y echó otro leño más. Era horrible el olor de la ropa quemada y el cuero ardiendo. Requirió tres cuartos de hora para que todo se consumiera. Finalmente, se sintió muy enfermo y debilitado, y después de quemar en un brasero de cobre unas pastillas argelinas, con un fresco vinagrillo de almizcle se frotó la frente y las manos.

De repente sintió un estremecimiento, su mirada despedía uno raro resplandor y de manera febril se mordía el labio inferior. Un gran armario florentino de ébano, incrustado de marfil y lapislázuli estaba situado entre las dos ventanas. Lo observaba como si fuera un objeto que le encantara y, al mismo tiempo, lo aterrara, como si guardara algo que deseara y que, a la vez, le espantara. Su respiración era acelerada; un deseo demencial lo dominó, entonces encendió un cigarro y después lo lanzó. Sus párpados cayeron de pronto alcanzando las largas y frondosas pestañas y casi tocan sus mejillas. Sin embargo, contempló nuevamente el escritorio. Por último, se levantó del sofá donde estaba acostado, caminó hacia el mueble, lo abrió y tocó un resorte escondido. Lentamente, salió un cajón de forma triangular. Instintivamente, sus dedos se movieron hacia él, allí se hundieron y se cerraron sobre un objeto. Se trataba de una cajita de laca negra con baño de oro, labrada con primor, de bordes modelados con sinuosas curvas y con cordones de seda, de los que colgaban perlas de cristal y borlas de hilos metálicos. La abrió. Tenía una pasta verde de un denso y persistente olor.

Dudó unos momentos, con una inmóvil y rara sonrisa en su cara. Temblaba, aunque la habitación estaba horriblemente calurosa. Se estiró y miró el reloj, faltaban veinte minutos para las doce. Guardó de nuevo la caja, cerró el mueble y se fue a su habitación.

Al sonar las doce campanadas de bronce en lo oscuro de la noche, Dorian Gray, vestido de una manera corriente y con una bufanda, se escabulló silenciosamente fuera de la casa. Encontró un coche con un buen corcel en la calle de Bond. Lo llamó y en voz baja le indicó al cochero una dirección.

El hombre movió la cabeza.

—Se encuentra muy lejos para mí —protestó.

—Coja este dinero, es suyo —dijo Dorian—. Y si va rápido, le daré más.

—Está bien, señor —contestó el hombre—, dentro de una hora usted estará allí.

Y después de guardarse el dinero en el bolsillo, hizo girar al caballo, que avanzó en dirección al río con mucha rapidez.

## Capítulo XVI

Entre la niebla húmeda emergían, pálidos, los faros empañados cuando empezó a caer la lluvia fría. Estaban cerrando los bares, y muchos hombres y mujeres siniestros se agrupaban en las cercanías de las puertas. Salían risas espantosas de algunos cafés, y en otros, chillaban y alborotaban los hombres ebrios.

Dorian Gray, tendido en el coche y con el sombrero colocado hacia la frente, veía con ojos de indiferencia la mísera vergüenza de la gran ciudad, y de vez en cuando se repetía a sí mismo las palabras que había pronunciado lord Henry el día que se conocieron: «Sanar el alma a través de los sentidos, y los sentidos a través del alma». Sí, ese era el secreto. Frecuentemente lo había experimentado y volvería a experimentarlo. Se podía comprar el olvido en fumaderos de opio, antros espantosos en los que el recuerdo de viejos pecados se lograba destruir con la demencia de pecados renovados.

Como si fuera un cráneo amarillento, la luna colgaba muy baja en el cielo. De vez en cuando la tapaba, como si fuera un largo brazo, un denso nubarrón sin forma definible. Ya los faroles eran escasos y las calles cada vez más estrechas y macabras. En un momento, el cochero perdió su sendero y tuvo que echar atrás media milla. Del caballo, que trotaba sobre los charcos, ascendía un vapor. Los cristales del coche se encontraban empañados por una bruma gris.

«¡Sanar el alma a través de los sentidos, y los sentidos a través del alma!». ¡Estas palabras resonaban en sus oídos! Su alma se encontraba enferma de muerte. ¿Sería verdad que los sentidos podían sanarla? Ya había derramado sangre inocente. ¿Cómo podía purgar aquello? ¡Ah! No había expiación, pero aunque el perdón no fuera posible, el olvido sí lo era, y él se encontraba decidido a olvidar, a eliminar todo aquello, a destrozarlo como se destroza una culebra que nos ha mordido. ¿Con qué derecho le había hablado Basil de aquella manera? ¿Quién lo había nombrado juez de los otros? Había dicho cosas terribles e intolerables.

Con mucha dificultad, el coche avanzaba, le daba la impresión que era más lento a cada paso. Bajó la ventanilla, y le pidió al cochero que fuera más rápido. Lo corroía un horrible deseo de opio, su garganta ya le quemaba y sus suaves y delicadas manos temblaban enlazadas nerviosamente. Le pegó con su bastón furiosamente al animal y el cochero se rio hasta fustigar al animal. Él también se rio y el hombre se quedó mudo.

Daba la impresión de que el sendero no iba a terminar nunca, las calles parecían una negra tela de araña extendida y la monotonía era insoportable; le dio miedo cuando vio que la niebla se espesaba.

La niebla se disipaba más adelante y pudo ver los raros hornos en forma de botella de la fábrica de ladrillos que estaban pasando, y de los que emergían lenguas anaranjadas de fuego similares a abanicos. Cuando pasó un perro ladró, y en la lejanía, en la oscuridad, una gaviota perdida chilló. El caballo tropezó en un bache, luego se desvió hacia un lado y siguió al galope.

Después de un rato, dejaron atrás el sendero lleno de fango y pasaron estruendosamente por calles que se encontraban mal empedradas. La mayor parte de las ventanas se encontraban a oscuras, pero aquí y allá unas siluetas fantasmales se perfilaban detrás de iluminadas persianas. Las contemplaba con curiosidad y avidez, pues le parecía que se movían como monstruosos títeres y se movían como cosas con vida. Su corazón estaba invadido por una rabia sorda. Cuando dio la vuelta a una esquina, una mujer gritó algo desde una puerta abierta, y unos hombres echaron a correr unos cien metros detrás del coche. El cochero los fustigó con su látigo.

Dicen que la pasión hace que pensemos en círculo. Con una espantosa reincidencia, los labios de Dorian Gray pronunciaban y volvían a pronunciar con amargura las suaves palabras que hablaban del alma y de los sentidos, hasta que halló en aquello la perfecta expresión, como si constituyeran su estado de ánimo y justificaran las pasiones que, sin esa justificación, hubieran seguido gobernando su carácter. De una célula a otra de su cerebro se movía una sola idea; y las salvajes ganas de vivir, la más espantosa de todas las apetencias humanas, excitaba con energía cada nervio y cada fibra. La fealdad que él había odiado antes porque hace que las cosas sean reales ahora le resultaba agradable por ese mismo motivo, porque era la única realidad. Las vulgares disputas, la repulsiva guarida, la cruda violencia de una existencia desordenada, la maldad de los ladrones y de los proscritos eran más vívidas, en la realidad profunda de su impresión, que todas las maneras gráciles del arte, que las sombras soñadoras de la canción. Eso era lo que él requería para el olvido. Sería libre dentro de tres días.

Repentinamente, el cochero paró el caballo de un tirón en lo alto de una pequeña calle muy oscura. Por arriba de los techos bajos y de las filas dentadas de chimeneas de las casas, emergían los mástiles negros de unas embarcaciones. Como velas fantasmales, se enroscaban a las pértigas y parecían guirnaldas de bruma blanca.

—Señor, ¿no es por aquí? —interrogó la voz ronca por la ventanilla.

Dorian sintió un estremecimiento, observando con detenimiento todo lo que lo rodeaba.

—Es aquí —respondió y, bajando apresuradamente, le dio la propina prometida al cochero y caminó rápidamente hacia el muelle. Aquí y allá resplandecía la linterna de popa de algún barco mercante. La luz se movía para romperse en los charcos. Un brillo rojizo emergía de un vapor de altura que iba a partir y se encontraba carboneando. El pavimento resbaladizo parecía un capote mojado.

Caminó rápidamente hacia la izquierda, mirando atrás de vez en cuando para ver si lo estaban siguiendo. Después de siete u ocho minutos llegó a una casita muy pobre, que se encontraba entre dos modestos talleres. Había una lámpara en una de las ventanas de arriba. Se paró y llamó de una forma especial.

Al poco rato se escucharon pasos en el corredor y un sonido de cadenas descolgadas. La puerta se abrió suavemente, y él entró sin pronunciar ni una palabra a la informe silueta que echó hacia atrás en la sombra cuando él entró. En la parte final del vestíbulo colgaba una cortina verde rota que alzó el aire borrascoso de la calle. La apartó y entró en una larga habitación, de techo bajo, que parecía un salón de baile de tercer orden. Ardían unos mecheros de gas de llama viva y fulgurante que, se deformaba en los espejos que estaban moteados por las moscas y se encontraban alrededor colgados en las paredes. Colocados detrás, grasientos reflectores de estaño formaban discos temblorosos de luz. El suelo se encontraba lleno de un serrín ocre, pisoteado y mezclado con barro, manchado con círculos muy oscuros de vino vertido. Unos malayos estaban acuclillados al lado de un hornillo de carbón y jugaban con unos dados de hueso, mostrando, cuando hablaban, sus dientes muy blancos. En un rincón un marino, con la cabeza hundida en sus brazos, estaba recostado sobre una mesa; y en el mostrador, que estaba pintado con unos colores chillones y ocupaba un lado completo del local, dos mujeres rollizas se burlaban de un viejo que se restregaba las mangas de su sobretodo con un gesto de asco.

—Piensa que tiene encima hormigas rojas —dijo con una risa burlona una de ellas cuando Dorian estaba pasando a su lado.

El hombre las miró lleno de pánico, y comenzó a sollozar.

Al final de la sala había una pequeña escalera que conducía a un cuarto oscuro. Dorian subió rápidamente los tres peldaños destartalados y hasta él llegó un denso olor a opio. Suspiró profundamente y su nariz vibró de placer. Cuando entró, un muchacho de cabellos rubios muy lacios, inclinado sobre una lámpara mientras encendía una larga y fina pipa, lo vio y lo saludó, dudando.

—Adrián, ¿tú aquí? —dijo Dorian.

—¿En qué otro lugar me iba a encontrar? —contestó con indiferencia—. Ahora ninguno de mis amigos me quiere dirigir la palabra.

—Creí que te habías ido de Inglaterra.

—Darlington no desea hacer nada. Finalmente mi hermano canceló la cuenta. Tampoco George quiere dirigirme la palabra… Bueno, no me importa —agregó suspirando—; mientras dure esta droga, uno no necesita tener amigos. Pienso que tuve muchos.

Dorian dio unos pasos hacia atrás y vio a su alrededor las siluetas grotescas que estaban tendidas en posiciones increíbles sobre unos colchones harapientos y sucios. Esos miembros doblados, esas bocas entreabiertas, esos ojos perdidos, fijos y sin brillo le encantaron, porque sabía en qué raros cielos padecían y en qué infiernos macabros instruían sobre el secreto de algún renovado placer. Estaban mejor que él. Él era prisionero de su pensamiento. La memoria, como una espantosa enfermedad, consumía su alma. De vez en cuando creía ver los ojos de Basil mirándolo. Pero no podía seguir allí, la presencia de Adrián Singleton lo incomodaba. Quería estar en un lugar donde nadie supiera quién era. Tenía que huir de sí mismo.

—Me voy a otro lugar —dijo, después de una corta pausa.

—¿Vas al muelle?

—Sí...

—Seguramente que esa gata montañesa se encontrará allí. Ya no la dejan entrar en este lugar.

Dorian se encogió de hombros.

—Estoy hastiado de las mujeres que nos aman. Para mí son mucho más interesantes las mujeres que nos odian. Además, allí la droga es mejor.

—Es lo mismo.

—Es mejor, ven a tomar algo. Necesito tomar algo.

—Yo no quiero nada —dijo el joven.

—Está bien, no importa.

Con pereza, Adrián Singleton se puso en pie y siguió a Dorian hasta el bar. Un mestizo que tenía un turbante deshilachado y un capote andrajoso hizo un espantoso saludo, a la vez que ponía una botella de brandy y dos vasos delante de ellos. Las mujeres se aproximaron y comenzaron a hablar. Dorian les dio la espalda, y susurró algo a Adrián Singleton.

En la cara de una de las mujeres se retorció una sonrisa sinuosa.

—Esta noche estamos muy orgullosos —dijo con desprecio.

—Por amor de Dios, no me hables —dijo Dorian pateando el suelo—. ¿Qué es lo que quieres? ¿Deseas dinero? Aquí tienes, y no me hables jamás.

En los ojos mortecinos de la mujer brillaron dos chispas rojas por un instante y luego se extinguieron, dejándolos apagados y vidriosos. Bajó la cabeza y tomó las monedas del mostrador con dedos codiciosos. Su compañera la veía con envidia.

—Es inútil —dijo Adrián Singleton entre suspiros—. No me importa el pasado. ¿Qué importa eso ya? Soy totalmente feliz aquí.

—Si necesitas algo me escribirás, ¿verdad? —exclamó Dorian luego de una breve pausa.

—Tal vez.

—Entonces, buenas noches.

—Buenas noches —contestó el muchacho, retrocediendo y limpiándose la boca ardorosa con un pañuelo.

Dorian caminó hacia la puerta con una expresión de tristeza en la cara. Al alzar la cortina, una risa espantosa surgió de los labios pintados de la mujer que había agarrado el dinero.

—¡Ahí va el que tiene un pacto con el demonio! —clamó con voz ronca.

—¡Maldita seas! —contestó él—. No me hables así.

Ella castañeó sus dedos.

—Te gusta más que te llamen Príncipe Azul, ¿cierto? —dijo a su espalda.

El marinero, adormilado, saltó sobre sus pies cuando ella dijo esto, y miró con furia a su alrededor. Escuchó el sonido de la puerta del vestíbulo y salió rápidamente, como si estuviera persiguiendo a alguien.

A través de la llovizna, Dorian Gray caminaba deprisa por el muelle. Su encuentro con Adrián Singleton le había impresionado curiosamente, y le asombraba que la ruina de esa existencia juvenil fuera verdaderamente su culpa, como le había dicho Basil Hallward de una manera tan insultante e infame. Mordió sus labios y, por un segundo, su mirada se entristeció. Sin embargo, después de todo, ¿qué podía importarle aquello? Los días son muy cortos para llevar el peso de los errores ajenos sobre los hombros. Cada ser humano vive su propia existencia y paga su propio y justo, o injusto, precio por vivirla. Lo lamentable era que tuviera uno que pagar tan frecuentemente por una pequeña falta. En efecto, era necesario pagar más y más. El destino jamás cancela sus cuentas en sus relaciones con el hombre.

Los psicólogos dicen que hay instantes en que la pasión por el pecado, o lo que los seres humanos denominan pecado, domina nuestra naturaleza, y cada fibra corporal, cada célula cerebral, parece tener por instinto impulsos de miedo. En esos momentos, los hombres y las mujeres pierden la libertad de su libre albedrío. Se dirigen hacia su terrible fin como si fueran autómatas. Se les niega la elección, y la conciencia de los dos está muerta o, si aún vive, solo lo hace para dar su hechizo a la insurrección y su encanto a la desobediencia. Porque todos los pecados son de desobediencia. Cuando ese espíritu altanero, aquella estrella de la mañana satánica, cayó del cielo, cayó por rebelde.

Sin sensibilidad, enfocado en el mal, con su espíritu manchado, ávida el alma de rebelión, Dorian aceleraba el paso para alejarse lo más posible; pero al precipitarse bajo una arcada muy oscura por la que pasaba con frecuencia con el fin de acortar el camino hacia el lugar de mala fama al que iba, de pronto sintió que lo agarraron por la espalda y, antes de que pudiera defenderse, lo lanzaron contra el muro, al tiempo que una mano le apretaba la garganta con mucha rabia y con una fuerza inusitada.

Con furia peleó por su vida y, haciendo un gran esfuerzo, logró apartar los dedos que lo ahogaban. En un segundo escuchó el resorte de un revólver y, percibió el brillo de un cañón reluciente apuntando justo hacia su cabeza y la silueta negra de un individuo rollizo y fuerte frente a él.

—¿Usted qué quiere de mí? —tartamudeó.

—Cállese —dijo el hombre—. No se mueva, porque disparo.

—Usted está loco. ¿Yo qué le he hecho?

—Pues destruir la existencia de Sibyl Vane —fue la respuesta—. Ella, Sibyl Vane, era mi hermana. Se suicidó, lo sé, pero su muerte fue culpa suya. Y le juro que lo asesinaré para cobrármelo. Lo he buscado durante muchos años. No tenía ninguna pista, ni un indicio, porque las dos personas que lo conocían fallecieron. Solo sabía de usted el nombre favorito con que ella acostumbraba llamarlo. Esta noche lo escuché por casualidad. Pida perdón a Dios por sus pecados, porque esta noche morirá.

El miedo tenía desequilibrado y descompuesto a Dorian Gray.

—Yo jamás la he conocido —tartamudeó—. Nunca he escuchado hablar de ella. Usted está desquiciado.

—Será mejor que confiese su pecado, porque va a morir, eso es tan cierto como que yo soy James Vane.

Dorian no sabía qué hacer ni qué decir. Aquello era terrible.

—¡Arrodíllate! —gritó enfurecido el hombre—. Solo le doy un minuto para que se ponga en paz, y nada más. Esta noche me iré a la India, pero antes tengo que llevar a cabo mi tarea. Nada más un minuto.

A Dorian se le cayeron los brazos. Inmovilizado por el pánico, ignoraba qué hacer. Repentinamente, una abrasadora esperanza atravesó su mente como un rayo.

—¡Pare! —dijo—. ¿Hace cuánto tiempo que murió su hermana? ¡Rápido, dígamelo!

—Dieciocho años —dijo el hombre—. Pero, ¿por qué me lo pregunta? ¿Ahora qué importancia tienen la cantidad de años?

—Dieciocho años —dijo riendo Dorian Gray, con voz victoriosa—. ¡Dieciocho años! ¡Póngame debajo de un farol y observe mi rostro!

James Vane dudó un instante, sin comprender lo que le quería decir. Sin embargo, agarró a Dorian Gray y lo sacó fuera de las arcadas.

A pesar de que la luz del farol era temblorosa y sinuosa, vacilante y difusa, sería útil para enseñarle, según pensó, el paso erróneo que había dado, ya que la cara de aquel individuo a quien quería asesinar tenía toda la tersura y lozanía de los adolescentes y la incólume pureza de los jóvenes. Daba la impresión de que tenía algo más de veinte años. Realmente, no tenía mucha más edad que su hermana cuando él se había ido hacía ya tantos años. Evidentemente, aquel no era el hombre que había destrozado su vida.

Le soltó y retrocedió tambaleándose.

—¡Dios mío! ¡Dios mío! —gritó—. ¡Y yo le hubiera asesinado!

Entonces, Dorian Gray respiró profundamente.

—Buen hombre, usted ha estado a punto de cometer un crimen espantoso —dijo, viéndolo severamente—. Espero que esto le sirva de advertencia sobre hacer justicia con su propia mano.

—Señor, discúlpeme —dijo James Vane—. He sido engañado. Una palabra pronunciada por casualidad que escuché en ese maldito bar me ha dado una pista falsa.

—Usted haría mejor en irse a su casa y en tirar esa pistola, que solo puede traerle problemas —dijo Dorian, dándole la espalda y alejándose calle abajo lentamente.

Temblando de pies a cabeza, aterrorizado, James Vane permanecía en la mitad del arroyo. Desde hacía un tiempo, una sombra oscura se desplazaba a lo largo del paredón chorreante; pasó bajo la luz y se aproximó a él con pasos sigilosos. De pronto, sintió una mano sobre su brazo y miró angustiado a su alrededor. Se trataba de una de las mujeres que tomaban licor en el bar.

—Pero, ¿por qué no lo has asesinado? —murmuró, aproximando a él su cara interrogante—. Me imaginé que lo seguirías cuando vi que salías rápidamente de Daly's. ¡Imbécil! Tenías que haberlo asesinado. Es muy rico, y es el más malvado entre los malos.

—Él no era el hombre que yo estaba buscando —contestó—, y yo no deseo el dinero ajeno. Deseo la existencia de un hombre. El hombre cuya existencia necesito tiene casi cuarenta años. Este era casi un muchacho, era muy joven. Gracias a Dios, mis manos no se mancharon con su sangre.

La mujer se rio con amargura.

—¡Muy joven! —dijo con ironía—. ¡Hombre! ¿Acaso tú no sabes que el Príncipe Azul me hizo lo que soy ahora ya hace cerca de dieciocho años?

—¡Me estás mintiendo! —gritó James Vane.

Ella levantó las manos al cielo.

—¡Ante Dios te juro que estoy diciendo la verdad! —gritó.

—¿Ante Dios?

—Si no es así, que me quede sin habla ahora mismo. De todos los que vienen aquí él es el peor. Se comenta por ahí que ha vendido su alma al demonio para mantener para siempre su bello rostro. Lo conozco desde hace casi dieciocho años. Desde entonces apenas ha cambiado. Es como te lo comento —agregó la mujer con unos ojos desorbitados.

—¿Lo puedes jurar?

—Lo juro —replicaron sus labios como en un eco seco y ronco—. Pero, por favor, no me lleves ante él —sollozó—; le tengo pánico. Solo dame algo para pasar la noche…

Con una maldición, él se separó de ella y corrió hasta la esquina de la calle, pero ya Dorian Gray había desaparecido. Al regresar, la mujer también había desaparecido.

# Capítulo XVII

Dorian Gray se encontraba, una semana después, en el invernadero de Selby Royal conversando con la hermosa duquesa de Monmouth, quien estaba acompañada de su esposo, un hombre de unos sesenta años y de apariencia aburrida y agotada. Dorian era uno de los huéspedes de la duquesa. Ya era la hora del té, y el tenue resplandor de una lámpara muy grande envuelta en encaje que estaba sobre la mesa hacía que el servicio de plata repujada y la delicada y exquisita porcelana resplandecieran. La duquesa encabezaba la reunión. Entre las tazas, sus elegantes y blancas manos se movían con mucha delicadeza y sus carnosos labios granates sonreían por algo que Dorian Gray le susurraba al oído. Lord Henry los contemplaba recostado sobre un sillón de mimbre forrado de seda, y lady Narborough estaba sentada en un sofá color melocotón tratando de oír la descripción detallada que le hacía el duque sobre el más reciente insecto brasileño que tenía y con el que había incrementado su colección. Tres muchachos muy elegantes vestidos con impecable esmoquin les ofrecían pastas a unas damas. En la reunión participaban doce personas, y se esperaban más al siguiente día.

—¿De qué hablan? —preguntó lord Henry cerca de la mesa y llevando allí su taza—. Gladys, espero que Dorian te haya informado sobre mi plan de rebautizarlo todo. Es una idea fascinante.

—Harry, pero si yo no quiero ni necesito ser rebautizada —contestó la duquesa, viéndolo con sus ojos encantadores—. Estoy totalmente conforme con mi nombre, y también muy segura de que al señor Gray le gusta el suyo.

—Mi apreciada Gladys, yo tampoco cambiaría ninguno de los dos por nada de este mundo. Los dos son perfectos. Principalmente pensaba en las flores, pues ayer corté una orquídea para mi ojal, era una magnífica flor manchada, tan extraordinaria como los siete pecados capitales. Le pregunté a uno de los jardineros cómo se llamaba, y me respondió que era un bello ejemplar de *Robinsoniana,* o algo así de espantoso. Es demasiado triste, pero hemos perdido la capacidad de darle nombres hermosos y exquisitos a las cosas que nos rodean. Y los nombres representan todo. Nunca discuto sobre hechos, mi única discusión y lucha es sobre palabras. Por este motivo detesto el realismo vulgar en literatura.

—Entonces, Harry, ¿qué nombre te pondríamos a ti? —preguntó ella.

—Su nombre es el Príncipe Paradoja —comentó Dorian.

—En eso lo reconozco al instante —dijo la duquesa.

—Ya no quiero escuchar nada —exclamó riendo lord Henry y tomando asiento en un sillón—. ¡No hay manera de huir del protocolo y la etiqueta! Renuncio al título.

—Las majestades jamás abdican —expresó la duquesa con sus labios hermosos.

—Entonces, ¿deseas que defienda mi trono?

—Sí.

—Aclamaré las verdades de mañana.

—Prefiero los errores de hoy —contestó ella.

—Gladys, me desarmas —dijo él, imitando su persistencia.

—De tu escudo, pero no de tu lanza, Harry.

—Jamás lucho contra la belleza —dijo él con una mueca.

—Harry, ese es precisamente tu error, créeme. Le das demasiado valor y peso a la belleza.

—Pero, ¿cómo puedes hablar así? Debo confesar que pienso que es preferible ser bello que bueno. Sin embargo, no existe nadie con tanta disposición como yo para reconocer que es mejor ser bueno que feo.

—¿La fealdad es uno de los siete pecados capitales? —dijo la duquesa—. ¿Qué pasó con tu símil sobre las orquídeas?

—Gladys, la fealdad representa una de las siete virtudes capitales. Como buena conservadora, tú no deberías menospreciarlas. La Biblia, la cerveza y las siete virtudes capitales han hecho de nuestra Inglaterra lo que es actualmente.

—Entonces, ¿no te gusta tu país? —interrogó ella.

—En él vivo.

—Tal vez para censurarlo mejor.

—¿Desearía que me limitara a la sentencia de Europa sobre él? —indagó.

—¿Qué dice sobre nosotros?

—Que Tartufo emigró a Inglaterra y se radicó aquí.

—¿Harry, esto es tuyo?

—Te lo obsequio.

—Es muy cierto. No puedo usarlo.

—No tienes que sentir miedo. Nuestros compatriotas jamás se reconocen en una descripción.

—Son prácticos.

—Son más astutos que prácticos. Cuando hacen su balance, equilibran la estupidez con la riqueza y el vicio con la hipocresía.

—A pesar de eso hemos realizado grandes cosas.

—Gladys, las grandes cosas nos han sido impuestas.

—Hemos soportado su peso.

—Solo hasta la Bolsa.

Ella movió la cabeza.

—Confío en la raza —dijo.

—Representa los supervivientes del impulso.

—Tiene su desarrollo.

—La decadencia me encanta mucho más.

—¿Qué es el arte? —interrogó ella.

—Una patología.

—¿Y el amor?

—Solo una ilusión.

—¿La religión?

—Lo que, con mucha elegancia, toma el lugar de la fe.

—Eres un escéptico.

—¡Jamás! El escepticismo solo es el principio de la fe.

—¿Entonces, qué eres?

—Definir es poner límites.

—Por favor, dame una pista.

—Los hilos se rompieron. Te extraviarías en el laberinto.

—Cambiemos el tema. Me aturdes.

—Nuestro anfitrión es un tema exquisito. Hace años fue bautizado con el nombre del Príncipe Azul.

—¡Ah! No me recuerdes eso, por favor —dijo Dorian Gray.

—Esta noche nuestro anfitrión está incómodo —respondió la duquesa, ruborizándose—. Pienso que cree que Monmouth se casó conmigo, de acuerdo a sus puros principios científicos, como si se tratara del mejor ejemplar de mariposa moderna que pudo hallar.

—Bueno, espero que no tenga la idea de atravesarla con un alfiler, duquesa —dijo Dorian riendo.

—¡Oh! Mi sirvienta se encarga de ello ya, señor Gray, cuando está molesta conmigo.

—Duquesa, ¿cómo puede molestarse con usted?

—Se lo aseguro, señor Gray, por las cosas más insignificantes y triviales. Normalmente porque llego a las nueve menos diez y digo que necesito estar vestida para las ocho y media.

—¡Poco razonable de su parte! Usted debería regañarla.

—Señor Gray, no me atrevo. Imagínese, me crea los sombreros. ¿Usted recuerda uno que yo tenía en la fiesta al aire libre de lady Hilstone? Seguro que no se acuerda, pero es muy amable en aparentar que lo recuerda. Bueno, pues fue hecho con nada. Todos los sombreros hermosos están hechos con nada.

—Gladys, igual que todas las buenas reputaciones —interrumpió lord Henry—. Cada efecto que una produce genera un adversario más, ya que para alcanzar la popularidad hay que ser mediocre.

—No con las mujeres —dijo la duquesa, moviendo la cabeza—, y las mujeres mandan en el mundo. No soportamos las medianías. Como ha dicho alguien, nosotras las mujeres amamos con nuestros oídos, así como ustedes los hombres aman con los ojos, si es que acaso aman de alguna forma.

—Creo que no hacemos jamás otra cosa —dijo Dorian.

—¡Ah! Quiere decir entonces que usted jamás ha amado realmente, señor Gray —contestó la duquesa con una tristeza irónica.

—¡Mi estimada Gladys! —dijo lord Henry—. Pero, ¿cómo puedes decir eso? La pasión romántica existe por repetición, y la repetición transforma en arte toda apetencia. Asimismo, en cada ocasión que se ama es la única que se ha amado jamás. El que sea un objeto diferente no modifica la particularidad de la pasión, simplemente la intensifica. En la vida no podemos tener más que una gran prueba a lo sumo, y el secreto de la existencia reside en repetirla lo más frecuentemente que se pueda.

—Harry, ¿incluso cuando uno haya sido herido por ella? —preguntó la duquesa luego de una breve pausa.

—Especialmente cuando uno ha sido herido por ella —contestó lord Henry.

La duquesa se volvió y vio a Dorian Gray con una expresión peculiar en su mirada.

—Señor Gray, ¿qué opina usted sobre eso? —interrogó.

Dorian vaciló un momento. Echó hacia atrás la cabeza y rio:

—Duquesa, siempre estoy de acuerdo con Harry.

—¿Aun cuando se equivoca?

—Duquesa, Harry nunca se equivoca.

—¿Y su filosofía lo hace feliz?

—Jamás he buscado la felicidad. Pero, ¿quiénes quieren la felicidad? Yo me he dedicado a buscar el placer.

—Señor Gray, ¿y lo ha hallado?

—A menudo. Muy a menudo.

La duquesa emitió un suspiro.

—Yo ando en búsqueda de la paz —dijo—, y si no voy a cambiarme de ropa, no la obtendré esta noche.

—Duquesa, permítame que le traiga unas orquídeas —dijo Dorian, poniéndose en pie y entrando en el invernadero.

—Coqueteas descaradamente con él —le dijo lord Henry a su prima—. Ten mucho cuidado. Es encantador y fascinante.

—Si no fuera así, no habría batalla.

—Entonces, ¿los griegos se enfrentan con los griegos?

—Siempre he estado del lado de los troyanos. Ellos luchaban por una mujer.

—Fueron vencidos.

—Hay cosas más terribles que la derrota —contestó ella.

—Cabalgas a rienda suelta.

—Andar da vida —contestó ella.

—Esta noche escribiré eso en mi diario.

—¿Qué?

—Que el niño que se quema ama el fuego.

—Yo ni siquiera estoy quemada. Mis alas están indemnes.

—Las utilizas para todo, menos para volar.

—El valor se ha trasladado de los hombres a las mujeres. Para nosotras es una nueva experiencia.

—Tú tienes una rival.

—¿Quién?

Él se rio.

—Lady Narborough —dijo—. Lo idolatra con locura.

—No me importa. La atracción de la antigüedad es perjudicial para las que somos románticas.

—¡Románticas! Tú tienes todo el sistema de la ciencia.

—Los hombres nos han enseñado.

—Sin embargo, no les han explicado.

—Descríbenos como sexo —le retó.

—Esfinges sin secretos.

Sonriendo, ella lo miró.

—El señor Gary tarda mucho —dijo—. Ayudémoslo. Aún no le he dicho de qué color es mi vestido.

—Gladys, ¡deberías combinar tu vestido a sus flores!

—Eso representaría una rendición precoz.

—El arte romántico comienza con su final.

—Me guardaré una ocasión para la retirada.

—¿A la manera de los Parthos?

—En el desierto ellos hallaron la seguridad. Yo de verdad no podría lograrlo.

—A las mujeres no siempre les está permitido elegir —contestó él.

Inmediatamente después de pronunciar aquella frase se escuchó, desde el fondo del invernadero, un quejido oprimido, seguido del estruendo producido por la caída de un cuerpo pesado. Todos sintieron un estremecimiento. La duquesa se quedó paralizada de terror. Y lord Henry, con ojos llenos de miedo, corrió hacia las palmeras agitadas y halló a Dorian Gray tirado en el suelo, boca abajo, con la cara contra las losas, desmayado, como si estuviera muerto.

Lo trasladaron al salón azul y lo acostaron sobre uno de los sofás. Después de un corto tiempo recobró el conocimiento y vio todo a su alrededor con un gesto de aturdimiento.

—Pero, ¿qué ha ocurrido? —preguntó—. ¡Ya me acuerdo! ¿Harry, me encuentro a salvo aquí?

Y comenzó a temblar incontrolablemente.

—Dorian, mi muy apreciado amigo —respondió lord Henry—, sencillamente te has desmayado. Solo fue eso. Quizás estabas agotado. Es preferible que no bajes a cenar. Yo estaré en tu lugar.

—No, bajaré —dijo haciendo un esfuerzo por ponerse en pie—. Yo deseo bajar, no quiero ni debo quedarme solo.

Se dirigió a su habitación y se cambió de ropa. Cuando estaba en la mesa mostró una alocada felicidad en su forma de actuar, pero de cuando en cuando un temblor de horror le cruzaba todo el cuerpo cuando venía a su memoria la cara acechante de James Vane aplastada, como un pañuelo blanco, en los cristales de la ventana del invernadero.

## Capítulo XVIII

No dejó la casa al día siguiente y, efectivamente, pasó dentro de su habitación la mayor parte del tiempo, porque se sentía enfermo, con un terror profundo a la muerte; sin embargo, con una total indiferencia hacia la vida. Estaba convencido de que era vigilado, perseguido, acosado y esto comenzaba a dominarlo. Si el aire movía el tapiz, él temblaba. Las hojas secas lanzadas contra los cristales emplomados se asemejaban a sus decisiones inútiles y a sus salvajes odios y resentimientos. Cuando cerraba los ojos, veía nuevamente el rostro del marinero acechándolo a través de los cristales empañados de niebla, y el terror parecía poner su mano sobre su corazón y apretarlo con fuerza.

Tal vez era solo una fantasía que tenía desde la noche anterior, colocando frente a él las espantosas siluetas del castigo. Actualmente la vida era un completo caos; sin embargo, existía algo horriblemente lógico en la imaginación, y es ella la que sitúa el remordimiento en la pista del pecado. Cada crimen soporta su origen gracias a la imaginación. En el mundo corriente de los hechos, los malvados no reciben castigo ni los buenos obtienen recompensa. El éxito solo se lo llevan los fuertes y el fracaso se lo imponen a los débiles. Esto era todo. Aparte de eso, cualquier extraño podía rondar la casa y ser visto por los sirvientes o los guardias. Si se hubieran hallado huellas de pasos en los macizos, los jardineros se lo hubieran informado. Sí, simplemente era una ilusión. El hermano de Sibyl Vane no había regresado para asesinarlo. Se había ido en su barco para naufragar en algún mar invernal, así que él, por lo menos, se encontraba a salvo. Ese hombre ignoraba, no podía saber, quién era él. Lo había salvado la máscara de la juventud.

Sin embargo, si solo era una ilusión, ¡qué terrible era pensar que la conciencia podía generar esos fantasmas espantosos, darle formas visibles y hacer que se movieran ante uno! ¡Qué tipo de vida sería la suya si de día y de noche las sombras de su horrendo crimen lo espiarían desde cualquier rincón donde se encontrara! Ante ese pensamiento que atrapaba su mente, se puso lívido de terror, y le dio la impresión de que el aire se enfrió de pronto. ¡Oh! ¡En qué momento demencial había asesinado a su amigo! ¡Qué terrible el solo recuerdo de esa escena! Nuevamente la veía por completo. Cada uno de los horribles detalles reaparecía ante él, incrementado en horror. Por fuera de la oscura cueva del tiempo, horrible y tapizada de rojo, emergía la imagen de su pecado. A las seis, cuando llegó lord Henry, lo encontró llorando como si el corazón le fuera a estallar.

No se atrevió a salir hasta el tercer día. Percibía algo en el aire claro y fragante por los pinos de esa mañana de invierno que parecía devolverle su alegría y su ferviente deseo de vivir. Y no solo las condiciones físicas del ambiente produjeron la transformación, sino que su propia esencia se rebelaba contra aquel exceso de angustia que había intentado cercenar y perjudicar la perfección de su tranquilidad. Eso siempre le sucede a los caracteres sutiles delicadamente templados. Sus fuertes pasiones deben pulverizarlo o doblegarse; o acaban con el hombre o ellas mismas perecen. Los padecimientos y los amores superficiales sobreviven y las inmensas pasiones y las inmensas penas se destruyen por su propia plenitud. Además, estaba convencido de que había sido víctima de su imaginación postrada de horror, y ahora veía sus miedos de antes con un poco de compasión y algo de desprecio.

Después de desayunar paseó con la duquesa por el jardín durante una hora, y luego atravesaron el parque para reunirse con la partida de caza. La escarcha crujiente se dispersaba sobre la grama como si fuera arena. El cielo parecía una copa invertida de metal azul y una capa muy delgada de hielo se agrupaba en la orilla del lago, lleno de juncos.

En la esquina de un bosque de pinos vio a sir Geoffrey Clouston, el hermano de la duquesa, quien sacaba dos cartuchos gastados de su escopeta. Saltó del carruaje, y después de decir al sirviente que llevara la yegua a la casa, se acercó a sus invitados por la dura maleza y entre las ramas secas.

—¿Geoffrey, has tenido buena caza? —preguntó.

—No muy buena, Dorian. Pienso que la mayor parte de las aves está en el llano. Me atrevo a asegurar que me irá mejor después de merendar, cuando vayamos por los sembrados.

Dorian avanzó a su lado. El viento era cálido y fragante; una luz gris y roja resplandecía en el bosque, se oían los gritos roncos de los ojeadores que resonaban de vez en cuando, y los disparos retumbantes de las escopetas lo mantenían encantado, proporcionándole una sensación de absoluta y deliciosa libertad. Dejó que el abandono de la dicha lo dominara, igual que la elevada indiferencia de la felicidad.

Repentinamente, desde un altozano de tierra y césped, a unos veinte metros de ellos, saltó una liebre con sus orejas de punta negras tiesas y sus largas patas traseras extendidas. Brincó como un rayo hacia un seto de alisos. Sir Geoffrey se echó la escopeta a la cara, pero había algo tan gracioso en los movimientos del animal que Dorian Gray, raramente seducido, exclamó de inmediato:

—¡Geoffrey, no le dispares! Déjala vivir.

—¡Qué estupidez, Dorian! —dijo su compañero riendo y, al saltar la liebre al otro seto, disparó.

Se escucharon dos gritos, el de la liebre herida, que es espantoso, y el de un ser humano agonizando, que es todavía peor.

—¡Dios mío! ¡Le he disparado a un ojeador! —exclamó sir Geoffrey—. ¡Qué imbécil es ese hombre que se coloca delante de las escopetas! ¡Ya no disparen! —gritó con toda la fuerza de su voz—. ¡Está herido un hombre!

El guarda mayor llegó corriendo con un bastón en la mano.

—¿Señor, dónde? ¿Dónde está? —gritó.

En el mismo instante el fuego cesó en toda la línea.

—Aquí —respondió, rabiosos, sir Geoffrey, abalanzándose hacia el seto—. ¿Por qué usted no sitúa a sus hombres más atrás? Me ha dañado la caza de hoy.

Dorian los vio entrar entre los alisos, apartando a un lado las ramas flexibles. Después de un instante salieron arrastrando hacia el sol un cuerpo. Horrorizado, les dio la espalda. Le daba la impresión de que la desgracia lo seguía a donde fuera. Escuchó preguntar a sir Geoffrey si el hombre había fallecido realmente, y la afirmativa respuesta del guardia. De pronto el bosque le pareció lleno de rostros vivos. Escuchaba el rumor de muchas pisadas y un zumbido bajo y apagado de voces. Sobre sus cabezas voló un gran faisán de buche dorado.

Al cabo de unos instantes que le parecieron, en su estado de turbación, horas eternas de dolor, sintió que una mano se apoyaba sobre su hombro. Se estremeció mientras miraba a su alrededor.

—Dorian —dijo lord Henry—, será preferible informar que por hoy la cacería se suspende. No sería adecuado continuarla.

—Harry, yo desearía que se suspendiera para siempre —contestó con amargura—. Este accidente ha sido cruel y espantoso. ¿Ese hombre…?

No logró culminar la frase.

—Me temo que sí —contestó lord Henry—. Recibió toda la descarga en el pecho. Seguro murió casi instantáneamente. Vamos, regresemos a casa.

Sin hablarse, caminaron los dos juntos en dirección a la avenida. Luego, Dorian miró a lord Henry y dijo, con un profundo suspiro:

—Harry, es un mal presagio. Un presagio terrible.

—¿Qué? —preguntó lord Henry—. ¡Oh! Me imagino que este accidente, mi estimado amigo, no se pudo evitar. La culpa exclusiva ha sido de ese hombre. ¿Por qué se puso delante de las escopetas? Además, esto no es asunto nuestro. Claro, es engorroso para Geoffrey. No se les debe disparar a los ojeadores, eso hace creer a las personas que uno es un tirador demente. Y Geoffrey tira muy bien. Pero de nada sirve hablar de ese tema.

Dorian movió la cabeza.

—Harry, es un mal presentimiento. Siento como si algo espantoso le fuera a ocurrir a alguno de nosotros. A mí, tal vez —agregó, pasándose la mano por los ojos con mueca de dolor.

Su amigo se rio.

—Dorian, lo único espantoso que existe en el mundo es el hastío, el aburrimiento. Es el único pecado para el que no hay perdón. Pero quizás esto no traerá molestias, a menos que los otros compañeros hablen de esto durante la comida. Yo les diré que es un tema prohibido. En referencia a los presagios, esas cosas no existen. El destino no nos envía señales. Es excesivamente sabio o cruel para eso. Además, ¿qué podría ocurrirte a ti, Dorian? Tienes todo lo que un hombre puede desear en el mundo. No existe nadie que no quisiera cambiar, encantado, su lugar por el tuyo.

—Harry, no existe nadie con quien no quisiera yo cambiarlo. Por favor, no te rías así. Te estoy diciendo la verdad. Ese desdichado campesino que acaba de fallecer se encontraba en mejores circunstancias que yo. A la muerte no le tengo miedo, su llegada es la que me aterroriza. Sus espantosas alas parecen cernirse en el aire nublado a mi alrededor. ¡Dios mío! ¿Ves a ese hombre que se está moviendo allí detrás de esos árboles, vigilándome, acechándome?

Lord Henry miró en la dirección que le señalaba la mano temblorosa enguantada.

—Sí —dijo sonriendo—. Miro al jardinero que te está esperando. Me imagino que desea preguntarte qué flores quieres tener esta noche en la mesa. ¡Qué ilógicamente nervioso estás, mi estimado amigo! Cuando volvamos a la ciudad deberías visitar a mi médico.

Dorian suspiró aliviado cuando vio que el jardinero se aproximaba. El hombre se tocó el sombrero, miró dudoso un instante a lord Henry y después sacó una carta, que le entregó a su señor.

—La señora duquesa me dijo que espere la respuesta —murmuró. Dorian se metió la misiva en el bolsillo.

—Respóndale a la señora duquesa que iré —dijo con frialdad. El hombre dio media vuelta y caminó con rapidez hacia la casa.

—¡Qué afición tienen las mujeres a hacer cosas peligrosas! —dijo lord Henry, riendo—. Y esa es una de las cualidades que más admiro en ellas. Una mujer coqueteará con cualquiera en el mundo mientras las personas la estén observando.

—Harry, ¡cómo te gusta a ti decir cosas peligrosas! En este caso vas totalmente descaminado. Estimo mucho a la duquesa, pero no la amo.

—Y la duquesa te ama demasiado, pero te estima menos, y así forman una pareja excelente.

—Harry, eres totalmente escandaloso hablando, y en esto no existe ningún fundamento escandaloso.

—El fundamento de todo escándalo es la certeza inmoral —dijo lord Henry mientras encendía un cigarro.

—Harry, por un epigrama sacrificas a todo el mundo.

—Las personas van al altar voluntaria y espontáneamente —fue la respuesta.

—Desearía amar —dijo Dorian Gray con un tono profundamente patético en su voz—. Pero creo que perdí la pasión y olvidé el deseo. Estoy tan excesivamente centrado en mí mismo, que mi propia personalidad se ha convertido para mí en una pesada carga. Necesito huir, perderme, olvidar. Fue una tontería haber venido aquí. Telegrafiaré a Harley para que tenga arreglado el yate. Uno se encuentra seguro sobre un yate.

—Dorian, ¿seguro de qué? ¿Tienes alguna molestia? ¿Por qué no me lo cuentas? Ya sabes que yo te ayudaría.

—Harry, no puedo contártelo —contestó con tristeza—. Me temo que solo es una fantasía mía. Ese desafortunado accidente me ha perturbado. Tengo el terrible presentimiento de que algo similar va a ocurrirme.

—¡Qué estupidez!

—Eso espero, pero no puedo dejar de sentirlo. ¡Ah! Aquí viene la duquesa, parece una Artemisa en traje sastre. Como usted lo ve, regresábamos, duquesa.

—Señor Gray, ya he escuchado todo lo que ha sucedido —contestó ella—. El infortunado Geoffrey está terriblemente perturbado. Parece que usted le rogó que no disparara a la liebre. ¡Qué extraño!

—Sí, fue muy extraño. No sé lo que me hizo comentárselo. Algún capricho, me imagino. Daba la impresión de que era la más atractiva de las pequeñas cosas vivas. Pero lamento que le hayan contado a usted lo ocurrido. Es un asunto horroroso.

—Es un asunto aburrido —interrumpió lord Henry—. No tiene valor psicológico. Ahora, si Geoffrey hubiese hecho eso adrede, ¡qué interesante sería! ¡Me gustaría conocer a alguien que hubiese cometido un auténtico crimen!

—¡Harry, qué espantoso eres! —exclamó la duquesa—. ¿No es cierto, señor Gray? Harry, el señor Gray está otra vez indispuesto. Se va a desvanecer.

Irguiéndose con esfuerzo, Dorian sonrió.

—No es nada, duquesa —susurró—; mis nervios se encuentran horriblemente enfermos. Esto es todo. Me temo que no podré ir muy lejos esta mañana. No he escuchado lo que decía Harry. ¿Era muy malo? Bueno, me lo dirá en otro momento, creo que debo acostarme. Me disculpan, ¿verdad?

Llegaron al espacioso tramo de escaleras que llevaba desde el invernadero hasta la terraza. Al cerrarse la puerta acristalada detrás de Dorian, lord Henry se volvió y vio a la duquesa con sus ojos soñolientos.

—¿Le amas mucho? —interrogó.

Durante un instante ella no respondió, mientras admiraba el paisaje.

—Me gustaría saberlo —dijo finalmente.

Él movió la cabeza.

—El conocimiento sería fatal. Lo que nos fascina es la incertidumbre. La bruma hace que las cosas se vean maravillosas.

—Uno puede perder el camino.

—Mi querida Gladys, todos los caminos terminan en el mismo punto.

—¿Cuál?

—La desilusión.

—Representó mi estreno en la vida —dijo ella entre suspiros.

—Vino a ti coronado.

—Estoy aburrida de las hojas de fresa.

—Te quedan bien.

—Solo en público.

—Seguro las echarías de menos —dijo lord Henry.

—No me separaría de un pétalo.

—Monmouth tiene oídos.

—Los viejos son duros de oído.

—¿Jamás ha sido celoso?

—Desearía que lo hubiese sido.

Él miró a su alrededor como si estuviera buscando algo.

—¿Qué estás buscando por ahí? —interrogó ella.

—El botón de tu florete —contestó—. Se te cayó.

Ella se rio.

—Todavía tengo la máscara.

—Que hace tus ojos encantadores —fue la respuesta.

Ella rio nuevamente y sus dientes aparecieron como blancas perlas en un fruto escarlata.

En su habitación, en el piso de arriba, Dorian Gray se encontraba recostado sobre un sofá, con el terror pegado inclementemente a cada fibra temblorosa de su cuerpo. De pronto, la vida era una carga demasiado horrorosa y pesada para sostenerla. La horrible muerte del desdichado ojeador, cazado en la maleza como un animal, le parecía una representación anticipada de su propio fallecimiento. Casi se había desvanecido con lo que dijo lord Henry casualmente y a manera de burla cínica.

Llamó a su sirviente a las cinco y le dio órdenes de arreglar sus cosas para viajar en el expreso de la noche a Londres, y de tener en la puerta el coche a las ocho y media. Estaba decidido a no dormir una noche más en Selby Royal. Sentía que era un sitio de mala suerte. Allí la muerte se paseaba a la luz del sol. La pradera del bosque estaba manchada de sangre.

Le escribió una nota a lord Henry diciéndole que se marchaba a la ciudad para hacerle una consulta a su médico, y le suplicaba que en su ausencia divirtiera a sus huéspedes. Cuando la estaba poniendo en el sobre, llamaron a la puerta y su sirviente le informó que el guarda mayor quería verlo. Frunció el ceño y se mordió los labios.

—Que entre —dijo, después de un instante de duda.

Cuando el hombre entró, Dorian sacó su talonario de cheques de un cajón y lo abrió delante de él.

—¿Thornton, imagino que usted vendrá por el desdichado accidente de esta mañana? —dijo, agarrando una pluma.

—Sí, señor —contestó el guardabosques.

—¿El desdichado muchacho estaba casado? ¿Tenía familia? —interrogó Dorian, como hastiado—. Si es así, no quiero que se queden en la indigencia, por lo que les enviaré la cantidad que usted considere necesaria.

—Señor, no sabemos quién es. Por eso me tomé la libertad de venir a informárselo.

—¿Cómo que no saben quién es? —dijo Dorian indiferente—. ¿Qué quiere decir usted? ¿Acaso no era uno de sus hombres?

—No, señor, jamás lo había visto. Tiene la apariencia de un marinero, señor.

De la mano de Dorian se cayó la pluma y sintió como si de pronto su corazón dejara de latir.

—¿Un marinero?… —dijo—. ¿Ha dicho usted un marinero?…

—Sí, señor. Tiene la apariencia de un marinero: está tatuado en los dos brazos como ese tipo de gente.

—¿Le encontró algo encima? —exclamó Dorian, inclinándose hacia el policía y viéndole con ojos de espanto—. ¿Tiene algo que nos permita conocer su identidad?

—Solo algo de dinero, señor, pero no mucho, y un revólver de seis tiros. No hemos hallado nombre ni nada similar. Señor, su aspecto es decente, pero vulgar. Creemos que es una especie de marinero.

De un salto, Dorian se levantó. Una terrible esperanza lo conmovió y locamente se aferró a ella.

—¿Dónde está el cadáver? —dijo—. ¡Pronto! Deseo verlo inmediatamente.

—Está en un establo vacío en la casa de la granja, señor. A las personas no les agrada tener en su casa ese tipo de cosas. Todos dicen que un cadáver trae muy mala suerte.

—¡La casa de la granja! Diríjase allí rápidamente y espéreme. Dígale a uno de los palafreneros que me traiga mi caballo. No, mejor no haga nada. Iré yo mismo a las cuadras. Eso ahorrará tiempo.

En menos de un cuarto de hora, Dorian Gray descendía a galope por la larga avenida. Daba la impresión de que los árboles se le atravesaban en una procesión espectral y unas sombras feroces se cruzaban en su camino. Repentinamente, la yegua viró hacia un poste indicador, y poco faltó para que lo lanzara. Entonces, Dorian le azotó el cuello con su fusta y la bestia rompió el viento oscuro como una flecha. Bajo sus cascos las piedras volaban.

Finalmente llegó a la casa de la granja. Por el corral deambulaban dos hombres. Saltó de su silla y le entregó las riendas a uno de ellos. En el establo más alejado resplandecía una luz y algo le decía que el cuerpo se encontraba allí, así que se apresuró hacia la puerta y empujó el pomo.

Por un momento se detuvo, sintiendo que estaba a punto de hacer un hallazgo que podría rehacer o destrozar su vida. Entró después de empujar la puerta.

En un rincón del fondo, sobre una cantidad de sacos, yacía el cadáver de un hombre que vestía pantalones azules y una camisa basta. Tenía la cara cubierta con un pañuelo manchado de sangre. A su lado crepitaba una vela corriente metida en una botella.

Dorian Gray sintió un estremecimiento por todo su cuerpo. No tenía fuerzas para quitar él mismo el pañuelo, entonces le dijo a uno de los criados de la granja que viniera.

—Por favor, quítele eso del rostro, deseo verlo —exclamó apoyándose en el marco de la puerta para mantener el equilibrio.

Cuando el criado obedeció, él avanzó. Un grito de felicidad salió de su garganta, porque el hombre que habían asesinado en la maleza era James Vane.

Estuvo allí algunos minutos observando el cuerpo sin vida. Al regresar a casa, tenía los ojos llenos de lágrimas, se sentía tranquilo, ya que estaba seguro de que se había salvado.

# Capítulo **XIX**

Lord Henry mojaba sus dedos, extremadamente blancos, en una vasija de cobre rojo que contenía agua de rosas, y mientras tanto hablaba con Dorian, diciéndole:

—No sirve de nada que me digas que de ahora en adelante vas a ser un hombre bueno. Tú eres casi perfecto. Por favor, no cambies.

Dorian Gray movió la cabeza con un gesto de desaprobación.

—No, Harry. Yo he hecho muchas cosas terribles en mi vida. Ya no voy más. Ayer inicié mis buenas acciones.

—¿Ayer dónde estuviste?

—En el campo, Harry. Alojado en una posada pequeña.

—Mi apreciado compañero —dijo lord Henry sonriendo—, en el campo todo el mundo puede ser bueno. Allí no existen tentaciones. Este es el motivo por el que las personas que viven fuera de la ciudad son totalmente incivilizadas. La civilización no es algo fácil de lograr. Solo hay dos formas de alcanzarla: una, la cultura; otra, el vicio. Las personas que viven en el campo no tienen oportunidad de ninguna de las dos, debido a eso no se desarrollan, se estancan.

—La cultura y el vicio —contestó Dorian como un eco—. Yo he conocido las dos. Ahora me parece espantoso que ambas puedan encontrase juntas, porque actualmente tengo un nuevo ideal, Harry. Voy a cambiar, creo que lo he hecho.

—Aún no me has dicho cuál fue tu buena acción. ¿O acaso me decías que habías hecho más de una? —interrogó su amigo mientras echaba en su plato una pequeña pirámide de fresas olorosas color carmesí, rociándolas de azúcar con una cuchara agujereada, en forma de concha.

—Harry, a ti sí puedo contártelo. Es una historia que no pienso contar a nadie más. Nunca he deseado que una mujer se perdiera. Esto suena a vanidad, pero entenderás ahora lo que quiero decir. Era muy hermosa y se parecía extraordinariamente a Sibyl Vane. Pienso que eso fue lo que inicialmente me atrajo hacia ella. Recuerdas a Sibyl, ¿verdad? ¡Qué lejos se ve todo aquello! Bien, Hetty no era de nuestra clase, claro está. Era una sencilla muchacha pueblerina. Y yo en realidad la amé con todas mis fuerzas. Estoy totalmente seguro de que la amaba. La iba a ver dos o tres veces por semana durante todo ese maravilloso mes de mayo que estuvimos juntos. Ayer la hallé en un pequeño huerto. Sobre el cabello le caían las flores de un manzano y ella se reía. Teníamos que irnos juntos esta mañana, cuando amaneciera. Pero, repentinamente, decidí abandonarla, dejándola como una flor, igual a como la había encontrado.

—Dorian, me imagino que la novedad de la emoción te proporcionó un estremecimiento de auténtico placer —interrumpió lord Henry—. Pero yo podría culminar tu idilio por ti. Le diste buenos consejos y le destruiste el corazón. ¿Ese era el inicio de tu cambio?

—Harry, ¡eres espantoso! No debes pronunciar esas cosas terribles. El corazón de Hetty no quedó destruido. Por supuesto que gritó, pero eso fue todo. Sin embargo, no está deshonrada. Ella puede vivir como Perdita, en su jardín de mentas y hermosas caléndulas.

—Y llorar por un Florizel infiel —comentó lord Henry, riendo y estirándose hacia atrás en su silla—. Mi apreciado Dorian tienes cambios de ánimo extrañamente infantiles. ¿Realmente piensas que esa joven estará contenta ahora con uno de su clase? Me imagino que algún día se casará con un vulgar carretero o con un labrador socarrón. Pero bueno, el solo hecho de conocerte y haberte amado le hará despreciar a su esposo, y será desdichada. Desde un enfoque moral, no puedo decir que confíe en tu gran renuncia. Hasta para un inicio es muy pobre. Además, ¿sabes si Hetty no flota en este instante en alguna piscina de molino, alumbrada por la luz de las estrellas, con bellos nenúfares a su alrededor, como Ofelia?

—¡Harry, ya no te soporto! Te burlas de todo y después sugieres las más serias tragedias. Me arrepiento de habértelo dicho. Ya no hago caso de lo que me dices. Yo sé que he hecho bien en actuar de esa manera. ¡Pobre Hetty! Esta mañana, cuando pasé cabalgando por la posada, miré su pálida cara en la ventana, como si fuera un ramo de jazmines. Ya no hablemos de esto, y no intentes convencerme de que la primera buena acción que he realizado en años, el primer sacrificio pequeño, mínimo, insignificante de mí mismo que me conozco, sea en realidad un tipo de pecado. Deseo ser mejor. Seré mejor. Mejor cuéntame de ti. ¿Qué está pasando en la ciudad? Hace varios días que no he ido al club.

—Todavía la gente discute sobre la desaparición del desdichado Basil.

—Pensé que ya se habían cansado de eso —dijo Dorian, sirviéndose un poco de vino y frunciendo ligeramente el ceño.

—Mi estimado amigo, de ello solo se ha hablado más que seis semanas, y el público inglés no tiene igual en eso de enfocar su atención mental en un asunto por más de tres meses. Y, sin embargo, han tenido mucha suerte últimamente. Tuvieron el suicidio de Alan Campbell y mi propio divorcio. Ahora tienen la extraña desaparición de un pintor. Scotland Yard aún insiste en que el individuo de abrigo gris que viajó a París en el tren de medianoche el nueve de noviembre era el infortunado Basil, pero la policía francesa sostiene que Basil jamás llegó a París. Me imagino que dentro de quince días nos informarán que lo han visto en San Francisco. Es algo misterioso, pero de todos los que desaparecen se dice que fueron vistos en San Francisco. Debe ser una ciudad hermosa y deliciosa, y tiene todos los encantos del mundo futuro.

—¿Usted qué piensa que le pudo haber ocurrido a Basil? —interrogó Dorian, mientras levantaba su copa de vino hacia la luz y se sorprendía de la calma con que discutía aquel tema.

—No tengo la más mínima idea. Si Basil quiere esconderse, ese no es mi problema. Si ha fallecido, no tengo por qué pensar en ello. Lo único que me ha aterrorizado siempre es la muerte, y por eso la detesto.

—¿Por qué? —dijo el joven con hastío.

—Porque —dijo lord Henry, mientras pasaba la rejilla dorada de una cajita abierta de sales por debajo de su nariz— hoy uno puede sobrevivir a todo, menos a ella. Los dos únicos hechos del siglo XIX que no tienen explicación son la vulgaridad y la muerte. Dorian, vamos al salón de música a tomar café. Por favor, toca algo de Chopin para mí. El individuo con el que ha huido mi mujer interpretaba a Chopin de una forma extraordinaria y exquisita. ¡Pobre Victoria! La apreciaba mucho. Sin ella la casa se encuentra un poco sola. Claro que la vida conyugal es solo un hábito, un mal hábito. Pero uno extraña hasta la pérdida de sus peores hábitos. Tal vez estos son los que se añoran más, ya que son una parte indisoluble de nuestra propia personalidad.

Dorian no comentó nada, pero se levantó de la mesa, entró en la estancia de al lado, se sentó al piano y dejó que sus dedos vagaran libremente sobre los marfiles blancos y negros de las teclas. Luego de servido el café paró de tocar y, viendo a lord Henry, le dijo:

—Harry, ¿nunca se te ha ocurrido pensar que Basil pudo haber sido asesinado?

Lord Henry bostezó aburrido.

—Basil era un hombre que tenía mucha popularidad y siempre llevaba un reloj Waterbury. ¿Por qué lo iban a asesinar? No era lo suficientemente listo como para ganarse enemigos. Claro, tenía un magnífico talento de pintor, era un gran artista, pero un individuo puede pintar como Velázquez y, sin embargo, ser el más torpe de todo el mundo. Realmente Basil era algo obtuso. Solamente me interesé en él en una ocasión y fue el día que me comentó, hace algunos años, la desquiciada idolatría que sentía por ti, y que tú eras la razón que dominaba su arte.

—Yo le tenía mucho cariño a Basil —exclamó Dorian con un tono de melancolía en la voz—. Pero, ¿no dicen que fue asesinado?

—Claro que algunos periódicos lo dicen. No me parece que sea algo probable. Sé que hay lugares espantosos en París, pero Basil no los frecuentaba, él no tenía curiosidad por conocerlos. Ese era su más grande defecto.

—¿Harry, qué dirías si yo te confesara que maté a Basil? —dijo Dorian.

Y mientras hablaba miraba con atención a su amigo.

—Querido, yo te diría que adoptas una conducta que no te sienta bien. Absolutamente todo crimen es vulgar, ordinario, igual que toda vulgaridad es un crimen. Dorian, cometer un crimen no está en ti, así que lamento herir tu vanidad cuando digo esto, pero te aseguro que es cierto. El crimen es de propiedad exclusiva de la clase baja, no la cuestiono ni censuro, pero supongo que el crimen es para ella lo que para nosotros es el arte: simplemente, un sistema para proporcionarse sensaciones maravillosas y extraordinarias.

—¿Un sistema para proporcionarse sensaciones? ¿Entonces piensas que un hombre que ha llevado a cabo un crimen podría, probablemente, cometer nuevamente el mismo crimen? Por favor, no me digas eso.

—¡Pues sí! Cualquier cosa se transforma en un placer si se realiza frecuentemente —dijo lord Henry riendo—. Este es uno de los secretos más valiosos de la existencia. Sin embargo, supongo que el crimen siempre es un error, porque jamás se debe hacer algo que no se pueda comentar de sobremesa. Pero dejemos ya al desdichado Basil. Quisiera creer que ha tenido un final verdaderamente tan de novela y romántico como el que sugieres, pero no puedo. Tal vez soy muy atrevido al decir que habrá caído desde un autobús al río Sena y que el conductor escondió el escándalo. Sí, me imagino que ese fue su final. Me da la impresión que ahora lo veo, acostado boca arriba bajo las aguas turbias verdes y negruzcas, pasándole por encima pesadas embarcaciones y con largas hierbas colgando en su cabello. Pienso, ¿sabes?, que quizá ya no hubiese hecho nuevamente buenas obras. Su pintura había perdido mucho en estos últimos diez años.

Dorian suspiró y lord Henry, atravesando la estancia, comenzó a hacer cosquillas en la cabeza de un extraño loro de Java, ave muy gruesa de plumas grises, con la cresta y la cola rosada, que se estaba columpiando sobre una percha de bambú. Al mismo tiempo que sus dedos afilados lo tocaban, el loro pestañeó con la cortina de sus párpados móviles sobre sus pupilas negras como de cristal, y comenzó a balancearse hacia adelante y hacia atrás.

—Sí —continuó, mientras sacaba el pañuelo del bolsillo—, su pintura había decaído mucho y tenía poca demanda. Daba la impresión de que había perdido algo, tal vez un ideal. Él dejó de ser un gran artista cuando dejaste de ser su gran amigo. Cuéntame, ¿qué los separó? Me imagino que te hastiaba. Si fue así, él jamás te olvidó. Es un hábito que tienen los aburridos. Por cierto, ¿qué fue de aquel magnífico retrato que pintó de ti? Creo que no lo volví a ver desde que lo terminó. Solo recuerdo que me dijiste, hace años, que lo habías enviado a Selby y que se extravió o lo robaron en el camino. ¿Nunca lo recuperaste? ¡Una verdadera lástima! Realmente era una obra maestra, extraordinaria. Recuerdo que quise comprársela. En estos momentos me alegraría haberlo hecho, porque formaba parte de la mejor y más productiva época de Basil. A partir de ese instante, su obra tuvo esa rara mezcla de mala factura y de buenas intenciones que hace siempre que a un hombre se le denomine artista británico representativo. ¿Pusiste un anuncio para recobrarlo? Debiste hacerlo.

—Ya lo olvidé —dijo Dorian—. Imagino que lo hice. Pero, sinceramente, jamás me gustó. Lamento profundamente haber servido de modelo para ese cuadro. Recordar aquel objeto me incomoda. ¿Por qué lo mencionas? Trae a mi memoria repetidamente esos raros versos de una obra, *Hamlet*, creo. ¿Cómo dicen?…

*Como la imagen de un dolor,*
*un rostro sin corazón.*

»Sí, esto es.

Lord Henry se rio.

—Si un hombre ve y trata la vida de manera artística, su cerebro es su corazón —contestó, sentándose en un sillón.

Dorian Gray movió la cabeza y ejecutó en el piano unos suaves acordes.

—Parecido a la imagen de un dolor —repitió—, una cara sin corazón.

Recostado en el sillón, su amigo lo contemplaba con los ojos entreabiertos.

—Dorian, a propósito —dijo, después de una breve pausa—: ¿de qué le serviría a alguien ganarse el mundo, si pierde (cómo continúa la cita) su alma?

La música disonó y Dorian Gray se sobresaltó, mirando fijamente a su amigo.

—¿Harry, por qué me preguntas eso?

—Mi apreciado amigo —exclamó lord Henry mientras, asombrado, arqueaba las cejas—, te lo pregunto porque pienso que eres capaz de responderme. Esto es todo: yo caminaba por el parque el domingo pasado y, cerca de Marble Arch, había un pequeño grupo de personas desaliñadas oyendo a un predicador ordinario. Cuando pasé cerca, escuché a ese hombre hacerle esa pregunta a su auditorio. Me dio la impresión de que era muy dramática. Londres es muy rico en raros efectos de ese tipo. La escena: un domingo lluvioso, un tosco cristiano vestido con un impermeable, un círculo de rostros lívidos y enfermizos protegidos por un techo desnivelado de paraguas goteantes y unas palabras magníficas lanzadas al aire como un grito por una boca histérica; era sencillamente maravilloso en su género y completamente sugestivo. Quise decirle al profeta que el arte poseía un alma, pero que el hombre no la tenía. Sin embargo, creo que no me hubiesen entendido.

—No, Harry. El alma es una realidad terrible. Se puede comprar, vender y cambiar. Y uno hasta puede hacerla perfecta o envenenarla. Yo lo sé, existe un alma en cada uno de los hombres.

—¿Dorian, estás totalmente seguro de eso?

—Totalmente seguro.

—Entonces debe ser solo una ilusión. Todo de lo que uno está absolutamente seguro nunca es cierto. Eso es lo terrible de la fe y la lección de la novela. Pero, ¡qué serio estás! Por favor, no te pongas serio. ¿Tú y yo qué tenemos que ver con las supersticiones de nuestro tiempo? No, nos hemos desentendido en el alma de nuestra creencia. ¿Por qué no tocas algo? Tócame un nocturno, Dorian, y mientras lo haces, dime en voz baja qué has hecho para conservar tu juventud. Seguro tienes algún secreto, solo tengo diez años más que tú y estoy arrugado, marchito y con un color amarillento. Dorian, definitivamente eres maravilloso. Nunca has sido tan encantador como esta noche. Viene a mi memoria el primer día que te vi. Eras algo rollizo, muy callado y totalmente extraordinario. Naturalmente, has cambiado, pero no en tu apariencia. Quisiera que me revelaras tu secreto, para poder recuperar mi juventud yo haría todo en este mundo menos levantarme temprano, realizar ejercicios o ser respetable. ¡Juventud! Nada se parece a ella. Es ilógico hablar de la ignorancia de la juventud. Las únicas opiniones que escucho con total respeto son las de la gente mucho más joven que yo, ya que la vida les ha revelado sus más recientes maravillas. En lo que respecta a los viejos, siempre les contradigo. Lo hago por hábito y principio y, si les pides su opinión sobre algo que sucedió ayer, sueltan con solemnidad las opiniones comunes en 1820, cuando las personas llevaban corbatín, creían en todo y no sabían absolutamente nada. ¡Qué espectacular es eso que estás tocando! ¡A veces me pregunto si Chopin lo compuso en Mallorca cuando el mar se quejaba alrededor de su villa y la espuma plena de sal salpicaba los cristales! Es extraordinariamente romántico. ¡Qué fortuna que nos haya obsequiado un arte que no es imitativo! Por favor, no pares, que esta noche necesito escuchar música. Me da la impresión que eres el joven Apolo y que yo soy Marsias, oyéndote. Dorian, yo tengo penas que ni siquiera tú conoces. La tragedia de la vejez no consiste en ser viejo, sino en haber sido joven. A veces me asombro de mi misma sinceridad. ¡Ah, Dorian, qué feliz eres! ¡Qué vida más exquisita ha sido la tuya! Has saboreado largamente todas las cosas. Has exprimido las uvas contra tu paladar. Nada se te ha ocultado, y todo ello pasó para ti como el sonido de la música. Siempre eres el mismo, la vida no te ha ultrajado.

—Harry, ya no soy el mismo.

—Sí eres el mismo. A veces me pregunto cuál será el fin de tu existencia. No la dañes con renuncias. Eres un hombre perfecto, ahora no te transformes en incompleto. En estos momentos eres totalmente intachable. Además, Dorian, no te mientas a ti mismo. La vida no está dirigida por la intención o por la voluntad. La vida se trata de fibras, de nervios bien puestos, de células formadas poco a poco, en las que se oculta el pensamiento, y la pasión tiene sus sueños. Pero jamás estás a salvo, porque un tono casual de color en una estancia, un cielo matutino, un aroma particular que hayas amado y que trae consigo leves recuerdos, un verso de un poema que ya no recuerdas pero que de repente regresa a tu memoria, la cadencia de un tema musical que ya no tocas; de todo esto, Dorian, te lo aseguro, de todas estas cosas parece que dependen nuestras vidas. Browning escribió algo sobre esto, pero nuestros sentidos hacen que lo imaginemos. Hay instantes cuando la fragancia de las lilas blancas me penetra de pronto, y vivo otra vez el más raro mes de mi vida. Dorian, desearía poder cambiarme contigo. El mundo ha clamado contra ambos, pero a ti siempre te ha idolatrado, y siempre te idolatrará. Eres el hombre que buscaba incesantemente nuestra época y que tiene temor de haber encontrado. Me da mucha satisfacción que jamás hayas hecho nada, ni esculpido una estatua, ni dibujado un cuadro, ¡ni creado o producido otra cosa aparte de ti mismo! Solo la vida ha sido tu arte. Te has puesto música a ti mismo y tus días han sido tus sonetos.

Dorian se levantó del piano y se pasó la mano por el cabello.

—Sí, mi existencia era extraordinaria, exquisita —murmuró—, sin embargo, no continuaré con la misma vida, Harry. Y tú no deberías decirme esas cosas estrafalarias. Tú no sabes nada de mí. Estoy seguro de que si lo supieras, también te separarías de mí. ¿Te ríes? No deberías reírte.

—Dorian, ¿por qué no sigues tocando? Anda, vuelve y toca de nuevo ese nocturno. Observa esa hermosa e inmensa luna color de miel que cuelga en el aire taciturno, solo está esperando que le lances un hechizo, y si tú tocas, se aproximará a la Tierra. ¿No quieres? Entonces vámonos al club. Esta noche ha sido encantadora y así debemos concluirla, encantadoramente. En el *White's* hay una persona que tiene unas ganas enormes de conocerte: el joven lord Poole, el mayor de los hijos de Bournemouth. Ya imita tus corbatas y me ha rogado que te presente. Es absolutamente maravilloso, y me recuerda algo a ti.

—Espero que no sea así —exclamó Dorian con una expresión de tristeza—. Pero esta noche estoy agotado, Harry. No quiero ir al club. Son casi las once y deseo acostarme temprano.

—Está bien, quédate. Nunca has tocado tan bien como esta noche. En tu ejecución se percibía algo espectacular, maravilloso. Tenía una expresión que nunca te había escuchado hasta hoy.

—Es debido a que voy a volverme un hombre bueno —contestó sonriendo—. Ya estoy cambiando un poco.

—Dorian, no puedes cambiar conmigo —expresó lord Henry—. Siempre seremos buenos amigos.

—Pero en una ocasión me envenenaste con un libro. Siempre lo recuerdo. Harry, júrame que no le prestarás jamás ese libro a nadie. Es dañino.

—Comienzas realmente a moralizar, mi querido amigo. Pronto llegarás a ser como los conversos, esos predicadores protestantes que advierten a las personas contra todos los pecados que ellos han cometido infinidad de veces. Tú eres demasiado divino para hacer eso. Y también sería inútil. Tú y yo somos lo que somos, y seremos lo que seremos. Con respecto a ser envenenados por un libro, no es verdad tal cosa. El arte jamás puede influenciar en la acción. Destruye el deseo de hacer una obra. Los libros que el mundo denomina inmorales son aquellos que le señalan su propia vergüenza, solo eso. Pero no hablemos de esto y ven mañana a buscarme. A las once saldré a caballo, puedes acompañarme y luego te llevaré a almorzar con lady Branksome. Es una mujer encantadora y desea hacerte una consulta sobre unos tapices que quiere comprar. ¿Qué dices? ¿Vas a venir? ¿O prefieres que comamos con nuestra duquesita? Ella dice que nunca te ve. ¿Tal vez te has aburrido de Gladys? Quizá es eso. Su aguda lengua pone los nervios de punta. Bueno, de todas maneras, a las once estaré aquí.

—¿Harry, realmente debo venir?…

—Sí. El parque ahora se encuentra totalmente adorable. Pienso que desde el año en que nos conocimos no ha habido tantas lilas.

—Está bien. A las once estaré listo —dijo Dorian—. Harry, buenas noches.

Cuando llegó a la puerta dudó un instante, como si todavía tuviera que decir algo más. Luego suspiró y se marchó.

## Capítulo XX

Decidió echarse el gabán al brazo y no se puso su bufanda de seda al cuello, porque era una noche tibia y deliciosa. Iba caminando hacia su casa fumando un cigarrillo cuando dos jóvenes vestidos con trajes de etiqueta se cruzaron con él, y uno le murmuró a otro: «Mira, ese es Dorian Gray». Se acordó con mucha melancolía cómo le gustaba antes que las personas lo señalaran con el dedo, lo miraran o comentaran algo sobre él, pero ahora le cansaba escuchar su propio nombre. Mucho del encanto que tenía para él aquel pequeño pueblo, donde había ido muchas veces últimamente, era que en ese lugar era un ser totalmente anónimo, nadie lo conocía. En muchas ocasiones le había dicho a la joven a quien sedujo para que lo amara que él era pobre, y ella le creyó sin hacerle más preguntas. Una vez le comentó que él era un hombre muy malo, y ella se rio y le contestó que los malos siempre eran horrendos y muy viejos. ¡Qué risa tenía! ¡Igual que el canto de un tordo! ¡Y qué bella se veía con su vestido de algodón y sus grandes y anchos sombreros! Ella ignoraba todo, sin embargo poseía todo lo que él ya no tenía en sus manos ni en su vida.

Al llegar a su casa su criado lo estaba esperando. Lo mandó a acostar, se recostó sobre el sofá de la biblioteca y comenzó a pensar en algunas de las cosas que le había comentado lord Henry.

¿Sería cierto que nadie puede cambiar jamás? Sintió un deseo ardiente por la pura e inmaculada inocencia de su adolescencia —su adolescencia rosa y blanca, como lord Henry la había llamado en una ocasión—. Era consciente de que él mismo la había manchado y dañado completamente su espíritu, causando espanto a su imaginación; que sobre los demás había ejercido una influencia perversa, y que al ser de esa manera experimentó una horrible felicidad; que de las vidas que se habían cruzado en su camino, él había avergonzado la más hermosa y la más llena de promesas. Pero, ¿todo aquello no tenía arreglo? ¿Ya no tenía ninguna esperanza?

¡Qué terrible y abominable instante de orgullo y de pasión ese en el que suplicó que el cuadro llevara todo el peso de sus días y que él conservara la pureza esplendorosa de la juventud eterna! Su fracaso era producto de aquello. Hubiese sido preferible para él que cada pecado de su existencia trajera consigo su rápida y segura pena. En el castigo hay una purificación. Creyó que la oración de un hombre al Dios más justo no debería ser «Perdona nuestros pecados», sino «Castíganos por nuestras infamias».

El espejo extrañamente tallado que le había obsequiado lord Henry hacía muchos años estaba sobre la mesa y los cupidos de extremidades muy blancas reían alrededor, igual que antes. Lo alzó, y como había hecho aquella noche de terror cuando por primera vez se dio cuenta del cambio en el cuadro fatídico, enloquecido, se observó con sus ojos llenos de lágrimas en el pulido escudo. Una vez, alguien que lo había amado con pasión y locura le escribió una misiva que finalizaba con estas palabras de veneración: «El mundo se ha transformado, porque tú estás creado de marfil y de oro, las curvas de tus labios escriben nuevamente la historia». Esas frases le volvieron a la memoria y varias veces se las repitió a sí, pero después detestó su propia belleza y, lanzando al suelo el espejo, aplastó bajo su zapato los trozos plateados. Su belleza era la que lo había perdido y conducido a lo profundo de ese abismo donde ahora residían su inmóvil belleza y la juventud por la que tanto suplicó. Sin embargo, a pesar de ambas cosas, su vida se hubiese podido mantener pura e inmaculada. Su belleza solo era una máscara para él, y su juventud únicamente una burla del destino. En definitiva, ¿qué es la juventud? Un tiempo lozano y prematuro, una época de estados de ánimo y de ideas enfermizas. La juventud lo había perjudicado.

Era preferible no recordar el pasado. Ya nada podía cambiar aquello. Solo tenía que pensar en sí mismo y en su propio futuro. James Vane estaba enterrado en una tumba sin nombre en el camposanto de la iglesia de Selby. Una noche, Alan Campbell se pegó un tiro, pero sin contar el secreto que él le había obligado a conocer. El asombro y la agitación actual generados por la desaparición de Basil Hallward seguro terminarían muy pronto. Ya estaba disminuyendo. Ahora se encontraba totalmente a salvo. El fallecimiento de Basil Hallward no era, en realidad, lo que más pesaba sobre su espíritu, sino la muerte en vida de su propia alma, y esto era lo que lo perturbaba. Basil había creado el cuadro que había deshonrado su existencia. Aquello no se lo podía perdonar, porque el cuadro era el culpable de todo. Basil le había dicho cosas terribles e insoportables, pero que él había oído pacientemente. El asesinato solo había sido producto de un instante de locura, pero justificado. Con respecto a Alan Campbell, su suicidio había sido un acto voluntario y espontáneo. Había sido su decisión, y él no tuvo nada que ver.

¡Una nueva existencia! Eso era precisamente lo que necesitaba. Eso era lo que esperaba. Quizá ya había comenzado. De todas maneras, había respetado a un ser inocente. Y jamás volvería a tentar a la inocencia. Sería bueno de ahora en adelante.

Cuando pensó en Hetty Merton se preguntó si el cuadro de la habitación cerrada ya se habría transformado. Con toda seguridad no seguiría siendo tan espantoso como era. Tal vez, si su existencia se purificaba, podría expulsar todos los signos de pasión maliciosa y perversa de su rostro. Quizá los signos del mal ya habrían desaparecido. Sintió muchos deseos de ir a verlo.

Tomó la lámpara de la mesa y caminó por la escalera. Al abrir la puerta, una sonrisa de felicidad atravesó su cara, que parecía misteriosamente joven, y se detuvo un instante en su boca. Sí, sería muy bueno, y el espantoso objeto que escondía dejaría de infundirle miedo. Sintió como si ya se hubiese liberado de aquella carga.

Entró en silencio, cerrando la puerta tras de sí como estaba habituado, y abrió la cortina color púrpura que estaba colgada sobre el cuadro, pero se le escapó un grito sordo de dolor y de indignación. No veía ninguna transformación, salvo en los ojos, que tenían una expresión de astucia, y en la boca, que estaba arrugada por una mueca de hipocresía. Esto era repugnante, tal vez más repugnante que antes, y el rocío rojo escarlata que ensanchaba la mano daba la impresión de que era aún más brillante, como sangre nueva derramada recientemente. Sintió un temblor. ¿Su buena acción había sido provocada por simple vanidad? ¿O había sido el deseo de una sensación renovada, como lo había señalado lord Henry con su risa de burla? ¿O el afán por la acción que nos lleva en ocasiones a hacer cosas mejores y superiores que nosotros mismos? ¿O tal vez un poco de todo eso? ¿Y por qué la mancha roja era más grande? Se había diseminado como una patología terrible sobre los arrugados dedos. En los pies dibujados había sangre, como si el lienzo hubiese goteado, y sangre hasta en la mano que no agarró el cuchillo. ¿Confesar? ¿Acaso él sabía lo que significaba confesarse? ¿Él mismo entregarse y ser arrastrado hacia la muerte? Se rio con ganas. Entendió que la idea era espantosa. Y aunque confesara, ¿quién iba a creerle? No existía huella alguna en ningún lugar del hombre que había sido asesinado. Todo lo que le había pertenecido ya estaba totalmente destruido. Él mismo le había pegado fuego en la planta baja. El mundo solo diría que estaba desquiciado. Lo encerrarían en un manicomio si insistía en su historia… Pero su deber era confesarse, padecer la vergüenza pública y realizar una expiación, también pública. Había un Dios que inducía a los hombres a confesar sus pecados en la tierra igual que en el cielo. Y ahora, hiciera lo que hiciera, nada lo purificaría si no confesaba su propio pecado. ¿Su pecado? Se encogió de hombros. Consideraba que el fallecimiento de Basil Hallward era algo insignificante. Solo pensaba en Hetty Merton, porque era un espejo injusto ese espejo de su alma en que se observaba. ¿Hipocresía? ¿Vanidad? ¿Curiosidad? ¿No había algo más que eso en su renuncia? Claro que había algo más, al menos eso pensaba. Sin embargo, ¿quién lo podía decir?… No, no existía nada más. Sí, la había respetado, pero… solo por vanidad. Había lucido la máscara de la generosidad solamente por hipocresía. Intentó negarse a sí mismo por curiosidad, y ahora lo aceptaba y reconocía.

Pero, ¿ese crimen lo perseguiría durante toda su existencia? ¿Siempre sentiría el enorme peso de su pasado? ¿Realmente debía confesar? No, jamás. Contra él solo había una pequeña prueba, y aquella prueba era su retrato. Entonces, acabaría con él, lo destruiría por completo. ¿Para qué lo había conservado durante tanto tiempo? En otro momento de su vida había sentido placer al contemplar cómo se transformaba y se iba poniendo viejo. Sin embargo, desde hacía mucho tiempo ya no disfrutaba, no experimentaba el mismo placer. Muchas noches el pensar en él le mantenía despierto. Al salir, sentía un miedo terrible de que otros ojos lo pudieran ver. Le había transmitido toda la melancolía de sus pasiones. Solo recordarlo le echaba a perder muchos instantes de felicidad, era como la conciencia de sí mismo. Sí, era la conciencia, y lo tenía que destruir. Acabaría con él de una vez por todas.

Observó detalladamente todo a su alrededor y vio el cuchillo con el que había herido al pintor Basil Hallward. Ya lo había limpiado varias veces, hasta que se borraron todas las manchas que había en él. Estaba reluciente. Como él había asesinado al artista, acabaría con su obra y con todo lo que ella significaba. Asesinaría el pasado y, cuando este hubiese fallecido, él sería totalmente libre. Asesinaría aquella espantosa y monstruosa alma con vida, y libre de sus terribles y horrorosas advertencias recuperaría la tranquilidad. Cogió el cuchillo y con él apuñaló varias veces y con mucha rabia el cuadro.

Luego, se escuchó un grito sordo y una caída estrepitosa. Los sirvientes, aterrados al oír el espantoso grito, se despertaron y salieron despavoridos de sus habitaciones. Dos señores que caminaban por la plaza se pararon y dirigieron sus miradas hacia la gran casa. Continuaron andando hasta que hallaron un policía y lo llevaron hasta la casa. El hombre llamó en varias ocasiones, pero no respondieron. La casa estaba totalmente a oscuras, con excepción de una luz que se veía en una de las ventanas de arriba. Después de un corto tiempo, el policía se fue, pero se quedó junto a un portal cercano para poder vigilar.

—Oficial, ¿a quién pertenece esta casa? —interrogó el más viejo de los dos hombres.

—Al señor Dorian Gray, señor —contestó el guardia.

Se miraron mutuamente e hicieron un ademán de desprecio al irse. Sir Henry Ashton era el tío de uno de ellos.

En la parte interior, en las habitaciones de la servidumbre, los criados, a medio vestir, cuchicheaban entre ellos. La vieja señora Leaf lloraba desconsoladamente y se estrujaba nerviosamente las manos, y Francis tenía en su rostro una palidez mortuoria.

Pasado un cuarto de hora, este se dirigió al piso de arriba con el cochero y uno de los sirvientes. Dieron unos golpes en la puerta, pero nadie respondió. Llamaron desde fuera. Todo se encontraba en calma. Después de haber intentado forzar la puerta, sin resultado, subieron al tejado y saltaron hacia el balcón. Las ventanas cedieron con facilidad, porque sus cerraduras eran viejas y estaban oxidadas.

Cuando entraron, vieron que en la pared estaba colgado un magnífico retrato de su señor, como lo veían últimamente, en toda la plenitud de su maravillosa belleza y juventud. Tirado en el suelo estaba un hombre muerto que vestía un traje de etiqueta y tenía un cuchillo en una de sus manos. Era un ser de rostro repulsivo cubierto de arrugas y completamente marchito. Al examinar sus dedos y ver los anillos descubrieron finalmente de quién se trataba.

# OTROS RELATOS

# EL CRIMEN DE LORD ARTHUR SAVILE

## CAPÍTULO I

Era la última recepción que daba lady Windermere, antes del inicio de la temporada de primavera. Los salones de Bentinck-House estaban repletos de invitados. Asistieron seis ministros, una vez terminada la interpelación del speaker[1], ostentando sus cruces y sus bandas y todas las mujeres hermosas de Londres lucían sus vestidos más elegantes. En el extremo de la galería de retratos se encontraba la princesa Sophia de Carlsrühe, una dama corpulenta de tipo tártaro, con pequeños ojos negros y unas fantásticas esmeraldas, chapurreando francés con voz muy aguda y riéndose sin medida de todo lo que decían.

Ciertamente se veía allí una extraña mezcla de personas. Presuntuosas esposas de pares del reino conversaban amablemente con agresivos radicales; predicadores populares se codeaban con inveterados escépticos, y un grupo de obispos seguía la pista, de salón en salón, a una corpulenta *prima donna;* en la escalera se agrupaban diversos miembros de la Real Academia, disfrazados de artistas, y el comedor se vio por un momento saturado de genios. En una palabra: era una de las reuniones más brillantes de lady Windermere y la princesa se quedó hasta cerca de las once y media.

Rápidamente después de su marcha, lady Windermere regresó a la galería de retratos, en la que un famoso economista explicaba con aspecto serio la teoría científica de la música a un virtuoso húngaro, espumeante de indignación, y se puso a conversar con la duquesa de Paisley. Lady Windermere estaba extraordinariamente hermosa con su esbelto cuello marfileño, sus enormes ojos azules color raspilla y sus tupidos bucles dorados. Cabellos de oro puro no como esos de tono amarillento que usurpan hoy día la bella denominación del oro, sino cabellos de un oro como tejido con rayos de sol o bañados en un ámbar misterioso; cabellos que encuadraban su rostro con una aureola de santa y, a la vez, con la seducción de una pecadora. Lady

---

1  Presidente de la Cámara de los Comunes.

Windermere constituía realmente un interesante estudio psicológico. Desde muy joven descubrió en la vida la importante verdad de que nada se parece tanto a la inocencia como la insolencia; y, por medio de una serie de aventuras despreocupadas, inocentes por completo en su mayoría, consiguió todos los privilegios de una personalidad. Había cambiado en varias ocasiones de esposo. En el *Debrett* o *Guía nobiliaria,* aparecía con tres matrimonios en su haber; pero nunca cambió de amante y el mundo había dejado de murmurar a cuenta suya desde hacía tiempo. A día de hoy tenía cuarenta años, sin hijos y poseía esa pasión desordenada por el placer que constituye el misterio de la eterna juventud.

Súbitamente, miró con expectación a su alrededor y preguntó con su clara voz de contralto:

—¿Dónde está mi vidente?

—¿Su qué..., Gladys? —exclamó la duquesa con un temblor involuntario.

—Mi vidente, duquesa. No puedo vivir ya sin él.

—¡Estimada Gladys! ¡Usted siempre tan original! —murmuró la duquesa, intentando recordar lo que era exactamente un vidente y confiando en que no sería lo mismo que un podólogo.

—Viene a leer en mi mano dos veces por semana —continuó lady Windermere— y es realmente interesante.

"¡Dios mío! —pensó la duquesa—. Debe de ser una especie de manicuro. ¡Es espantoso! Imagino que por lo menos será extranjero. Así no resultará tan molesto".

—Tengo que presentárselo a usted —dijo lady Windermere.

—¡Presentármelo! —exclamó la duquesa—. ¿Quiere usted decir que está aquí?

Recogió su abanico de carey y su mantón de encaje muy antiguo, como preparándose para huir a la primera alarma.

—Claro que está aquí; no podría ocurrírseme ofrecer una recepción sin él. Dice que tengo una mano especialmente psíquica y que, si mi dedo pulgar fuera algo más corto, sería yo una pesimista de principios y estaría encerrada en un convento.

—¡Ah, sí! —voceó la duquesa, ya tranquila—. Dice la buenaventura, ¿no es eso?

—Y la mala también —contestó lady Windermere— y muchas cosas similares. El año que viene, por ejemplo, correré un gran peligro, en tierra y por mar. Así que tendré que vivir en un globo. Todo eso está escrito aquí, sobre mi dedo meñique... o en la palma de mi mano, no lo recuerdo con exactitud.

—Pero realmente eso es tentar al cielo, Gladys.

—Mi estimada duquesa: la providencia puede resistir, si duda, a la tentación en estos tiempos. Pienso que todos deberían hacerse leer las manos una vez al mes, con el fin de conocer lo que les está prohibido. Claro es que harían lo mismo; pero ¡resulta tan agradable saber lo que va a suceder! Si no tiene nadie la cortesía de ir a buscar ahora al señor Podgers, iré yo personalmente.

—Permítame que me encargue de ello, lady Windermere —dijo un muchacho alto e ilustre que estaba presente y seguía la conversación con jovial sonrisa.

—Se lo agradezco mucho, lord Arthur; pero temo que no le reconozca usted.

—Si es tan sorprendente como usted dice, lady Windermere, no podrá escapárseme. Dígame únicamente cómo es y en unos instantes se lo traeré.

—Bien; no tiene nada de vidente; quiero decir con esto que no tiene nada de misterioso, nada esotérico, ningún aspecto romántico. Es un hombre pequeño y corpulento, con una cabeza cómicamente calva y grandes gafas de oro; un personaje entre médico y notario pueblerino. Lamento que sea así, pero no es culpa mía. ¡Es tan incoherente la gente! Todos mis pianistas tienen aspecto de poetas y todos mis poetas, aspecto de pianistas. Recuerdo ahora que durante la última temporada invité a comer a un terrible conspirador, hombre que había hecho volar con dinamita a infinidad de gente y que llevaba siempre una coraza de mallas y un puñal escondido en la manga. Pues bien; sepan ustedes que, a pesar de todo, tenía toda la apariencia de un buen sacerdote viejecito y durante toda la noche se mostró muy chistoso; realmente, resultó muy divertido y encantador; pero yo me sentí brutalmente desilusionada y, cuando le pregunté por su coraza de mallas, se limitó a reírse y me dijo que era demasiado fría para usarla en Inglaterra. ¡Ah, ya está aquí el señor Podgers! Bueno, desearía, señor Podgers, que leyese usted la mano de la duquesa de Paisley. Duquesa, ¿quiere usted retirar su guante? No, el de la izquierda, no; el de la derecha.

—Mi estimada Gladys: realmente, no creo que esto sea del todo adecuado —dijo la duquesa, desabrochando un guante de cabritilla bastante sucio.

—Lo que es interesante no es nunca adecuado —dijo lady Winder-mere—. *On a fait le monde ainsi*[2]. Pero tengo que presentarles: señor Podgers, mi vidente preferido; la duquesa de Paisley. Como le diga a usted que tiene el "monte de la luna" más desarrollado que el mío, no volveré a creerle nunca.

—Estoy convencida, Gladys, de que no habrá nada de eso en mi mano —dijo la duquesa en tono bajo.

—Mi señora está en lo cierto —replicó el señor Podgers, mirando hacia la pequeña mano regordeta de dedos cortos—: "el monte de la luna" no está desarrollado. Sin embargo, la "línea de la vida" es extraordinaria. Tenga la amabilidad de doblar la muñeca... Gracias. Tres rayas clarísimas en la *rasette*[3], o línea del puño; en la juntura de la mano con el brazo. Vivirá usted muchos años, duquesa, y será muy feliz. Ambición moderada, línea de la inteligencia sin exageración, línea del corazón...

—Sea usted prudente sobre este punto, señor Podgers —interrumpió lady Windermere.

—Nada sería tan agradable para mí —replicó el señor Podgers inclinándose— si la duquesa diese lugar a ello; pero lamento comunicar que descubro una gran constancia en su afecto, mezclada con un sentido muy arraigado del deber.

—Tenga usted la amabilidad de continuar, señor Podgers —dijo la duquesa con aire satisfecho.

—La economía no es la menor de las virtudes de vuestra gracia —continuó el señor Podgers.

Lady Windermere dejó escapar una carcajada.

—La economía es una cualidad magnífica —puntualizó la duquesa con satisfacción—. Cuando contraje matrimonio, Paisley tenía once castillos y ni una casa decente donde se pudiera vivir.

—Y ahora es amo de una docena de casas y no tiene ni un castillo —exclamó lady Windermere.

—Sí, querida —dijo la duquesa—; a mí me gusta...

—El bienestar —terminó el señor Podgers— y los progresos modernos y el agua caliente en todas las habitaciones. Vuestra gracia tiene perfecta razón. El bienestar es la única cosa buena que ha generado nuestra civilización.

—Ha descrito de un modo admirable el carácter de la duquesa,

---

2  Así se ha hecho el mundo.
3  Las líneas marcadas sobre la piel de la muñeca.

señor Podgers. Tenga usted la amabilidad de decirnos ahora el de lady Flora —y, respondiendo a una señal de la dueña de la casa, sonriente, una jovencita de cabellos rojos de escocesa y de hombros alzados se levantó torpemente del sofá y enseñó una mano larga y huesuda, con dedos aplastados como espátulas.

—¡Ah, observo que es una pianista! —dijo el señor Podgers—. Una magnífica pianista, aunque tal vez no sea una compositora extraordinaria. Muy discreta, tímida y dotada de un apasionado amor a los animales.

—¡Totalmente cierto! —exclamó la duquesa, girándose hacia lady Windermere—. Absolutamente exacto.

Flora tiene dos docenas de perros en Macloskie y llenaría nuestra casa de Londres como un verdadero zoológico si su padre lo autorizase.

—Pues eso es exactamente lo que hago yo los jueves por la noche —replicó lady Windermere, echándose a reír—. Solo que a mí me gustan más los "leones" que los perros.

—Es su única equivocación, lady Windermere —dijo el señor Podgers con un solemne saludo.

—Si una mujer no puede hacer agradables sus errores, es una criatura desgraciada —le respondió—. Pero es necesario que lea usted otras manos. Acérquese, sir Thomas, y muéstrele la suya al señor Podgers.

Y un señor viejo, de figura elegante, que vestía traje azul, se adelantó y ofreció al vidente una mano ancha y ordinaria, con el dedo central muy largo.

—Carácter inquieto; en el pasado, cuatro largos viajes y uno en el futuro. Ha naufragado en tres ocasiones... No; dos veces únicamente; pero está en peligro de naufragar durante el siguiente viaje. Tradicional a fondo, muy puntual; tiene la obsesión de coleccionar cosas curiosas. Una enfermedad importante entre los dieciséis y los dieciocho años. Ha heredado una gran fortuna a los treinta. Gran antipatía por las gatos y los radicales.

—¡Excelente! —exclamó sir Thomas—. Tiene usted que leer también la mano de mi esposa.

—De su segunda esposa —dijo gravemente el señor Podgers, que seguía sujetando la mano de sir Thomas en la suya—. Será un placer.

Pero lady Marwell, dama de aspecto triste, pelo negro y pestañas de sentimental, se negó con contundencia a dejar revelar su pasado ni su futuro. A pesar de todos sus esfuerzos, tampoco pudo lograr lady Windermere que aceptara ni en quitarse los guantes el señor Koloff, el embajador de Rusia.

Realmente, muchas personas temieron enfrentarse con aquel ser extraño, de sonrisa estereotipada, con gafas de oro y ojos de un brillo de azabache. Y cuando dijo a la pobre lady Fermor en voz alta y delante de todos que le interesaba muy poco la música, pero que la volvían loca los músicos, pensaron todos que la videncia era una ciencia peligrosa, que no se podía fomentar más que cara a cara.

Pero, lord Arthur Savile, que no estaba enterado del desafortunado incidente de lady Fermor y que seguía con enérgico interés las palabras del señor Podgers, sintió una gran curiosidad en que leyese su mano. Como tenía cierta timidez en adelantarse, atravesó la habitación, aproximándose al lugar donde estaba sentada lady Windermere, y ruborizándose, lo cual le sentaba muy bien, le preguntó si creía que el señor Podgers accedería a ello.

—Sin duda —dijo lady Windermere—; para eso está aquí. Todas mis fieras lord Arthur, son fieras amaestradas y saltan por el aro cuando yo quiero. Pero tengo que decirle que se lo contaré todo a Sybil. Mañana vendrá a comer conmigo para hablar de sombreros y, si el señor Podgers descubre que tiene usted mal carácter, es proclive a la gota o ha puesto piso a una mujer que viva en Bayswater, no dejaré de contárselo.

—Eso no me da miedo —contestó—. Sybil me conoce tan bien como yo a ella.

—¡Ah! Lo siento mucho. La mejor base del matrimonio es una mutua incomprensión. Y no es que sea yo insolente: tengo experiencia únicamente, lo cual es, a menudo, lo mismo. Señor Podgers, lord Arthur Savile se muere de ganas de que lea usted su mano. No le diga que es el prometido de una de las jovencitas más hermosas de Londres, porque hace ya un mes que el *Morning Post* publicó esa noticia.

—Mi estimada lady Windermere —exclamó la marquesa de Jedburgh—, tenga la bondad de permitir al señor Podgers que se detenga aquí un minuto más. Está diciéndome que voy a actuar en el teatro y esto me interesa muchísimo...

—Si le ha dicho a usted eso, lady Jedburgh, no dudaré en llamarle. Venga de inmediato, señor Podgers, y lea la mano de lord Arthur.

—Bueno —dijo lady Jedburgh, haciendo una leve mueca de contrariedad, mientras se levantaba del sofá—; si no me está permitido salir a escena, imagino que me dejarán asistir a la ceremonia.

—Claro que sí; vamos a asistir todos a la representación —replicó lady Windermere—. Señor Podgers, continúe usted y díganos algo bueno de lord Arthur, que es uno de mis favoritos.

Pero en cuanto el señor Podgers examinó la mano de lord Arthur, se alteró de un modo extraño y no dijo nada. Pareció recorrerle un temblor; sus espesas cejas temblaron convulsivamente con aquella singular contracción tan irritante que le dominaba cuando estaba aturdido. Enormes gotas de sudor cayeron entonces de su frente amarillenta, como un rocío envenenado, y sus manos carnosas se quedaron frías y pegajosas.

Lord Arthur no dejó de percibir aquellos extraños síntomas de nerviosismo y por primera vez en su vida sintió pánico. Su primer impulso fue escapar del salón, pero se contuvo. Mejor era conocer la verdad, por mala que fuese, que permanecer en aquel desasosiego.

—Estoy esperando, señor Podgers —dijo.

—Todos estamos esperando —exclamó lady Windermere con su tono vivo, impaciente; pero el vidente no dijo nada.

—Pienso que lord Arthur va a dedicarse al teatro —dijo lady Jedburgh— y que, después de oír a lady Windermere, el señor Podgers no se atreve a decírselo.

De repente, el señor Podgers dejó caer la mano derecha de lord Arthur y le asió la izquierda fuertemente, doblándose tanto para examinarla, que la montura de oro de sus gafas pareció rozar la palma. Durante un momento su cara fue una máscara pálida de horror; pero recuperó rápidamente su sangre fría y, mirando a lady Windermere, le dijo con una sonrisa forzada:

—Es la mano de un joven fascinante.

—Así es —contestó lady Windermere—; pero ¿será un esposo encantador? Eso es lo que quiero saber.

—Todos los jóvenes fascinantes lo son igualmente como esposos —replicó el señor Podgers.

—No creo que un marido deba ser demasiado cautivador —exclamó lady Windermere.

—Pero lo que quiero son detalles; lo único fascinante son los detalles. ¿Que le ocurrirá a lord Arthur?

—Pues que en unos meses ha de iniciar un viaje...

—Sin duda: el de su luna de miel.

—Y que perderá un pariente.

—Espero que no sea su hermano —dijo lady Jedburgh con tono bondadoso.

—Claro que no —respondió el señor Podgers, calmándola con un gesto—. Será solo un pariente lejano.

—Bueno; me siento enormemente decepcionada —dijo lady Windermere—. No podré decirle nada a Sybil mañana. ¿Quién se preocupa hoy de los parientes lejanos? Hace ya muchos años que pasaron de moda. A pesar de lo cual, imagino que Sybil hará bien en comprarse un vestido de seda negro; siempre podrá servirle para ir a la iglesia. Y ahora vamos a tomar algo. Se lo habrán comido todo; pero aún encontraremos una taza de caldo caliente. François preparaba antes un caldo excelente; pero ahora le veo tan preocupado con la política, que nunca estoy segura de nada con él. Quisiera realmente que el general Boulanger se estuviera quieto. Duquesa, tengo el convencimiento de que está usted cansada.

—Nada en absoluto, mi estimada Gladys —respondió la duquesa, dirigiéndose hacia la puerta—; me lo he pasado muy bien; su podólogo, no, su vidente es muy interesante. Flora, ¿dónde podrá estar mi abanico de carey?... ¡Oh, gracias, sir Thomas, mil gracias! ¿Y mi chal de encaje, Flora?... ¡Oh, gracias, sir Thomas! Es usted encantador.

Y la honorable dama acabó de bajar la escalera sin dejar caer más que en dos ocasiones su frasquito de esencia.

Mientras, lord Arthur Savile permaneció en pie junto a la chimenea, agobiado por el mismo sentimiento de terror, por la misma preocupación enfermiza respecto a un oscuro porvenir. Sonrió tristemente a su hermana cuando pasó junto a él del brazo de lord Plymdale, bellísima con su vestido de brocado rosa y sus perlas, y casi no oyó a lady Windermere, que le invitaba a seguirla. Pensó en Sybil Merton y, a la sola idea de que podía interponerse algo entre ellos dos, se le llenaron los ojos de lágrimas.

Quien le hubiese mirado habría dicho que Némesis se apoderaba del escudo de Palas Atenea, mostrándole la cabeza de la Gorgona. Parecía absorto y su cara presentaba el aspecto de un mármol melancólico. Había vivido la vida delicada y lujosa de un joven bien nacido y rico; una vida exquisita, libre de toda baja inquietud, llena de una bella despreocupación infantil. Y ahora, por primera vez, tenía conciencia del terrible misterio del destino, de la espantosa idea de la fatalidad. ¡Qué absurdo y monstruoso le parecía todo aquello! ¿Podría ser que lo que estaba escrito en su mano con caracteres que él no entendía, pero que otro descifraba, fuese el terrible secreto de alguna culpa, el signo sangriento de algún crimen? ¿No habría salida? ¿No somos entonces más que piezas de ajedrez movidas por una fuerza invisible, más que vasijas que el alfarero modela a su gusto para honor o descrédito? Su razón se rebelaba contra aquel pensamiento; y, sin embargo, sentía una tragedia colocada encima de su vida, como si estuviera destinado de repente a soportar una carga inaguantable. Los actores son, generalmente, gente dichosa. Pueden elegir, para representar, la tragedia o la comedia, el dolor o la diversión; pueden escoger entre hacer reír o hacer llorar. Pero en la vida real es muy diferente. Muchos hombres y mujeres se ven obligados a representar papeles para los cuales no estaban designados. Nuestros Guildensterns hacen de Hamlets y nuestros Hamlets intentan bromear como el príncipe Hal. El mundo es un escenario, pero la obra tiene un reparto lamentable. Súbitamente el señor Podgers entró en el salón. Al ver a lord Arthur, se detuvo y su carnosa faz ordinaria adquirió un color amarillo verdoso. Los ojos de los dos hombres se encontraron y hubo un momento de silencio.

—La duquesa se ha olvidado aquí uno de sus guantes, lord Arthur, y me ha pedido que se lo lleve —dijo, por fin, el señor Podgers—. ¡Ah, allí lo veo, encima del sofá! Buenas noches.

—Señor Podgers, no tengo más opción que insistir en que me dé una contestación categórica a la pregunta que le voy a formular.

—Otra vez será, lord Arthur. La duquesa me espera; debo reunirme con ella.

—Usted no se marchará. La duquesa no tiene prisa.

—Las mujeres no tienen la costumbre esperar —dijo el señor Podgers con una sonrisa forzada—. El bello sexo es impaciente.

Los labios finos y como abrillantados de lord Arthur se plegaron con arrogante desprecio. La pobre duquesa le parecía de escasísima importancia en aquel momento.

Atravesó el salón, llegó hasta el lugar donde se había parado el señor Podgers y le alargó su mano derecha.

—¡Dígame lo que ve usted aquí! ¡Dígame la verdad! Deseo saberlo. No soy un niño.

Los ojos del señor Podgers tuvieron un vivo parpadeo tras sus gafas de oro; se balanceó con aire turbado sobre uno y otro pie, mientras sus dedos jugueteaban con inquietud con la brillante cadena de su reloj.

—¿Por qué piensa usted, lord Arthur, que he visto en su mano algo más de lo que le he dicho?

—Sé que ha visto usted algo más e insisto en que me lo diga. Le entregaré un cheque de cien guineas.

Los pequeños ojos verdosos del señor Podgers centellearon durante un segundo y luego volvieron a quedarse imposibles.

—¿Cien guineas? —dijo, por fin, el señor Podgers en voz baja.

—Sí, cien guineas. Le haré llegar mañana un cheque. ¿Cuál es su club?

—No pertenezco a ningún club; es decir, no pertenezco por el momento. Pero mis señas son... Permítame que le dé una tarjeta.

Y sacando del bolsillo del pecho una cartulina de cantos dorados, el señor Podgers la presentó con un profundo saludo a lord Arthur, que leyó lo siguiente:

MR. SEPTIMUS R. PODGERS
VIDENTE
WEST-MOON, 103

—Mi horario de visita es de diez a cuatro —murmuró el señor Podgers con un tono mecánico—, y hago descuentos a las familias.

—¡Dese prisa! —gritó lord Arthur, poniéndose muy pálido y dándole la mano.

El señor Podgers miró a su alrededor con intranquilidad y corrió la pesada cortina sobre la puerta.

—La cosa durará un poco, lord Arthur. Mejor hará usted en sentarse.

—¡Dese prisa, caballero! —gritó nuevamente lord Arthur, alterado, dando un fuerte golpe con el pie en el suelo encerado.

El señor Podgers sonrió y, extrayendo de su bolsillo un pequeño monóculo, se puso a limpiarlo con sumo cuidado con el pañuelo.

—Ya estoy listo y a sus órdenes —dijo.

## CAPÍTULO II

Diez minutos después, lord Arthur Savile, con la cara lívida de terror y los ojos enloquecidos de angustia, salía de Bentinck-House. Se abrió paso entre un grupo de lacayos, cubiertos de pieles, que esperaban bajo la marquesina del gran pabellón.

Lord Arthur parecía no ver ni oír nada en absoluto, la noche era muy fría y los mecheros de gas alrededor de la plaza brillaban, titubeantes, bajo los latigazos del viento; pero él sentía en sus manos un calor sofocante y las sienes le ardían como brasas.

Andaba zigzagueando por la acera, como un borracho. Un policía le miró con curiosidad al pasar y un mendigo que salió del quicio de un portal para pedirle limosna retrocedió aterrorizado, al ver un infortunio mayor que el suyo. En un momento dado, lord Arthur Savile se detuvo bajo un farol y miró sus manos. Creyó ver la mancha de sangre que las delataba y un débil grito surgió de sus labios temblorosos.

¡Asesino! Esta era la palabra que había leído el vidente en ellas. ¡Asesino! La noche misma parecía darse cuenta y el viento desolado le zumbaba en sus oídos. Los rincones oscuros de las calles estaban llenos de aquella acusación, que gesticulaba ante sus ojos en los tejados.

Primero se dirigió al parque, cuyo boscaje lúgubre parecía hipnotizarle. Se apoyó en la verja con aire extenuado, refrescando su frente con la humedad del hierro y escuchando el silencio rumoroso de los árboles.

"¡Asesino! ¡Asesino!", se repitió, como si por dirigirse de nuevo la acusación pudiera atenuar el sentido de la palabra. El sonido de su propia voz le hizo temblar y, a pesar de esto, deseó casi que el eco recogiese y despertara de sus sueños a la ciudad adormecida. Sentía deseos de detener al azar el primer transeúnte y explicárselo todo.

Después continuó su camino, vagando alrededor de la calle de Oxford, por un laberinto de callejuelas estrechas y denigrantes. Dos mujeres de caras pintarrajeadas se mofaron de él a su paso. De un patio lóbrego llegó hasta sus oídos un ruido de juramentos y de golpes, seguidos de gritos penetrantes; y apretujados en montón, bajo una puerta húmeda y fría, vio las espaldas arqueadas y los cuerpos agotados de la miseria y la decadencia. Le sobrecogió una extraña compasión.

Aquellos hijos de la perversidad y de la miseria, ¿estaban desgraciadamente predestinados como él? ¿Acaso no eran tan solo, como él, muñecos de un títere monstruoso?

Y, sin embargo, no fue el misterio, sino la comedia del dolor la que le conmovió con su total inutilidad y su ridícula falta de sentido. ¡Qué incoherente y qué desprovisto de armonía le pareció todo! Le dejó estupefacto el desacuerdo existente entre el optimismo superficial de nuestro tiempo y la realidad de la vida. Aún era muy joven.

Después de un rato se encontró frente a la iglesia de Marylebone. La calle, silenciosa, tenía el aspecto de una larga cinta de plata reluciente, salpicada aquí y allá por los oscuros adornos de las sombras movedizas.

A lo lejos se redondeaba en círculo la línea de luces de los faroles de gas titubeantes, y ante una casita rodeada por un muro estaba parado un coche de alquiler, solitario, cuyo cochero dormía en el interior. Lord Arthur se dirigió rápidamente hacia la plaza de Porland, mirando a cada momento a su alrededor, como si tuviese miedo de que le siguiesen. En la esquina de la calle Rich estaban parados dos hombres leyendo un cartel en una valla. Un raro sentimiento de curiosidad le dominó y cruzó la calle hacia aquel lugar. Cuando estuvo cerca, la palabra asesino escrita en letras negras hirió sus ojos.

Se paró y una oleada de rubor coloreó sus mejillas. Era un bando ofreciendo una recompensa a quien facilitase detalles que ayudasen a la detención de un individuo de estatura regular, entre los treinta y los cuarenta años, que llevaba un sombrero blanco de alas alzadas, una chaqueta negra y unos pantalones escoceses y con una cicatriz en la mejilla derecha. Lord Arthur leyó y releyó el anuncio. Se preguntó si aquel hombre sería detenido y cómo se habría hecho aquella herida. ¡Tal vez algún día su nombre se vería expuesto de igual modo en los muros de Londres! ¡Tal vez algún día le pondrían también precio a su cabeza!

Aquella idea le dejó descompuesto de horror y, dándose la vuelta, se esfumó en la noche.

Apenas sabía dónde se encontraba. Recordaba vagamente haber caminado por un laberinto de míseras casas, perdiéndose en un gigantesco entramado de calles lúgubres, y empezaba a despuntar el alba cuando se dio cuenta, por fin, de que se hallaba en Piccadilly-Circus. Un momento después, cuando pasaba por Belgrave-Square, se encontró con los grandes carros de transporte que iban en dirección al mercado de Covent-Garden. Los carreteros con sus blusas blancas y sus rostros agradables, bronceados por el sol, de alborotados cabellos rizados, aceleraban enérgicamente el paso haciendo sonar sus fustas y hablándose a gritos. Sobre el lomo de un enorme caballo gris, el primero de la reata, iba montado un mozo rollizo con un ramito de prímulas en su sombrero de alas caídas, sujetándose con firmeza a las crines y riendo a carcajadas. En la claridad de la mañana los grandes montones de legumbres se destacaban como bloques de jade verde sobre los pétalos rosados de una flor mágica. Lord Arthur sintió una sensación de viva turbación, sin que pudiese decir a ciencia cierta por qué. Había alguna cosa en la delicada belleza de las primeras luces que le emocionaba maravillosamente y pensó en todos los días que despuntan y mueren en medio de la tempestad. Aquellos hombres ordinarios, con sus voces broncas, su grosero buen humor y su andar perezoso, ¡qué Londres más raro veían! ¡Un Londres lleno de los crímenes nocturnos y del humo del día; una ciudad pálida, aterradora; una ciudad desolada de tumbas! Se preguntó lo que pensarían de ella y si sabrían algo de sus esplendores y de sus vergüenzas, de sus goces soberbios, tan bellos de color; de su hambre salvaje y de todo cuanto brota y se marchita en Londres desde el alba hasta la noche. Quizá, para ellos era tan solo el mercado adonde llevaban a vender sus productos y en el que permanecían apenas unas horas, dejando a su vuelta las calles aún en silencio y las casas aún dormidas. Sintió un gran placer en verlos pasar. Por muy vulgares que fuesen con sus zapatones claveteados y sus andares ordinarios, llevaban consigo algo de la Arcadia. Lord Arthur vio que habían vivido con la naturaleza y que esta les enseñó la paz, y envidió su torpeza.

Cuando llegó al final de Belgrave-Square, el cielo era de un azul difuminado y en los jardines los pájaros empezaban a piar.

## Capítulo III

Cuando despertó lord Arthur, estaba ya muy avanzada la mañana y el sol del mediodía se colaba a través de las cortinas de seda marfileña de su habitación. Se levantó y fue a mirar por el ventanal. Una vaga bruma de calor flotaba sobre la gran ciudad y los tejados de las casas parecían de plata oxidada. Por el césped tembloroso de la plaza de abajo unos niños se perseguían como mariposas blancas, y las aceras estaban llenas de gente que se iba hacia el parque.

Jamás la vida le pareció tan bella ni tan alejada de él la perversidad. En aquel momento su ayuda de cámara le trajo una taza de chocolate sobre una bandeja. Después de bebérsela, levantó una pesada cortina de color anaranjado y entró en el cuarto de baño. La luz entraba delicadamente desde lo alto a través de unas delgadas hojas de ónice transparente y el agua en la pila de mármol tenía el brillo poco intenso de la piedra lunar.

Lord Arthur se sumergió de inmediato hasta que el agua llegó a su cuello y sus cabellos; entonces metió violentamente la cabeza dentro del líquido, como si quisiera purificarse de la mancha de algún recuerdo ultrajante. Cuando salió del baño, se sintió casi calmado. El bienestar físico que había sentido le embargó, como ocurre con frecuencia a las naturalezas distinguidas, pues los sentidos, como el fuego, pueden purificar o aniquilar.

Cuando terminó de almorzar se estiró en un diván y encendió un cigarrillo. Sobre el estante de la chimenea, enmarcada con un brocado antiguo finísimo, había un gran retrato de Sybil Merton, tal como la vio por primera vez en el baile de lady Noel. La pequeña cabeza, de un modelado delicioso, se inclinaba levemente hacia un lado, como si el cuello, delgado y frágil al modo de una caña, no pudiese apenas soportar el peso de tanta hermosura; los labios estaban ligeramente entreabiertos y parecían conformados para una suave música, y en sus ojos soñadores se leían las sorpresas de la más tierna pureza virginal; ceñida en su vestido de blanco crespón de China, con un enorme abanico de plumas en la mano, parecía una de esas delicadas estatuillas descubiertas en los bosques de olivos cercanos a Tanagra; y había en su figura y en su gesto rasgos de la elegancia griega.

Sin embargo, no era pequeña, sino perfectamente equilibrada, cosa extraña en una edad en que tantas mujeres son, o más altas de lo debido, o insignificantes.

Examinándola en aquel momento, lord Arthur se sintió colmado de esa terrible compasión que nace del amor. Comprendió que casarse con ella teniendo la fatalidad del delito suspendido sobre su cabeza sería una traición como la de Judas, un crimen peor que todos los que planearon los Borgia. ¿De qué felicidad disfrutarían cuando en cualquier momento podía verse forzado a ejecutar la terrible profecía escrita en su mano? ¿Cuál sería su vida mientras el destino mantuviese aquella horrible orden en su balanza? Era totalmente necesario retrasar el matrimonio. Estaba completamente decidido a ello. Aunque amase ardientemente a Sybil, aunque el simple contacto de sus dedos, cuando estaban sentados juntos, hiciese temblar de delicado goce todas las fibras de su ser, no dejaba de reconocer cuál era su obligación y estaba enteramente convencido de que no tenía derecho a casarse con ella mientras no cometiera el crimen. Una vez llevado a cabo, podría presentarse ante el altar con Sybil Merton y depositar su vida en manos de la mujer a la que amaba, sin temor a inquietudes. Hecho aquello, podría rodearla entre sus brazos, sabiendo que ella no tendría nunca que sentirse ultrajada. Pero antes tenía que efectuarlo: cuanto antes lo hiciera sería mejor para ambos.

Muchos, en su caso, hubiesen preferido el camino florido del amor a la cuesta escarpada del deber; pero lord Arthur era demasiado minucioso para colocar el placer por encima de sus principios. En su amor no había una mera atracción sensual: Sybil representaba para él cuanto hay de bueno y de noble en el mundo. Durante un momento sintió una repulsión instintiva contra la tarea que el destino le obligaba a cumplir; pero enseguida se desvanecía aquella sensación. Su corazón le dijo que aquello no era un crimen, sino un sacrificio; su razón le recordó que no tenía ninguna otra opción. Era necesario elegir entre vivir para él o vivir para los demás y, por terrible que fuera en realidad aquella misión que le estaba impuesta, sabía que no debía consentir que el egoísmo venciera al amor. Antes o después cada uno de nosotros está obligado a solucionar ese mismo problema, ya que a cada uno de nosotros se le plantea la misma cuestión. A lord Arthur se le presentó muy pronto en la vida, antes de que corrompiese su carácter la hipocresía calculadora en la edad madura, o antes de que le carcomiera el corazón el egoísmo superficial o elegante de nuestra época; y él no vaciló en cumplir su deber. Por suerte para él, no era un simple soñador o un entusiasta ocioso. De serlo, habría dudado, como Hamlet, permitiendo que la irresolución destruyese su propósito. Pero era un hombre esencialmente práctico. Para él la vida representaba acción antes que pensamiento. Poseía esa cualidad tan extraña entre nosotros que se llama sensatez.

Las sensaciones crueles y violentas de la noche anterior se habían esfumado ahora completamente y pensaba, casi con un sentimiento de vergüenza, en su loca caminata de calle en calle, en su espantosa agonía emotiva. La misma sinceridad de su sufrimiento lo hacía ahora pasar por inexistente ante sus ojos. Se preguntaba cómo había podido ser tan loco para irritarse y desvariar contra lo ineludible. La única cuestión que ahora parecía turbarle era cómo cumpliría su misión, pues no era tan obstinado que negase el hecho de que el crimen, como las religiones paganas, exige una víctima y un sacerdote. Como lord Arthur no era un genio, no tenía enemigos y, por otro lado, comprendía que no era el momento de satisfacer un resentimiento y una rabia personales; la tarea de la que estaba encargado era de una grave y elevada suntuosidad. Por tanto, hizo una lista de sus amigos y parientes en una hoja de un libro de notas y, después de un meticuloso examen, se decidió en favor de lady Clementina Beauchamp, una respetable dama, ya de edad, que vivía en la calle Curzon y era prima segunda suya por parte de su madre. Tuvo siempre un gran aprecio por lady Clem, como la llamaba todo el mundo; y como él era rico por su casa, pues entró en posesión de todo el patrimonio de lord Rugby al llegar a su mayoría de edad, estaba descartada la sospecha de que le trajese ningún insignificante beneficio económico la muerte de aquella pariente. Verdaderamente, cuanto más pensaba en ello, más veía en lady Clem la persona que le convenía escoger; y pensando que toda demora era una mala acción con respecto a Sybil, decidió ocuparse con urgencia de los preparativos.

Lo primero que debía hacer, sin lugar a dudas, era saldar cuentas con el vidente. Así, pues, se sentó ante una mesita Sheraton's situada frente a la ventana y rellenó un cheque de 105 libras, pagadero a la orden del señor Septimus Podgers; después lo introdujo en un sobre y ordenó a su criado que lo llevase a la calle de West-Moon. Inmediatamente telefoneó a su cochera ordenando que enganchasen el cupé y se arregló para salir. Antes de salir de la habitación, dirigió una mirada al retrato de Sybil Merton, jurándose que, sucediese lo que sucediese, no le diría jamás lo que iba a hacer por amor a ella y que guardaría el secreto de su sacrificio en lo más profundo de su corazón.

Cuando iba hacia el club de Buckingham se paró en una floristería y envió a Sybil un cesto de narcisos de bellos pétalos blancos y de pistilos parecidos a ojos de faisán. Al llegar al Club, fue directamente a la biblioteca, tocó el timbre y solicitó al camarero que le trajese una limonada y un tratado de toxicología. Finalmente decidió que el veneno era el instrumento que más le convenía adoptar para su molesto trabajo. Nada le disgustaba tanto como un acto de violencia personal y, además, tenía especial interés en no asesinar a lady Clementina con algún medio que pudiese llamar la atención de la gente, pues le escandalizaba la idea de convertirse en el hombre de moda en casa de lady Windermere o de ver su nombre escrito en los sueltos de los periódicos que lee la plebe. Necesitaba también tener en cuenta a los padres de Sybil que, como pertenecían a un mundo algo obsoleto, podrían oponerse al matrimonio si se producía algún altercado; aunque estaba seguro de que, si les contaba todos los detalles del suceso, serían los primeros en entender las causas que le empujaban a actuar de ese modo. Tenía, pues, perfecta razón al decidirse por el veneno. Era inofensivo, seguro, silencioso, y actuaba sin necesidad de escenas dolorosas, por las cuales sentía él profunda repulsión, como muchos ingleses.

Pero, no conocía nada en absoluto de la ciencia de los venenos y, como el criado era, por lo visto, incapaz de encontrar algo en la biblioteca que no fuera la *Ruffs-Guide* o el *Bailey Magazine*, examinó por sí mismo los estantes llenos de libros y por fin encontró una edición muy bien encuadernada de la *Farmacopea* y un ejemplar de la *Toxicología de Erskine*, editada por sir Mathew Reid, presidente de la Real Academia de Medicina y uno de los miembros más antiguos del Buckingham-Club, para el que fue elegido por error con otro candidato, adversidad que disgustó tanto a la junta que, cuando el candidato auténtico se presentó, fue derrotado por mayoría. Lord Arthur se quedó muy desconcertado ante los términos técnicos utilizados en los dos libros y empezaba a reprocharse el no haber prestado más atención a sus estudios en Oxford, cuando en el tomo segundo de Erskine encontró una explicación del todo acertada y muy completa de las propiedades del acónito, escrita en un inglés clarísimo. Le pareció aquel el veneno que necesitaba por todos los conceptos; era muy efectivo, por no decir casi instantáneo; en sus efectos no provocaba dolores y, tomado en forma de cápsula de gelatina, como recomendaba sir Mathew, carecía de gusto al paladar. Por tanto, anotó en el puño de la camisa la dosis precisa para provocar la muerte, devolvió los libros a su lugar y se dirigió por la calle de Saint-James hasta casa de Pestle y Humbey, los ilustres farmacéuticos. El señor Pestle, que atendía siempre de forma personal a sus clientes de la aristocracia, se quedó muy desconcertado de su petición y, con tono muy cordial, susurró alguna cosa respecto a la necesidad de una receta médica. Pero, en cuando lord Arthur le dijo que era para dárselo a un gran perro danés, del cual se veía obligado a deshacerse porque presentaba síntomas de hidrofobia, habiendo intentado morder en dos ocasiones a su cochero en una pierna, pareció totalmente satisfecho y, después de felicitar a lord Arthur por sus excelentes conocimientos de toxicología, elaboró de inmediato el preparado.

Lord Arthur introdujo la cápsula en una hermosa bombonera de plata que compró en una tienda de la calle de Bond, tiró la tosca cajita de Pestle y Humbey y se dirigió directamente a casa de lady Clementina.

—¿Que hay, *monsieur le mauvais sujet?* [4] —le gritó la vieja señora al entrar él en su salón—. ¿Por qué no ha venido usted a visitarme en todo este tiempo?

—Mi estimada lady Clem, no dispongo jamás de un momento para mí —replicó lord Arthur con una sonrisa.

—Imagino que querrás decir que te pasas los días con la señorita Sybil Merton, comprando *chiffons* [5] y diciendo tonterías. No termino de entender la razón que hace que la gente se altere tanto para casarse. En mis tiempos no hubiéramos pensado nunca en exhibirnos y en pulular tanto en público y en privado por algo tan vulgar.

—Le aseguro que no he visto a Sybil en todo el día, lady Clem. Que yo sepa, pertenece por entero a sus modistas.

—¡Claro! Es la única razón que puede traerte por casa de una mujer vieja como yo... Me extraña que ustedes los hombres no escarmienten. *On a fait des folies pour moi* [6] y aquí me tienes hecha una triste reumática, con peluca y mal carácter. Bueno, y si no fuese por esa querida lady Jansen que me manda las peores novelas francesas que puede encontrar, no sé cómo serían mis días. Los médicos no sirven más que para sacar dinero a sus clientes. Ni tan solo me pueden curar la enfermedad del estómago.

—Le traigo una medicina para ella, lady Clem —dijo tranquilamente lord Arthur—. Es una cosa excelente, inventada por un americano.

—No me gustan nada los inventos americanos, Arthur; estoy segura de que no me gustan. He leído últimamente varias novelas americanas y eran verdaderos disparates.

—¡Oh! Esto no es ninguna tontería, lady Clem. Le aseguro que es un remedio eficaz. Tiene usted que prometerme que lo probará.

Y lord Arthur extrajo de su bolsillo la bombonera y se la ofreció a lady Clementina.

—¡Pero es deliciosa esta bombonera, Arthur! Una excelente joya. Eres amabilísimo. Y aquí está el remedio; parece un bombón. Voy a probarlo enseguida.

—¡Por Dios, lady Clem! —exclamó lord Arthur, deteniéndola—. ¡No haga usted eso! Es una medicina homeopática. Si la toma usted sin tener dolor de estómago, no le va a sentar bien. Espere a que se presente un ataque y entonces utilícela. Quedará maravillada con el resultado.

4  Señor mal hombre.

5  Trapos.

6  Se han hecho locuras por mí.

—Me hubiese gustado tomarla ahora mismo —dijo lady Clementina, mirando al trasluz la capsulita transparente, con su burbuja flotante de aconitina líquida—. Te lo confieso: aborrezco a los médicos, pero me encantan las medicinas. Sin embargo, la guardaré para mi próxima indisposición.

—¿Y cuándo cree usted que se producirá esa indisposición? —preguntó lord Arthur, intranquilo—. ¿Será en breve?

—No la espero hasta dentro de una semana. Ayer pasé un día fatal; ¡pero quién sabe!

—¿Tiene usted la seguridad entonces de sufrir una indisposición antes de fin de mes, lady Clem?

—Indudablemente. ¡Pero cuánto cariño me demuestras hoy, Arthur! Ciertamente, la influencia de Sybil te es muy beneficiosa. Y ahora debes marcharte. Ceno con gente gris que carece de conversación bulliciosa, distraída, y sé que, si no duermo un poco antes, me resultará imposible aguantar despierta durante la cena. Adiós, Arthur. Saludos a Sybil y muchísimas gracias por tu remedio americano.

—No se olvidará usted de tomarlo, ¿verdad, lady Clem? —dijo lord Arthur, levantándose.

—Claro que no me olvidaré, tunante. Encuentro muy amable que te preocupes de mí. Ya te escribiré si necesito más cápsulas.

Lord Arthur abandonó la casa de lady Clementina lleno de energía y sintiéndose animado.

Aquella noche tuvo una reunión con Sybil Merton. Le dijo que se veía de pronto en una situación muy complicada, ante la cual no le permitían retroceder ni su honor ni su deber. Le explicó que era necesario posponer la boda, pues hasta que no estuviese libre de aquel compromiso no recobraría su libertad. Le rogó que confiase en él y que no dudase del porvenir. Todo iría bien, pero era preciso mantener la calma.

La escena tenía lugar en el invernadero de la residencia del señor Merton, en Park Lane, donde cenó lord Arthur como siempre. Sybil no se mostró nunca tan feliz y hubo un momento en que lord Arthur sintió la tentación de portarse como un cobarde y de escribir a lady Clementina confesándole lo de la cápsula, dejando que se efectuara el casamiento, como si no existiese en el mundo el señor Podgers. Aunque, su buen criterio se impuso rápidamente y no flaqueó ni al lanzarse Sybil llorando en sus brazos. La belleza que hacía vibrar sus sentidos despertó igualmente su conciencia. Comprendió que perder una vida tan hermosa por unos cuantos meses de placer era realmente una acción desagradable.

Permaneció con Sybil hasta cerca de medianoche, consolándola y recibiendo ánimos de su parte. Y al día siguiente, muy temprano, salió para Venecia, después de haber escrito al señor Merton una carta varonil y firme en cuanto al aplazamiento necesario del casamiento.

## Capítulo IV

En Venecia se reunió con su hermano lord Surbiton, que acababa de llegar de Corfú en su yate. Los dos jóvenes pasaron juntos unas semanas fascinantes. Por la mañana paseaban a caballo por el Lido o iban de un lugar a otro por los canales verdes en su alargada góndola negra; por la tarde, recibían con frecuencia visitas a bordo del yate y, por la noche, comían en el Florian y fumaban numerosos cigarrillos mientras paseaban por la plaza. A pesar de todo, lord Arthur no estaba alegre. Todos los días recorría la columna de defunciones del *Times*, esperando hallar la noticia de la muerte de lady Clementina; pero siempre sufría una decepción. Empezó a inquietarse por si le había sucedido algún accidente y sintió en muchas ocasiones no haberle dejado tomar la aconitina cuando ella deseaba probar sus efectos. Las cartas de Sybil, aunque llenas de amor, de ánimo y de afecto, tenían a menudo un tono apenado, y a veces pensaba que se había separado de ella para siempre.

Al cabo de quince días, lord Surbiton se aburrió de Venecia y tomó la determinación de recorrer la costa hasta Rávena, pues oyó decir que había mucha caza en el Pinar. Lord Arthur, al principio, se negó rotundamente a acompañarle; pero Surbiton, a quien quería muchísimo, le persuadió por fin de que, si seguía viviendo en el hotel Danieli, se moriría de aburrimiento y el día 15, por la mañana, se hicieron a la vela con un fuerte viento de nordeste y un mar bastante agitado. El viaje fue interesante y la vida al aire libre hizo reaparecer los frescos colores en las mejillas de lord Arthur; pero hacia el día 22 volvieron a invadirle sus inquietudes respecto a lady Clementina y, a pesar de las exhortaciones de Surbiton, volvió en tren a Venecia.

Cuando desembarcó de su góndola en los escalones del hotel, el dueño fue a su encuentro para hacerle entrega de un telegrama. Lord Arthur se lo quitó de las manos y lo abrió, rasgándolo con brusco gesto. ¡Éxito total!: lady Clementina había muerto súbitamente, por la noche, cinco días antes.

El primer pensamiento de lord Arthur fue para Sybil y le envió un telegrama anunciándole su inminente vuelta a Londres. De inmediato ordenó a su criado que preparase el equipaje para el rápido de aquella noche, quintuplicó la propina a su gondolero y subió hacia su habitación con paso ligero y corazón alegre. Allí le aguardaban tres cartas. Una de ellas llena de afecto, con un pésame muy sentido, era de Sybil; las otras, de la madre de Arthur y del notario de lady Clementina. Parecía ser que la vieja señora cenó con la duquesa la noche antes de su muerte. Encantó a todo el mundo con su simpatía y espíritu pero se marchó temprano, quejándose de dolor de estómago. A la mañana siguiente la hallaron muerta en su cama, sin que tuviese el aspecto de haber sufrido en absoluto.

Se llamó entonces a sir Mathew Reid, pero todo fue en vano, y fue enterrada en Beauchamp-Chalcote el día 22. Pocos días antes de su muerte hizo testamento. Dejaba a lord Arthur su casita de la calle de Curzon. Todo sus muebles, su dinero, su galería de cuadros, menos la colección de miniaturas, que legaba a su hermana lady Margaret Ru-fford, y su collar de amatistas, que dejaba a Sybil Merton. La casa no valía mucho; pero el señor Mansfield, el notario, deseaba vivamente que viniese lord Arthur cuanto antes, porque había muchas deudas que pagar, ya que lady Clementina no pudo tener nunca sus cuentas en regla. A lord Arthur le impresionó mucho aquel buen recuerdo de lady Clementina y pensó que el señor Podgers tenía realmente que asumir un grave compromiso en aquel asunto. Su amor por Sybil dominó, sin embargo, cualquier otro sentimiento y la plena conciencia de que había cumplido con su obligación le tranquilizó, dándole ánimos. Al llegar a Charing Cross se sintió completamente afortunado. Los Merton le recibieron muy cariñosamente. Sybil le hizo prometer que no toleraría ningún obstáculo que se interpusiera entre ellos y quedó fijada la boda para el 7 de junio. La vida le parecía, una vez más, brillante y hermosa, y toda su antigua felicidad resurgía en él.

Pero, cuando a los pocos días se encontraba realizando el inventario de la casa de la calle Curzon con el notario de lady Clementina y con Sybil, quemando paquetes, cartas amarillentas y desechando extrañas reliquias, de repente la joven emitió un grito de alegría.

—¿Qué has encontrado, Sybil? —preguntó lord Arthur, alzando la cabeza y sonriendo.

—Esta pequeña bombonera de plata. ¡Es magnífica! Parece holandesa. ¿Me la regalas? Las amatistas no me sentarán bien, creo yo, hasta que tenga ochenta años.

Era la cajita con la cápsula de aconitina.

Lord Arthur sintió un escalofrío y un súbito rubor encendió sus mejillas. Ya casi no se acordaba de lo que había hecho y le pareció una extraña casualidad que fuese Sybil, por cuyo amor pasó todo aquel tormento, la primera en recordárselo.

—Tuya es, si duda. Fui yo quien se la regaló a lady Clem.

—¡Oh, gracias, Arthur! ¿Y este bombón, me lo das también? Desconocía que le gustasen los dulces a lady Clementina. La tenía por una intelectual.

Lord Arthur se quedó totalmente pálido y una idea espantosa atravesó por su mente.

—¡Un bombón, Sybil! ¿Qué quieres decir? —preguntó con voz ronca y apagada.

—Sí; hay un bombón dentro; uno solo, rancio ya y sucio... No me resulta nada apetitoso. Pero ¿qué ocurre, Arthur? ¡Estás muy pálido!

Lord Arthur saltó de su silla y cogió la bombonera. Dentro estaba la píldora ambarina, con su glóbulo de veneno. ¡A pesar de todo su empeño, lady Clementina había fallecido de muerte natural!

La alteración que le provocó aquel hallazgo fue superior a sus fuerzas. Lanzó la píldora al fuego y se dejó caer sobre el sofá con un grito atormentado.

## Capítulo V

El señor Merton se quedó muy afligido ante aquel segundo aplazamiento y lady Julia, que tenía encargado ya su vestido para la boda, hizo todo cuanto pudo por convencer a Sybil de la necesidad de una ruptura. A pesar del enorme cariño que Sybil profesaba a su madre, había entregado su vida a lord Arthur y nada de lo que le dijo aquella pudo cambiar su decisión.

Respecto a lord Arthur, le fueron necesarios muchos días para recuperarse de su cruel desilusión y, durante una temporada, tuvo los nervios deshechos. A pesar de todo, recobró rápidamente su excelente cordura, y su criterio sano y práctico no le dejó vacilar durante mucho tiempo sobre la conducta que debía seguir.

Ya que el veneno había fracasado por completo, era necesario utilizar la dinamita o cualquier otro explosivo por el estilo.

Por tanto, repasó nuevamente la lista de sus amigos y familiares, y después de maduras reflexiones tomó la decisión de hacer saltar por los aires a su tío el deán de Chichester. A este, que era un hombre de gran cultura e ingenio, le fascinaban los relojes. Tenía una colección maravillosa de aparatos para medir el tiempo; colección que abarcaba desde el siglo XV hasta hoy en día. Le pareció a lord Arthur que aquella manía del bondadoso deán le proporcionaba una excelente base para cumplir sus planes. Pero el poder conseguir una máquina explosiva era ya otra cosa.

El *London Directory* no le proporcionaba ninguna indicación respecto a ello y pensó que le reportaría muy poca utilidad dirigirse a Scotland Yard: allí no se enteran nunca de los hechos y movimientos del partido dinamitero sino después de una explosión y, aun entonces, no completamente.

De repente pensó en su amigo Ruvaloff, joven ruso, de inclinaciones revolucionarias, a quien conoció el invierno anterior en casa de lady Windermere.

Al parecer, el conde de Ruvaloff estaba escribiendo una vida de Pedro el Grande. Fue a Inglaterra con la intención de estudiar los documentos relativos a la estancia del zar en ese país, en calidad de carpintero naval; pero todos sospechaban que era un agente escéptico y era evidente que la embajada rusa no veía con buenos ojos su comparecencia en Londres.

Lord Arthur pensó que aquel era el hombre que le convenía y una mañana se trasladó a su casa de Bloomsbury para solicitarle consejo y ayuda.

—¿Por fin piensa usted ocuparse formalmente de la política? —preguntó el conde de Ruvaloff, cuando lord Arthur le explicó el motivo de su visita.

Pero este, que odiaba las fanfarronadas, se vio obligado a explicarle que los asuntos sociales no tenían ningún interés para él y que necesitaba un explosivo para un tema estrictamente familiar.

El conde de Ruvaloff le miró un instante lleno de sorpresa y luego, viendo que hablaba totalmente en serio, escribió una dirección en un pedazo de papel, estampó sus iniciales y se lo entregó a lord Arthur, diciendo:

—Scotland Yard daría lo que fuera por conocer esa dirección, mi estimado amigo.

—No la sabrá —exclamó lord Arthur poniéndose a reír. Y después de estrechar amablemente la mano del joven ruso, fue rápidamente a la escalera y ordenó a su cochero que lo llevase a Soho Square.

Una vez allí se despidió de él y continuó por la calle Greek hasta llegar a una plaza que se llama Bayle's Court. Atravesó un pasaje y se encontró en un extraño callejón sin salida, que parecía ocupado por una lavandería francesa, pues de una casa a otra se extendía toda un entramado de cuerdas, cargadas de ropa blanca, que agitaba el aire de la mañana.

Lord Arthur fue directamente al final de este secadero y llamó a la puerta de una pequeña casa de color verde. Después de una breve espera, durante la cual todas las ventanas del patio se llenaron de cabezas, abrió la puerta un extranjero, de aspecto bastante serio, que le preguntó en inglés muy malo qué quería. Lord Arthur le tendió el papel que le había dado el conde de Ruvaloff. Nada más leerlo, el individuo se inclinó, invitando a lord Arthur a entrar en una habitación muy pequeña del piso inferior. A los pocos minutos, Herr Winckelkopf, como le conocían en Inglaterra, entró aceleradamente en la estancia con una servilleta manchada de vino al cuello y un tenedor en su mano izquierda.

—El conde de Ruvaloff —dijo lord Arthur saludando— me ha entregado ese papel de presentación para usted y deseo vivamente que me conceda una breve entrevista por un asunto de negocios. Mi nombre es Smith... Robert Smith y necesito que me consiga usted un reloj explosivo.

—Complacido de atenderle, lord Arthur —replicó el malvado y pequeño alemán estallando de risa—. No me mire usted con esa cara de preocupación. Es mi deber conocer a todo el mundo y recuerdo haberle visto a usted una noche en casa de lady Windermere; espero que su gracia esté bien de salud. ¿Quiere usted acompañarme mientras termino mi almuerzo? Tengo un magnífico paté y mis amigos llevan su bondad hasta afirmar que mi vino del Rin es mejor que ninguno de los que pueden beberse en la embajada de Alemania.

Y antes de que lord Arthur se hubiese recuperado de su sorpresa se encontró sentado en la salita del fondo, bebiendo a sorbos un *Marcobruner* de lo más delicioso en una copa amarillo pálido, grabada con la marca imperial, y conversando amigablemente con el famoso anarquista.

—Los relojes explosivos —dijo Herr Winckelkopf— no son buenos artículos para exportar, ni aun logrando que pasen por la aduana. El servicio de trenes es tan irregular que, por regla general, explotan antes de llegar a su destino. A pesar de ello, si necesita usted uno de esos aparatos para uso doméstico, puedo conseguirle un artículo excelente, garantizándole que ha de quedar complacido del resultado. ¿Puedo preguntarle para qué fin piensa usted utilizarlo? Si es para la policía o para alguien relacionado con Scotland Yard, lo sentiré muchísimo, pero no puedo hacer nada por usted. Los detectives ingleses son realmente nuestros mejores amigos y he comprobado siempre que, teniendo en cuenta su necedad, podemos hacer todo cuanto se nos antoja. No quisiera tocar ni un pelo de sus cabezas.

—Le prometo —replicó lord Arthur— que esto no tiene nada que ver con la policía. Para que usted lo sepa: el mecanismo de relojería está destinado al deán de Chichester.

—¡Vaya! No podía yo imaginarme ni por lo más remoto que fuese usted tan apasionado en cuestión religiosa, lord Arthur. Los jóvenes de hoy no se entusiasman por eso.

—Pienso que me elogia usted demasiado, Herr Winckelkopf —dijo lord Arthur ruborizándose—. Lo cierto es que soy un completo ignorante en teología.

—¿Se trata entonces de un asunto exclusivamente personal?

—Únicamente personal.

Herr Winckelkopf se encogió de hombros y salió de la habitación. A los pocos minutos aparecía de nuevo con un cartucho redondo de dinamita, del tamaño de un penique, y un precioso reloj francés, decorado por una pequeña figura en bronce dorado de la Libertad aplastando a la hidra del despotismo.

El rostro de lord Arthur se encendió de entusiasmo al verlo.

—Esto es exactamente lo que necesito. Y ahora explíqueme usted cómo estalla.

—¡Ah, ese es mi secreto! —contestó Herr Winckelkopf observando su invento con una justa mirada de orgullo—. Dígame usted únicamente cuándo desea que estalle y regularé el mecanismo para el momento preciso.

—Bueno; hoy es martes y si puede usted mandármelo enseguida...

—No puede ser. Tengo multitud de encargos; entre otros, un trabajo muy importante para unos amigos de Moscú. Pero, a pesar de todo, se lo enviaré mañana.

—¡Oh! Llegará aún a tiempo —dijo lord Arthur cortésmente— si queda entregado mañana por la noche o el jueves por la mañana. En cuanto al momento de la explosión, fijémoslo para el viernes a mediodía en punto. A esa hora el deán está siempre en su casa.

—¿El viernes a mediodía? —repitió Herr Winckelkopf.

Y tomó nota en un gran registro abierto sobre una mesa, junto a la chimenea.

—Y ahora —dijo lord Arthur levantándose— dígame cuánto le debo.

—Muy poco, lord Arthur; se lo voy a dejar a precio de coste. La dinamita vale siete chelines con seis peniques; la maquinaria de relojería, tres libras con diez chelines, y el porte, unos cinco chelines. Me complace mucho poder servir a un amigo del conde de Ruvaloff...

—Pero, ¿y sus molestias, Herr Winckelkopf?

—¡Oh, nada! Tengo un verdadero gusto en ello. No trabajo por el dinero, vivo exclusivamente para mi arte. Lord Arthur puso cuatro libras, dos chelines y seis peniques sobre la mesa, agradeció al pequeño alemán su amabilidad y, rechazando lo mejor que pudo una invitación para entrevistarse con varios anarquistas en un té-merienda el sábado siguiente, salió de casa de Herr Winckelkopf y se fue al parque.

Los dos días siguientes los pasó lord Arthur en un enorme estado de inquietud. Y el viernes, a mediodía, fue al Buckingham en espera de noticias. Durante toda la tarde, el estúpido portero de servicio fijó en la tablilla telegramas de todos los lugares del país, con los resultados de las carreras de caballos, las sentencias de divorcio, el estado del tiempo y otras informaciones parecidas, mientras la cinta telegráfica desenrollaba los detalles más tediosos sobre la sesión nocturna de la Cámara de los Comunes y sobre un ligero pavor que hubo en la Bolsa.

A las cuatro se recibieron los diarios nocturnos y lord Arthur desapareció en el salón de lectura con el *Pall Mall,* el *St. James's Gazette,* el *Globe* y el *Echo,* ante la gran indignación del coronel Goodchild, que quería leer el extracto de. un discurso que había pronunciado aquella mañana en el Palacio Consistorial sobre las misiones sudafricanas y la necesidad de tener en cada provincia un obispo negro. Ahora bien: el coronel sentía, no se sabe por qué, una gran antipatía por el *Evening News.*

Pero ninguno de aquellos periódicos contenía, la más mínima mención a Chichester, y lord Arthur comprendió que el atentado no había tenido éxito. Fue para él un terrible golpe y durante algunos minutos permaneció muy desanimado. Herr Winckelkopf, a quien visitó al día siguiente, se deshizo en excusas complicadas, comprometiéndose a proporcionarle otro reloj, que pagaría él, o una caja de bombas de nitroglicerina a precio de coste. Pero lord Arthur no tenía ya ninguna confianza en los explosivos y Herr Winckelkopf reconoció que estaba hoy día todo tan falsificado que era difícil proporcionarse hasta dinamita sin adulterar. Sin embargo, el alemán, aun admitiendo que el mecanismo de relojería podía ser defectuoso en alguna pieza, confiaba todavía en que el resorte del reloj funcionase. Citaba en apoyo de su teoría el caso de un barómetro que enviara una vez al gobernador militar de Odessa, preparado para explotar al décimo día, y que tardó en hacerlo tres meses. También era cierto que cuando estalló no hizo añicos más que a una doncella, pues el gobernador había salido de la ciudad seis semanas antes; pero, al menos, aquello demostraba que la dinamita, regida por un mecanismo de relojería, era un poderoso agente, aunque algo impreciso. Lord Arthur se quedó un poco más tranquilo con aquella reflexión; pero estaba predestinado a padecer un nuevo desengaño. Pasados dos días, cuando subía la escalera, la duquesa le llamó a su tocador y le mostró una carta que acababa de recibir del Deanato.

—Jane me escribe unas cartas fascinantes —le dijo—; lee esta última; es tan interesante como algunas de las novelas que nos envía la biblioteca Mudie.

Lord Arthur se la quitó de las manos; estaba redactada del modo siguiente:

*Estimada tía:*

*Muchísimas gracias por la franela para el asilo Dorcas, así como por la tela. Estoy totalmente de acuerdo con usted en considerar absurdo ese anhelo de exhibir cosas llamativas; pero hoy día todo el mundo es tan radical y tan agnóstico, que es difícil hacerles ver que no deben adoptar los gustos y la elegancia de la clase alta. ¡Realmente no sé adónde vamos a llegar! Como dice papá con frecuencia en sus sermones, vivimos en una época de escepticismo.*

*Hemos tenido un gran alboroto estos días a causa de un pequeño reloj enviado a papá por un admirador desconocido el jueves pasado. Llegó de Londres, con el porte pagado, en una cajita de madera, y papá cree que le ha sido remitido por algún oyente de su notable sermón sobre el tema "¿El libertinaje es la libertad?",* pues el reloj está coronado por una figura de mujer con un gorro frigio sobre la cabeza. Yo no encuentro esto del todo correcto, pero papá dice que es histórico y sus motivos tendrá. Parker desembaló el objeto y papá lo colocó sobre la repisa, en la chimenea de la biblioteca. Estábamos todos sentados en esa habitación el viernes último por la mañana cuando, en el momento exacto en que el reloj daba las doce, sentimos como un ruido de alas, salió un poco de humo del pedestal de la figura ¡y la diosa de la Libertad se desprendió, rompiéndose la nariz contra el filo de la chimenea! Mary se asustó mucho, pero fue realmente una cosa tan absurda, que James y yo estuvimos riéndonos durante un buen rato, e incluso papá se divirtió. Cuando revisamos el reloj vimos que era una especie de despertador y que, poniendo la aguja sobre una hora concreta y colocando pólvora y un fulminante debajo del martillo, se producía el estallido a voluntad. Papá dijo que era un reloj excesivamente ruidoso para tenerlo en la biblioteca; así es que Reggie se lo llevó al colegio y allí sigue produciendo pequeñas explosiones durante todo el día. ¿Piensa usted que le agradaría a Arthur un regalo de boda como ese? Imagino que debe de estar muy de moda en Londres. Papá dice que estos relojes sirven para hacer un bien, porque enseñan que la libertad no es duradera y que su reinado acaba en un derrumbamiento. Papá también dice que la libertad fue inventada en tiempos de la Revolución francesa. ¡Es una cosa espantosa!

Voy a ir en breve al asilo Dorcas y les pienso leer su carta, tan instructiva. ¡Qué cierta es, tía, su idea de que, dada su clase de vida, no debieran llevar lo que no les corresponde ni les sienta bien! Creo realmente que su manía por el vestir es ridícula habiendo tantas otras graves cosas en que pensar en este mundo y en el futuro. Me alegro mucho de que su popelina de flores sea de tan buena calidad y de que el encaje no se rompa. El miércoles llevaré a casa del obispo el vestido de raso amarillo que usted tuvo la gentileza de regalarme; creo que hará un gran efecto. ¿Tiene usted lazos, tía? Jennings dice que ahora todo el mundo usa lazos, y que las enaguas se usan encañonadas. Reggie acaba de asistir a una nueva explosión. Papá ha mandado llevar el reloj a la cuadra; pienso que no aprecia este reloj tanto como al principio, aunque le halague mucho haber recibido un regalo tan bello e ingenioso, pues es una prueba evidente de que sus sermones se escuchan y que sirven de enseñanza. Papá le envía *saludos y también James, Reggie y Mary, que esperan que tío Cecil se encuentre mejor de su gota.*

*Ya sabe usted, querida tía, cuánto la quiere su sobrina,*

*Jane Percy.*

*Posdata.— Respóndame a lo de los lazos. Jennings persevera en que están muy de moda.*

Lord Arthur observó la carta con un aspecto tan serio y triste, que la duquesa se puso a reír.

—¡Mi estimado Arthur! —exclamó—, no volveré a enseñarte cartas de ninguna joven. Pero ¿qué piensas de ese reloj? Me parece un invento ciertamente particular y me gustaría poseer uno así.

—No me inspiran mucha seguridad esos relojes —dijo lord Arthur con una sonrisa triste.

Y una vez que hubo besado a su madre, se marchó de la habitación.

En cuanto llegó a la suya, se dejó caer sobre un sofá con los ojos llenos de lágrimas. Había hecho cuanto podía por cometer el crimen, pero sus tentativas se frustraron en las dos ocasiones, sin que él fuese el culpable. Intentó cumplir su deber, pero parecía que el destino le traicionaba. Estaba agobiado por el sentimiento de la esterilidad de sus buenas intenciones, por la inutilidad de sus esfuerzos en un acto honrado. Tal vez hubiera sido mejor finalizar su compromiso con Sybil. Ella sufriría, eso sí; pero el dolor no podría devastar un carácter tan noble como el suyo. En cuanto a él, ¿qué importaba? Siempre existe alguna guerra en la que un hombre puede hacerse matar o una causa por la que puede dar su vida, y si la vida no tenía incentivo para él, la muerte no le daba miedo. Sería mejor que el destino determinase su suerte. No haría nada por eludirlo.

A las siete y media se vistió y se marchó al club. Allí estaba Surbiton con un grupo de jóvenes, y lord Arthur se vio obligado a cenar con ellos. Su intrascendente conversación, sus gestos indolentes no le interesaban y, en cuanto sirvieron el café, les dejó con la excusa de una cita. Al salir del club, el conserje le entregó una carta. Era de Herr Winckelkopf invitándole a ir al día siguiente a ver un paraguas explosivo que actuaba al abrirse, lo último en tales inventos, que acababa de llegar de Ginebra. Lord Arthur rompió la carta en pedacitos. Estaba decidido a no realizar nuevos experimentos. Deambuló luego por los muelles del Támesis y permaneció varias horas sentado a orillas del río. La luna asomó a través de un velo de nubes rojizas, como una pupila de león, e innumerables estrellas salpicaron de lentejuelas el misterioso firmamento, como un polvillo dorado extendido sobre la cúpula purpúrea. De tanto en tanto una gran barca se balanceaba sobre el río fangoso y se deslizaba siguiendo la corriente. Las señales del ferrocarril, primero verdes, se volvían rojas a medida que los trenes paseaban por el puente con gran alboroto. Al momento sonaron las doce con un ruido sordo en la torre de Westminster y la noche pareció vibrar con cada ruidosa campanada. Después las luces de la vía se apagaron. Solo una continuó brillando como un gran rubí sobre un poste de grandes dimensiones y el rumor de la ciudad se fue atenuando. A las dos, lord Arthur se levantó y se dirigió paseando hacia Blackfriars. ¡Qué poco real!, ¡todo le parecía un extraño sueño! Al otro lado del río las casas parecían surgir de las tinieblas. Se habría dicho que la plata y la oscuridad reconstruían el mundo. La extraordinaria cúpula de St. Paul se dibujaba como un globo en la negra atmósfera.

Al aproximarse a la Aguja de Cleopatra, lord Arthur observó a un hombre asomado al parapeto del río y, cuando llegó, la luz del farol, que caía de lleno sobre la cara, le permitió reconocerle.

¡Era el señor Podgers, el vidente!

El rostro carnoso y arrugado, las gafas de oro, la débil sonrisa y la boca sensual del vidente eran inconfundibles.

Lord Arthur se paró. Una idea deslumbrante le iluminó como un rayo. Se acercó sigilosamente hasta el señor Podgers y en un segundo lo sujetó por las piernas y lo lanzó al Támesis. Se oyó una blasfemia, el ruido de un chapoteo y... nada más. Lord Arthur observó con angustia la superficie del río, pero no pudo ver más que el sombrero del vidente, que giraba en un remolino de agua plateada por la luna. Después de unos minutos el sombrero desapareció también y ya no quedó ningún rastro del señor Podgers. Hubo un momento en que lord Arthur creyó divisar una silueta voluminosa y deforme que se abalanzaba hacia la escalerilla cercana al puente. Pero de inmediato aumentó el reflejo de aquella imagen y, cuando volvió a salir la luna, desapareció por completo.

Entonces pensó que había cumplido las órdenes del destino. Emitió un profundo suspiro de alivio y el nombre de Sybil vino a sus labios.

—¿Se le ha caído a usted algo? —dijo inesperadamente una voz detrás de él.

Se dio la vuelta violentamente y vio a un policía con su linterna sorda en la mano.

—Nada de importancia —respondió con una sonrisa; y tomando un coche que pasaba ordenó al cochero que lo llevase a Belgrave Square.

Los días siguientes al del incidente se sintió unas veces alegre y otras preocupado. Había momentos en que casi esperaba ver entrar al señor Podgers en su cuarto; y, sin embargo, otras veces comprendía que el destino no podía ser tan injusto con él. Fue dos veces a casa del vidente, pero no pudo decidirse a tocar el timbre. Ansiaba con toda su alma saber la verdad y al mismo tiempo sentía pánico.

Y al fin la conoció. Estaba sentado en el salón de fumadores del club y tomaba el té escuchando, aburrido, a Surbiton, que le cantaba la última canción cómica del Gaiety, cuando el criado trajo los diarios nocturnos. Cogió el *St. James's Gazette*, y estaba echándole un vistazo distraídamente, cuando de forma inesperada sus ojos se clavaron con el titular siguiente: *Suicidio de un vidente*.

Palideció de emoción y empezó a leer la noticia, redactada del siguiente modo:

*Ayer por la mañana, a las siete, fue encontrado el cuerpo del señor Septimus R. Podgers, el ilustre vidente, devuelto por el río, en la ribera de Greenwich, frente al hotel Ship. Este desgraciado señor desapareció hace unos días y en los centros de adivinación había mucha alarma en cuanto a su paradero. Se cree que se suicidó a causa de un trastorno momentáneo de sus facultades mentales, como motivo de un trabajo excesivo. Así lo ha reconocido unánimemente el dictamen forense difundido esta tarde.*

*El señor Podgers había concluido un Tratado completo sobre la mano humana, que será publicado en breve y ha de suscitar, indudablemente, un gran interés. El difunto tenía sesenta y cinco años y, según parece, no tenía familia.*

Lord Arthur salió a toda prisa del club, con el periódico en la mano, ante el gran asombro del conserje, que intentó sin éxito detenerle, y se hizo conducir rápidamente a Park Lane. Sybil, que estaba en la ventana, le vio llegar y presintió que traía buenas noticias. Corrió a su encuentro y, al mirarle a la cara, comprendió que todo iba bien.

—Mi estimada Sybil —exclamó lord Arthur—, ¡casémonos mañana mismo!

—¡Estás loco! ¡Si el pastel de boda aún no está encargado! —replicó Sybil, riéndose entre lágrimas.

## Capítulo VI

A las tres semanas se celebró la boda, y St. Peter estuvo lleno de una gran multitud de personas del más elevado linaje. Ofició de un modo emotivo el deán de Chichester. Y todos los asistentes estuvieron de acuerdo en reconocer que no habían visto nunca una pareja tan fascinante como la que formaban aquella pareja. Aún más que hermosos, se veían felices. No sintió lord Arthur ni un solo momento lo que había sufrido por amor a Sybil y ella, por su parte, le daba lo mejor que puede ofrendar una mujer a un hombre: respeto, afecto y amor. En su caso, la realidad no acabó con su novela romántica. Y conservaron siempre la frescura de sus sentimientos.

Al cabo de algunos años, cuando tuvieron dos hermosos niños, lady Windermere fue a visitarles a Alton Priory, antigua y encantadora finca, regalo de boda del duque a su hijo; y estando sentada una tarde con Sybil, bajo un tilo, en el jardín, observando al niño y a la pequeña, que jugaban correteando por la rosaleda como dos suaves rayos de sol, cogió, de repente las manos de Sybil y dijo:

—¿Eres feliz, Sybil?

—¡Sí, mi estimada lady Windermere; soy feliz! ¿Y usted no lo es?

—No tengo tiempo de serlo, Sybil; me encariño siempre con la última persona que me presentan. Pero normalmente, en cuanto la conozco con detenimiento, me aburre.

—¿No la divierten ya sus fieras, lady Windermere?

—¡Oh, amiga mía! Los leones no sirven más que para una temporada. En cuanto se cortan la melena se convierten en los seres más insoportables del mundo. Además, si se porta una cariñosamente con ellos, se portan ellos, en cambio, muy mal con una. ¿Te acuerdas de aquel horrible señor Podgers? Era un infame impostor. Como es lógico, al principio no me di cuenta y hasta cuando me pidió dinero se lo entregué; pero no podía yo aguantar que me hiciese la corte. Me ha hecho realmente odiar la videncia. Ahora mi pasión es la telepatía. Resulta mucho más entretenida.

—Aquí no puede hablarse mal de la videncia, lady Windermere. Es la única cosa sobre la cual no le gustan a Arthur las bromas. Le aseguro a usted que la toma muy en serio.

—¿No me estará diciendo, Sybil, que tu marido cree en ella?

—Pregúnteselo usted y se dará cuenta, lady Windermere. Aquí viene.

Efectivamente, Lord Arthur se acercaba por el jardín, con un gran ramo de rosas amarillas en la mano y sus dos pequeños jugueteando a su alrededor.

—¿Lord Arthur?

—Dígame, lady Windermere.

—¿Se atreverá usted realmente a mantener que cree en la videncia?

—Sin duda —dijo el joven con una sonrisa.

—Pero ¿por qué?

—Porque le debo toda la felicidad de mi vida —murmuró él, acomodándose en un sillón de mimbre.

—¿Qué le debe usted, mi estimado lord Arthur?

—Pues Sybil— contestó él, obsequiando con rosas a su mujer y mirándose en sus ojos violeta.

—¡Vaya bobada! —voceó lady Windermere—. ¡No he oído en mi vida una bobada como esa!

# El Fantasma de Canterville

## Capítulo I

Cuando el señor Hiram B. Otis, el ministro americano, compró Canterville-Chase, todo el mundo le dijo que cometía una gran tontería, porque la casa estaba embrujada. Hasta el propio lord Canterville, un hombre muy honrado, se creyó en la obligación de comunicárselo al señor Otis, cuando discutieron las condiciones de la venta.

—Nosotros mismos —dijo lord Canterville— no nos hemos atrevido a vivir en ese lugar desde los tiempos en que mi tía abuela, la duquesa de Bolton, tuvo un desvanecimiento, del que jamás se recuperó totalmente, debido al pánico que sintió al notar que dos manos de esqueleto se colocaban sobre sus hombros mientras se arreglaba para la cena. Me siento obligado a explicarle, señor Otis, que el fantasma ha sido visto por diversos componentes de mi familia, que aún viven, así como por el rector de la parroquia, el reverendo Augusto Dampier, agregado del King's College de Oxford. Después del desafortunado accidente sucedido a la duquesa, ninguna de las jóvenes sirvientas quiso permanecer en la casa, y lady Canterville ya no pudo dormir bien, a causa de los ruidos misteriosos que venían del pasillo y de la biblioteca.

—Milord —contestó el ministro—, compraré el inmueble y el fantasma, bajo inventario. Vengo de un país moderno, en el que podemos tener todo cuanto el dinero es capaz de comprar, y esos mozos nuestros, jóvenes y avispados, que recorren de punta a punta el viejo continente, que se llevan sus mejores actores, y sus mejores *prima donnas,* tengo la certeza de que si queda todavía un verdadero fantasma en Europa vendrán a buscarlo de inmediato para exponerlo en uno de nuestros museos públicos o para llevarlo por los caminos como un fenómeno.

—El fantasma es real, me lo temo —dijo lord Canterville, sonriendo—, aunque quizá se resiste a las ofertas de sus intrépidos empresarios. Hace más de tres siglos que es conocido, exactamente desde

1574, y no deja de mostrarse nunca cuando está a punto de producirse alguna muerte en la familia.

—¡Vaya! Los médicos de familia hacen igual, lord Canterville. Amigo mío, un fantasma no puede existir, y no creo que las leyes de la naturaleza admitan excepciones en favor de la aristocracia británica.

—Ciertamente son ustedes muy naturales en América —dijo lord Canterville, que no terminaba de entender la última observación del señor Otis—. Ahora bien: si no le importa a usted tener un fantasma en casa, estupendo. Solo acuérdese que yo ya le he advertido.

A las pocas semanas se cerró el trato, y a finales de la estación el ministro y su familia iniciaron el viaje a Canterville.

La señora Otis, que con el nombre de miss Lucrecia R. Tappan, de la calle West, 52, había sido una ilustre belleza neoyorquina, era aún una mujer muy hermosa, de mediana edad, con unos bonitos ojos y un perfil soberbio. Muchas damas americanas, cuando dejan su país de origen, adquieren un aspecto de persona atacada de una enfermedad crónica, y se figuran que eso es uno de los sellos de distinción de Europa; pero la señora Otis no cayó nunca en ese error. Tenía una extraordinaria naturaleza y una enorme abundancia de vitalidad. A decir verdad, era totalmente inglesa en muchos aspectos, y hubiese podido citársela en buena lid para sostener la tesis de que lo tenemos todo en común con América a día de hoy, excepto la lengua, evidentemente. Su hijo mayor, bautizado con el nombre de Washington por sus padres, en un momento de patriotismo que él no dejaba de lamentar, era un joven rubio, de bastante buena figura, que se había erigido en candidato a la diplomacia, dirigiendo un cotillón en el casino de Newport durante tres temporadas consecutivas, y aun en Londres era conocido por ser bailarín excelente. Sus únicas debilidades eran las gardenias y la patria; aparte de esto, era bastante sensato.

La señorita Virginia E. Otis era una jovencita de quince años, delgada y graciosa como un cervatillo, con un bonito aire de despreocupación en sus enormes ojos azules. Era una extraordinaria amazona, y sobre su poni venció en una ocasión en las carreras al viejo lord Bilton, dando dos veces la vuelta al parque, ganándole por un cuerpo y medio, precisamente frente a la estatua de Aquiles, lo cual provocó un entusiasmo tan delirante en el joven duque de Cheshire, que le propuso acto seguido el matrimonio, y sus padres tuvieron que expedirle aquella misma noche a Elton, envuelto en lágrimas. Después de Virginia venían dos gemelos, comúnmente conocidos con el nombre de Estrellas y Barras, porque siempre estaban recibiendo palizas. Eran unos niños encantadores, y, con el ministro, los únicos auténticos republicanos de la familia.

Ya que Canterville-Chase está a siete millas de Ascot, la estación más cercana, el señor Otis telegrafió que fueran a buscarle en un carruaje, y emprendieron la marcha en medio de gran alegría. Era una hermosa noche de julio, en que el aire estaba perfumado de olor a pinos. De tanto en tanto se escuchaba a una paloma arrullándose con su voz más dulce, o se veían, entre la maraña y el crujir de los helechos, el pecho de oro bruñido de algún faisán. Ligeras ardillas los espiaban desde lo alto de las hayas a su paso; unos conejos corrían como exhalaciones a través de los matorrales o sobre los collados herbosos, alzando sus blancas colas. Pero, en cuanto entraron en la avenida de Canterville-Chase, el cielo se cubrió de repente de nubes. Un curioso silencio pareció invadir toda la atmósfera, una gran bandada de cornejas cruzó silenciosamente sobre sus cabezas, y antes de que llegasen a la casa ya habían caído algunas gotas de lluvia.

En los escalones se encontraban para recibirlos una vieja, pulcramente vestida de seda negra, con cofia y delantal blancos. Era la señora Umney, el ama de llaves que la señora Otis, ante los insistentes requerimientos de lady Canterville, accedió a mantener en su puesto. Hizo una profunda reverencia a la familia cuando echaron pie a tierra, y dijo, con un curioso acento de los tiempos antiguos:

—Bienvenidos a Canterville-Chase.

Fueron tras ella, cruzando un hermoso hall de estilo Tudor, hasta la biblioteca, una sala larga y amplia que terminaba en un ancho ventanal acristalado. El té estaba preparado. Después de quitarse los trajes de viaje, se sentaron y se pusieron a observarlo todo con curiosidad, mientras la señora Umney iba de un lugar a otro.

De repente, la señora Otis vio en el suelo una mancha de un rojo oscuro, exactamente junto a la chimenea y, sin darse cuenta de sus palabras, dijo a la señora Umney:

—Observo que algo se ha derramado en ese lugar.

—Sí, señora —contestó la señora Umney en voz baja—. Ahí se ha derramado sangre.

—¡Es horrible! —exclamó la señora Otis—. No quiero manchas de sangre en un salón. Es preciso quitar eso de inmediato.

La vieja sonrió, y con la misma voz baja y misteriosa, contestó:

—Es sangre de lady Leonor de Canterville, que fue asesinada en ese mismo lugar por su propio marido, sir Simón de Canterville, en 1575. Sir Simón la sobrevivió nueve años, desapareciendo de repente en circunstancias muy misteriosas. Su cuerpo no se ha descubierto jamás, pero su alma culpable sigue embrujando la casa. La mancha de sangre ha sido muy admirada por los turistas y por otras personas, pero quitarla, resulta totalmente imposible.

—Todo eso son bobadas —exclamó Washington Otis—. El producto quitamanchas, el limpiador incomparable del campeón *Pinkerton* hará desaparecer eso al momento.

Y antes de que la aterrorizada ama de llaves pudiera intervenir, ya se había arrodillado y frotaba enérgicamente el entarimado con una barrita de una sustancia que parecía un limpiador negro.

Instantes después la mancha había desaparecido sin dejar huella.

—Ya estaba yo segura que el *Pinkerton* la eliminaría —exclamó en tono triunfal, dirigiendo una mirada circular sobre su familia, llena de admiración.

Pero apenas había pronunciado esas palabras, cuando un relámpago formidable iluminó el oscuro cuarto, y el retumbar del trueno hizo poner a todos en pie, menos a la señora Umney, que cayó sin sentido.

—¡Qué tiempo más horrible! —dijo con serenidad el ministro, mientras encendía un largo cigarrillo—. Pienso que el país de los abuelos está tan lleno de gente, que no hay buen tiempo bastante para todo el mundo. Siempre creí que lo mejor que pueden hacer los ingleses es emigrar.

—Apreciado Hiram —replicó la señora Otis—, ¿qué podemos hacer con una mujer que se desvanece?

—Descontaremos eso de su salario en caja —contestó el ministro. Así no se volverá a desmayar.

En efecto, la señora Umney no tardó en volver en sí. Sin embargo, se veía que estaba profundamente conmovida, y con voz solemne advirtió a la señora Otis que iba a suceder algo desagradable en la casa.

—Señores, he visto con mis propios ojos ciertas cosas que pondrían los pelos de punta a cualquier cristiano. Y durante muchas noches seguidas no he podido cerrar los ojos a causa de las terribles cosas que aquí sucedían.

A pesar de lo cual, el señor Otis y su esposa aseguraron vivamente a la buena mujer que no tenían ningún miedo a los fantasmas. La vieja ama de llaves, después de haber invocado la ayuda de la Providencia para sus nuevos amos y de ingeniárselas para que le subiesen el sueldo, se retiró temblando a su habitación.

## CAPÍTULO II

La tormenta duró toda la noche, pero no produjo nada extraordinario. Al día ·iguiente, por la mañana, cuando bajaron a desayunar, encontraron de nuevo la terrible mancha en el suelo.

—No creo que tenga la culpa el *limpiador sin competencia* —dijo Washington—, pues lo he probado sobre todo tipo de manchas. Debe de ser cosa del fantasma.

En consecuencia, eliminó la mancha, después de frotar un poco. Pero al día siguiente, por la mañana, había aparecido nuevamente.

Y, sin embargo, la biblioteca fue cerrada la noche anterior, llevándose arriba la llave la señora Otis. Desde aquel momento, la familia empezó a interesarse por aquello. El señor Otis estaba a punto de pensar que había sido demasiado dogmático negando la existencia de los fantasmas. La señora Otis expresó su intención de unirse a la Sociedad Espiritista, y Washington preparó una larga carta a los señores Myers y Podmone, basada en la persistencia de las manchas de sangre cuando provienen de un crimen. Aquella noche se despejaron todas las dudas sobre la existencia real de los fantasmas. La familia había aprovechado la frescura de la tarde para salir a dar un paseo en coche. Volvieron a las nueve, tomando una cena ligera. La conversación no fue sobre los fantasmas, de manera que faltaban hasta las condiciones más elementales de receptiva expectación que preceden con tanta frecuencia a los fenómenos psíquicos. Los asuntos que discutieron, por lo que luego he sabido por la señora Otis, fueron simplemente los habituales en la conversación de los americanos cultos que pertenecen a las clases elevadas, como, por ejemplo, la inmensa superioridad de la señorita Fanny Davenport sobre Sarah Bernhardt, como actriz; la dificultad para conseguir maíz verde, galletas de trigo sarraceno, aun en las mejores casas inglesas; la importancia de Boston en el desarrollo del alma universal; las ventajas del sistema que consiste en anotar los equipajes de los viajeros, y la dulzura del acento de Nueva York, comparado con la pronunciación de Londres. No se mencionó nada sobre lo sobrenatural, no se hizo ni la menor alusión indirecta a sir Simón de Canterville. A las once, la familia se retiró, y a las doce y media todas las luces estaban apagadas. Poco después, el señor Otis se despertó a causa de un ruido muy curioso en el pasillo, fuera de su habitación. Parecía un ruido de hierros viejos, y se aproximaba por momentos. Se levantó en el acto, encendió la luz y miró la hora. Era la una en punto. El señor Otis estaba muy tranquilo. Se tomó el pulso y no lo encontró para nada acelerado. El extraño ruido continuaba, al mismo tiempo que se escuchaba con claridad el sonido de unos pasos. El señor Otis se puso las zapatillas, cogió un frasquito alargado de su tocador y abrió la puerta. Y vio frente a él, en el pálido claro de luna, a un anciano de aspecto terrible. Sus ojos parecían carbones encendidos. Una larga cabellera gris caía en mechones revueltos sobre sus hombros. Sus ropas, de corte anticuado, estaban sucias y desgarradas; de sus muñecas y de sus tobillos colgaban unas pesadas cadenas y unos herrumbrosos grilletes.

—Mi estimado señor —dijo el señor Otis—, permítame que le ruegue encarecidamente que engrase esas cadenas. Le he traído para ello una botella del engrasador *Tammany-Sol-Levante*. Dicen que una sola aplicación es muy eficaz, y en la etiqueta hay varios certificados de nuestros teólogos más ilustres, que lo avalan. Voy a dejársela aquí, junto a las mecedoras, y tendré un verdadero placer en proporcionarle más, si así lo desea.

Dicho lo cual el ministro de los Estados Unidos dejó el frasquito sobre una mesa de mármol, cerró la puerta y regresó a la cama.

El fantasma de Canterville permaneció algunos minutos sin moverse a causa de la indignación.

Después, lanzó, lleno de ira, el frasquito contra el suelo encerado y huyó por el corredor, emitiendo quejidos cavernosos y emitiendo una extraña luz verde. Pero cuando llegaba a la gran escalera de roble, se abrió de repente una puerta. Aparecieron dos figuras infantiles, vestidas de blanco, y una enorme almohada le rozó la cabeza. Evidentemente, no había tiempo que perder; así es que, utilizando como medio de fuga la cuarta dimensión del espacio, se desvaneció a través de la pared, y la casa recobró la calma.

Al llegar a un pequeño cuarto secreto del ala izquierda, se adosó a un rayo de luna para recuperar el aliento, y se puso a reflexionar para entender su situación.

Nunca en toda su extraordinaria carrera, que tenía ya una duración de trescientos años consecutivos, fue insultado de manera tan grosera. Se acordó de la duquesa viuda, a la que provocó un ataque de pánico, mientras se miraba al espejo, cubierta de brillantes y de encajes; de las cuatro doncellas a quienes había vuelto locas, produciéndoles convulsiones histéricas, solo con hacer visajes entre las cortinas de una de las habitaciones destinadas a invitados; del rector de la parroquia, cuya vela apagó de un soplo cuando volvía el buen señor de la biblioteca a una hora avanzada, y que desde entonces se transformó en mártir de toda clase de alteraciones nerviosas; de la vieja señora de Tremouillac, que, al despertarse a medianoche, le vio sentado en un sillón, junto al fuego, en forma de esqueleto, entretenido en leer el diario que ella redactaba de su vida, y que a consecuencia de la impresión tuvo que estar en la cama durante seis meses, víctima de un ataque cerebral. Una vez curada se reconcilió con la iglesia y rompió toda clase de relaciones con el señalado escéptico *monsieur* de Voltaire. Recordó también la terrible noche en que el perverso lord Canterville fue encontrado agonizante en su tocador, con una sota de espadas hundida en la garganta, viéndose obligado a confesar que por medio de aquella carta había timado la suma de diez mil libras a Carlos Fos, en casa de Crookford. Y juraba que aquella carta se la hizo tragar el fantasma. Todas sus grandes hazañas le regresaban a su cabeza. Vio desfilar al mayordomo que se levantó la tapa de los sesos por haber visto una mano verde golpear sobre los cristales, y la hermosa lady Steefield, condenada a llevar alrededor del cuello un collar de terciopelo negro para ocultar la marca de cinco dedos, impresos como un hierro candente sobre su blanca piel, y que acabó ahogándose en el vivero que había en el extremo del Paseo Real. Y, lleno del entusiasmado egoísmo del verdadero artista, recordó sus creaciones más célebres. Se dedicó una amarga sonrisa al evocar su última aparición en el papel de *Rubén el Rojo*, o *El niño estrangulado*, su "debut" en el *Gibeon, el Vampiro Delgado del páramo de Bevley*, y el furor que causó una tarde encantadora de junio solo con jugar a los bolos con sus propios huesos sobre el campo de tenis. ¿Y todo para qué? ¡Para que unos desgraciados americanos le ofreciesen el engrasador marca *Sol-Levante* y le tirasen almohadas a la cabeza! Era del todo inaceptable. Además, la historia nos enseña que jamás fue tratado ningún fantasma de aquella forma. Llegó a la conclusión de que era necesario vengarse, y permaneció hasta el alba en actitud de profunda reflexión.

# Capítulo III

A la mañana siguiente, a la hora de desayunar, la familia Otis se reunió y se discutió largamente acerca del fantasma. El ministro de los Estados Unidos estaba, como era natural, un poco molesto viendo que su regalo no había sido aceptado.

—No quisiera en modo alguno injuriar personalmente al fantasma —dijo—, y reconozco que, dada la larga duración de su estancia en la casa, no era nada cortés arrojarle una almohada a la cabeza.

Siento tener que decir que esta observación tan justa provocó una explosión de risa en los gemelos.

—Pero, por otro lado —continuó el señor Otis—, si se empeña, sin más ni más, en no hacer uso del engrasador marca *Sol-Levante,* nos veremos obligados a quitarle las cadenas. No hay forma de dormir con todo ese ruido a la puerta de los dormitorios.

Pero durante el resto de la semana no fueron molestados. Lo único que les llamó la atención fue la continua reaparición de la mancha de sangre sobre el suelo de la biblioteca. Era ciertamente muy extraño, tanto más cuanto que la señora Otis cerraba la puerta con llave por la noche, igual que las ventanas.

Los cambios de color que sufría la mancha, semejantes a los de un camaleón, produjeron asimismo continuos comentarios en la familia. Una mañana era de un rojo oscuro, casi liláceo; otras veces era bermellón; después, de un púrpura espléndido, y un día, cuando bajaron a rezar, según los ritos sencillos de la libre iglesia episcopal reformada de América, la encontraron de un bello verde esmeralda.

Como era natural, estos cambios caleidoscópicos entretenían mucho al grupo y se hacían apuestas todas las noches con entera tranquilidad. La única persona que no tomó parte en la broma fue la joven Virginia. Por razones desconocidas, se sentía siempre impresionada ante la mancha de sangre, y estuvo a punto de llorar la mañana que apareció verde esmeralda.

El fantasma reapareció nuevamente el domingo por la noche. Al poco tiempo de estar todos ellos acostados, les alarmó un enorme ruido que se oyó en el pasillo. Bajaron rápidamente, y se encontraron con que una armadura completa se había desprendido de su soporte, cayendo sobre las losas. Cerca de allí, sentado en un sillón de respaldo alto, el fantasma de Canterville se frotaba las rodillas, con una expresión de agudo dolor sobre su rostro. Los gemelos, que se habían provisto de sus cerbatanas, le lanzaron de inmediato dos huesos, con esa seguridad de puntería que solo se consigue a fuerza de largos y pacientes ejercicios sobre el profesor de caligrafía. Mientras tanto, el ministro de los Estados Unidos apuntaba al fantasma con su revólver, y, conforme a la etiqueta californiana, le instaba a que levantara las manos. El fantasma se levantó bruscamente, lanzando un grito de furor salvaje, y se disipó en medio de ellos como una niebla, apagando de paso la vela de Washington Otis y dejándolos a todos en la más completa oscuridad. Cuando llegó a lo alto de la escalera, una vez recuperado, se decidió a lanzar su célebre repique de carcajadas demoníacas, algo muy útil más de una vez. Contaba la gente que aquello hizo encanecer en una sola noche la cabellera de lord Raker, y que no necesitaron más de tres sucesivas amas de gobierno para decidirse a "dimitir" antes de terminar el primer mes en su cargo. Por tanto, emitió su carcajada más horrible, despertando paulatinamente los ecos en las antiguas bóvedas; pero, apagados estos, se abrió una puerta y apareció, vestida de azul claro, la señora Otis.

—Me temo —dijo la dama— que usted no se encuentra bien, y aquí le traigo un frasco de la tintura del doctor Dobell. Si se trata de una indigestión, esto le hará sentirse mejor.

El fantasma la miró con ojos llameantes de furor y se creyó en el deber de transformarse en un enorme perro negro. Era un truco que le había dado una reputación merecidísima, y al cual atribuía la idiotez incurable del tío de lord Canterville, el honorable Tomás Horton. Pero un ruido de pasos que se aproximaban le hizo dudar en su cruel determinación, y se contentó con volverse un poco transparente, y rápidamente se desvaneció, después de emitir un gemido sepulcral, porque los gemelos iban a darle alcance.

Al llegar en su habitación se sintió destrozado, presa de la agitación más violenta. La vulgaridad de los gemelos, el grosero materialismo de la señora Otis, todo aquello resultaba verdaderamente humillante; pero lo que más le molestaba era no tener ya fuerzas para colocarse una armadura. Contaba con causar impresión aun en unos americanos modernos, con hacerles estremecer a la vista de un espectro acorazado, ya que no por motivos razonables, al menos por deferencia hacia su poeta nacional Longfellow, cuyas poesías, delicadas y atractivas, le habían ayudado a menudo a entretenerse, mientras los Canterville estaban en Londres. Además, era su propia armadura. La usó con éxito en el torneo de Kenilworth, siendo muy felicitado personalmente por la Reina Virginia. Pero cuando quiso ponérsela quedó aplastado por completo con el peso de la enorme coraza y del casco de acero, y cayó pesadamente sobre las losas de piedra, despellejándose las rodillas y magullándose la muñeca derecha.

Durante varios días estuvo muy enfermo y no pudo salir de su cuarto más que lo preciso para mantener en perfecto estado la mancha de sangre. Pero finalmente, a fuerza de cuidados terminó por recuperarse y decidió hacer un tercer intento para asustar al ministro de los Estados Unidos y a su familia. Escogió para su reaparición en escena el viernes 17 de agosto, dedicando gran parte del día a examinar sus trajes. Por último eligió un sombrero de ala levantada por un lado y caída del otro, con una pluma roja, un sudario deshilachado por las mangas y el cuello y un puñal oxidado.

Por la tarde estalló una gran tormenta. El viento era tan fuerte que sacudía y cerraba con violencia las puertas y ventanas de la vieja casa. En realidad aquel era el tiempo que le convenía. He aquí lo que pensaba hacer:

Se dirigiría silenciosamente a la habitación de Washington Otis, le susurraría unas frases incomprensibles, permanecería al pie de la cama, y le hundiría tres veces seguidas el puñal en la garganta, al sonido de una música suave. Odiaba en especial a Washington, porque sabía con certeza que era él quien habitualmente limpiaba la famosa mancha de sangre de Canterville, empleando el *inimitable limpiador de Pinkerton*. Después de reducir al temerario y despreocupado joven, entraría en la habitación que ocupaba el ministro de los Estados Unidos y su esposa.

Una vez allí, colocaría una mano viscosa sobre la frente de la señora Otis, y al mismo tiempo susurraría, con voz sorda, al oído del ministro tembloroso, los terribles secretos del cementerio. Respecto a la pequeña Virginia, aún no tenía decidido nada. Jamás lo había insultado, y era hermosa y cariñosa. Unos pocos gruñidos sordos, que saliesen del armario, le parecían más que suficientes, y si no bastaban para despertarla, llegaría hasta estirarle de la puntita de la nariz con sus dedos rígidos por la parálisis.

En cuanto a los gemelos estaba decidido a darles una lección: lo primero que haría sería sentarse sobre sus pechos, con el objeto de producirles la sensación de pesadilla. Después, aprovechando que sus camas estaban muy juntas, se alzaría en el espacio libre entre ellas, con el aspecto de un cadáver verde y frío como el hielo, hasta que se quedaran paralizados por el pánico. Enseguida, tirando bruscamente su sudario, daría la vuelta al dormitorio a cuatro patas, como un esqueleto blanqueado por el tiempo, moviendo los ojos de sus órbitas, en su creación de *Daniel el mudo, o El esqueleto del suicida,* papel en el cual hizo un gran efecto en más de una ocasión. Creía estar tan bien en este como en su otro papel de *Martín el loco o El misterio enmascarado.*

A las diez y media oyó que la familia subía para ir a acostarse. Por un momento le inquietaron las tumultuosas risas de los gemelos, que se divertían evidentemente, con su loca alegría de colegiales, antes de meterse en la cama. Pero a las once y cuarto todo quedó nuevamente en silencio, y cuando dieron las doce se puso en camino. La lechuza golpeaba contra los cristales de la ventana; el cuervo gritaba en el hueco de un tejo centenario y el viento soplaba vagando alrededor de la casa, como un alma en pena; pero la familia Otis dormía, sin sospechar la suerte que le esperaba. Oía claramente los fuertes ronquidos del ministro de los Estados Unidos, que dominaban el ruido de la lluvia y de la tormenta. Se deslizó furtivamente a través del estuco. Una sonrisa malvada se dibujaba sobre su boca cruel y arrugada, y la luna ocultó su rostro tras una nube cuando pasó delante de la gran ventana ojival, sobre la que estaban representadas, en azul y oro, sus propias armas y las de su esposa asesinada.

Continuaba avanzando siempre, deslizándose como una sombra terrible, que parecía hacer retroceder de espanto a las mismas tinieblas en su camino. En un momento concreto le pareció escuchar que alguien lo llamaba: se paró, pero era tan solo un perro, que ladraba en la Granja Roja. Continuó su marcha, refunfuñando extrañas maldiciones del siglo XVI, y blandiendo de cuando en cuando el puñal oxidado en el aire de medianoche. Finalmente, llegó a la esquina del pasillo que llevaba a la habitación de Washington. Allí se detuvo un instante. El viento agitaba en torno de su cabeza sus largos mechones grises y ceñía en pliegues grotescos y fantásticos el horror indecible de su mortaja. En el reloj sonó entonces el cuarto y comprendió que el momento había llegado. Se dedicó una risotada y dobló la esquina. Pero nada más hacer esto retrocedió, emitiendo un gemido lastimero de terror y escondiendo su cara lívida entre sus largas y huesudas manos. Frente a él había un horrible espectro, inmóvil como una estatua, monstruoso como la pesadilla de un loco. La cabeza del espectro era calva y brillante; su cara, redonda, carnosa y blanca; una risa espantosa parecía retorcer sus rasgos en una mueca eterna; por los ojos brotaba a oleadas una luz escarlata, la boca tenía el aspecto de un enorme pozo de fuego, y una vestidura horrible, como la de él, como la del mismo Simón, envolvía con su nieve silenciosa aquella forma gigantesca. En su pecho tenía colgado un cartel con una inscripción en caracteres raros y antiguos. Tal vez era un rótulo infamante, donde estaban escritos terribles delitos, una horrible lista de crímenes; en su mano derecha una cimitarra de acero brillante.

Como no había visto jamás fantasmas hasta aquel momento, sintió un pánico atroz, y, después de lanzar rápidamente una segunda mirada sobre el terrible monstruo, regresó a su habitación, tropezando con el sudario que le envolvía. Atravesó la galería corriendo, y acabó por dejar caer el puñal oxidado en las botas de montar del ministro, donde lo encontró el mayordomo al día siguiente. En cuanto llegó a su refugio, se dejó caer sobre un reducido catre de tijera, tapándose la cabeza con las sábanas. Sin embargo, al cabo de un momento, la valentía indomable de los antiguos Canterville se despertó en él y tomó la resolución de hablar al otro fantasma en cuanto amaneciese. Por tanto, nada más platear el alba las colinas con su contacto, regresó al lugar en el que había visto por primera vez al horroroso fantasma. Pensaba que, después de todo, dos fantasmas valían más que uno solo, y que con ayuda de su nuevo amigo podría contener con éxito a los gemelos. Pero cuando llegó al lugar se encontró en presencia de un espectáculo espantoso. Sin duda algo le ocurría al espectro, porque la luz había desaparecido por completo de sus ojos. La cimitarra reluciente se había caído de su mano y estaba recostado sobre la pared en una actitud forzada e incómoda. Simón se acercó hasta él y lo cogió en sus brazos; pero cuál no sería su terror viendo despegarse la cabeza y rodar por el suelo, mientras el cuerpo tomaba una posición reclinada, y notó que abrazaba una cortina blanca de lienzo grueso y que yacían a sus pies una escoba, un cuchillo de cocina y una calabaza vacía.

Incapaz de entender aquella extraña transformación, cogió con mano febril el cartel, leyendo a la claridad grisácea de la mañana estas palabras terribles:

HE AQUÍ EL FANTASMA OTIS
EL ÚNICO ESPÍRITU AUTÉNTICO Y VERDADERO.
¡DESCONFÍEN DE LAS IMITACIONES!
¡TODOS LOS DEMÁS SON FALSIFICACIONES!

Y toda la verdad se le apareció como un relámpago. ¡Había sido estafado, burlado, engañado! La expresión característica de los Canterville reapareció en sus ojos, apretó las mandíbulas desdentadas y, levantando por encima de su cabeza sus manos amarillas, juró, según el ritual pintoresco de la antigua escuela, "que cuando el gallo hiciera sonar en dos ocasiones el cuerno de su alegre llamada se producirían sangrientas hazañas, y la muerte, con silencioso paso, saldría de su retiro".

No había acabado de lanzar este terrible juramento, cuando de una alquería lejana, de tejado de ladrillo rojo, salió el canto de un gallo. Lanzó una larga risotada, lenta y amarga, y esperó. Esperó varias horas; pero por algún extraño motivo el gallo no volvió a cantar. Finalmente, a eso de las siete y media, la llegada de las criadas le obligó a abandonar su terrible guardia y regresó a su morada, con altivo paso, pensando en su juramento vano y en su proyecto fracasado. Una vez allí consultó varios libros de caballería, cuya lectura le interesaba mucho, y pudo comprobar que el gallo cantó siempre en dos ocasiones cuando se recurrió a aquel juramento.

—¡Que el diablo se lleve a ese animal volátil! —musitó—. ¡En otro tiempo hubiese caído sobre él con mi buena lanza, atravesándole el cuello y obligándole a cantar otra vez para mí, aunque reventara!

Y después de decir esto, se retiró a su confortable ataúd, y allí permaneció hasta la noche.


## Capítulo IV

Al otro día el fantasma se sintió muy débil y muy cansado. Las terribles emociones de las cuatro últimas semanas empezaban a producir su efecto. Tenía el sistema nervioso totalmente alterado, y temblaba al más leve sonido. Estuvo durante cinco días en su habitación, y concluyó por hacer una concesión en lo relativo a la mancha de sangre en el suelo de la biblioteca. Puesto que la familia Otis no quería verla, era indudable que no la merecía. Aquella gente estaba colocada a ojos vistas en un plano inferior de vida material y era incapaz de apreciar el valor simbólico de los fenómenos extrasensoriales.

El tema de las apariciones fantasmales y el desenvolvimiento de los cuerpos astrales era realmente para ellos cosa desconocida e indiscutiblemente incontrolable para él.

Pero, por lo menos, constituía para él un deber ineludible mostrarse en el pasillo una vez a la semana y farfullar por la gran ventana ojival el primero y el tercer miércoles de cada mes. No veía un modo digno de escapar de aquella obligación. Ciertamente su vida fue muy criminal, pero, a parte de eso, era hombre muy concienzudo en todo lo relacionado con lo sobrenatural.

Así, pues, los tres sábados siguientes atravesó, como de costumbre, el corredor entre las doce de la noche y las tres de la madrugada, teniendo mucho cuidado para no ser visto ni oído. Se quitaba las botas, pisaba lo más suavemente que podía sobre las viejas maderas carcomidas, se cubría con una gran capa de terciopelo negro, y no dejaba de usar el engrasador *Sol-Levante* para engrasar sus cadenas. Me veo obligado a reconocer que solo después de muchas dudas se decidió a adoptar este último medio de protección. Pero, al fin, una noche, mientras cenaba la familia, se deslizó al dormitorio de la señora Otis y se llevó el frasquito. En un primer momento se sintió un poco humillado, pero después fue lo bastante sensato para entender que aquel invento merecía grandes elogios y cooperaba, en cierto modo, a la realización de sus proyectos. A pesar de todo, no le dejaron completamente tranquilo. No dejaban nunca de tenderle cuerdas a lo largo del pasillo para hacerle tropezar en la oscuridad, y una vez que se había disfrazado para el papel de *Isaac el Negro o el Cazador del Bosque de Hogsley,* cayó cuan largo era al poner el pie sobre una pista de maderas enjabonadas que habían colocado los gemelos desde la entrada del Salón de Pinturas hasta la parte alta de la escalera de roble. Esta última ofensa lo enfadó de tal modo, que decidió hacer un esfuerzo para imponer su dignidad y consolidar su posición social, y formó el proyecto de visitar a la noche siguiente a los insolentes muchachos de Eton, en su célebre papel de *Ruperto el temerario o el Conde sin cabeza.*

No había utilizado este disfraz desde hacía sesenta años, es decir, desde que provocó con él tal pánico a la hermosa lady Barbara Modish, que esta rompió su compromiso con el abuelo del actual lord Canterville y huyó a Gretna Green con el arrogante Jack Castleton, jurando que por nada del mundo consentiría en emparentar con una familia que toleraba los paseos de un fantasma tan horrible por la terraza, al atardecer.

El pobre Jack al poco tiempo murió en duelo por lord Canterville en Wandsworth Common, y lady Barbara murió de pena en Tunbridge Wells antes de terminar el año; así es que fue un gran y completo éxito. Sin embargo, era, permitiéndome emplear una expresión del argot teatral para aplicarlo a uno de los mayores misterios del mundo sobrenatural (o en lenguaje más científico), "del mundo superior a la naturaleza", era, repito, una creación de las más difíciles, y necesitó sus tres buenas horas para finalizar los preparativos. Finalmente, todo estuvo preparado, y él muy contento de su disfraz. Las altas botas de montar, que hacían juego con el traje, eran, eso sí, un poco grandes para él, y no pudo encontrar más que una de las dos pistolas del arzón; pero, en general, quedó muy satisfecho, y a la una y cuarto pasó a través del estuco y se deslizó por el pasillo. Cuando estuvo cerca de la habitación ocupada por los gemelos, a la que llamaré el dormitorio azul, por el color de sus cortinajes, se encontró con la puerta entreabierta. A fin de hacer una entrada espectacular, la empujó violentamente, pero se le vino encima un cubo de agua que le empapó hasta los huesos, no dándole en el hombro por unos milímetros. Al mismo tiempo escuchó unas risas sofocadas que provenían de la doble cama con dosel.

Su sistema nervioso padeció tal conmoción, que volvió a su cuarto rápidamente, y al día siguiente tuvo que permanecer en la cama con un fuerte reúma. El único consuelo que tuvo fue el de no haber llevado su cabeza sobre los hombros, pues sin esto las consecuencias hubieran podido ser mucho más serias.

Desde aquel momento abandonó para siempre la idea de asustar a aquella recia familia de americanos, y se limitó a vagar por el corredor, con zapatillas decoradas, envuelto el cuello en una gruesa bufanda, por temor a las corrientes de aire, y provisto de un pequeño arcabuz, por si acaso era atacado por los gemelos. Hacia el 19 de septiembre fue cuando recibió el golpe final. Había bajado por la escalera hasta el espacioso pasillo, seguro de que en aquel lugar por lo menos estaba seguro de jugarretas, y se entretenía en hacer observaciones satíricas sobre las grandes fotografías de Saroni del ministro de los Estados Unidos y de su mujer. Iba vestido de modo sencillo, pero decentemente, con un largo sudario salpicado de moho de cementerio. Se había atado la quijada con una tira de tela y llevaba una pequeña linterna y una azadón de enterrador. En una palabra, iba disfrazado de *Jonás el desenterrador, o el Ladrón de cadáveres de Cherstey Ban,* era una de sus creaciones más importantes y de las que guardaban recuerdo, con más motivo, los Canterville, ya que fue la verdadera causa de su pelea con su vecino lord Rufford. Serían eso de las dos y cuarto de la madrugada, y, a su juicio, no se movía nadie en la casa. Pero cuando se dirigía tranquilamente hacia la biblioteca, para ver lo que quedaba de la mancha de sangre, se abalanzaron hacia él, desde un rincón oscuro, dos siluetas, moviendo salvajemente sus brazos sobre sus cabezas, mientras gritaban a su oído:

—¡Uú! ¡Uú! ¡Uú!

Invadido por el pánico, algo muy normal en aquellas circunstancias, corrió hacia la escalera, pero entonces se encontró frente a Washington Otis, que le esperaba armado con la regadera del jardín; de tal modo, que, rodeado por sus enemigos, casi sin salida, tuvo que evaporarse por la gran estufa de hierro colado, que, afortunadamente para él, no estaba encendida, y abrirse paso hasta su cuarto por entre tubos y chimeneas, llegando a su refugio en el tremendo estado en que lo pusieron la agitación, el hollín y la desesperación.

Desde aquella noche no volvió a vérsele jamás en expedición nocturna. Los gemelos se quedaron en muchas ocasiones vigilando para sorprenderle, sembrando de cáscara de nuez los pasillos todas las noches, con gran molestia para sus padres y criados. Pero no sirvió de nada. Su amor propio estaba enormemente lastimado, sin duda, y no quería dejarse ver.

En vista de ello, el señor Otis se puso a trabajar en su gran obra sobre la historia del partido demócrata, obra que había empezado tres años antes; la señora Otis organizó una extraordinaria excursión a la montaña, de la que se habló en toda la comarca; los niños se dedicaron a jugar a la barra, al ecarté, al póquer y a otros juegos típicos de América; y Virginia paseó a caballo por las carreteras, en compañía del joven duque de Cheshire, que se encontraba en Canterville pasando su última semana de vacaciones. Todo el mundo creía que el fantasma había desaparecido, hasta el punto de que el señor Otis escribió una carta a lord Canterville para comunicárselo, y recibió en respuesta otra carta en la que este le expresaba la satisfacción que le provocaba la noticia y enviaba sus más sinceras felicitaciones a la digna esposa del ministro.

Pero la familia Otis estaba equivocada. El fantasma continuaba en la casa, y, aunque se hallaba muy delicado, no estaba dispuesto a retirarse, sobre todo después de saber que figuraba entre los invitados el joven duque de Cheshire, cuyo abuelo, lord Francis Stilton, apostó una vez con el coronel Carbury a que jugaría a los dados con el fantasma de Canterville. A la mañana siguiente se encontraron a lord Stilton estirado sobre el suelo del salón de juego en un estado de parálisis tal que, aunque vivió hasta una avanzada edad, solo pudo pronunciar estas palabras:

—¡Seis doble!

Esta historia era muy conocida en su época, aunque, por respeto a los sentimientos de dos familias nobles, se hiciera todo lo posible por ocultarla, y existe un relato detallado de todo lo referente a ella en el tomo tercero de las *Memorias del Príncipe Regente y sus amigos,* de lord Tattle.

Desde aquel momento, el fantasma sentía vivos deseos de probar que no había perdido su influencia sobre los Stilton, con los que además estaba emparentado por matrimonio, pues una prima suya se casó en segundas nupcias con el señor Bulkeley, del que descienden en línea directa, como todo el mundo sabe, los duques de Cheshire. Así pues, hizo sus preparativos para aparecer ante el joven enamorado de Virginia en su famoso papel de *Fraile Vampiro, o el Benedictino desangrado.* Era un espectáculo tan espantoso, que cuando la vieja lady Starbury lo vio, es decir en víspera del Año Nuevo de 1764, empezó a lanzar chillidos agudos, que tuvieron por resultado un fuerte ataque de apoplejía y su fallecimiento al cabo de tres días, no sin que desheredara antes a los Canterville y legase todo su dinero a su farmacéutico en Londres. Sin embargo, en el último momento, el pánico que le provocaban los gemelos le hizo permanecer en su habitación, y el joven duque durmió plácidamente en el gran lecho con dosel coronado de plumas del dormitorio real, soñando con Virginia.

# Capítulo V

Virginia y su enamorado de pelo rizado dieron, unos días después, un paseo a caballo por los prados de Brockley, paseo en el que ella rompió su vestido de amazona al saltar un seto, de tal modo que, de regreso a su casa, entró por la escalera trasera para que no la viesen. Al pasar corriendo por delante de la puerta del Salón de Pinturas, que estaba abierta de par en par, le pareció ver a alguien dentro, y pensando que sería la sirvienta de su madre, que iba a menudo a trabajar a esa habitación, se asomó para pedirle que le cosiese el vestido. Pero, para su sorpresa, quien allí estaba era el fantasma de Canterville en persona. Se había acomodado junto a la ventana, observando el oro llameante de los árboles amarillentos que revoloteaban por el aire, las hojas enrojecidas que danzaban locamente a lo largo de la gran avenida. Tenía la cabeza apoyada en una mano, y toda su actitud revelaba un enorme desánimo. En realidad presentaba un aspecto tan abrumado, tan abatido, que la pequeña Virginia, en lugar de salir corriendo, que fue su primera idea, para encerrarse en su cuarto, se sintió llena de compasión y tomó la decisión de ir a consolarle. Tenía la joven un paso tan ligero y él una melancolía tan profunda, que no se dio cuenta de su presencia hasta que le habló.

—Lo lamento mucho por usted —dijo—, pero mis hermanos vuelven mañana a Eton, y entonces, si se porta usted bien nadie lo va a molestar.

—Es absurdo que me pida que me porte bien —le contestó, contemplando sorprendido a la muchacha que tenía la valentía de hablarle—. Totalmente absurdo. Es preciso que yo arrastre mis cadenas, que gruña por los agujeros de las cerraduras y que deambule durante la noche. ¿A eso le llama usted portarse mal? No tengo otra razón de ser.

—Eso no es una razón de ser. En su época fue usted muy perverso ¿sabe? La señora Umney nos dijo el día que llegamos que usted asesinó a su mujer.

—Sí, es cierto —contestó incautamente el fantasma—. Pero era una cuestión familiar y nadie tenía por qué involucrarse.

—No está bien matar a alguien —dijo Virginia, que en ocasiones adoptaba un bello gesto de gravedad puritana, heredado posiblemente de algún antepasado venido de Nueva Inglaterra.

—¡Oh, no puedo sufrir la severidad barata de la ética abstracta! Mi mujer era muy fea. No almidonaba jamás lo suficiente mis puños y no sabía cocinar. Mire usted: un día yo había cazado un magnífico ciervo en los bosques de Hogley, un excelente macho de dos años. ¡Pues no puede usted imaginarse de qué modo me lo sirvió! Pero, en fin, no importa. Es un asunto zanjado, y no veo nada bien que sus hermanos me dejasen morir de hambre, aunque yo la matase.

—¡Que lo dejaran morir de hambre! ¡Oh señor fantasma...! Don Simón, quiero decir, ¿es que tiene usted hambre? Hay un sándwich en mi cartera. ¿Le apetece?

—No, gracias, ahora ya no como; pero, de todas formas, lo encuentro muy amable por su parte. ¡Es usted bastante más atenta que el resto de su horrible, arisca, vulgar y deshonesta familia!

—¡Es suficiente! —exclamó Virginia, golpeando con el pie en el suelo—. El arisco, el horrible y el vulgar lo es usted. En cuanto a lo de ladrón, bien sabe usted que me ha robado mis colores de la caja de pinturas para pintar esa ridícula mancha de sangre en la biblioteca. Empezó usted por coger todos mis rojos, incluso el bermellón, y ya no pude pintar puestas de sol. Después cogió usted el verde esmeralda y el amarillo cromo, y por último, solo me queda el añil y el blanco. Así es que ahora no puedo hacer más que claros de luna, que da grima ver, e incomodísimos, además, de colorear. Y no le he acusado, aún estando fastidiada y a pesar de que todas esas cosas son totalmente ridículas. ¿Se ha visto alguna vez sangre color verde esmeralda?

—Bueno —dijo el fantasma, con cierta dulzura—: ¿y qué podía hacer? Es muy complicado hoy en día conseguir sangre verdadera, y ya que su hermano empezó con su quitamanchas incomparable, no veo por qué no iba yo a emplear los colores de usted para resistir. En cuanto al tono, es cuestión de gustos. Así, por ejemplo, los Canterville tienen sangre azul, la sangre más azul que existe en Inglaterra... Aunque ya sé que ustedes los americanos no se preocupan por esas cosas.

—No sabe usted nada, y lo mejor que puede hacer es emigrar, y así se formará idea de algo. Mi padre tendrá un verdadero placer en proporcionarle un pasaje gratuito, y aunque haya impuestos elevadísimos sobre toda clase de cosas, no le pondrán dificultades en la aduana. Y una vez en Nueva York, puede usted contar con un gran éxito. Conozco infinidad de personas que darían cien mil dólares por tener antepasados y que sacrificarían mayor cantidad aún por tener un fantasma en la familia.

—Pienso que no me lo pasaría muy bien en América.

—Tal vez se deba a que allí no tenemos ni ruinas ni curiosidades —dijo en un tono sarcástico Virginia.

—¡Qué curiosidades ni qué ruinas! —dijo el fantasma—. Tienen ustedes su Marina y sus modales.

—Buenas noches; voy a pedir a papá que conceda a los gemelos una semana más de vacaciones.

—¡No se vaya, señorita Virginia, se lo ruego! —exclamó el fantasma—. Me siento tan solo y soy tan desdichado, que no sé que hacer. Quisiera ir a dormir y no puedo.

—Pues es absurdo: no tiene usted más que irse a la cama y apagar la luz. Algunas veces es dificilísimo permanecer despierto, sobre todo en una iglesia, pero, en cambio, dormir es muy sencillo. Ya ve usted: los gemelos saben dormir admirablemente, y no son de los más inteligentes.

—No duermo desde hace trescientos años —dijo el anciano con cierta melancolía, haciendo que Virginia abriese mucho sus hermosos ojos azules, llenos de asombro—. No duermo desde hace trescientos años, así es que me siento muy cansado.

Virginia adoptó un grave continente, y sus finos labios se movieron como pétalos de rosa. Se acercó y arrodillándose al lado del fantasma, observó su rostro envejecido y arrugado.

—Pobrecito fantasma —murmuró—, ¿y no hay ningún lugar donde pueda usted dormir?

—Allá lejos, pasando el pinar —respondió él en voz baja y somnolienta—, hay un pequeño jardín. La hierba crece en él alta y espesa; allí pueden verse las grandes estrellas blancas de la cicuta, allí el ruiseñor canta toda la noche. Canta toda la noche, y la luna de cristal helado deja caer su mirada y el tejo extiende sus gigantescos brazos sobre los que duermen.

Los ojos de Virginia se llenaron de lágrimas y ocultó su rostro entre las manos.

—Se refiere usted al jardín de la Muerte —murmuró.

—¡Sí, de la Muerte, que debe ser tan hermosa! ¡Descansar en la blanda tierra oscura, mientras las hierbas se balancean sobre nuestra cabeza, y escuchar el silencio! No tener ni ayer ni mañana. Olvidarse del tiempo y de la vida; vivir en paz. Usted puede ayudarme; usted puede abrirme de par en par las puertas de la muerte, porque el amor le acompaña a usted siempre, y el amor es más fuerte que la muerte.

Virginia tembló. Un frío temblor recorrió todo su cuerpo, y durante un momento hubo un gran silencio. Sintió como si estuviera viviendo una espantosa pesadilla.

Entonces el fantasma habló nuevamente con una voz que resonaba como los suspiros del viento:

—¿Ha leído usted alguna vez la antigua profecía que hay sobre las vidrieras de la biblioteca?

—¡Sí, a menudo! —exclamó la muchacha levantando los ojos—. La conozco muy bien. Está pintada con unas curiosas letras doradas y es difícil de leer. Tiene tan solo estos seis versos:

*Cuando una muchacha rubia consiga hacer surgir*
*una oración de los labios del pecador,*
*cuando el almendro estéril brote*
*y una niña deje correr su llanto,*
*entonces, toda la casa recobrará la calma*

*y la paz llegará a Canterville.*

»Pero desconozco su significado.

—Significan que tiene usted que llorar conmigo mis pecados, porque yo carezco de lágrimas, y que tiene usted que rezar conmigo por mi alma, porque no tengo fe, y entonces, si ha sido usted siempre dulce, buena y amable, el Ángel de la Muerte se apoderará de mí. Verá usted seres terribles en las tinieblas y voces funestas susurrarán en sus oídos, pero no podrán hacerle ningún daño, porque contra la pureza de una niña no pueden nada los poderes infernales.

Virginia no respondió, y el fantasma se retorcía las manos en la violencia de su desesperación, sin dejar de mirar la rubia cabeza inclinada. De repente la joven se levantó, muy pálida, con un brillo en los ojos.

—No tengo miedo —dijo con firmeza— y rogaré al Ángel que se apiade de usted.

El fantasma se levantó de su asiento emitiendo un débil grito de alegría, cogió la blonda cabeza entre sus manos, con una gentileza que recordaba los tiempos pasados, y la besó. Sus dedos estaban fríos como el hielo y sus labios quemaban como el fuego, pero Virginia no vaciló; después hizo que atravesara la sala oscura. Sobre el tapiz, de un verde apagado, estaban bordados unos pequeños cazadores. Soplaban en sus cornetas adornadas con flecos y con sus lindas manos le hacían señas de que retrocediese.

—Regresa sobre tus pasos, Virginia. ¡Regresa, regresa! —gritaban.

Pero el fantasma le apretaba en aquel momento la mano con más fuerza, y ella cerró los ojos para no verlos.

Horribles animales de colas de lagarto y de ojazos saltones parpadearon maliciosamente en las esquinas de la chimenea, mientras le decían en voz baja:

—Ten cuidado, Virginia, ten cuidado. Podríamos no volver a verte jamás.

Pero el fantasma aceleró el paso y Virginia no oyó nada. Cuando llegaron al final de la sala, el viejo se detuvo, murmurando unas palabras que ella no pudo entender. Virginia abrió los ojos nuevamente y vio desvanecerse poco a poco el muro, como una neblina, y abrirse ante ella una negra caverna.

Un áspero y helado viento les azotó, sintiendo la muchacha que estiraban de su vestido.

—Rápido, rápido —gritó el fantasma—, o será demasiado tarde.

Y en ese mismo instante, el muro se cerró de nuevo tras ellos y el Salón de Pinturas quedó vacío.

# Capítulo VI

A los diez minutos sonó la campana para el té y Virginia no bajó. La señora Otis envió a uno de los sirvientes a buscarla.

No tardó en volver, diciendo que no había podido encontrar a la señorita Virginia por ningún lado. Como la joven tenía la costumbre de ir todas las tardes al jardín a recoger flores para la cena, la señora Otis no se inquietó lo más mínimo. Pero dieron las seis y Virginia no aparecía.

Entonces su madre se preocupó realmente y envió a sus hijos en su busca, mientras ella y su marido recorrían todas las estancias de la casa.

A las seis y media regresaron los gemelos, diciendo que no habían encontrado rastro de su hermana por ninguna parte. Entonces todos se alteraron muchísimos, y nadie sabía qué hacer, cuando el señor Otis recordó de repente que pocos días antes habían dado permiso para acampar en el parque a una tribu de gitanos. Así es que salió enseguida para Blackfell Hollow, en compañía de su hijo mayor y de dos de sus sirvientes de la granja.

El joven duque de Cheshire, completamente loco de inquietud, rogó con insistencia al señor Otis que lo dejase ir con él, pero este se negó temiendo algún enfrentamiento. Pero cuando llegó al lugar en cuestión comprobó que los gitanos se habían ido. Se habían dado prisa en huir, evidentemente, pues el fuego ardía aún y quedaban platos sobre la hierba. Después de enviar a Washington y a los dos hombres que registrasen los alrededores, se apresuró en volver a casa y envió telegramas a todos los inspectores de Policía del condado, rogándoles buscasen a una joven raptada por unos vagabundos o gitanos. A continuación ordenó que le trajeran su caballo, y después de insistir para que su mujer y sus tres hijos se sentaran a la mesa, partió con un lacayo por el camino de Ascot. Había recorrido apenas dos millas, cuando escuchó un galope detrás de él. Se dio la vuelta y vio al joven duque que llegaba en su potrillo, con la cara sofocada y la cabeza descubierta.

—Lo lamento profundamente —le dijo el joven con voz entrecortada—, pero me es imposible comer mientras Virginia no aparezca.

Por favor: no se enfade conmigo. Si nos hubiera permitido casarnos el año pasado, nada de esto habría ocurrido. No me rechaza usted, ¿verdad? ¡No puedo ni quiero irme!

El ministro no pudo menos que dirigir una sonrisa a aquel apuesto y atolondrado muchacho, conmovidísimo ante la devoción que mostraba por Virginia.

Inclinándose sobre su caballo, le acarició los hombros bondadosamente, y le dijo:

—Pues bien, Cecil, ya que insiste usted en venir, no me queda otra opción que admitirle en mi compañía; pero, eso sí, tengo que comprarle un sombrero en Ascot.

—¡Olvide mi sombrero! ¡Lo que quiero es a Virginia! —exclamó el joven duque, riendo.

Y acto seguido galoparon hasta la estación. Una vez allí, el señor Otis preguntó al jefe si no habían visto en el andén de salida a una joven cuya descripción se correspondía con la de Virginia, pero no obtuvo información sobre ella. A pesar de ello, el jefe de la estación mandó telegramas a las estaciones del trayecto, ascendentes y descendentes, y le prometió ejercer una estricta vigilancia.

Enseguida, después de comprar un sombrero para el joven duque en una tienda de novedades que se disponía a cerrar, el señor Otis cabalgó hasta Bexley, pueblo situado a cuatro millas, y que, según le dijeron, era muy frecuentado por los gitanos. Hicieron levantarse al guarda rural, pero no pudieron obtener ninguna información de él. Así es que, después de atravesar la plaza, los dos jinetes tomaron otra vez el camino de casa, llegando a Canterville a eso de las once, rendidos de cansancio y con el corazón desgarrado por la intranquilidad. Se encontraron allí con Washington y los gemelos, esperándolos a la puerta con linternas, porque la avenida estaba muy oscura. No se había descubierto el menor rastro de Virginia. Los gitanos fueron alcanzados en el prado de Broxley, pero no estaba la joven con ellos. Explicaron la prisa de su partida, diciendo que habían equivocado el día en que debía celebrarse la feria de Chorton y que el temor de llegar demasiado tarde les obligó a darse prisa. Además, parecieron desconsolados por la desaparición de Virginia, pues estaban muy agradecidos al señor Otis por haberles permitido acampar en su parque, y cuatro de ellos se quedaron detrás para ayudar en la búsqueda. Se hizo vaciar el estanque de las carpas. Registraron la finca en todos los sentidos, pero no lograron nada. Estaba claro que Virginia estaba perdida, al menos por aquella noche, y fue con un aire de profundo abatimiento como entraron en casa el señor Otis y los jóvenes, seguidos del lacayo, que llevaba de las bridas al caballo y al potrillo. En el pasillo se encontraron con el grupo de sirvientes, llenos de pánico. La pobre señora Otis estaba tumbada sobre un sofá de la biblioteca, casi loca de espanto y de ansiedad, y la vieja ama de llaves le humedecía la frente con agua de colonia. Fue una comida realmente triste. No se hablaba apenas, y hasta los mismos gemelos parecían aterrados y consternados, pues querían mucho a su hermana. Cuando terminaron, el señor Otis, a pesar de los ruegos del joven duque, mandó que todo el mundo se fuese a acostar, ya que no podía hacer ninguna cosa más aquella noche; al día siguiente telegrafiaría a Scotland Yard para que pusieran inmediatamente varios detectives a su disposición. Pero he aquí que en el preciso momento en que salían del comedor sonaron las doce en el reloj de la torre. Apenas acababan de extinguirse las vibraciones de la última campanada, cuando se oyó un ruido acompañado de un grito penetrante. Un trueno formidable sacudió la casa, una música, que no tenía nada de terrenal, flotó en el ambiente, un lienzo de la pared cayó violentamente en lo alto de la escalera, y sobre el rellano, muy pálida, casi sin color, apareció Virginia, llevando en la mano una cajita. De inmediato todos se abalanzaron hacia donde ella estaba. La señora Otis la abrazó efusivamente contra su corazón. El joven duque casi la ahogó con sus violentos besos, y los gemelos ejecutaron una danza de guerra salvaje alrededor del grupo.

—¡Ah...! ¡Hija mía! ¿Dónde has estado? —dijo el señor Otis, bastante disgustado, creyendo que les había querido gastar una broma a todos ellos—. Cecil y yo hemos registrado toda la comarca en busca tuya, y tu madre ha estado a punto de morir del susto. No vuelvas a hacer bromitas de ese tipo a nadie.

—¡Salvo al fantasma, salvo al fantasma! —gritaron los gemelos, continuando sus cabriolas.

—Hija mía querida, gracias a Dios que te hemos encontrado; ya no nos volveremos a separar —murmuraba la señora Otis, besando a la muchacha, toda temblorosa, y acariciando sus cabellos de oro, que caían sobre sus hombros.

—Papá —dijo con dulzura Virginia—, estaba con el fantasma. Ha muerto ya. Es preciso que vayan a verle. Fue muy malo, pero se ha arrepentido sinceramente de todo lo que ha había hecho, y antes de morir me ha entregado esta caja de magníficas joyas.

Toda la familia la contempló muda y aterrada, pero ella tenía un aire muy solemne y muy serio. Enseguida, dándose la vuelta, los guio a través del hueco de la pared y bajaron a un pasillo secreto. Washington los seguía llevando una vela encendida, que había cogido de la mesa. Finalmente, llegaron a una gran puerta de roble sostenida con recios clavos. Virginia la tocó, y entonces la puerta giró sobre sus pesados goznes y se hallaron en una habitación estrecha y baja, con el techo abovedado, y que tenía una pequeña ventana.

Junto a una gran argolla de hierro empotrada en el muro, con la cual estaba encadenado, se veía un largo esqueleto, extendido cuan largo era sobre las losas. Parecía estirar sus dedos descarnados, como intentando alcanzar un plato y un cántaro, de forma antigua, colocados de tal forma que no pudiese alcanzarlos. El cántaro había estado lleno de agua, indudablemente, pues tenía su interior cubierto de moho verde. Sobre el plato no quedaba más que un montón de polvo. Virginia se arrodilló junto al esqueleto, y, juntando sus manos, se puso a rezar en silencio, mientras la familia contemplaba con asombro la horrible tragedia cuyo secreto acababa de ser descubierto.

—¡Vaya! —exclamó de pronto uno de los gemelos, que había ido a mirar por la pequeña ventana, tratando de adivinar en qué ala de la casa estaba aquella habitación—. ¡Vaya! El viejo almendro, que estaba seco, ha florecido. Se ven claramente las hojas a la luz de la luna.

—¡Dios lo ha perdonado! —dijo gravemente Virginia, levantándose, y un hermoso resplandor parecía iluminar su rostro.

—¡Eres un ángel! —exclamó el joven duque, rodeándole el cuello con sus brazos y besándola.

# Capítulo VII

Pasados cuatro días de estos extraños sucesos, más o menos a las once de la noche, salía un fúnebre cortejo de Canterville House. El carro iba tirado por ocho caballos negros, cada uno de los cuales llevaba adornada la cabeza con un gran penacho de plumas de avestruz, que se balanceaban. El ataúd iba cubierto con un rico tapiz púrpura, sobre el cual estaban bordadas en oro las armas de los Canterville. A cada lado del carro y de los coches iban los sirvientes llevando antorchas encendidas. Toda aquella comitiva tenía un aspecto majestuoso e impresionante. Lord Canterville presidía el cortejo; había venido del país de Gales expresamente para asistir al funeral, y ocupaba el primer coche, con la pequeña Virginia. Después iban el ministro de los Estados Unidos y su esposa, y detrás, Washington y los dos muchachos. En el último coche iba la señora Umney. Todo el mundo convino en que, después de haber sido atemorizada por el fantasma, durante más de cincuenta años, tenía realmente derecho de verle desaparecer para siempre. Cavaron una profunda fosa en un rincón del cementerio, precisamente bajo el tejo centenario, y dijo las últimas oraciones, del modo más patético, el reverendo Augusto Dampier. Después, al bajar el féretro a la fosa, Virginia se adelantó, colocando encima de él una gran cruz hecha con flores de almendro, blancas y rosas. En aquel momento salió la luna de detrás de una nube e inundó el cementerio con sus silenciosas oleadas de plata, y en un bosquecillo cercano un ruiseñor empezó a cantar. Virginia recordó la descripción que le hizo el fantasma del jardín de la Muerte; sus ojos se llenaron de lágrimas y apenas pronunció una palabra durante el regreso a casa.

A la mañana siguiente, antes que lord Canterville partiese para la ciudad, el señor Otis habló con él respecto a las joyas entregadas por el fantasma a Virginia. Eran soberbias, magníficas, especialmente un collar de rubíes, en una antigua montura veneciana, que era un espléndido trabajo del siglo XVI, y el conjunto tenía un valor tan enorme que el señor Otis sentía vivos escrúpulos en permitir a su hija que se quedase con ellas.

—Milord —dijo el ministro—, sé que en este país se aplica la mano muerta lo mismo a los objetos pequeños que a las tierras, y está claro, clarísimo para mí, que estas joyas deben quedar en su poder como legado de familia. Le ruego, por tanto, que consienta en llevárselas a Londres, considerándolas simplemente como una parte de su propiedad que le fuera devuelta en circunstancias extrañas. En cuanto a mi hija, no es más que una niña, y hasta hoy, me complace decirlo, siente poco interés por estas futilezas de lujo superfluo. He sabido igualmente por la señora Otis, cuya autoridad no es despreciable en cosas de arte, dicho sea de paso, pues ha tenido la suerte de pasar varios inviernos en Boston, siendo muchacha, que esas piedras preciosas tienen un gran valor económico, y que si se pusieran en venta producirían una buena suma. En estas circunstancias, lord Canterville, reconocerá usted, indudablemente, que no puedo permitir que queden en manos de ningún miembro de la familia. Además de que todas esas chucherías y todos esos juguetes, por muy apreciados y adecuados que sean a la dignidad de la aristocracia británica, estarían fuera de lugar entre personas educadas según los severos principios, pudiera decirse, de la modestia republicana. Tal vez me atrevería a asegurar que Virginia tiene gran interés en que le permita usted conservar la cajita que encierra esas joyas, en recuerdo de las locuras y el infortunio del antepasado. Y como esa caja está muy vieja y, por tanto, muy estropeada, quizás encuentre usted razonable acoger favorablemente su petición. En cuanto a mí, confieso que me sorprende mucho ver a uno de mis hijos demostrar interés por una cosa de la Edad Media, y la única explicación que le encuentro es que Virginia nació en un barrio de Londres, al poco tiempo de regresar la señora Otis de un viaje a Atenas.

Lord Canterville escuchó imperturbable el discurso del digno ministro, tocándose de vez en cuando su bigote gris, para esconder una sonrisa involuntaria.

Una vez que hubo terminado el señor Otis, le estrechó amigablemente la mano, y dijo:

—Mi querido amigo, su encantadora hijita ha prestado un servicio importantísimo a mi infortunado antecesor. Mi familia y yo le estamos muy agradecidos por su maravilloso valor y por el extraordinario coraje que ha demostrado. Las joyas le pertenecen, sin duda alguna, y creo, a fe mía, que si tuviese yo la suficiente insensibilidad para quitárselas, el viejo tunante saldría de su tumba al cabo de quince días para hacerme la vida imposible. En cuanto a que sean joyas de familia, no podrían serlo sino después de estar especificadas como tales en un testamento, en forma legal, y la existencia de estas joyas siempre se ha ignorado. Le aseguro que son tan mías como de su mayordomo. Cuando la señorita Virginia sea mayor, sospecho que le encantará tener cosas tan hermosas que llevar. Además, señor Otis, olvida usted que adquirió usted el inmueble y el fantasma bajo inventario. De manera que todo lo que pertenece al fantasma le pertenece a usted. A pesar de las pruebas de actividad que ha dado sir Simón por el pasillo, no por eso deja de estar menos muerto, desde el punto de vista legal, y su compra le hace a usted dueño de lo que le pertenecía a él.

El señor Otis se quedó muy preocupado ante la negativa de lord Canterville, y le rogó que reconsiderara de nuevo su decisión; pero el excelente noble se mantuvo firme y acabó por convencer al ministro de que aceptase el regalo del fantasma.

Cuando, en la primavera de 1890, la duquesita de Cheshire fue presentada por primera vez en la recepción de la reina, con motivo de su casamiento, sus joyas fueron motivo de general admiración. Pues Virginia fue agraciada con la guirnalda, que se otorga como recompensa a todas las buenas muchachas americanas, y se casó con su novio en cuanto este tuvo edad para ello. Eran ambos tan encantadores y se amaban de tal forma, que a todo el mundo le encantó ese matrimonio, menos a la vieja marquesa de Dumbleton, que venía haciendo todo lo posible por atrapar al joven duque y casarlo con una de sus siete hijas. Para lograrlo dio por lo menos tres grandes y lujosas comidas.

Cosa rara: el señor Otis sentía un gran aprecio personal por el joven duque, pero teóricamente era enemigo del "particularismo", y, según sus propias palabras, "era de temer que, entre las influencias debilitantes de una aristocracia amante de los placeres, fueran olvidados por Virginia los verdaderos principios de la modestia republicana". Pero nadie hizo caso de sus objeciones, y cuando avanzó por la nave lateral de la iglesia de St. George's, en Hannover Square, llevando a su hija del brazo, no había hombre más orgulloso en toda Inglaterra.

Después de la luna de miel, el duque y la duquesa volvieron a Canterville Chase, y al día siguiente de su llegada, por la tarde, fueron a pasear por el cementerio solitario cercano al pinar.

Al principio le preocupó mucho lo relativo a la inscripción que debía grabarse sobre la losa fúnebre de sir Simón, pero finalmente se decidió que se pondrían únicamente las iniciales del viejo gentilhombre y los versos escritos en la ventana de la biblioteca. La duquesa llevaba unas hermosas rosas, que esparció sobre la tumba; después de permanecer allí un rato, pasaron por las ruinas del claustro de la antigua abadía. La duquesa se sentó sobre una columna caída, mientras su marido, recostado a sus pies y fumando un cigarrillo, contemplaba sus bellos ojos.

De repente lanzó el cigarrillo y, cogiéndole una mano le dijo:

—Virginia, una esposa no debe tener secretos con su marido.

—Y no los tengo, estimado Cecil.

—Sí los tienes —contestó sonriendo—. Jamás me has explicado lo que ocurrió mientras estuviste encerrada con el fantasma.

—No se lo he dicho a nadie —replicó gravemente Virginia.

—Lo sé; pero bien me lo podrías contar a mí.

—Cecil, te pido que no me lo preguntes. No puedo decírtelo. ¡Pobre sir Simón! Le debo mucho. Sí; no te rías, Cecil; le debo mucho realmente. Me hizo ver lo que es la vida, lo que significa la muerte y por qué el amor es más fuerte que la muerte.

El duque se puso en pie para besar apasionadamente a su mujer.

—Puedes guardar tu secreto mientras yo tenga tu corazón —dijo en voz baja.

—Siempre será tuyo.

—Se lo contarás alguna vez a nuestros hijos, ¿verdad?

Virginia se ruborizó.

# LA ESFINGE SIN SECRETO

Estaba una tarde en la terraza del *Café de la Paix* tomando un vermú, y mientras tanto contemplaba el esplendor y la miseria de la vida parisina y me extrañaba del ambiente de arrogancia y miseria que pasaba ante mis ojos, cuando sentí que alguien me llamaba. Giré la cabeza y vi a lord Murchison. Hacía casi diez años que no nos habíamos visto, desde nuestra época de estudiantes, así que me sentí encantado de encontrarme nuevamente con él y nos dimos un fuerte apretón de manos. En Oxford habíamos sido muy buenos amigos. Yo lo apreciaba muchísimo, ¡era tan apuesto, íntegro y divertido! Solíamos decir que habría sido el mejor de los compañeros si no hubiese dicho siempre la verdad, pero pienso que todos le admirábamos más por su sinceridad. Tuve la sensación de que había cambiado mucho. Daba la impresión de estar nervioso y desorientado, como si dudara de algo. Entendí que no podía ser un caso de escepticismo moderno, pues Murchison era el más firme de los conservadores, y creía con la misma convicción en el Pentateuco que en la Cámara de los Pares; así que concluí que se trataba de una mujer, y le pregunté si estaba casado.

—No entiendo muy bien a las mujeres —contestó.

—Mi estimado Gerald —dije—, las mujeres están hechas para ser amadas, no para ser entendidas.

—No puedo amar a alguien en quien no puedo confiar —respondió.

—Pienso que hay un misterio en tu vida, Gerald —exclamé—; ¿de qué se trata?

—Vamos a dar un paseo en coche —me dijo—, aquí hay demasiada gente. No, en un carruaje amarillo no, que sea de cualquier otro color... Mira, aquel verde oscuro servirá.

Al momento bajábamos trotando por el bulevar en dirección a la Madeleine.

—¿Adónde nos dirigimos? —quise saber.

—¡Oh, donde tú prefieras! —repuso—. Al restaurante del *Bois de Boulogne;* cenaremos allí y me explicarás cosas de tu vida.

—Preferiría que tú lo hicieras antes —dije—. Explícame tu misterio.

Lord Murchison extrajo de su bolsillo una cajita de tafilete con cierre de plata y me la entregó. La abrí. En el interior había la fotografía de una mujer. Era alta y esbelta, y de una extraña belleza, con sus grandes ojos de mirada distraída y su melena suelta. Parecía una clarividente, y vestía con lujosas pieles.

—¿Qué piensas de ese rostro? —inquirió—. ¿Lo consideras sincero?

Lo observé con atención. Tuve la impresión de que era el rostro de una persona que escondía un secreto, aunque fuese imposible adivinar si era bueno o malo. Se trataba de una belleza moldeada a fuerza de misterios... una belleza mental, en realidad, no física... y el atisbo de sonrisa que rondaba sus labios era demasiado sutil para ser verdaderamente dulce.

—Bueno —exclamó con inquietud—, ¿qué me dices?

—Es la Gioconda envuelta en martas cibelinas —contesté—. Explícame todo acerca de ella.

—De momento no, después de cenar —replicó, antes de empezar a hablar de otras cosas.

Cuando el camarero trajo el café y los cigarrillos, recordé a Gerald su promesa. Se levantó de su asiento, recorrió dos o tres veces de un lado a otro la sala y, dejándose caer en un sofá, me relató la siguiente historia:

—Un día a eso de las cinco de la tarde —dijo—, estaba paseando por la Calle Bond. Había una gran aglomeración de carruajes, y estos estaban casi inmóviles. Cerca de la acera, había un pequeño coche de color amarillo que, por alguna razón, atrajo mi atención. Al pasar junto a él, vi asomarse el rostro que te he mostrado esta tarde. Me cautivó al momento. Estuve toda la noche obsesionado con él, y todo el día siguiente. Caminé arriba y abajo por esa maldita calle, mirando dentro de todos los carruajes y esperando la llegada del coche amarillo; pero no pude encontrar a mi hermosa desconocida y empecé a pensar que todo había sido un sueño. Más o menos una semana después, tenía una cena en casa de Madame de Rastail. La cena iba a ser a las ocho; pero, media hora después, continuábamos esperando en el salón. Por fin, el criado abrió la puerta y anunció a lady Alroy. Era la mujer que había estado buscando. Entró muy poco a poco, como un rayo de luna vestido de encaje gris y, para mí fue un inmenso placer el que me pidiesen que la acompañara hasta el comedor.

»—Hace unos días la vi en la Calle Bond, lady Alroy —exclamé con la mayor inocencia cuando nos hubimos sentado.

»Empalideció y me dijo en voz baja:

»—Se lo ruego, no hable tan alto; alguien puede oírlo.

»Me sentí muy desgraciado por sentir que nuestros comienzos no habían sido muy buenos, y me zambullí imprudentemente en el asunto del teatro francés. Ella casi no hablaba, siempre con la misma voz baja y musical, y parecía tener miedo de que alguien la escuchara. Me enamoré apasionadamente, locamente de ella, y la indefinible atmósfera de misterio que la rodeaba despertó mi más ferviente curiosidad. Cuando estaba a punto de irse, poco después de la cena, le pregunté si me permitiría ir a visitarla. Ella pareció dudar, miró a ambos lados para cerciorarse si había alguien cerca de nosotros, y luego dijo:

»—Sí, mañana a las cinco menos cuarto.

»Solicité a Madame de Rastail que me explicara cosas acerca de ella, pero lo único que pude averiguar fue que era viuda y que tenía una magnífica casa en Park Lane; y como algún aburrido científico empezó a disertar sobre las viudas, a fin de ilustrar la supervivencia de los más capacitados para la vida matrimonial, me despedí y volví a casa.

»Al otro día llegué a Park Lane con total puntualidad, pero el mayordomo me dijo que lady Alroy acababa de salir. Fui al club bastante entristecido y completamente desconcertado, y, después de reflexionar con detenimiento, le escribí una carta solicitándole permiso para poder visitarla en otra ocasión. No obtuve ninguna respuesta en varios días, pero por fin llegó una breve nota diciendo que estaría en casa el domingo a las cuatro, y con esta insólita posdata: "Le ruego que no vuelva a escribirme a esta dirección; se lo explicaré cuando le vea". El domingo nos vimos y no pudo estar más agradable; pero, cuando iba a marcharme, me rogó que, si alguna vez le escribía nuevamente, dirigiera mi carta "a la atención de la señora Knox, Biblioteca Whittaker, calle Green".

»—Existen motivos —dijo— que no me permiten recibir cartas en mi propia casa.

»Durante toda aquella temporada, la vi con frecuencia, y jamás la abandonó aquel aire de intriga. En ocasiones se me ocurría pensar que estaba bajo la influencia de algún hombre, pero parecía tan inalcanzable que no podía creerlo. Era verdaderamente difícil para mí llegar a alguna conclusión, pues era como uno de esos extraños cristales que se ven en los museos, y que tan pronto son transparentes como opacos. Finalmente tomé la decisión de solicitarle que se casara conmigo: estaba cansado de la constante prudencia que imponía a todas mis visitas y a las pocas cartas que le enviaba. Le escribí a la biblioteca para preguntarle si podía reunirse conmigo el lunes siguiente a las seis. Me contestó que sí, y yo me sentí en el séptimo cielo. Estaba locamente enamorado de ella, a pesar del misterio, pensaba yo entonces —por efecto de él, comprendo ahora—. No; era la mujer lo que yo amaba. El misterio me incomodaba, me hacía perder la razón. ¿Por qué me puso el destino en su camino?

—Entonces, ¿lo descubriste? —exclamé.

—Eso creo —repuso—. Puedes valorar por ti mismo.

»El lunes fui a almorzar con mi tío y, a eso de las cuatro, llegué a Marylebone Road. Mi tío, como sabes, vive en Regent's Park. Yo deseaba ir a Piccadilly y, para llegar antes, crucé multitud de viejas callejuelas. De repente, vi ante mí a lady Alroy, totalmente cubierta con un velo y caminando muy rápidamente. Al llegar a la última casa de la calle, subió las escaleras, sacó una llave y entró en ella. "He aquí el misterio", pensé; y me acerqué veloz a examinar la vivienda. Parecía uno de esos lugares que alquilan habitaciones. Su pañuelo se había caído en la puerta. Lo recogí y lo metí en mi bolsillo. Entonces empecé a pensar sobre lo que tenía qué hacer. Decidí que no tenía ningún derecho a espiarla y me fui en carruaje al club. A las seis aparecí en su casa. Estaba echada en un sofá, con un elegante vestido de tisú plateado, sujeto con unas extrañas adularias que siempre llevaba. Estaba muy bella.

»—No sabe cuánto me alegro de verlo —dijo—; no he salido en todo el día.

»La miré desconcertado, y sacando el pañuelo de mi bolsillo, se lo di.

»—Se le cayó esta tarde en la calle Cummor, lady Alroy —puntualicé sin alterarme.

»Me miró horrorizada, pero no hizo ningún intento de coger el pañuelo.

»—¿Qué estaba haciendo allí? —pegunté.

»—¿Y qué derecho tiene usted a preguntármelo? —contestó ella.

»—El derecho de un hombre que la ama —exclamé—; he venido para pedirle que se case conmigo.

»Escondió el rostro entre las manos y se puso a llorar desconsoladamente.

»—Debe explicármelo —continué.

»Ella se puso en pie y, mirándome a la cara, respondió:

»—Lord Murchison, no tengo nada que explicarle.

»—Fue usted a reunirse con alguien —afirmé—; ese es su misterio.

»Lady Alroy adquirió una palidez cadavérica y dijo:

»—No fui a encontrarme con nadie.

»—¿Es que no puede decir la verdad? —exclamé.

»—Ya se la he dicho —repuso.

»Yo estaba furioso, trastornado; no recuerdo mis palabras, pero la culpé de cosas espantosas. Finalmente, me marché de su casa. Ella me escribió una carta al día siguiente; se la devolví sin abrir y me fui a Noruega con Alan Colville. Un mes más tarde volví y lo primero que leí en el *Morning Post* fue la muerte de lady Alroy. Se había resfriado en la ópera, y cinco días después murió de una congestión pulmonar. Me encerré en casa y no quise ver a nadie. La había querido demasiado, la había amado con locura. ¡Santo Dios! ¡Cuánto había amado a esa mujer!

—¿Y jamás fuiste a aquella casa? —le interrumpí.

—Sí —replicó.

»Un día me dirigí a la calle Cummor. No pude evitarlo; me torturaba la duda. Llamé a la puerta y me abrió una mujer de aspecto muy respetable. Le pregunté si tenía alguna habitación para alquilar.

»—Verá, señor —contestó—, en teoría los salones están alquilados; pero, como hace tres meses que la señora no viene y que nadie paga el alquiler, puede usted quedarse con ellos.

»—¿Es esta su inquilina? —quise saber, enseñándole la foto.

»—No hay duda —exclamó—, y ¿cuándo piensa volver, señor?

»—La señora ha fallecido —repuse.

»—¡Oh, señor, espero que no sea verdad! —dijo la mujer—. Era mi mejor inquilina. Me pagaba tres guineas a la semana solo por sentarse en mis salones de tanto en tanto.

»—¿Se veía con alguien? —le pregunté.

»Pero la mujer me aseguró que no, que siempre llegaba sola y nunca veía a nadie.

»—¿Y qué demonios hacía? —inquirí.

»—Simplemente se sentaba en el salón, señor, y leía libros; algunas veces también tomaba el té —respondió ella.

»No supe qué decir, así que le di una libra y me fui.

—Y bien, ¿qué crees que significaba todo aquello? ¿No imaginarás que la mujer decía la verdad?

—Pues claro que sí.

—Entonces, ¿por qué iba allí lady Alroy?

—Mi apreciado Oswald —replicó—, lady Alroy era únicamente una mujer obsesionada con el misterio. Alquiló esas habitaciones por la satisfacción de ir allí cubierta con su velo, pensando que era la protagonista de una novela. Le fascinaban los secretos, pero no era más que una esfinge sin secreto.

—¿Verdaderamente lo crees?

—Estoy seguro de ello.

Sacó la pequeña caja de tafilete, la abrió y miró la fotografía.

—Continúo teniendo mis dudas —exclamó por último.

## EL MODELO MILLONARIO

No sirve de nada ser un sujeto encantador si uno carece de fortuna. El romanticismo es privilegio de los ricos, no la profesión de los desocupados. Los pobres debieran ser prácticos y corrientes. Vale más tener un ingreso permanente que ser interesante. Estas son las grandes verdades de la vida moderna que Hughie Erskine nunca asimiló. ¡Pobre Hughie! Intelectualmente, debemos admitir, no era muy destacado. Nunca dijo en su vida una frase brillante, ni siquiera algo insidioso. Pero en cambio, era increíblemente guapo, con su cabello castaño rizado, su perfil bien definido y sus ojos grises. Gozaba de gran fama entre los hombres como entre las mujeres, y tenía toda clase de cualidades, menos la de hacer dinero. Su padre le había legado su espada de caballería y la *Historia de la guerra peninsular en quince tomos*. Hughie colgó la espada sobre el espejo, y puso los volúmenes en una estantería entre la *Guía de Ruff* y la *Revista de Bailey*, y vivió con las doscientas libras al año que le proporcionaba una tía ya anciana.

Lo había experimentado todo. Había frecuentado la Bolsa durante seis meses; pero ¿qué iba a hacer una mariposa entre toros y osos? Había comerciado con té por un tiempo un poco más largo, pero pronto se había cansado del té pekoe, negro fuerte, y del souchong, negro ligero, ambos provenientes de china. Luego intentó vender jerez seco, pero sin éxito; el jerez era demasiado seco. Finalmente, se dedicó a no hacer nada, dedicándose simplemente a ser un joven encantador, inútil, de perfil perfecto y sin ninguna profesión.

Por si fuera poca su desgracia, se enamoró. Y la joven a la que amaba era Laura Merton, hija de un coronel retirado que había perdido el humor y la capacidad de ponerse de acuerdo con los demás mientras estuvo en la India, y nunca más consiguió volver a encontrar ni una cosa ni otra. Laura lo adoraba también, y él hubiera besado la punta de sus zapatos. Hacían la más maravillosa pareja de Londres, y no tenían ni un penique entre los dos. El coronel apreciaba mucho a Hughie, pero no quería oír hablar de compromiso.

—Muchacho —solía decirle—, ven a verme cuando tengas diez mil libras tuyas, y hablaremos.

A Hughie le entristecían mucho aquellas palabras y corría hacia Laura para consolarse.

Una mañana, de camino a Holland Park, donde vivían los Merton, se detuvo para visitar a un gran amigo suyo, Alan Trevor. Trevor era pintor. Realmente, hoy en día poca gente se libra de eso; pero este era un artista, además, y los artistas sí que son bastante escasos. Como persona era un hombre peculiar y brusco, con una cara llena de pecas y una barba roja descuidada. Sin embargo, con el pincel era un verdadero maestro, y sus cuadros eran muy solicitados. Desde el primer momento se había interesado en Hughie, hay que reconocer que se debía enteramente a su encanto personal. "Las únicas personas que un pintor debe conocer", solía decir, "son personas tontas y bellas, porque son personas que dan placer artístico cuando se las mira y un reposo intelectual cuando se habla con ellas". Los hombres distinguidos y las mujeres adorables gobiernan el mundo, o al menos deberían hacerlo". Sin embargo, después de conocer bien a Hughie, le gustaba tanto por su luminoso y vigoroso espíritu, como por su naturaleza aventurera; por lo que disfrutaba con su presencia en su estudio.

Cuando Hughie llegó aquel día encontró a Trevor dando los últimos toques al magnífico retrato de un mendigo en tamaño natural. El auténtico mendigo estaba posando de pie sobre una pequeña tarima situada en un rincón del estudio. Era un viejo consumido, con un rostro semejante a un pergamino arrugado y una expresión de profunda tristeza. De los hombros le colgaba una tosca capa parda, toda desgarrada y harapienta; sus gruesas botas estaban remendadas con parches, con una mano se apoyaba en un rústico bastón, mientras que con la otra extendía su maltrecho sombrero para pedir limosna.

—¡Qué modelo tan asombroso! —susurró Hughie al estrechar la mano a su amigo.

—¿Un modelo asombroso? —exclamó Trevor en alta voz—. ¡Eso creo yo! No se encuentran todos los días mendigos como él. *Une trouvaille, mon cher*; ¡un Velázquez viviente!, ¡qué boceto hubiera sacado Rembrandt de él!

—¡Pobre viejo! —dijo Hughie—. ¡Qué aspecto tan desdichado tiene! Pero supongo, que para ustedes los pintores su cara vale una fortuna.

—Efectivamente —replicó Trevor—, no querrás que un mendigo parezca feliz, ¿verdad?

—¿Cuánto cobra un modelo por posar? —preguntó Hughie, mientras se acomodaba en un diván.

—Un chelín por hora.

—¿Y cuánto cobras tú por el cuadro, Alan?

—¡Oh, por este cobro dos mil!

—¿Libras?

—Guineas. Los pintores, los poetas y los médicos siempre cobramos en guineas.

—Bueno, yo considero que el modelo debiera cobrar un tanto por ciento —exclamó Hughie riendo—; trabaja tanto como ustedes.

—¡Tonterías, tonterías! ¡Mira lo que cuesta pintar, y el estar de pie todo el santo día delante del caballete! Para ti es muy fácil hablar, Hughie, pero te aseguro que hay momentos en que el arte alcanza casi la dignidad del trabajo manual. Pero no me hables; estoy muy ocupado. Fúmate un cigarrillo y quédate callado.

Después de un rato entró el sirviente y anunció a Trevor que el hombre que le hacía los marcos quería hablar con él.

—No te marches, Hughie —dijo al salir—; volveré en un momento.

El viejo modelo aprovechó la ausencia de Trevor para descansar un momento en un banco de madera que había detrás de él. Parecía tan desvalido y tan miserable que Hughie no pudo evitar compadecerse de él, y buscó en los bolsillos para ver si tenía algo de dinero. Todo lo que pudo encontrar fue una libra de oro y algunas monedas de cobre.

—¡Pobre viejo! —pensó en su interior—, lo necesita más que yo; aunque, esto supone ir a pie durante dos semanas".

Y cruzó el estudio y deslizó la moneda de oro en la mano del mendigo.

El viejo se sobresaltó, y una débil sonrisa revoloteó en sus labios marchitos.

—Gracias, señor —dijo— gracias.

Entonces llegó Trevor, y Hughie se marchó, ruborizado un poco por lo que había hecho. Pasó el día con Laura, recibió una dulce reprimenda por su extravagancia, y tuvo que volver a casa caminando.

Aquella noche entró en el *Palette Club* hacia las once, y encontró a Trevor sentado solo en el salón de fumadores bebiendo vino del Rin y agua con gas.

—Bien, Alan, ¿pudiste terminar el cuadro? —dijo, mientras encendía su cigarrillo.

—Está terminado y enmarcado, muchacho —contestó Trevor—; y a propósito, has hecho una conquista. El viejo modelo que viste te tiene verdadera admiración. He tenido que contarle todo acerca de ti: quién eres, dónde vives, de qué ingresos dispones, qué perspectivas de futuro tienes …

—Querido Alan —exclamó Hughie—, probablemente lo encontraré esperándome cuando vaya a casa. Pero, naturalmente, estás solo bromeando. ¡Pobre viejo desgraciado! Desearía poder hacer algo por él; creo que es terrible que haya alguien tan desdichado. Tengo montones de ropa vieja en casa; ¿crees que le interesaría algo de ella? ¡Sus harapos se le están cayendo a pedazos!

—Pero tiene un aspecto espléndido con ellos —dijo Trevor—. No le pintaría con levita por nada del mundo. Lo que tú llamas harapos, yo lo llamo atuendo romántico; lo que a ti te parece pobreza, a mí me parece aspecto estrafalario. Sin embargo, le hablaré de tu ofrecimiento.

—Alan —dijo Hughie severamente—, ustedes los pintores son gente sin corazón.

—El corazón de un artista es su cabeza —contestó Trevor—; y, además, nuestro negocio es representar el mundo como lo vemos, no transformarlo de acuerdo al conocimiento que tenemos de él. *A chacun son métier*[7]. ahora, dime, cómo está Laura. El viejo modelo se interesó mucho por ella.

—¿Eso significa que le hablaste de ella? —preguntó Hughie.

—Desde luego que sí. Él sabe todo respecto al inexorable coronel, la bella Laura y las diez mil libras.

—¿Contaste al viejo mendigo todos mis asuntos privados? —exclamó Hughie—, enrojeciendo y disgustándose mucho.

—Mi querido muchacho —dijo Trevor sonriendo—, ese viejo mendigo, como tú le llamas, es uno de los hombres más ricos de Europa. Podría comprar mañana todo Londres sin dejar al descubierto sus cuentas corrientes. Tiene una casa en todas las capitales; come en vajilla de oro, y cuando quiera puede impedir que Rusia entre en una guerra.

—¿Qué demonios quieres decir? —exclamó Hughie—.

—Lo que estoy diciendo —respondió Trevor—. El viejo que viste hoy en el estudio era el barón Hausberg. Es un gran amigo mío; com-

7   En francés en el original: A cada uno lo suyo.

pra todos mis cuadros y todas esas cosas, y hace un mes me encargó que le pintara de mendigo. *Que voulez-vous? La fantaisie d'un million- naire!*[8] Y he de reconocer que estaba imponente con sus harapos, o quizá debiera decir con los míos, pues es una ropa vieja que conseguí en España.

—¡El barón Hausberg! —exclamó Hughie—. ¡Santo cielo! ¡Y yo le di una libra! Y se desplomó en un sillón, pareciendo la imagen de la consternación.

—¿Que le diste una libra? —gritó Trevor, lanzando una carcajada—. Mi querido muchacho, nunca volverás a verla. *Son affaire c'est l'argent des autres*[9].

—Creo que bien podías habérmelo dicho, Alan —dijo Hughie malhumorado—, y no haberme dejado hacer el ridículo.

—Bueno, para empezar, Hughie —dijo Trevor—, nunca se me hubiera ocurrido que fueras por ahí repartiendo limosnas de ese modo tan insensato. Puedo entender que des un beso a una modelo guapa, pero que des una moneda de oro a uno tan feo ¡por Júpiter, no! Además, en realidad yo no estaba en casa para nadie, y cuando entraste tú yo no sabía si a Hausberg le gustaría que se mencionara su nombre. Ya sabes que no estaba vestido de etiqueta.

—¡Debe pensar que soy un imbécil! —dijo Hughie.

—Nada de eso. Estaba muy animado después de que te fuiste; no hacía más que reírse para sí mismo y frotarse las viejas y arrugadas manos. Yo no podía explicarme por qué estaba tan interesado en saber todo lo relacionado contigo, pero ahora lo veo todo muy claro. Invertirá tu libra por ti, Hughie, te pagará los intereses cada seis meses, y tendrá una historia estupenda para contar después de la cena.

—Soy un pobre diablo sin suerte —refunfuñó Hughie—. Lo mejor que puedo hacer es irme a la cama, y tú, querido Alan, no debes contárselo a nadie; no me atrevería a dejar que me vieran la cara en el Row.

—¡Tonterías! Esto hace honor a tu alta reputación de espíritu altruista, Hughie. Y no te vayas. Fúmate otro cigarrillo, y puedes hablar de Laura tanto como quieras.

Sin embargo, Hughie no quiso quedarse allí; se fue a casa, sintiéndose muy desgraciado y dejando a Trevor con un ataque de risa.

A la mañana siguiente, cuando estaba desayunando, el sirviente le

---

8  En francés en el original: ¿Qué quieres? ¡La fantasía de un millonario!

9  En francés en el original: Su negocio es el dinero de otras personas.

llevó una tarjeta en la que estaba escrito: "Monsieur Gustave Naudin, de parte de M. el barón Hausberg".

"Supongo que habrá venido a exigirme una disculpa", se dijo Hughie.

Y ordenó al criado que hiciera pasar al visitante.

Entró en la habitación un anciano con gafas de oro y cabello canoso, quien preguntó con un ligero acento francés:

—¿Tengo el honor de hablar con *monsieur* Erskine?

Hughie asintió con la cabeza.

—Vengo de parte del barón Hausberg —continuó—. El barón…

—Le ruego, señor, que le ofrezca mis más sinceras disculpas —balbuceó Hughie.

—El barón —dijo el anciano con una pequeña sonrisa—, me ha encargado traer esta carta para usted.

Y le hizo entrega de un sobre lacrado, en el que podía leerse: "Regalo de bodas para Hughie Erskine y Laura Merton, de un viejo mendigo". Y dentro había un cheque con su nombre por la suma de diez mil libras.

Cuando se casaron, Alan Trevor fue el padrino, y el barón pronunció un discurso en la comida de bodas.

—Los modelos millonarios —observó Alan—, son bastante raros, pero, ¡Dios mío!, los millonarios modelos son más raros todavía.

# EL RETRATO DEL SR. W. H.

## CAPÍTULO I

Había estado cenando con Erskine en su pequeña y preciosa casa de Birdcage Walk, y estábamos sentados en la biblioteca degustando nuestro café y nuestros cigarrillos, cuando salió a relucir en nuestra conversación el tema de las falsificaciones literarias. En este momento no recuerdo cómo terminamos hablando de ese tema tan curioso, cómo surgió en aquel entonces, pero sé que tuvimos una larga discusión sobre Macpherson, Ireland y Chatterton, y que en relación a este último insistí en que sus supuestas falsificaciones eran simplemente el resultado de un deseo artístico de representación perfecta; que no teníamos ningún derecho a cuestionar a ningún artista por las condiciones bajo las cuales elige presentar su obra y que siendo el arte hasta cierto punto un modo de actuación, un intento de poder realizar la propia personalidad en un plano imaginario fuera del alcance de los accidentes y limitaciones de la vida real, censurar a un artista por una falsificación era confundir un problema ético con uno estético.

Erskine, quien era bastante mayor que yo, y había estado escuchándome con la cortesía divertida de un hombre de cuarenta años, me puso de pronto la mano en el hombro y me dijo:

—¿Qué opinarías de un joven que tuviera una extraña teoría sobre una obra de arte, que creyera firmemente en su teoría y cometiera un fraude a fin de demostrarla?

—¡Ah!, eso es una cuestión completamente diferente —contesté.

Erskine permaneció en silencio unos instantes, mirando los tenues hilos de humo gris que salían de su cigarrillo.

—Sí —dijo después de una pausa—, completamente diferente.

Había algo en su tono de voz, un ligero toque de pesadumbre quizá, que animó mi curiosidad.

—¿Conoces a alguien que haya hecho eso? —le pregunté.

—Sí —respondió, arrojando su cigarrillo al fuego—, un gran amigo mío, Cyril Graham. Era absolutamente fascinante, y muy cretino y muy cruel. Sin embargo, me dejó la única herencia que he recibido en mi vida.

—¿Qué era? —exclamé.

Erskine se levantó de su asiento, y yendo a un armario alto con maravillosas incrustaciones situado entre las dos ventanas, lo abrió, y volvió al lugar en el que yo estaba sentado, sosteniendo en la mano un pequeño retablo, enmarcado en un estropeado marco isabelino.

Era un retrato de cuerpo entero de un joven vestido con un traje de finales del siglo XVI, de pie junto a una mesa, con la mano derecha descansando en un libro abierto. Parecía de unos diecisiete años y era de una belleza absolutamente extraordinaria, aunque indiscutiblemente algo afeminada. En realidad, de no haber sido por la ropa y por el cabello muy corto, se hubiera dicho que aquel rostro, con sus melancólicos ojos soñadores y sus delicados labios escarlata, era el rostro de una niña. En el estilo, y especialmente en el tratamiento de las manos, el retrato recordaba una de las obras tardías de François Clouet. El corpiño de terciopelo negro, con sus adornos fantásticamente dorados, y el fondo azul pavo real que le realzaba tan gratamente y le prestaba un valor cromático tan luminoso, eran completamente del estilo de Clouet; y las dos máscaras de la Tragedia y de la Comedia, colgadas solemnemente en el pedestal de mármol, tenían ese toque de inflexible severidad —tan diferente de la gracia ligera de los italianos— que ni siquiera en la corte de Francia nunca perdió del todo el gran maestro flamenco, y que en sí misma ha sido siempre una característica del temperamento de los del norte.

—¡Es encantador! —exclamé—. Pero, ¿quién es este joven sorprendente, cuya belleza ha preservado para nosotros tan felizmente el arte?

—Es el retrato del señor W. H. —dijo Erskine con una triste sonrisa.

Cabe la posibilidad de que fuera un efecto de la luz, pero me pareció que le brillaban los ojos de lágrimas.

—¡El señor W. H.! —exclamé—; ¿y quién era el señor W. H.?

—¿No lo recuerdas? —contestó—; mira el libro sobre el que descansa su mano.

—Veo algo escrito allí, pero no puedo descifrarlo —repliqué.

—Toma esta lupa e inténtalo —dijo Erskine, con la misma sonrisa triste dibujada todavía en su boca.

Cogí la lupa y, acercando un poco la lámpara, empecé a deletrear la apretada escritura del siglo XVI: "Al único creador de estos sonetos que aquí se publican".

—¡Cielo santo! —exclamé—. ¿Es este el señor W. H. de Shakespeare?

—Eso es lo que solía decir Cyril Graham —musitó Erskine.

—Pero no se parece en nada a lord Pembroke —repliqué yo—. Conozco muy bien los retratos de Penshurst. Estuve hospedado muy cerca de allí hace unas semanas.

—¿Crees de verdad que los *Sonetos* están dirigidos a lord Pembroke? —preguntó.

—Estoy seguro de ello —contesté—. Pembroke, Shakespeare y la señora Mary Fitton son los tres personajes de los *Sonetos;* no cabe duda alguna respecto a eso.

—Bien, yo estoy de acuerdo contigo —dijo Erskine—, pero no siempre he pensado así. Hubo un tiempo en que creía, bueno, supongo que solía creer en Cyril Graham y en su teoría.

—¿Y qué teoría es esa? —pregunté, mirando el admirable retrato, que ya había comenzado a ejercer una extraña fascinación sobre mí.

—Es una larga historia —dijo Erskine, apartando el retrato de mí con brusquedad, pensé entonces—; una historia muy larga; pero si tienes interés en escucharla te la contaré.

—Me encantan las teorías sobre los *Sonetos* de Shakespeare —exclamé—; pero no creo probable que vaya a aceptar ninguna idea nueva sobre ellos. El asunto ha dejado de ser un misterio para nadie. En efecto, me pregunto si ha sido un misterio alguna vez.

—Como yo no creo en la teoría, no es probable que te convierta a ella —dijo Erskine riendo; pero puede que te interese.

—Cuéntamelo, desde luego —respondí—. Si es la mitad de deliciosa que el cuadro estaré más que satisfecho.

—Pues bien —dijo Erskine, encendiendo un cigarrillo—, debo empezar por hablarte del propio Cyril Graham: «Él y yo vivíamos en el mismo edificio en Eton. Yo era un año o dos mayor que él, pero éramos grandes amigos, y juntos trabajábamos y juntos jugábamos. Había, por supuesto, mucho más juego que trabajo, pero no puedo decir que lo lamente; siempre es una ventaja no haber recibido una sólida educación comercial, y lo que yo aprendí en los campos de deporte de Eton me ha sido tan útil como lo que me enseñaron en Cambridge. He de decirte que los padres de Cyril habían muerto; se habían ahogado en un terrible accidente de velero frente a las costas de la isla de Wight. Su padre había pertenecido al cuerpo diplomático, y se había casado con una hija, la única hija, de hecho, del anciano lord Crediton, que se convirtió en tutor de Cyril a la muerte de sus padres. No creo que lord Crediton se preocupara mucho de Cyril. Realmente, nunca había perdonado a su hija el casarse con un hombre sin título nobiliario. Él era un viejo aristócrata extraordinario, que blasfemaba como un vendedor ambulante y tenía los modales de un granjero. Recuerdo haberle visto un día de apertura del Parlamento. Me gruñó, me dio una libra de oro y me dijo que no me convirtiera en un "condenado radical" como mi padre. Cyril le tenía muy poca estima, y se alegraba mucho de pasar la mayor parte de sus vacaciones con nosotros en Escocia. Nunca se llevaron bien. Cyril pensaba que su abuelo era un oso, y él creía que Cyril era afeminado. Era afeminado, supongo, en algunos detalles, aunque era muy buen jinete y magnífico en esgrima; de hecho, consiguió en esto los primeros premios antes de dejar Eton. Pero tenía ademanes muy sutiles, estaba no poco orgulloso de ser bien parecido y ponía fuertes objeciones al fútbol. Las dos cosas que le causaban verdadero placer eran la poesía y el actuar en representaciones teatrales. En Eton siempre estaban disfrazándose y recitando a Shakespeare, y cuando fuimos a Trinity, en la Universidad de Cambridge, se hizo miembro del grupo de teatro en el primer trimestre. Recuerdo que yo estaba siempre muy celoso de sus actuaciones. Le tenía una devoción absurda; supongo que por lo diferentes que éramos en algunas cosas. Yo era un muchacho torpe y enclenque, de pies enormes y horriblemente pecoso. Las pecas se propagan en las familias escocesas lo mismo que la gota en las familias inglesas; Cyril solía decir que entre las dos prefería la gota; porque siempre otorgaba un valor absurdamente alto a la apariencia personal, y una vez leyó un ensayo en nuestro círculo de retórica para demostrar que era mejor ser bello que ser bueno. Ciertamente, él tenía una belleza admirable. La gente a quien no le gustaba, personas hipócritas y tutores de la Universidad, y los jóvenes que se preparaban para clérigos, solían decir que era simplemente guapo; pero había mucho más en su rostro que un mero atractivo. Creo que era la criatura más espléndida que he visto en mi vida, y nada podría superar la gracia de sus movimientos, el encanto de sus modales. Fascinaba a todo el mundo a quien valía la pena fascinar, y a muchísimos que no la valía. Con frecuencia era obstinado y vanidoso, y yo solía pensar que era terriblemente hipócrita. Creo que esto se debía principalmente a su desmesurado deseo de agradar. ¡Pobre Cyril! Una vez le dije que se contentaba con triunfos de poca valía, pero lo único que hizo fue reírse. Estaba terriblemente consentido. Todas las personas encantadoras son consentidas; ese es el secreto de su atractivo.

»Sin embargo, debo hablarte de las actuaciones teatrales de Cyril. Ya sabes que no se permite en las agrupaciones teatrales de aficionados que actúen actrices; al menos no se permitía en mis tiempos, no sé lo que ocurre ahora. Pues bien, desde luego Cyril siempre representaba los papeles de las muchachas, y cuando se representó, *As you like it,* hizo el papel de Rosalinda. Fue una actuación maravillosa. De hecho, Cyril Graham ha sido la única Rosalinda perfecta que he visto en mi vida. Sería imposible describirte la belleza, la delicadeza, el refinamiento de toda la actuación. Causó una sensación inmensa, y el teatrillo horrible, como era para entonces, se llenaba cada tarde. Incluso ahora, cuando leo la obra no puedo evitar pensar en Cyril. Podía haber sido escrita para él. Al trimestre siguiente se graduó y vino a Londres a estudiar para entrar en el cuerpo diplomático. Pero nunca trabajó; se pasó los días leyendo los *Sonetos* de Shakespeare, y las noches en el teatro. Estaba, por supuesto, deseoso de subir al escenario, pero lord Crediton y yo hicimos todo lo que pudimos para impedírselo. Quizá si hubiera sido actor seguiría vivo ahora. Siempre es una insensatez dar consejos, pero dar un buen consejo es absolutamente fatal. Espero que nunca caigas en ese error; si lo haces, lo lamentarás.

»Bueno, para ir a la parte verídica de la historia, un día recibí una carta de Cyril, pidiéndome que fuera a verle a su apartamento esa noche. Tenía un apartamento muy bonito en Piccadilly, con vistas a Green Park, y como yo lo visitaba todos los días, me sorprendió bastante que se tomara la molestia de escribirme. Fui, desde luego, y cuando llegué lo encontré en un estado de gran entusiasmo. Me dijo que al fin había descubierto el verdadero secreto de los *Sonetos* de Shakespeare; que todos los eruditos y críticos habían estado en una dirección enteramente equivocada, y que él era el primero que, trabajando solamente con evidencia interna, había averiguado quién era realmente el señor W. H. Estaba completamente loco de alegría, y por un largo rato no quiso hablarme de su teoría. Por fin, sacó un montón de notas, cogió su libro de los *Sonetos* de la repisa de la chimenea, se sentó, y me dio una larga conferencia sobre todo el tema.

»Comenzó mencionando que el joven a quien Shakespeare dirigió estos poemas extrañamente apasionados debía ser alguien realmente vital en el desarrollo de su arte dramático, y que esto no podía decirse ni de lord Pembroke ni de lord Southampton. A decir verdad, quienquiera que fuera no podía ser nadie de alta cuna, como se muestra claramente en el soneto XXV, en el que Shakespeare se pone a sí mismo en contraste con los que son "favoritos de los grandes príncipes"; y dice con toda franqueza:

*Deja que aquellos favorecidos por las estrellas*
*de honores públicos y orgullosos títulos presuman,*
*mientras yo, a quien la fortuna tales triunfos le confisca,*
*no busqué el gozo en lo que más honré.*

»Y termina el soneto alegrándose por la condición humilde del que tanto adoraba:

*Feliz pues yo, que amo y soy amado*
*donde no puedo cambiar ni ser cambiado.*

»Este soneto, reveló Cyril, sería completamente incomprensible si nos imagináramos que estuviera dirigido al conde de Pembroke o al de Southampton, que eran, los dos hombres de más alta posición en Inglaterra y con títulos suficientes para ser llamados "grandes príncipes". Y para reafirmar su punto de vista me leyó los sonetos CXXIV y CXXV, en los que Shakespeare nos dice que su amor no es "el hijo del estado", que "no sufre en pompa risueña", sino que fue "creado lejos de los percances". Escuché con mucho interés, pues no creo que ese asunto se hubiera planteado antes; pero lo que siguió fue todavía más curioso, y me pareció entonces que desechaba enteramente la afirmación de Pembroke. Sabemos por Meres que los *Sonetos* habían sido escritos antes de 1598, y el soneto CIV nos informa que la amistad de Shakespeare por el señor W. H. hacía tres años que ya existía. Ahora bien, lord Pembroke, que nació en 1580, no vino a Londres hasta que tenía dieciocho años, es decir, hasta 1598, y la amistad de Shakespeare con el señor W. H. debía haber comenzado en 1594, o como muy tarde en 1595. De acuerdo con esto, Shakespeare no pudo haber conocido a lord Pembroke hasta después de haber escrito los *Sonetos*.

»Cyril mencionó también que el padre de Pembroke no murió hasta 1601; mientras que por el verso "Tuviste un padre, dígalo tu hijo", era evidente que el padre del señor W. H. no vivía en 1598.

Además, era absurdo presumir que cualquier editor de la época, y el prefacio es de mano del editor, se hubiera aventurado a dirigirse a William Herbert, conde de Pembroke, como el señor W. H.; no siendo el caso de lord Buckhurst, de quien se hablaba como del señor Sackville, un caso realmente paralelo, ya que lord Buckhurst no era par del reino, sino solamente el hijo menor de un colega con un título de cortesía, y el pasaje del Parnaso de Inglaterra en que aparece así, no es una dedicatoria protocolaria y majestuosa, sino simplemente una alusión fortuita. Todo eso en lo referente a lord Pembroke, del que Cyril demolió fácilmente las supuestas pretensiones, mientras yo seguía sentado lleno de asombro. Con lord Southampton, Cyril tuvo menos dificultades aún. Southampton fue desde muy joven amante de Elizabeth Vernon, así que no necesitaba invitaciones al matrimonio; no era agraciado, ni se parecía a su madre, como era el caso del señor W. H.:

*Eres espejo de tu madre, en ti*
*recobra ella del hermoso abril su plenitud;*

y, sobre todo, su nombre de pila era Henry, mientras que los sonetos con juegos de palabras (CXXXV y CXLIII) muestran que el nombre del amigo de Shakespeare era el mismo que el suyo propio: Will.

»En cuanto a las otras sugerencias de críticos desafortunados, de que Sr. W. H. es un error de imprenta para el Sr. W. S., que significa señor William Shakespeare; o de que "señor W. H. all" debiera leerse "señor W. Hall"; o que señor W. H. es el señor William Hathaway, y que debiera ponerse un punto después de "desea", haciendo de señor W. H. el escritor y no el sujeto de la dedicatoria, Cyril lo desechó todo en breve tiempo; y no vale la pena mencionar ahora sus razones, aunque recuerdo que me hizo reír a carcajadas al leerme, me alegra decir que no en el original, algunos extractos de un crítico alemán llamado Barnstorff, quien insistía en que el señor W. H. era nada menos que Shakespeare en persona "el señor William Himself". Ni quiso admitir por un solo momento que los *Sonetos* sean meras sátiras de la obra de Drayton y de John Davies de Hereford. Para él, a decir verdad, lo mismo que para mí, eran poemas de significado serio y trágico, concebidos con la amargura del corazón de Shakespeare y endulzados con la miel de sus labios. Aún menos quiso admitir él que fueran simplemente una alegoría filosófica, y que en ellos se dirija Shakespeare a su ego ideal, a la virilidad ideal, o al espíritu de la belleza, o a la razón, o al logos divino, o a la Iglesia católica. Él sentía, como verdaderamente creo yo que debemos sentir todos, que los *Sonetos* están dirigidos a un individuo a un joven particular cuya personalidad parece haber llenado, por alguna razón, el alma de Shakespeare de alegría terrible y de no menos terrible desesperación.

»Una vez aclarado el camino de este modo, Cyril me pidió que borrara de mi mente cualquier idea preconcebida que pudiera haberme formado sobre el tema y que prestara atención, con imparcialidad y honestidad, a su propia teoría. El problema que señalaba era el siguiente: ¿Quién era ese joven contemporáneo de Shakespeare a quien, sin ser de noble cuna y ni siquiera de noble naturaleza, se dirigía en términos de adoración tan apasionada que no podemos sino asombrarnos de la extraña adoración, y casi tememos dar la vuelta a la llave que abre el misterio del corazón del poeta? ¿Quién era aquel cuya belleza física era tal que se convirtió en la misma piedra angular del arte de Shakespeare, la fuente misma de la inspiración de Shakespeare, la encarnación misma de los sueños de Shakespeare? Considerarle simplemente el objeto de ciertos versos amorosos es perder todo el significado de los poemas, pues el arte de que habla Shakespeare en los *Sonetos* no es el arte de los sonetos en sí, que eran ciertamente para él solo cosas ligeras y secretas; es el arte del dramaturgo al que siempre está aludiendo. Y aquel a quien dijo Shakespeare:

*Todo mi arte eres tú, y tú impulsas*
*mi ignorancia a las alturas del saber;*
*aquel a quien prometió la inmortalidad*
*Donde respirar va más allá del soplo.*

»Con seguridad no era otro que el muchacho para el que creó a Viola y a Imogen, a Julieta y a Rosalinda, a Porcia y a Desdémona y a la misma Cleopatra. Esta era la teoría de Cyril Graham, desarrollada como ves, exclusivamente a partir de los *Sonetos,* y que dependía para su aceptación no tanto de pruebas demostrables o evidencias formales, sino de una especie de sentido espiritual y artístico, por el cual, según él, podría comprenderse el verdadero significado de los poemas. Recuerdo que me leyó este bello soneto:

*¿Cómo puede a mi musa faltar tema*
*mientras en tu aliento abreven mis poemas*
*tus dulces argumentos, magnífica excelencia*
*que imitar no podría ningún vulgar papel?*
*¡Oh! date a ti las gracias si algo en mí*
*digna lectura es frente a tus ojos;*
*¿pues quién sería tan torpe que escribir no pueda*
*cuando tú mismo eres el genio de la luz?*
*Sé tú la musa diez, diez veces más valiosa*
*que las nueve que invocan los poetas;*
*y aquel que a ti te invoque crear pueda*
*ritmos de eterna permanencia.*

»Y señaló hasta qué punto estos versos confirmaban su teoría. De hecho, repasó todos los *Sonetos* cuidadosamente, y mostró, o pensó que lo hacía, que, de acuerdo con la nueva explicación de su significado, cosas que habían parecido oscuras, o perversas, o exageradas, se volvían claras y racionales, y de alta significación artística, e ilustraban el concepto de Shakespeare de las verdaderas relaciones entre el arte del actor y el arte del dramaturgo.

»Desde luego, es evidente que debió existir en la compañía teatral de Shakespeare algún maravilloso joven actor de gran belleza, a quien encargaba la representación de sus protagonistas femeninas, pues Shakespeare era un productor teatral práctico, además de un poeta imaginativo, y Cyril Graham había descubierto realmente el nombre del joven actor. Era Will o, como prefería llamarle, Willie Hughes. El nombre de pila lo encontró evidentemente en los sonetos CXXXV y CXLIII, con sus juegos de palabras; el apellido estaba oculto, según él, en el octavo verso del soneto XX, en que se describe al señor W. H. como, "Un hombre en forma, y en la suya todas".

»En la edición original de los *Sonetos,* "Hews" ("formas, homófono de Hughes, y, ambos nombres, homófonos de "hues", "matices", "bellezas") está impreso con mayúscula y en cursiva, y esto, argumentaba Graham, demostraba claramente que se trataba de un juego de palabras; y confirmaba firmemente esta hipótesis con aquellos sonetos en que se hacen curiosos juegos de palabras con "uso" y "usura".

»Por supuesto, a mí me convenció inmediatamente, y Willie Hughes llegó a ser para mí una persona tan real como Shakespeare. La única observación que yo hice a la teoría fue que el nombre Willie

Hughes no se encuentra en la lista de actores de la compañía de Shakespeare, tal como está impresa en el primer folio.

»Cyril, sin embargo, mencionó que la ausencia del nombre de Willie Hughes de esta lista reafirmaba en realidad la teoría, ya que era evidente por el soneto LXXXVI que Willie Hughes había abandonado la compañía para actuar en un teatro de la competencia, probablemente en alguna de las obras de Chapman. En referencia a esto, le dijo Shakespeare a Willie Hughes en su gran soneto a Chapman:

*Mas cuando completó tu rostro el verso*
*me faltó el tema, el mío tornó débil.*

»La expresión "cuando completó tu rostro el verso" refiriéndose obviamente a la belleza del joven actor que daba vida y realidad, y agregaba encanto al verso de Chapman. Una idea que se manifiesta también en el soneto LXXIX:

*Mientras yo solo rogaba por tu auxilio*
*mi verso solo obtuvo tu sutil cortesía,*
*ahora que el ritmo de mis versos ya declina*
*mi débil musa a otra cede su lugar.*

»Y en el soneto inmediatamente anterior, donde Shakespeare dice:

*...toda pluma ajena mi uso tiene*
*y a tu cobijo dispersa su poesía.*

»El juego de palabras ("use", de Hughes) es desde luego obvio, lo mismo que la frase "y a tu cobijo dispersa su poesía", con el significado de "como tu interpretación actoral es clave para ser apreciada por el público".

»Fue una velada maravillosa y seguimos allí sentados casi hasta el amanecer, leyendo y releyendo los *Sonetos*. No obstante, después de algún tiempo, entendí que antes de exponer al mundo la teoría realmente perfeccionada era necesario conseguir alguna evidencia independiente sobre la existencia de ese joven actor, Willie Hughes. Si esta pudiera determinarse, no habría duda posible sobre su identificación con el señor W. H.; pero, de otro modo, se vendría abajo la teoría. Se lo manifesté con toda firmeza a Cyril, a quien molestó mucho lo que llamó, mi mente cerrada ante la innovación artística, y en verdad se mostró bastante hiriente con el asunto. No obstante, le hice prometer que por su propio bien no publicaría su descubrimiento hasta que no hubiera puesto todos los argumentos fuera de cualquier duda; y durante semanas y semanas investigamos en los registros de las iglesias de la ciudad, los manuscritos Alleyn, de Dulwich, los archivos del registro, los documentos de lord Chamberlain; en fin, en todo lo que pensábamos que pudiera contener alguna mención a Willie Hughes. No descubrimos nada, desde luego, y cada día me parecía más incierta la existencia de Willie Hughes. Cyril estaba en un estado de ánimo terrible, y solía insistir en todo el argumento día tras día, suplicándome que lo creyera; pero yo veía la equivocación de la teoría, y me negaba a dejarme convencer hasta que se hubiera puesto más allá de toda duda la existencia real de Willie Hughes, un joven actor de la época isabelina.

»Un día, Cyril se fue de la ciudad para reunirse con su abuelo, según creí entonces, pero luego supe por lord Crediton que no fue así; y aproximadamente quince días después recibí un telegrama suyo, expedido en Warwick, en el que me pedía que fuera a cenar con él sin falta esa noche a las ocho. Cuando llegué me dijo:

»—El único apóstol que no se merecía una prueba era Santo Tomás, y Santo Tomás fue el único apóstol que la tuvo.

»Le pregunté a qué se refería, y me contestó que había podido no solo establecer la existencia en el siglo XVI de un joven actor llamado Willie Hughes, sino probar con la evidencia más contundente que era él el señor W. H. de los *Sonetos.* No quiso decirme nada más en ese momento; pero después de la cena sacó solemnemente el cuadro que te enseñé, y me dijo que lo había descubierto por simple casualidad clavado en el costado de un viejo cofre que había comprado en una casa de labranza de Warwickshire. El baúl en sí, que era una muestra extraordinaria del trabajo isabelino, se lo había llevado consigo, naturalmente, y en el centro del panel central estaban indudablemente grabadas las iniciales W. H. Era este monograma lo que había atraído su atención, y me dijo que no fue hasta después de tener varios días el baúl en su poder cuando pensó en hacer el examen cuidadoso de su interior. Una mañana, sin embargo, notó que uno de los lados del baúl era mucho más grueso que el otro y, mirando más de cerca, descubrió que un cuadro enmarcado estaba sujeto a él. Al sacarlo, encontró que era el retrato que está ahora en el sofá. Estaba muy sucio y cubierto de moho, pero se las arregló para limpiarlo y, para su gran satisfacción, descubrió que había encontrado, por pura casualidad, con lo que había estado buscando. Aquí estaba un auténtico retrato del señor W. H., con su mano descansando sobre la página de la dedicatoria de los *Sonetos,* y en el marco mismo podía verse débilmente el nombre del joven escrito en negro con letra uncial sobre fondo de oro deslustrado: Señor Will. Hews.

»Pues bien. ¿Qué iba a decir yo? Nunca se me ocurrió ni por un momento que Cyril Graham estuviera gastándome una broma, ni que estuviera intentando comprobar su teoría por medio de una falsificación.»

—¿Pero es una falsificación? —pregunté yo.

—Desde luego que lo es —dijo Erskine—. Una muy buena, pero una falsificación, al fin y al cabo.

En aquel momento me pareció que Cyril estaba bastante tranquilo con todo el asunto; pero recordé que más de una vez me había dicho que él no necesitaba pruebas de ninguna clase, y que creía que la teoría estaba completa sin ellas. Yo me reí de él y le dije que sin ellas la teoría se vendría abajo, y le felicité calurosamente por el maravilloso descubrimiento. Luego convinimos que el retrato debía reproducirse en aguafuerte o en facsímil, y ponerse como cubierta en la edición de Cyril de los *Sonetos.* Y durante tres meses no hicimos otra cosa que repasar cada poema verso a verso, hasta que resolvimos todas las dificultades de texto o de significado.

Un desdichado día, estaba yo en un taller de imprenta de Holborn cuando vi sobre el mostrador unos dibujos a punta seca extremadamente bellos. Me atrajeron tanto que los compré; y el dueño del negocio, un hombre llamado Rawlings, me dijo que eran obra de un joven pintor llamado Edward Merton, que era muy hábil, pero tan pobre como un ratón de iglesia. Fui a ver a Merton unos días después, tras haber conseguido su dirección del impresor del taller, y me encontré con un joven pálido, interesante, con una esposa de aspecto bastante ordinario, su modelo, supe después. Le dije cuánto admiraba sus dibujos, a lo que pareció muy complacido, y le pregunté si querría enseñarme algo del resto de su obra. Cuando estábamos examinando una carpeta llena de cosas realmente maravillosas, pues Merton tenía un toque delicado y delicioso, me fijé de pronto en un dibujo del retrato del señor W. H. No había duda alguna sobre ello. Era casi un facsímil, siendo la única diferencia que las dos máscaras de la tragedia y la comedia no colgaban de la mesa de mármol, como en el cuadro, sino que reposaban en el suelo a los pies del joven.

—¿Dónde consiguió usted eso? —pregunté.

Él se quedó un poco confundido, y dijo:

—¡Oh!, eso no es nada. No sabía que estaba en esta carpeta. No tiene ningún valor.

—Es lo que hiciste para el señor Cyril Graham —exclamó su mujer—; y si este señor desea comprarlo, deja que lo haga.

—¿Para el señor Cyril Graham? —repetí yo.

—¿Pintó usted el retrato del señor W. H.?

—No entiendo lo que usted quiere decir —replicó él, poniéndose muy colorado.

—Bueno, todo el asunto fue realmente terrible. La mujer lo soltó todo. Yo le di cinco libras cuando me marché. No puedo soportar el pensar en ello ahora, pero, desde luego, estaba furioso. Me fui inmediatamente al apartamento de Cyril, y esperé allí tres horas antes de que finalmente entrara en la casa, con la horrible mentira mirándome a la cara, y le dije que había descubierto su falsificación.

Se puso muy pálido y dijo:

—Lo hice solo por tu bien. Tú no querías dejarte convencer de ningún otro modo. Eso no afecta a la verdad de la teoría.

—¡La verdad de la teoría! —exclamé—; cuanto menos hablemos de ello, tanto mejor. Ni siquiera tú mismo creíste nunca en ella; si hubieras creído, no habrías cometido una falsificación para comprobarlo.

Cruzamos palabras fuertes, y tuvimos una tremenda discusión. Supongo que fui injusto. A la mañana siguiente estaba muerto.

—¡Muerto! —exclamé.

—Sí; se disparó con un revólver. Algo de sangre salpicó el marco del cuadro, exactamente en el sitio en que se había pintado el nombre. Cuando llegué, su criado había enviado a buscarme inmediatamente, ya estaba allí la policía. Había dejado una carta para mí, escrita evidentemente en la mayor perturbación y fatiga mental.

—¿Qué escribió? —pregunté.

—¡Oh!, que creía absolutamente en Willie Hughes; que la falsificación del retrato la había hecho simplemente haciéndome una concesión y que no invalidaba en lo más mínimo la verdad de la teoría, y que, a fin de demostrarme cuán firme e inquebrantable era su fe en todo el asunto, iba a ofrecer su vida en sacrificio al secreto de los

*Sonetos*. Era una carta necia y demencial. Recuerdo que terminaba diciendo que me confiaba la teoría de Willie Hughes, y que me tocaba a mí revelarla al mundo y desvelar el secreto del corazón de Shakespeare.

—Es una historia muy trágica —exclamé—, pero, ¿por qué no realizaste sus deseos?

Erskine se encogió de hombros.

—Porque es una teoría completamente errónea, desde el principio al fin —respondió.

—Mi querido Erskine —dije, levantándome de mi asiento, estás completamente equivocado en todo este asunto. Es la única clave perfecta a los *Sonetos* de Shakespeare que se ha hecho; está completa en todos sus detalles. Yo creo en Willie Hughes.

—No digas eso —dijo Erskine gravemente—. Creo que hay algo fatal en la idea, e, intelectualmente no hay nada que decir en su favor. Yo he analizado a fondo el asunto, y te aseguro que la teoría es completamente falsa. Es interesante hasta cierto punto; luego, no puede sostenerse más allá. ¡Por amor del cielo!, mi querido muchacho, no revivas el tema de Willie Hughes, te destrozará el corazón.

—Erskine —repliqué—, tienes el deber de entregar esa teoría al mundo. Si no quieres hacerlo tú, lo haré yo.

—Al no hacerlo, estás traicionando la memoria de Cyril Graham, el más joven y el más espléndido de todos los mártires de la literatura. Te ruego que le hagas justicia. Murió por ello; no dejes que su muerte sea en vano.

Erskine me miró lleno de asombro.

—Te has dejado llevar por el sentimiento de toda esta historia —dijo—. Olvidas que una cosa no es necesariamente verdad porque un hombre muera por ella. Yo era amigo leal de Cyril Graham; su muerte fue un duro golpe para mí, del que tardé años en recuperarme, y no creo que me haya recuperado del todo. Pero, respecto a Willie Hughes, no hay nada en la idea de Willie Hughes. No existió nunca tal persona. En cuanto a presentar todo este asunto ante el mundo, el mundo cree que Cyril Graham se mató accidentalmente. La única prueba de su suicidio estaba en el contenido de la carta que me escribió, y de esta carta el público nunca ha tenido noticia. Hasta hoy lord Crediton piensa que todo fue un accidente.

—Cyril Graham sacrificó su vida por una gran idea —respondí—; y si tú no quieres hablar de su martirio, habla al menos de su fe.

—Su fe —dijo Erskine— se sustentó en algo que era falso, algo que era erróneo, algo que ningún especialista shakesperiano aceptaría ni por un instante. Se reirían de la teoría. No hagas el ridículo, ni sigas una pista que no lleva a ninguna parte. Empiezas por asumir la existencia de la persona misma cuya existencia es lo que hay que probar. Además, todo el mundo sabe que los *Sonetos* se dirigieron a lord Pembroke; la cuestión quedó resuelta de una vez por todas.

—¡La cuestión no está resuelta! —exclamé—. Tomaré la teoría donde Cyril Graham la dejó, y demostraré al mundo que él tenía razón.

—¡Necio muchacho! —dijo Erskine—. Vete a casa; son más de las dos, y no pienses más en Willie Hughes. Siento el haberte hablado de ello, y lamento muchísimo ciertamente el haberte metido ideas en la cabeza de algo en lo que yo no creo.

—Tú me has dado la clave del mayor misterio de la literatura moderna —refuté—; y no descansaré hasta que no te haya hecho reconocer, hasta que no haya hecho que todo el mundo reconozca, que Cyril Graham fue el más sutil de los críticos de Shakespeare de nuestro tiempo.

Mientras caminaba a casa atravesando St. James Park, el alba iluminaba todo Londres. Los blancos cisnes dormían apacibles en el lago brillante, y el adusto palacio parecía de púrpura recortado en el cielo verde pálido. Pensé en Cyril Graham, y mis ojos se inundaron de lágrimas.

# Capítulo II

Cuando desperté ya eran más de las doce cuando, el sol ya atravesaba las cortinas de mi habitación con largos y oblicuos rayos de polvo de oro. Notifiqué a mi sirviente que no estaría en casa para nadie; y, después de haber tomado una taza de chocolate y un pequeño panecillo, bajé del estante mi libro de los *Sonetos*, de Shakespeare, y me puse a repasarlos cuidadosamente. Cada poema parecía corroborar la teoría de Cyril Graham. Parecía como si mi mano posada sobre el corazón de Shakespeare contara uno a uno, cada latido y cada pulso de pasión. Pensaba en el maravilloso y joven actor, y su rostro parecía dibujado en cada verso. Recuerdo que dos sonetos me impresionaron especialmente; eran el LIII y el LXVII. En el primero de ellos, Shakespeare, felicitando a Willie Hughes por la versatilidad de su actuación en un amplio repertorio de papeles, un repertorio que va de Rosalinda a Julieta, y de Beatriz a Ofelia, le dice:

*¿Cuál es tu esencia, de qué estás hecho,*
*tal cantidad de peculiares sombras tienes?,*
*solo una sombra tiene cada uno,*
*mas tú, pareces poder tenerlas todas.*

Versos que serían incomprensibles si no estuvieran dirigidos a un actor, pues la palabra «sombra» *(shadow)* tenía en los días de Shakespeare una connotación técnica relacionada con la escena. "Los mejores de esta especie no son sino sombras", dice Teseo hablando de los actores en *El sueño de una noche de verano*, y hay muchas alusiones similares en la literatura de la época. Estos sonetos pertenecían evidentemente a la serie en la que Shakespeare trata de la naturaleza del arte del actor y del temperamento extraño y poco común esencial para el perfecto intérprete del teatro. "¿Cómo es posible, dice Shakespeare a Willie Hughes, que tengas tantas personalidades?" Y sigue luego mencionando que su belleza es tal, que parece materializar cada una de las formas y de las fases de la fantasía, encarnar cada sueño de la imaginación creativa, una idea que Shakespeare amplía aún más en el soneto inmediatamente siguiente, en el que, empezando con el fino pensamiento:

*¡Oh, cuán más bella la beldad parece*
*cuando su dulce adorno es realidad!*

Shakespeare nos invita a observar cómo la verdad de la actuación, la verdad de la presentación manifiesta en el escenario, añade maravilla a la poesía, dando vida a su belleza y verdadera realidad a su forma ideal. Y, sin embargo, en el soneto LXVII, Shakespeare ruega a Willie Hughes que abandone el escenario con lo que tiene de artificiosa, de falsa vida mímica de rostro maquillado y trajes de fantasía, de influencias y sugerencias inmorales, de distanciamiento del mundo verdadero de acciones nobles y palabras sinceras.

*¡Ah! ¿por qué vivir perdido debería,*
*y ornar con su presencia la crueldad,*

*que esa culpa con él ventaja hubiera*
*e hiciera alianza con su sociedad?*
*¿Por qué imitaría la falsa pintura su mejilla*
*y robar la apariencia marchita al tono vivo?*
*¿Por qué humilde belleza buscaría*
*rosas de sombra, si su rosa es real?*

Puede parecer extraño que un dramaturgo tan grande como Shakespeare, que juzgó realizada su perfección como artista y su humanidad como hombre en el plano ideal de escribir para el teatro y actuar en el escenario, escribiera de esta manera sobre el teatro; pero recordemos que en los sonetos CX y CXI Shakespeare nos revela que estaba cansado en exceso del mundo de los títeres, y lleno de vergüenza por haberse hecho "un payaso a los ojos de los demás". El soneto CXI es especialmente doloroso:

*¡Oh por Dios! ¿la fortuna te castiga?*
*Diosa culpable de mis ruines actos,*
*que nunca en la vida me ofreció*
*más que audiencias de común linaje.*
*Por tanto, mi nombre recibe así un estigma,*
*y es mi naturaleza sometida*
*como la mano del tintorero a su trabajo.*
*Ten compasión y augura para mí, el cambio.*

Hay muchas indicaciones en otros pasajes del mismo sentimiento, indicios similares a todos los verdaderos estudiosos de Shakespeare.

Un punto me dejó inmensamente perplejo a medida que iba leyendo los Sonetos, y tardé días en dar con la verdadera interpretación; algo que parece, en verdad, que se le escapó al mismo Cyril Graham. No podía entender cómo Shakespeare daba tanto valor a que su joven amigo se casara. Él mismo se había casado joven, y el resultado había sido desgraciado; no era, pues, probable que pidiera a Willie Hughes que cometiera el mismo error. El joven intérprete de Rosalinda no tenía nada que ganar con el matrimonio, ni con las pasiones de la realidad. Los primeros sonetos, con sus extrañas incitaciones a la paternidad, me parecieron un asunto contradictorio. La explicación del misterio me vino de pronto, y la encontré en la llamativa dedicatoria. Se recordará que esa dedicatoria es como sigue:

# EL RETRATO DEL SR. W. H.

AL ÚNICO INSPIRADOR
DE LOS SIGUIENTES SONETOS
MR. W. H. TODA LA FELICIDAD
Y AQUELLA ETERNIDAD
PROMETIDA POR
NUESTRO POETA INMORTAL
MIS MEJORES DESEOS
EN LA AVENTURA
QUE ESTÁ POR VENIR
T.T.

Algunos estudiosos han considerado que la palabra "creador" de esta dedicatoria se refiere simplemente al que suministró los *Sonetos* a Thomas Thorpe, el editor; pero este punto de vista se ha desechado ahora por completo, y las autoridades superiores en la materia están totalmente de acuerdo en que debe tomarse en el sentido de inspirador, estando extraída la metáfora de la analogía con la vida física. No obstante, vi que esa metáfora era usada por el mismo Shakespeare a lo largo de todos los poemas, lo que me trazó una buena pista. Finalmente, hice mi gran descubrimiento: el casamiento que Shakespeare propone a Willie Hughes es con su musa, demostración que queda definitivamente establecida en el soneto LXXXII, en que, con la amargura de su corazón por el abandono del joven actor para quien había escrito sus papeles más sublimes, y cuya belleza los había ciertamente provocado, abre su queja diciendo:

*Admito, que no te has casado con mi musa.*

Los hijos que desea engendrar no son hijos de carne y hueso, sino hijos inmortales de fama eterna. El ciclo entero de los primeros sonetos es simplemente la invitación de Shakespeare a Willie Hughes a que suba al escenario y se haga actor. Qué inútil y sin beneficio, dice, es esta belleza tuya si no se utiliza:

*Cuando cuarenta inviernos asedien tu belleza*
*y tu rostro parezca un campo de surcos dibujado,*
*tu otrora juventud tan contemplada*
*será hierba andrajosa sin valor que ostentar.*
*Entonces, al preguntarte dónde está tu belleza*

*dónde la grandiosa riqueza de otros días,*
*dirás desde el fondo de tus hundidos ojos:*
*ha sido devorada por el remordimiento.*

Debes crear algo en el arte: mi verso "es tuyo, y nacido de ti"; escúchame tan solo, y yo "daré a luz ritmos eternos que sobrevivirán por largo tiempo", y tú habitarás con formas de tu propia imagen el mundo imaginario de la escena. Esas criaturas engendradas, persiste, no envejecerán ni desaparecerán, como ocurre con los hijos mortales, sino que vivirás en ellos y en mis obras; simplemente:

*Hazte otro yo, en aras de mi amor,*
*¡que viva la belleza en él o en ti!*

Agrupé todos los pasajes que me parecían confirmar esta opinión y me produjeron una fuerte impresión, pues, me mostraron hasta qué punto era realmente completa la teoría de Cyril Graham. También advertí que era muy fácil separar los versos en que habla de los *Sonetos* propiamente dichos, de aquellos en que habla de su gran obra dramática. Siendo este un punto completamente inadvertido por todos los críticos hasta Cyril Graham. Y, sin embargo, era uno de los puntos más importantes en la serie completa de los poemas. Shakespeare era más o menos indiferente hacia sus *Sonetos,* pues no deseaba que su fama descansara en ellos; eran para él su "musa frívola", como los llama, y estaban destinados a circular en privado, como nos dice Meres, solo entre unos pocos, muy pocos, amigos. Por otra parte, era extremadamente consciente del alto valor artístico de sus obras de teatro, y muestra una extraordinaria confianza en sí mismo en relación con su talento como dramaturgo. Cuando dice a Willie Hughes:

*Tu eterno verano no se ha de marchitar,*
*ni la belleza que ostentas perderás;*
*ni la muerte presumirá que vagas en su sombra,*
*cuando en eternos versos te acrecientes;*
*y en tanto el hombre pueda respirar y el ojo ver,*
*tendrán vida y vida te darán;*

la expresión "eternos versos" alude claramente a una de sus obras que le enviaba en ese momento, y el pareado final indica precisamente su confianza en la posibilidad de que sus obras se representen siempre. En su alocución sobre la musa del teatro, sonetos C y CI, encontramos el mismo sentimiento:

*¿Dónde estás, musa? que olvidas*
*hablar de lo que te engrandece*
*¿Desperdiciando tu ímpetu en algún canto vano,*
*oscureciendo el poder de dar la luz?*

Celebra Shakespeare, y luego procede a reprochar al amante de la tragedia y de la comedia su "abandono de la verdad teñida de belleza", mientras dice:

*Porque no necesita alabanza, ¿serás muda?*
*no eximas el silencio; porque está en ti*
*hacer que sobreviva a una tumba dorada,*
*y que le alaben en los tiempos por venir.*
*Haz tu trabajo musa, yo te enseño*
*como hacer que luzca siempre como ahora es.*

Sin embargo, es tal vez en el soneto LV donde Shakespeare da a esta idea su expresión más completa. Imaginarse que el "poder de esta rima" del segundo verso se refiere a algún soneto en sí, es confundir enteramente el significado que le da Shakespeare. Considero más probable, por el carácter general del soneto que hiciera referencia a alguna obra en particular, y que esa obra no sea otra que *Romeo y Julieta*:

*Ni el mármol ni los dorados monumentos*
*de los príncipes, sobrevivirán al poder de esta rima;*
*pero tú brillarás más satisfecho*
*que la piedra bruñida por el tiempo.*
*Cuando las pródigas guerras derriben las estatuas*
*y calcinen y destrocen las ciudades,*
*ningún fuego quemará ni la espada de Marte*
*ni el registro vivo de tu memoria.*
*En adelante, avanzarás contra la muerte y la discordia*
*y tu alabanza encontrará un lugar*
*incluso ante los ojos de la posteridad*

*que arrastra al mundo hacia un final fatal.*
*Así, hasta el juicio de tu resurrección*
*vives aquí y en la mirada de los amantes.*

Era también extremadamente estimulante el darse cuenta de cómo aquí, lo mismo que en otras piezas, Shakespeare prometía a Willie Hughes la inmortalidad de un modo en que seduce a los ojos de los hombres, es decir, en forma de espectáculo, en una obra teatral que debía contemplarse.

Durante dos semanas trabajé con constancia en los *Sonetos,* saliendo apenas y declinando todas las invitaciones. Cada día me parecía que estaba descubriendo algo nuevo, y Willie Hughes se convirtió en una especie de presencia espiritual, una personalidad avasallante. Casi podía imaginarlo de pie, en el espacio en sombra de mi habitación, tan bien lo había retratado Shakespeare, con sus cabellos dorados, su tierna gracia, semejante a la de una flor, sus ojos soñadores profundamente hundidos, sus delicados y ágiles miembros y sus blancas manos de lirio. Su nombre en sí me fascinaba: ¡Willie Hughes! ¡Willie Hughes! ¡Qué musical era al oído! Sí; ¿quién otro sino él podría haber sido el dueño o la dueña de la pasión de Shakespeare, el objeto de su amor, a quien estaba obligado en vasallaje, el delicado siervo del placer, la rosa del universo entero, el heraldo de la primavera engalanado con el soberbio ropaje de la juventud, el bello muchacho a quien era música dulce el escuchar, y cuya belleza era el adorno del corazón de Shakespeare, así como la piedra angular de su fuerza dramática? ¡Qué amarga parecía ahora toda la tragedia de su deserción y su vergüenza! —vergüenza que él tornaba dulce y bella solo con la magia de su personalidad, pero que no dejaba de ser una vergüenza—. Sin embargo, puesto que Shakespeare lo perdonaba, ¿no debiéramos también nosotros perdonarlo? No era mi interés curiosear en el misterio de su pecado.

Su renuncia al teatro de Shakespeare era un asunto diferente, y yo lo investigué ampliamente. Finalmente, llegué a la conclusión de que Cyril Graham se había equivocado al considerar que era Chapman el dramaturgo rival del soneto LXXX. Obviamente era a Marlowe a quien se refería. En el tiempo en que se escribieron los *Sonetos,* expresión tal como "la altiva vela desplegada de su gran verso" no podría haberse aplicado a la obra de Chapman, por adecuada que pudiera ser al estilo de sus obras tardías de la época jacobina. No, era Marlowe claramente el dramaturgo rival de quien hablaba Shakespeare en términos tan elogiosos, y ese

*...afable fantasma familiar
que de noche lo tima con saberes,*

era el Mefistófeles de su *Doctor Fausto*. Sin duda, Marlowe se sintió deslumbrado por la belleza y la gracia del joven actor, y lo persuadió a que abandonara el teatro de Blackfriars e hiciera el papel de Gaveston en su *Eduardo II*. Que Shakespeare tenía el derecho legal a mantener a Willie Hughes en su compañía teatral es evidente por el soneto LXXXVII, en que dice:

*¡Adiós! Estimado de más para tenerte,
y tú sabes muy bien de tu cuantía;
el privilegio de tus méritos te libra;
mi esclavitud en ti afianzada queda.
¿Cómo retenerte si no me aceptas?
¿y para tal riqueza, cuál es mi mérito?
La razón para este noble don no la conozco,
por eso es evidente el giro de mis pasos.
Alegre dabas sin saber el valor de lo que dabas,
o era yo, quien se alegraba con tu equivocación;
así tu noble don, creciendo en el disfraz,
regresa a casa con mejor reputación.
Así, te he tenido, como un sueño halagador,
en el sueño un rey, pero al despertar, ni siquiera tal.*

Pero a quien no podía retener por amor, no lo haría por la fuerza. Willie Hughes pasó a ser miembro de la compañía teatral de lord Pembroke, y, quizás, en el patio de la taberna *Red Bull*, representara el papel del delicado favorito del rey Eduardo. Parece que después de la muerte de Marlowe regresó con Shakespeare, quien, independientemente de lo que sus compañeros pudieran pensar del asunto, no tardó en perdonar la terquedad y la deslealtad del joven actor.

Además, ¡qué bien había trazado Shakespeare, el temperamento del joven actor! Willie Hughes era uno de aquellos...

*...que no hacen lo que más hacer demuestran,*

*y aun conmoviendo a otros, son cual piedra.*

Podía representar el amor, pero no podía sentirlo; podía imitar la pasión, sin experimentarla.

*En el rostro de muchos la mentira*
*escrita está con ceños y en arrugas,*

pero no era así tratándose de Willie Hughes. "El cielo" dice Shakespeare en un soneto de loca idolatría:

*Los cielos al crearte decretaron*
*que en tu rostro amor dulce moraría:*
*no importa qué pensaras o qué representaras*
*tu mirada tan solo de dulzura hablaría.*

En su "juicio inconstante" y en su "engañoso corazón" era fácil reconocer la falta de sinceridad y la perfidia que parecen ser de algún modo inseparables de la naturaleza artística, lo mismo que en su amor por el elogio, ese deseo del reconocimiento inmediato que caracteriza a todos los actores. Willie Hughes, sin embargo, más afortunado en esto que otros actores iba a conocer algo de la inmortalidad. Inseparablemente relacionado con las obras de Shakespeare, iba a vivir en ellas:

*Tu nombre desde ahora tendrá vida inmortal,*
*aunque yo para todos morir deba:*
*la tierra me dará tumba común,*
*cuando tú, sepultado en los ojos de los hombres, yazcas.*
*Tu monumento será mi grácil verso,*
*que ojos aún no creados leerán,*
*y en otras lenguas tu existencia ensayarán*
*cuando todos los vivos estén muertos.*

Había también alusiones interminables al poder que ejercía Willie Hughes sobre su auditorio, los "observadores", como Shakespeare los llamaba; pero quizá la descripción más perfecta de su admirable dominio del arte de la escena esté en "La queja del amante", en que Shakespeare dice de él:

*El esplendor de la sutil materia*
*recibe en él las formas más extrañas,*
*de rubores ardientes, o de llanto,*
*o pálido embeleso; y toma y deja,*
*apropiados los dos, para el engaño,*
*sonrojarse ante la jerarquía, llorar ante el dolor,*
*y desvanecerse ante lo trágico.*

*Así en el consejo de su lengua subyugante*
*todo argumento, todo profundo interrogante,*
*toda réplica rauda y razones de peso,*
*a su elección durmieron, despertaron,*
*para que el triste ría y se muera de risa aquel que llora.*
*Tenía el énfasis y los talentos*
*y su arte atrapó, todas las pasiones a voluntad.*

Una vez pensé que realmente había encontrado a Willie Hughes en la literatura isabelina. En un relato asombrosamente gráfico de los últimos días del gran conde de Essex, nos cuenta su capellán, Thomas Knell, que la noche que precedió a su muerte, el conde "llamó a William Hews, que era músico, para que tocara en el virginal y cantara. "Toca, dijo, mi canción, Will Hews, y yo la cantaré para mí". Así lo hizo, con el mayor disfrute, no como el cisne que lanza un chillido y que, bajando la mirada, gime porque ha llegado su fin, sino que, como una dulce alondra, levantando las manos a su Dios y fijando en Él los ojos, remontó así el firmamento de cristal y alcanzó con su lengua incansable lo más alto de los altos cielos".

Seguramente, el muchacho que tocó el virginal para el padre moribundo de la Stella de Sidney no era otro que el Will Hews a quien dedicó Shakespeare los *Sonetos*, y quien, él mismo nos dice que era una dulce "música para escuchar". Sin embargo, lord Essex murió en 1576, cuando Shakespeare no tenía más que doce años. Era imposible que su músico pudiera haber sido el señor W. H. de los *Sonetos*. ¿Tal vez el joven amigo de Shakespeare era hijo del que tocaba el virginal? Al menos algo era el haber descubierto que Will Hews era un nombre isabelino. Realmente, parece que el nombre Hews había estado muy vinculado con la música y el teatro: la primera actriz inglesa fue la bella Margaret Hews, a quien el príncipe Rupert amó tan locamente.

¿Qué más probable que entre ella y el músico de lord Essex hubiera estado el muchacho actor de las obras de Shakespeare? Pero las evidencias, los eslabones, ¿dónde estaban? ¡Ay!, no pude encontrarlos. Me parecía que siempre estaba a las puertas de la comprobación definitiva, pero no podría alcanzarla jamás.

De preocuparme por la vida de Willie Hughes pronto comencé a interesarme sobre su muerte. No hacía más que preguntarme cuál habría sido su final.

Tal vez había sido uno de aquellos actores ingleses que en 1604 cruzaron el mar y se fueron a Alemania, y actuaron ante el gran duque Heinrich Julius von Brunswick, quien era dramaturgo de no poco valor, y en la corte de aquel extraño Elector de Brandeburgo, que estaba tan cautivado por la belleza que se decía que había comprado, por su peso en ámbar, al joven hijo de un mercader ambulante griego, y que ofreció desfiles con representaciones públicas en honor de su esclavo a lo largo de todo aquel año de hambruna que duró de 1606 a 1607, cuando la gente se moría de hambre en las calles de la ciudad y no había llovido por siete meses. Sabemos, al menos, que *Romeo y Julieta* se representó en Dresde en 1613, junto con *Hamlet* y *El Rey Lear,* y seguramente fue nada menos que a Willie Hughes a quien se le entregó en 1616 la máscara mortuoria de Shakespeare, llevada por uno de los agregados del embajador británico; lívida señal de la muerte del poeta que tan tiernamente le había querido. Efectivamente la idea de que el joven actor, cuya belleza había sido un elemento tan vital en lo realista y en lo poético del arte de Shakespeare, hubiera sido el primero en haber llevado a Alemania la semilla de la nueva cultura, y fuera, de este modo, el pionero de aquella Aufklärung, o iluminación, del siglo XVIII, ese extraordinario movimiento que, aunque iniciado por Lessing y Herder y llevado a su pleno y feliz término por Goethe, fue en gran medida asistido por otro actor, Friedrich Schroeder, quien despertó la conciencia popular y, por medio de las pasiones imaginarias y de las técnicas miméticas de la escena, mostró la conexión íntima y vital entre vida y literatura. Si esto hubiera sido así, y no había ciertamente evidencia alguna en contra, no sería improbable que Willie Hughes hubiera sido uno de esos comediantes ingleses *(mimae quidam ex Britannia,* como los llama la vieja crónica) que fueron asesinados en Núremberg en una repentina revuelta popular, y fueron enterrados secretamente en una pequeña viña a las afueras de la ciudad, por algunos jóvenes "que habían disfrutado con sus representaciones, y algunos de los cuales habían intentado ser instruidos en los misterios del nuevo arte". Indudablemente, ningún lugar podría haber sido más adecuado para aquel a quien Shakespeare dijo: "mi arte todo eres tú", que esa pequeña viña de extramuros. ¿Pues no fue de las desdichas de Dionisio de donde brotó la tragedia? ¿No fue la risa ligera de la comedia, con su entusiasmo despreocupado y sus respuestas raudas, lo primero que se escuchó en los labios de los viñadores sicilianos? ¿Acaso no fue la púrpura y el tinte rojo de la espuma del vino en el rostro y en las extremidades la primera sugerencia del embrujo y de la fascinación del disfraz, el deseo de ocultarse a sí mismo, mostrándose así el sentido del valor de la objetividad en los comienzos difíciles del arte? De cualquier manera, sea cual sea el lugar de su descanso, ya sea en la pequeña viña a las afueras de la ciudad gótica, o en algún sombrío camposanto de Londres, o en medio del estruendo y el bullicio de nuestra gran ciudad, ningún monumento magnífico indica el lugar de su reposo. Su verdadera tumba, como contempló Shakespeare, fueron los versos del poeta; su verdadero monumento, la continuidad del drama. La misma suerte corrieron otros cuya belleza había dado un nuevo impulso creador a su época. El cuerpo de marfil del esclavo de Bitinia se pudre en el légamo verde del Nilo, y en las colinas amarillas del Cerámico se esparce el polvo del joven ateniense; pero Antínoo vive en la escultura y Cármides en la filosofía.

## Capítulo III

Después de transcurridas tres semanas, decidí dirigir un resuelto ruego a Erskine con la idea de hacer justicia a la memoria de Cyril Graham y que diera a conocer al mundo, de una vez por todas, su maravillosa interpretación de los *Sonetos*, la única interpretación que explicaba realmente el problema. Lamentablemente no conservo copia de mi carta, debo admitir, y aún menos pude conservar el original; pero recuerdo que revisé todos los fundamentos y llené cuartillas con una insistencia apasionada en los fundamentos y en las pruebas que me había revelado mi estudio. Me parecía que no solo estaba devolviendo a Cyril Graham en el lugar que le correspondía en la historia de la literatura, sino que estaba rescatando el honor del propio Shakespeare del pesado recuerdo de una vulgar intriga. Plasmé en la carta todo mi entusiasmo. Plasmé en la carta toda mi fe.

En realidad, apenas la envié, me sobrevino una curiosa sensación. Me pareció que había renunciado a mi capacidad de creer en la teoría de Willie Hughes acerca de los *Sonetos,* sentí que algo se había desvanecido mí, por decirlo de alguna manera. Sorpresivamente me sentí completamente indiferente a todo el asunto. ¿Qué había sucedido? Es difícil decirlo. Tal vez, al encontrar la expresión perfecta para mi pasión, había agotado la propia pasión. Las fuerzas afectivas, como las fuerzas físicas, tienen sus limitaciones positivas. Quizá el simple esfuerzo de convencer a alguien de una teoría implique alguna forma de renuncia al poder de esa creencia. Quizá estaba simplemente saturado de todo el tema y, habiéndose extinguido mi entusiasmo, mi razón quedó a merced su propio juicio desapasionado. Sin importar qué sucediera, y no puedo pretender explicarlo, Willie Hughes se convirtió de pronto en un simple mito, un sueño vacío, la fantasía juvenil de un muchacho que, como la mayoría de los espíritus apasionados, estaba más ansioso por convencer a los demás que por dejarse convencer a sí mismo.

Como en mi carta le había dicho a Erskine cosas muy injustas y amargas, decidí ir a verle de inmediato y disculparme por mi comportamiento. Así, a la mañana siguiente me dirigí a Birdcage Walk, y encontré a Erskine sentado en su biblioteca, con el falso retrato de Willie Hughes delante de él.

—¡Mi querido Erskine! —exclamé—, he venido a pedirte disculpas.

—¿A pedirme disculpas? —dijo—. ¿Por qué?

—Por mi carta —repliqué.

—No tienes por qué lamentar nada de tu carta —dijo—. Al contrario, me has hecho el mayor favor que podías hacerme; has verificado que la teoría de Cyril Graham es perfectamente firme.

—¿No estarás creyendo en Willie Hughes? —exclamé.

—¿Por qué no? —replicó—. Me lo has demostrado. ¡Crees que no sé apreciar el valor de la evidencia?

—Pero no hay ninguna evidencia —me lamenté, desplomándome en un sillón—. Cuando te escribí, estaba bajo la influencia de un entusiasmo completamente absurdo. Me había dejado conmover por la historia de la muerte de Cyril Graham, fascinar por su romántica teoría, cautivar por la maravilla y la novedad de toda la idea. Ahora veo que la teoría se basa en un engaño. La única evidencia de la existencia de Willie Hughes es ese retrato que tienes ante ti, y es una falsificación. No te dejes llevar por el puro sentimiento en este asunto.

Cualquiera que sea lo que tenga que decir la invención respecto a la teoría de Willie Hughes, la razón queda descartada frente a ella.

—No te entiendo —dijo Erskine, mirándome asombrado—. ¡Cómo!, tú mismo me has convencido con tu carta de que Willie Hughes es una absoluta realidad. ¿Por qué has cambiado de opinión? O todo lo que has estado diciéndome es simplemente una broma?

—No podría explicártelo —contesté—, pero ahora veo claramente que no hay nada que decir en favor de la interpretación de Cyril Graham. Los Sonetos están dirigidos a lord Pembroke. ¡Por el amor de Dios!, no malgastes el tiempo en un *intento* insensato de descubrir a un joven actor isabelino que nunca existió y de convertir a un títere fantasma en el centro del gran ciclo de los *Sonetos* de Shakespeare.

—Ya veo que no comprendes la teoría —replicó.

—Mi querido Erskine —exclamé—, ¿que no la entiendo? ¿Cómo?, si hasta tengo la sensación de que la he inventado yo. Sin duda, mi carta demuestra que no solo he profundizado en todo el asunto, sino que presenté toda clase de pruebas. El único error de la teoría es que supone la existencia de la persona cuya existencia es el tema de la disputa. Si admitimos que hubo en la compañía de Shakespeare un joven actor con el nombre de Willie Hughes, no es difícil hacer de él el objeto de los *Sonetos;* pero como sabemos que no hubo ningún actor con ese nombre en la compañía del teatro del *Globo,* es inútil llevar la investigación más adelante.

—Pero eso es exactamente lo que no sabemos —dijo Erskine—. Es muy cierto que su nombre no figura en la lista que se da en la primera edición del pliego; pero, como Cyril señaló, eso es una prueba más bien a favor de la existencia de Willie Hughes que en contra suya, si recordamos su traicionera deserción de la compañía de Shakespeare por la de un dramaturgo rival.

Discutimos la cuestión durante horas, pero nada de lo que dije hizo que Erskine quebrantara su fe en la interpretación de Cyril Graham. Me dijo que tenía la intención de dedicar su vida a demostrar la teoría, y que estaba decidido a hacer justicia a la memoria de Cyril Graham. Yo le supliqué, me reí de él, le rogué, pero fue inútil. Finalmente, nos separamos, no exactamente enfadados, pero desde luego con una sombra entre nosotros. Él me consideró superficial, yo le consideré iluso. Cuando volví a visitarlo, su criado me dijo que se había marchado a Alemania.

Dos años después, al entrar yo en mi club, el conserje me entregó una carta con sello extranjero. Era de Erskine, y estaba escrita en el *Hotel d'Angleterre* de Cannes. Cuando la leí me quedé asombrado, aunque no me terminaba de creer que estuviera tan loco como para llevar a cabo su resolución. En esencia, la carta decía que había tratado por todos los medios de comprobar la teoría de Willie Hughes, sin éxito, y que, como Cyril Graham había dado la vida por esta teoría, él había decidido dar su vida también por la misma causa. Las palabras finales de la carta eran las siguientes: "Todavía creo en Willie Hughes, y para cuando recibas esta carta habré muerto por mi propia mano en aras de Willie Hughes: por él, y por Cyril Graham, a quien llevé a la muerte por mi frívolo escepticismo y mi ignorante falta de fe. La verdad te fue revelada una vez, y tú la rechazaste; ahora vuelve a ti teñida con la sangre de dos vidas, ¡no le des la espalda nuevamente!".

Fueron momentos terribles. Me sentí enfermo de tristeza, y a pesar de todo no podía creerlo. Morir por sus convicciones teológicas es el peor uso que puede hacer un hombre de su vida, pero ¡morir por una teoría literaria! Parecía imposible.

Miré la fecha; la carta había sido escrita hacía una semana. Alguna desdichada casualidad me había impedido ir al club durante varios días, pues de otro modo puede que la hubiese recibido a tiempo de salvarle. Tal vez no fuera demasiado tarde. Me dirigí a casa, hice el equipaje, y partí de la estación de Charing Cross en el expreso de la noche. El viaje fue insoportable; pensaba que nunca llegaría.

En cuanto llegué, me dirigí en coche al *Hotel d'Angleterre*. Me dijeron que Erskine había sido enterrado dos días antes en el cementerio de los ingleses. Había algo horriblemente extravagante en torno a la tragedia. Dije toda clase de barbaridades, y la gente del vestíbulo me miraba con curiosidad.

De pronto, atravesó el vestíbulo lady Erskine, de luto riguroso. Cuando me vio, se acercó a mí, murmuró algo sobre su pobre hijo y se deshizo en lágrimas. La llevé a su salón. Allí la esperaba un señor mayor. Era el médico inglés.

Hablamos mucho de Erskine, pero yo no mencioné nada sobre sus razones para suicidarse. Era evidente que no le había dicho nada a su madre sobre la razón que le había llevado a un acto tan funesto, tan demencial. Para finalizar, lady Erskine se levantó y dijo:

—George te ha dejado algo como recuerdo, es una cosa a la que tenía en gran estima. Te lo iré a buscar.

Apenas salió de la habitación, me dirigí al médico y le dije:

—¡Qué golpe tan terrible debe haber sido para lady Erskine! Me sorprende que lo lleve así de bien.

—¡Oh!, sabía desde hacía meses que esto tenía que ocurrir —respondió.

—¿Que lo sabía desde hacía meses? —exclamé—. ¿Pero por qué no se lo impidió? ¿Por qué no hizo que lo vigilaran? ¡Debía de estar loco!

El médico me miró fijamente.

—No sé lo que quiere usted decir —dijo.

—Bueno —exclamé—, si una madre sabe que su hijo se va a suicidar...

—¡Suicidar! —respondió—. El pobre Erskine no se suicidó; murió de tuberculosis. Vino aquí a morir. Desde el momento en que lo vi supe que no había ninguna esperanza; tenía un pulmón casi deshecho, y el otro estaba muy afectado. Tres días antes de morir me preguntó si había alguna esperanza. Le dije con toda franqueza que no había ninguna, y que solo le quedaban unos días de vida. Escribió algunas cartas, y tuvo la mayor resignación, conservando la cordura hasta el final.

En ese momento entró lady Erskine con el fatídico retrato de Willie Hughes en la mano.

—Cuando George se estaba muriendo me rogó que te entregara esto —dijo.

Al momento cogerlo, sus lágrimas rodaron sobre mi mano.

El funesto retrato cuelga ahora en mi biblioteca, donde goza de la admiración de mis amigos artistas. Quienes han decidido que definitivamente no se trata de un Clouet, sino de un Ouvry. Yo oigo divertido sus disertaciones y nunca me he preocupado por revelarles la verdadera historia detrás de la pintura; sin embargo, a veces, cuando lo miro, pienso que realmente hay mucho que decir a favor de la teoría de Willie Hughes sobre los *Sonetos* de Shakespeare.

# ÍNDICE